著：清汤涮香菜

子我盛夏

长江出版社
CHANGJIANGPRESS

她经常能看到一个女生待在画室里画画,专心到半个钟头都一动不动。

目录
Contents

第一章
好像误会她了
/ 001

第二章
我们加个微信吧
/ 026

第三章
你脸皮好薄啊
/ 054

第四章
你难道不讨厌我吗
/ 078

第五章
我家从来不过年
/ 107

第六章
你不必像谁
/ 134

第七章
任性一点也可以
/ 161

第八章
告诉你一个秘密
/ 188

第九章
你看，星星好漂亮
/ 214

番外一
毕业后的那些小事
/ 248

番外二
编织一个梦
/ 260

番外三
游乐场
/ 284

番外四
陪伴
/ 289

夏天悄无声息地到来

她们的关系

似乎也在悄无声息地改变

从"情敌"到朋友

叶其蓁想，她们应该算朋友吧

"温予。"

"温予同学。"

"温予予同学。"

第一章
好像误会她了

叶其蓁整个人怏怏的，或许跟天气有关。今天多云，时而转阴时而放晴，空气很沉闷，藏了一场雨要下不下。

车微晃，叶其蓁一个人坐在出租车后座，安静地盯着车窗外倒退的风景出神。这是一座离家两千多公里，她完全陌生的城市。

太阳又照了过来，她皱眉扭过头，往耳朵里塞上耳机，半眯着眼，不过她没在听歌，而是始终留意着司机的导航提示。

就这样不知道过了多久，终于，司机将车停在一所高校门口，他以为后座的人睡着了，便提醒道："姑娘，Z大到了。"

"谢谢。"叶其蓁懒懒地睁开眼，说话时脸上露出点笑容。她没睡着，只是机场到Z大的距离太远，她有点晕车，眯上眼睛会舒服些。

今天是Z大新生入学第一天。Z大是排得上国内前十的名校，所以报到日那天聚集在学校的，不论学生还是家长，脸上都洋溢着笑容。

18级新闻系大一新生，叶其蓁对她这个新身份挺满意的。毕竟她一开始的目标就是新闻学专业。

校门口和各学院报到处都有学姐和学长负责迎接新生，入学流程走起来也快。

南城的夏天比叶其蓁想象中的要热，办理好入学手续，到了宿舍时，她的额角已经被汗水打湿了。陪她同行的学姐比她更夸张，双颊泛红，满脸汗涔涔的。

迎新确实是件苦差事，这种高温天气下，还要陪着新生东奔西走。

"学姐。"叶其蓁笑着，很及时地给对方递了一包湿巾。

"谢谢。"

18级新闻系的宿舍分配在东园，学姐说这边是老宿舍楼，都是六层高，没有电梯。叶其蓁看了眼脚边的大行李箱，庆幸自己不住六楼。

001

迎新的学姐见女孩清瘦，也没个陪同，她擦着汗说："我帮你把行李搬上去吧。"

"不用，我搬得动。"叶其蓁哪好意思，而且她的东西也不多，就这么个行李箱。

还有一堆事等着干，学姐也没再坚持："那行，以后生活学习上有什么问题，都可以找我。"

"嗯，谢谢学姐。"叶其蓁瞥见宿舍一楼有自动售货机，便问，"学姐想喝什么？我请客。"

"不客气，我忙去了，你也上去吧。"

负责迎新的学长和学姐都亲和热情，这让叶其蓁觉得，一个人来报到好像也没什么。

行李箱装得满满当当，很沉。叶其蓁高估了自己的实力，她身子后仰，双手奋力地提着行李箱，一级台阶一级台阶往上挪，几乎是龟速。其实她打小体力就不行，体育成绩从来都是在及格线徘徊。

好不容易才把行李箱搬上三楼，叶其蓁只觉得手臂要断了，掌心也被磨红了一大片，她气喘吁吁地靠在行李箱上休息，二十八寸的黑色行李箱够大，显得女孩的身形越发单薄。

叶其蓁一米六五的身高，不算矮，但在北方女孩里也不算高。

楼下有人在说话。

"好歹是所名校，怎么宿舍条件这么差？电梯都没有。"

"这边是老宿舍楼了，条件肯定差点，宿舍分配是学院抽签决定的，只能怪我们新闻学院手气不行。"

"我看爬楼梯挺好的，正好锻炼身体，他们这群小年轻，成天就是坐着玩手机，缺乏锻炼。"

聊天声越来越大。来的应该是一家三口，说的是南城本地话，叶其蓁听得一知半解。不一会儿，她看见一个留着齐肩发的女孩走了上来，还朝她笑了笑。

叶其蓁站起身，也礼貌地回了一个笑容。

"同学，你住几楼，要帮忙吗？"对方先开口，把方言换成了普通话。

"我就住三楼。"叶其蓁摇头，正好看见了自己的寝室，"就这儿，309。"

"我也是309，咱俩是室友耶！"女孩说着突然激动起来，"我叫罗贝，张罗的罗，宝贝的贝。"

"叶其蓁，其叶蓁蓁。"叶其蓁说着，又主动跟女孩身后的人打了招呼，"叔叔阿姨好。"

"你好啊，小姑娘笑起来可真甜。"

叶其蓁笑起来是甜，眼睛微微弯起，一侧脸颊露出一个小酒窝。她也不知道自己为什么总能笑得这么阳光明媚，即使在心情不好的时候，就比如今天。或许对她来说，怎么笑已经成了肌肉记忆。

"你一个人来的？"

"我爸妈都忙，没时间。"叶其蓁云淡风轻地说道，自己都觉得别扭。

罗母笑了笑，夸赞道："可真懂事，要是我们家贝贝啊，我可不放心她一个人过来。"

罗贝撒娇道："妈——"

叶其蓁只能继续笑，从小到大，她听到最多的话就是"你要懂事""你真懂事"诸如此类的，老实说，她不太喜欢"懂事"这个词。

简单整理完宿舍，已经过了十二点。

"叶叶，中午我们一起去吃饭吧。"罗贝自来熟，说话间已经挽上了叶其蓁的胳膊。

"对，跟我们一起，叔叔阿姨请客。"罗父罗母见小姑娘孤身一人在异地，都很关照她。

"谢谢叔叔阿姨，中午我约了朋友一起。"叶其蓁如是解释。

"这样啊，跟朋友一起也好。我们就先去吃饭了。"

叶其蓁并不是不好意思才推辞不去，她的确约了朋友——她的发小唐棠。

唐棠父母和她父母在同一家医院工作，她们自小在一个大院长大，初高中都在同一所学校。

唐棠也是今年高考，不过唐棠念的医大，医大比 Z 大提前开学，所以唐棠早就到了南城。医大就在 Z 大隔壁，两边串起门来也方便。

不久，叶其蓁接到唐棠打来的电话："叶其蓁，你入学手续办好了吗？再等我一会儿，我马上过来。"

"办好了。等你来我都大二了。"叶其蓁呛对方。昨天唐棠还信誓旦旦说今天陪她一起报到，结果今天唐棠说临时有事，得晚点，就这么一直拖到了中午。

"我也没办法嘛，今天这个讲座要点名，不能中途离场，我翘不了。"唐棠解释着，转而用可爱的语气说道，"下午帮你打扫卫生赎罪，好不好啦？"

叶其蓁又问："你现在过来了？"

唐棠回答："跟唐猫猫碰面了，再等我十分钟吧。"

"那你们别来我宿舍了，食堂见吧。"天太热，叶其蓁也不想他们多走一段路，直接去食堂吃饭正好。鉴于唐棠嘴里的十分钟至少是二十分钟起步，她也不急，等歇够了才离开宿舍。

从东园宿舍楼到一食堂要经过一条又长又宽的银杏大道。林荫道下人来人往，这大概是一所大学最朝气蓬勃的时候，随处可见来自天南海北的面孔，带着青涩的笑容与憧憬的眼神。

风吹过树梢，簌簌作响，阳光透过树叶缝隙，洒落了一路斑驳光影，像一条绵延的星河。Z大的风景很美，否则也不会成为南城著名的观光打卡点之一。

叶其蓁慢下步子，悠闲地环望四周，陌生的环境也意味着全新的开始，难免会让人心怀期待。她想起高考前一个月，学校组织放孔明灯许愿，所有人都在许愿条上写着期望得到的分数、上的大学，而她偷偷写了句：成为自己喜欢的人。

现在上大学了，她依旧是这个愿望。

会实现的吧？叶其蓁抬头舒了口气，乐观地想着。

"同学，请问19栋宿舍在哪儿？"

问路的是一位中年阿姨，衣着朴素，手里还拎着不少生活用品，估计是买了东西后找不回去的路。

宿舍楼的编号自南向北排列，都有规律，叶其蓁方向感不错，先前跟着学姐在这一片走过，心里大致有底。

"那边。"叶其蓁伸手指了指，想想，她又笑着说，"阿姨，我顺路，和你一起过去。"

"好好好，谢谢你。"对方求之不得。

从19栋去一食堂要绕路，但也不是什么大事，像这种举手之劳，叶其蓁乐意做。

到了食堂，不出叶其蓁所料，唐棠还没到。现在一点多，过了用餐高峰，一楼的人并不多，空调开得挺足，她瞬间就感觉凉爽下来。

一路过来，叶其蓁又出了汗，口干舌燥，她走到一台自动售货机前，微仰着头，最后目光定格在最上排的橙子汽水，就在她拿出手机准备付款时，手机屏幕弹出电量低于百分之一的警告。

今天心不在焉的，都没注意到手机电量。

叶其蓁反应很快，以最快的速度操作，结果在扫码支付的前一秒屏幕灭了。

掐着点灭了。

叶其蓁站在原地，盯着那罐汽水至少有三秒，眼神哀怨，喝不着，感觉更渴了，嗓子眼都要冒烟的那种渴。她抿抿嘴，心想，唐棠应该快过来了吧？她待会儿要让唐甜甜请客，一口气喝两罐才行。

这时，有人来了，一只手伸过来。叶其蓁第一反应是这人正好挑中了她想要的那罐汽水，第二反应是，手真漂亮，嫩白修长。

叶其蓁下意识让开位置，就在侧身的瞬间，目光扫到对方的脸，看清后，她的神情僵了一两秒。

对方身段高挑，长发及背，身穿一条充满夏日气息的吊带长裙，很清凉，很漂亮，很"女神"……嗯，就跟高中那会儿一样的"女神"。

在这儿遇到高中同学，叶其蓁并不稀奇，她念的高中是省重点，最不缺的就是"学霸"，每年都有不少学生考入Z大。按理说，碰到老同学，叶其蓁通常会笑着打声招呼，但此刻她看着面前的人，只是一言不发。

温予与叶其蓁对视片刻，也没说话。

两人陷入了沉默。

温予低了低头，扫完付款码后，弯腰从取货口拿出了一罐汽水，然后继续看着叶其蓁，接着将手中的易拉罐递给叶其蓁。

叶其蓁有些意外，换作其他任何一个人她都不会意外，但温予做这些……

看了一眼温予手中的汽水，叶其蓁没接，不懂温予似笑非笑的表情是什么意思。

轻蔑？嘲笑？自己刚刚是挺糗的。

她跟温予不是同班同学，不过在一栋教学楼上课，免不了抬头不见低头见。尽管高中时她们都没说过一句话,但叶其蓁认识温予,也知道温予认识她,毕竟当时全年级都在传,高三一班的叶其蓁和艺术班的温予喜欢同一个男生,是水火不容的情敌关系。

叶其蓁不知道这些话是怎么传出去的,她压根就不喜欢那个男生,更没有和温予抢。可谎言重复一千遍就成了真的,她真是跳进黄河都洗不清。

"叶其蓁,你手机怎么打不通啊?"

身后传来唐棠的声音,叶其蓁回头看了眼,匆匆走了,留下温予一个人站在原地。

手心里的冰镇汽水凉丝丝的,温予望着叶其蓁的背影,若无其事地笑笑,叶其蓁果然很讨厌自己啊。不过被人讨厌这事,她早就习惯了。

"我手机没电了。"叶其蓁跟唐棠碰上面。

"那是温予?"唐棠的关注点已经换了,又往叶其蓁身后望了望,可不就是一中那位有名的"妖精"。

叶其蓁点点头:"嗯。"

"她也在Z大,你跟她还真是……缘分哪。"唐棠看着叶其蓁,十分严肃地问道,"你俩刚刚没打起来吧?"

叶其蓁瞧唐棠幸灾乐祸的模样,一脸无奈。别人这么说也就算了,唐棠最清楚她的事。

"开玩笑嘛。"唐棠变脸飞快,上前亲昵地搂住叶其蓁的肩。

叶其蓁这时才同站在唐棠身侧的高个男生打招呼:"好久不见了。"

男生的注意力还在别处,正张望着什么,没听见叶其蓁的问好。

"跟你打招呼呢,唐猫猫!"唐棠用胳膊肘推了推唐霄。

"哈哈哈……好久不见,越来越漂亮了。"唐霄的目光这才从其他方向收回来,反应慢半拍朝叶其蓁笑,扭过脸又冲唐棠嚷嚷,"你换个称呼成吗?整天唐猫猫唐猫猫,我不要面子的?"

"德行。"唐棠满脸嫌弃,"你的外号不一直是这个吗?"

"小蓁儿,我跟你说,今天我给我们系一女同学搬行李呢,唐甜甜倒好,冲上来就是一声'唐猫猫',我好歹也算一'男神'吧,她这么叫我,把人姑娘都吓跑了。"唐霄一肚子的怨气,叨叨吐槽个不停。

"就你,还'男神'?"唐棠"嘴炮"功力也不差,"叶其蓁,让唐霄给你做男朋友,你要不要?"

唐霄立马说:"你别玷污我俩之间纯洁的兄妹情谊,好吗?"

叶其蓁就在一旁乐呵呵地看两个活宝拌嘴,这相处模式,还是熟悉的味道。

她、唐棠和唐霄是从小玩到大的伙伴,唐霄是唐棠的堂弟,后来唐霄去了外地念高中,才联系得少了。现在叶其蓁上了Z大新闻系,唐霄上了Z大美术系,唐棠也在南城上学,三人又凑到了一块儿。

三个人当中,唐棠大唐霄两个月,唐霄大叶其蓁一个月。尽管叶其蓁年纪最小,却是他们之中最会照顾人的。

"好了,吃饭去吧。"叶其蓁催着骂骂咧咧的两人。

"吃饭吃饭。"唐棠肚子也饿了,特意朝唐霄强调说,"唐猫猫请客。"

"行,饭卡随便二位美女刷,这样满意了吗?"唐霄笑嘻嘻地说。

过了饭点,一二楼的窗口早就不剩什么饭菜,大家都直奔食堂三楼的餐厅用餐。

叶其蓁自然没让唐霄一个人刷饭卡,她从不认为男女生一起吃饭,让男孩子花钱请客是理所应当,即便关系再好。唐棠和唐霄是姐弟,自然不用在意这些,但她在意。

打好菜后,他们找了一张四人桌坐下,十几个菜式,小餐碟几乎摆满了餐桌,看着相当丰盛诱人。

"我哭了,你们食堂的饭菜比我们食堂好吃多了。"唐棠一边往嘴里送菜,一边哀号,"都是食堂,差距怎么能这么大。"

"多吃点,不够再加菜。"叶其蓁挪了挪餐碟,把排骨移到唐棠面前。唐棠爱吃糖醋排骨,唐霄喜欢红烧鱼块,她总是记得别人的喜好。

三楼的人也不多,大都是新生带着家长来吃饭。

叶其蓁送了口米饭到嘴里,抬头时,她在靠窗的小桌旁瞥见一个熟悉身影,对方是一个人,她的长发夹在耳后,仅从侧脸就能看出五官的精致漂亮。

独来独往,是温予的风格。

叶其蓁的思绪突然被带回高二。那时晚饭过后,她会一个人坐在后操场的花坛边背书,花坛恰对着一间画室窗户,她经常能看到一个女生待在画室里画画,专心到半个钟头都一动不动。

那个女生皮肤白皙,长得也漂亮,后来她才知道,那个女生正是学校里"大名鼎鼎"的温予。再后来,她就稀里糊涂地跟温予成了情敌。

叶其蓁承认自己对温予印象深刻,并不是因为和她成了情敌,说来挺逗的,比起看帅哥,她好像更留意美女。而温予,绝对是能让人一眼记住的类型。

叶其蓁正想着,恰这时,窗边的人扭过头来。

叶其蓁不知道心虚什么,眼神往别处躲了躲,再低头夹青菜吃,扒拉了一口米饭。

温予没马上回过头,目光停顿在叶其蓁微鼓的腮帮子上,不禁笑了起来。

叶其蓁此刻埋着头,并没看见。温予这一笑,倒让一旁的唐霄有点找不着北了,心口瞬间小鹿乱撞,跳得那叫一个厉害。

安静地吃了一阵后,唐霄按捺不住,小声地叫了声:"小蓁儿。"

对面的叶其蓁和唐棠齐齐抬头看向他。

"那个女生,是你高中同学吧?要不叫她过来跟我们一起吧,我看她一个人。"唐霄一面偷瞥温予,一面说道,其实刚才在楼下,他就注意到了温予。

叶其蓁还没说话,唐棠似是明白了什么,先开口:"长得好看吧。"

唐霄如捣蒜般点头。

"那是我们一中的校花。"唐棠不紧不慢地说道。

"姐——"唐霄拧开一瓶饮料,殷勤地送到唐棠面前,好奇地问着,"她叫什么名字?你知道她是哪个专业的吗?你有她联系方式吗?"

只有在有求于人时,唐霄才会叫唐棠一声姐,其余大部分时间都是叫唐棠的小名唐甜甜。

叶其蓁没参与话题,默默地吃自己的饭。

"你搁这儿查户口呢?"唐棠冷眼瞧着唐霄,心想男人都一个样,碰到漂亮点的,眼睛都看直了。

"姐,你告诉我,我请你喝一个月奶茶。"唐霄想了想,咬牙竖起食指,改口说,"一学期。"

下血本了,平时喝他一瓶汽水都能啰唆半天。唐棠挑起半边眉毛,问:"怎么,对人家一见钟情了?"

唐霄脸上的笑暴露了一切,露出几分羞涩:"你知道我上大学最大的心愿就是找个女朋友。"

"如果你想追她，我劝你趁早死心。"唐棠毫不犹豫给唐霄泼了盆冷水，"那是你追不到的人。"

叶其蓁知道唐棠这么说的原因。

"为什么啊？"唐霄一脸不解，握着筷子戳着碗里的米饭。

唐棠扶额道："我说你哪来的自信？人家的追求者都是'校草'级别的。"

唐霄虽说长得斯文白净，身高一米八，笑起来阳光治愈，是受女孩子欢迎的类型。但跟温予身边的男生一比，太普通了，没什么存在感。

"你怎么这么肤浅，看人也不能只看外表，而且我也不丑吧？"唐霄有点受伤，将脸扭向叶其蓁，问，"是吧？"

叶其蓁在擦嘴，没答话。

"她以前还有个外号叫'妖精'，什么意思自己琢磨去吧，你最好别招惹她。"唐棠话只说一半，她不是爱嚼舌根的人，但温予在一中的名声实在太差，无风不起浪，她见没谈过恋爱的唐霄动了心思，就是想提醒一下，免得他受伤。

"我觉得你对美女有偏见。"唐霄不满唐棠的说法，嘟哝了一句。

"偏你个头，我自个儿还是美女呢。"唐棠有点火大，压着嗓子没好气地说，"不信你问叶其蓁，那位在我们学校是什么名声。"

叶其蓁沉默了。说起来，温予在一中是称得上"传奇"的存在。温予是艺考生，高中时作品就拿过不少奖，一般来说，有颜值又有才华的女生都很受欢迎，但温予是例外。

学校里关于温予的传闻层出不穷，比如她跟她的母亲一样爱当"小三"，喜欢勾引男人；又比如她从不住宿舍，都是在校外跟男的过夜；还有，她一个月换一次男朋友……

很多说法都不知道从何而来，唯一能确定的就是温予的母亲的确当过别人的"小三"，那人还是温予同班同学的父亲，家长会直接变成抓"小三"的现场，当初在学校闹得沸沸扬扬。

尽管听说过温予的许多事，但没有事实依据，叶其蓁不会轻易说什么。她经历过一些事，很清楚流言蜚语就是这样起来的，所以不会道听途说去评价一个人。

"我跟她不熟，不清楚。"叶其蓁抬眸，只是这样说。

如果非要说个印象，叶其蓁觉得温予是个十分冷静的人，有次她看见温予在画室被一个女生当面骂，而且被骂得很难听，但温予也只是一笑而过，然后继续画自己的画。

叶其蓁第一次见到那样的人，好像什么都不在乎，没什么能让她张皇失措。

听叶其蓁这么说，唐霄感到失望。他先前在楼下见对方给叶其蓁买饮料，还以为两人关系会不错。

看唐霄还不死心，唐棠又补了一句："你想追就追吧，人家最不缺的就是追她的男生。"

温予最不缺男生追，这点叶其蓁倒是很赞同。

午饭过后，唐霄自己回了宿舍，唐棠则陪叶其蓁回宿舍收拾整理。还有一堆生活必需品需要购置，够忙活上小半天。

忙完后，叶其蓁请唐棠在学校外的一家甜品店吃东西。

"专业的事，你爸妈还跟你怄气呢？"

"没啊。"叶其蓁轻松地笑笑。

当初选新闻专业，叶其蓁的父母都不赞同，觉得家里没这方面的人脉背景，因为这事，她跟家里闹了不小的矛盾。最后，她还是执意填了新闻系。她表面上性格软好说话，骨子里还是倔的，自己想做的事会努力争取，绝不轻易妥协。

唐棠觉得叶其蓁挺适合这个专业的，理性又懂得共情，唐棠常开玩笑说，传媒行业需要她这样的人才。

"嘴硬，没怄气他们今天不陪你来？"唐棠看破，"他们也忍心你一个人过来？"

"医院忙，你又不是不知道。"叶其蓁低头说，嘴角虽然挂着笑，但眼中闪过一丝黯然。她送了一口提拉米苏到嘴里，这家店的味道不太好，太苦了。

唐棠是个直肠子："噢，你姐出国的时候，山高水远，他们怎么都有时间送？"

提到她的姐姐，叶其蓁像是痛处被什么碰了下，只是再抬头看向唐棠时，脸上笑容依旧："刚好有时间呗。"

唐棠挤出一个特无奈的表情，她不知道叶其蓁是真无所谓还是假无所谓。不过她们一起长大的，她知道叶其蓁从小就这样，什么事都看得开。

"叶同学，还是要恭喜你如愿以偿上了新闻系。来，走一个。"唐棠换了个开心的话题，端着一杯奶茶，硬是做出了喝酒的架势。

叶其蓁配合着唐棠，同她碰了碰杯。

唐棠狠狠地吸了口冰奶茶，再托腮望着叶其蓁，悠悠地说："哎，上大学了，可以谈恋爱了。"

"你上大学是为了谈恋爱吗？"叶其蓁反问她。

"你不会还要跟高中一样沉迷读书吧？现在上大学了，碰到有感觉的，就别拒绝人家了。"唐棠纳闷，高中时追叶其蓁的男孩子那么多，居然没有一个让她心动的。

窗外的天空阴沉下来，蝉声依旧喧嚣。

叶其蓁也托腮，用吸管搅着果汁里的冰块，她心血来潮，问唐棠："甜甜，有感觉是什么感觉？"

唐棠在这方面有发言权，她跟她男朋友高中时互有好感，高考一结束两人就确定了关系。

"你还真没开窍啊？"唐棠想了想，说了句听似很有道理的废话，"怎么说呢，等你遇上就知道了。"

叶其蓁笑了笑，她有点好奇心动是什么样的。唐棠说篮球场是最容易找到心动的地方，她三天两头经过篮球场，偶尔看几眼男生打球，却没觉得有什么心动，只觉得他们打完球后身上的汗味难闻。

"小妞又'甜'又会疼人，将来也不知道便宜谁。"唐棠说着，趁机摸摸叶其蓁的下巴，"哎，你觉得唐霄怎么样？要不要考虑做我弟妹？"

叶其蓁嫌弃地躲开："你正经点。"

正闹着，唐棠的手机响了，她接听："我忙着呢，你催什么。"

一听唐棠这语气，叶其蓁就知道是唐棠男朋友打来的，她朝唐棠意味深长地笑，很难想象平时大大咧咧的唐棠，也有这么温柔的一面。

三两句挂断电话后，唐棠难得露出害羞的表情，笑着问叶其蓁："你笑什么？"

叶其蓁一脸无辜："没笑什么。"

"羡慕啊？"唐棠厚脸皮说，"李长澜他们学校帅哥挺多的，你喜欢什么类型，帮你留意。"

李长澜就是唐棠男朋友，在航空大学念书，那边优质帅哥出了名地多，唐棠知道叶其蓁长得漂亮成绩又好，眼光肯定不会低。

"你少操心了。"叶其蓁岔开话题。

"叶其蓁，你不对劲！"唐棠将手肘撑在桌子上，往叶其蓁那边探了探身子，"你告诉我喜欢什么样的，坦白从宽。"

喜欢什么类型的？叶其蓁自己都说不上来，给出了一个万能回答："随缘吧。"

"'闷骚'。"唐棠眯了眯眼，给出了两个字的评价。叶其蓁虽然看着阳光开朗，但在感情方面绝对是个实打实的"闷骚"女生。

叶其蓁随她说，催促道："你不是喝了奶茶就走吗？还磨蹭。"

"我今天帮你这么多忙，有你这样赶人走的吗？"唐棠嘴上这么说，心里都清楚，叶其蓁是怕耽误她晚上约会，毕竟她明天就要全封闭式军训了，就今晚有时间。

"军训以后请你吃大餐。"叶其蓁说着抽了张纸巾递给唐棠，让她擦擦嘴角的奶油渍。

Z 大宿舍是四人间。

叶其蓁的室友除了罗贝，另外两个女生是郑千语和路知。宿舍是按专业分配，大家都是新闻系，共同话题也多。

罗贝和郑千语性格外向，只是罗贝更加活泼，郑千语则像邻家姐姐，路知是几个人里年纪最小的，内向安静，话很少，但温和有礼。几个人都挺好相处的。

叶其蓁很难用外向或内向来形容，跟健谈的人打交道她就话多，跟不善言辞的人打交道她便话少，给人感觉很舒服，不过分热情也不拘谨忸怩。

"爸妈，我好想你们！"罗贝在打视频电话，正对着手机屏幕里的人小声地撒娇。

到晚上，大家都开始跟家里通电话，莫名地默契。

在大学度过的第一个夜晚，肯定是想家的。

只有叶其蓁玩着手机，无动于衷。她没打算给家里打电话，唐棠说得没错,她还在跟她爸妈怄气。

"你就不能像你姐一样?"

"我就是我,为什么一定要像她一样?"

这是叶其蓁离家前跟爸妈最后的对话。懂事了十几年,她头一回发脾气。

不得不说,很痛快。

这时候听着别人家爸妈的关心,叶其蓁内心有些不是滋味,她起身,对身后桌的郑千语说:"千语,我出去一下,待会儿就回来。"

"你一个人吗?"郑千语扭过头,"要不我陪你一起?"

"我约了朋友。"叶其蓁撒了谎。

出了宿舍楼,叶其蓁往后边的南操场走去,她没打算跑步,就想找个不起眼的角落,一个人待会儿。

操场上有人散步,有人夜跑。

一旁的阶梯看台上空荡荡的,叶其蓁走了过去,在第一阶坐下。今夜无风,空气沉闷灼热,她抬头望夜空,一颗星星都看不到,只有厚厚的积云。

心里还是堵得慌,不知道是不是有点中暑,头也昏昏沉沉,叶其蓁双臂环住膝盖,把下巴支在膝盖上,整个人缩成一团,无精打采地看着操场上夜跑的人,他们一圈接着一圈跑着。

她其实特别讨厌独处,但她偏偏能一个人处理好所有事,身边的人也都这样觉得。有时候她想,懂事未必是好事,任性也未必是坏事。

头真晕,叶其蓁将脸埋到膝盖间。

不久,眼眶不知不觉湿润,眼泪一滴滴顺着眼角滑落。她哭了,因为天气太闷,因为此刻孤独,因为身体难受……都是些鸡毛蒜皮的事。

可事情堆到一起,她就绷不住了,就是想哭。

叶其蓁吸了吸鼻子,所有人都知道她爱笑,没人知道她爱哭,连唐棠都不知道。想哭的时候,她会悄悄躲起来,像现在。

每个人都有自己的不容易,她不喜欢给别人传播负面情绪。还有点死要面子。

叶其蓁眼窝浅,而且眼泪很难止住,她也不强忍,哽咽着任眼泪往下淌。情绪总要发泄,哭完后会舒服许多。

看台的另一头来了一对情侣,两人刚散完步,有说有笑,还时不时拥抱对方，场面温馨甜蜜。叶其蓁偷瞥见，有些羡慕了。

她想起唐棠说的话，如果遇到某人就会明白什么是心动，她突然希望，这天能稍微快点到来。

没准很快就能遇上呢？叶其蓁红着眼眶凝望操场的方向，心里安慰自己。她爱哭，但不妨碍她生性乐观。

好一会儿，叶其蓁才发现忘了带纸巾，胡乱用手背擦了擦脸颊，眼睛和鼻头都哭得红通通的，眼眶未干。

叶其蓁继续环抱膝盖，望着不远处的塑胶跑道，只见一道纤细的身影越来越近。起初她没在意，直到来人停在她的面前，她才反应过来，吸着鼻子抬头。

此时温予已经跑了七八圈，面色红润，出了不少汗。汗水顺着脸颊，淌过白皙的脖颈。她穿着简单的运动套装，一呼一吸间，勾勒出漂亮的锁骨轮廓。

叶其蓁现在信了"冤家路窄"这个词。她当即扭头，不让温予看到自己的狼狈模样。

太晚了。

肯定都看见了。

温予缓了缓呼吸，垂眸盯着叶其蓁躲开的侧脸——清秀，带着书卷气。

还在看，叶其蓁余光留意着身畔的人。借着一股自尊心，她转过头，径直迎上温予的目光："你没见过人哭吗？"

因为哭过，她的嗓音比平时细，还打着战，说出的这句话完全没有气势可言，委屈巴巴的神情，像只被欺负了的小狗。

温予短暂地愣了愣，不厚道地笑了，感觉怪可爱的。

她确实没见过叶其蓁哭，在她的印象里，叶其蓁总是在笑，她还以为叶同学不会哭。

温予从不关注别人，但她会留意叶其蓁，说不上为什么，或许是这个女孩笑起来太甜，或许是叶其蓁的身上有她羡慕却没有的东西。

又来笑自己，叶其蓁用力眨眼，强行把眼泪憋了回去，就当她做好心理准备，听温予对自己一番冷嘲热讽时，温予只是拿出一包湿纸巾，放在叶其蓁的手边，轻轻地说了声："擦擦。"

不等叶其蓁说些什么，温予已经转身离开，回到塑胶跑道接着跑圈。

她知道叶其蓁讨厌自己,所以没停留太久。

叶其蓁怔怔地拿起手边的纸巾,再看向跑道上融进夜色里的身影。

有对情敌这样的吗?

好像误会她了……

因为坐得太久,叶其蓁站起身时,腿都麻了。

她慢吞吞地朝人群里走去,加入了操场上的散步大军,边走边张望着什么。绕着操场走了一圈,她没再碰到温予。

灯光昏暗,跑道上的人影被拉得老长。叶其蓁机械地往前迈着步子,她打算等情绪稳定后再回宿舍,这会儿眼睛一定红得跟兔子似的。

走了两圈,叶其蓁的额角冒汗,她抽了片湿巾出来擦,过后,她想起温予给她递纸巾的模样——确实不像有恶意。

第二天一大早,叶其蓁被唐霄的微信消息吵醒。

她收到了十几条微信消息。

霄霄洒洒:"温予也是美术系的。"

霄霄洒洒:"我跟她还是一个班。"

霄霄洒洒:"这就是缘分。"

霄霄洒洒:"我预感自己要结束单身生活了!"

…………

剩下的都是表情包。

扰人清梦。叶其蓁躺在被窝里,迷迷糊糊地看着手机屏幕,眉心皱得能夹死苍蝇,她没看内容,先把唐霄设为了消息免打扰。

再敷衍地回一句:"知道了。"

然后继续睡。

叶其蓁爱睡懒觉,高中时期那么紧张,她早上也会赖一会儿床。唐棠没少吐槽她,说没见过她这么懒散的"学霸"。

不过这样赖床的日子享受不了几天,因为入学一周后就是军训。

南城最近连下了几天雨,天气不再那么闷热。就当所有大一新生祈祷雨天能够多持续几天时,九月十号,天气突然开始放晴。并且天气预报显示,接下来十五天都是艳阳高照,万里无云,气温在39摄氏度徘徊。

Z大的军训正是九月十号开始,为期十五天,完美印证了"你若军训,便是晴天"的黄金定律。往年军训都是在校外基地，条件更艰苦，今年军训是在本校，已经是不幸中的万幸。

叶其蓁再次见到温予，是在军训的第三天。

美术系在艺术楼前的一片空地训练，叶其蓁只是随意看过去，就在女生中一眼看到了温予，她穿着墨绿色的军训服，身姿挺拔，是倒数第二排的排头。

艺术学院多美女，显然，温予在一众美女中也是最打眼的那位。

原本学校安排新闻系在学校南体育馆的足球场训练，实在不是个好地方，一到中午就得顶着太阳晒，连个遮阳的地方都没有，最后在学生们的恳求下，教官答应换个场地。他们教官姓宋，是个个头不高、皮肤黝黑的男人，看着五大三粗，其实耳根子还挺软的。

军训的强度一天比一天增加，第一天叶其蓁觉得还行，第二天就有点勉强，第三天上午纯属硬扛。她的体质比一般人都弱，高中军训一星期，就中暑过两次，有一次是直接晕倒。现在大学军训，她只求自己不要再在一群人面前晕倒丢人。

今天很热，体感温度达到四十几度。太阳照得地面发白、刺眼，梧桐树叶都被晒蔫了，即使偶尔有风吹来，也只是刮过一股热风，无济于事。

"稍息！

"立正！

"向右转！"

…………

宋教官的嗓音浑厚，吼出来时像一声声闷雷。他是好说话，但训练起来毫不含糊，严格得很，动作一定要标准到位、整齐划一才能过。

叶其蓁感觉自己要撑不下去了，原本红润的唇开始泛白，眼前发花，脑袋也沉沉的，一时没听清教官的指令，晕乎乎转反了方向。

"有的人上大学了，连左右都分不清吗？"宋教官嘴里又发出一声"闷雷"。

队列里传出一阵哄笑。叶其蓁咬唇，面露尴尬，她最要面子，这会儿被一群人注视，一时间无地自容。

"你没事吧？"后排的郑千语瞧叶其蓁脸色不太好，小声说着，"不舒服就跟教官说一声，别硬撑。"

叶其蓁也觉得硬撑下去搞不好又要晕倒，正要举手喊报告的时候，她听到教官说，再练一遍就休息。算了，忍了。

教官给了十分钟的休息时间，一群人顾不上讲究，都直接坐在地上。好在艺术楼这边有几棵老梧桐树，枝繁叶茂，多少能挡着点太阳。

"谢谢。"叶其蓁接过罗贝拿来的矿泉水，喝了一口，才捡回半条命，散落的发丝混着汗珠粘在额角和脖颈上，特别难受。

对面美术系也结束训练，开始休息。两个方阵恰好是斜对面坐着。

"那个女生，好好看。"

"哪个？"

"倒数第二排，第一个。摘了帽子那个。"

休息时间也是八卦时间，大家开始悄声聊起天来。

罗贝是最爱凑热闹的，她看了以后，马上摇了摇叶其蓁的胳膊，跟复读机似的："那边那个女生，倒数第二排第一个，好漂亮。"

叶其蓁望过去，发现她们议论的正是温予。

阳光下，温予摘了帽子，长发被绾成一个低丸子头，微风吹拂着碎发，发丝微微飘扬，显得慵懒随性。

军训要求素颜，这种情况下还能惊艳大家的，一般都是皮肤白、骨相美、五官立体、身材出挑的人。这四样，温予全占了。

"我们叶叶也很漂亮，好吧。"寝室长郑千语这时插一句，她是叶其蓁的忠实"颜粉"，第一次见面，叶其蓁差点被她夸到脸红。

叶其蓁和温予完全是两种风格，她给人的印象是清新阳光，很温和，不是让人一眼惊艳的类型。但看得久了，会觉得越来越合眼缘，尤其是她笑起来的时候。

温予抬了抬头，正好迎上叶其蓁的目光。

两人都在队列边上，一仰头就能打上照面。

温予勾了勾耳畔的碎发，她这人从不懂得扭捏，既然叶其蓁在看自己，她也正大光明迎上去，直直盯着对面那张白里透红的脸蛋。

叶其蓁捏了捏手里的矿泉水瓶，可能是上次在操场误会了温予，有点过意不去，这次她没躲闪，而是浅浅地笑了笑。

这下反而轮到温予纳闷了，叶其蓁是在朝自己笑？什么意思？不管什么意思，她都朝叶其蓁笑了回去。

"看什么呢?"温予身边的女生探过头,问。

温予瞄了祁蕴一眼:"没什么。"

顺着方向望去,祁蕴像发现新大陆似的,用看热闹不嫌事大的语气对温予说:"那不是你的情敌吗?你俩又碰一起了。"

祁蕴也是一中出来的艺考生,自然知道高中时温予跟叶其蓁之间的那些"恩怨情仇"。

温予没接祁蕴的话,表示不想聊这个话题。

"你们想唱歌吗?"宋教官问坐着的一群学生,干坐着休息太无聊,得整点娱乐活动。

"想!"一说这些大家就来劲了,只要不训练,什么都好说。

"想唱什么啊?"宋教官又问。

"听教官的。"众人齐刷刷回答。

"《打靶归来》都会吗?"

大家一片叹息,还有个胆子大的男生在队列里喊了一句:"太土了吧。"

"土什么土,就这个。"宋教官说完,直接起了调。

大家尽管嘴上嫌弃,一唱起来,却无比配合。

炎炎夏日,热汗淋漓,大家一起坐在地上,奋力笑着,唱着。

叶其蓁坐在人群之间,微微仰头,跟着一起唱。

温予本来不动声色地看着,倏尔,嘴角带笑。

祁蕴再度顺着温予看着的方向看去,她看看叶其蓁,又看看温予,确定了两遍以后,心想:这人有什么问题?看情敌唱歌看得这么投入?

新闻系唱完后,美术系的教官也不甘示弱,让学生们唱《团结就是力量》,还说气势要压过对面,学生们果然都很卖力,叫板一般。

叶其蓁喝了口水,她看见温予默默坐在那儿,并没开口,跟高中时一样,温予总是在人群里显得格格不入。

等两边都闹完,教官说他们还有三分钟的时间休息。有风吹来,没有了高亢的合唱声,周遭突然安静下来。

大家正疲惫的时候。此刻,随风而来的还有一阵悠扬的歌声。

不远处一个女孩站在队列前清唱,嗓音清亮动人。

大家不约而同地看过去,仔细听着。风吹梧桐叶,沙沙作响的声音就像是在为她伴奏,让人心静,也让人沉浸,短暂卷走了酷暑的炎热。

叶其蓁认真地听着歌，总觉得这个夏天会特别美好。

"怎么，你们也想唱？"一道嘹亮的声音吸引了大部分人的注意力，是美术系的教官在说话，"想唱就赶紧上来唱，不唱就继续训练。有没有人要唱？"

大家开始交头接耳起来，都希望有人上去表现，以争取一点休息时间，但又都矜持，没人当第一个。唐霄偷看了温予一眼，有点蠢蠢欲动，想在温予面前表现一下。可在KTV唱他还行，清唱怕失误，也没敢上。

大家磨蹭了半分钟。

"那个女生，你上来唱。"教官索性直接点人了，"刚刚合唱看你没开口，肯定是想一个人唱，现在给你机会。"

温予一抬头，就看到一双双眼睛齐刷刷看向自己。

众人一看被点名的是温予，都开始起哄，尤其是后边的男生，非常激动。

忽然间，美术系的同学热情高涨，连同一旁新闻系的同学也看起热闹来。

其中最淡定的反而是当事人温予，她扬起头，不紧不慢地跟教官说："我不会唱。"

叶其蓁瞧着，心想，果然看不到温予慌乱的时候。不过温予唱歌应该挺好听吧？平时说话的声音就很好听。

祁蕴给温予投过一个佩服的眼神，温予一直是这种性格，不喜欢的事就干脆拒绝，不看人眼色，还软硬不吃。温予时常会笑，但祁蕴觉得温予还是挺冷的，是不在乎周围一切的那种冷淡。

"'女神'，唱一个嘛。"不知是谁在喊。

"唱一个！"有人帮腔。

正闹哄哄的时候，一个声音蹦了出来："报告教官！我想唱。"

唐霄鼓足了勇气，在一群人中站了起来，他看温予并不想唱，于是想着帮她解围，说不定还能提高自己在温予心中的好感度，至少能给温予增加点印象吧。

而且，他觉得自己唱得还行。

站起来的瞬间，唐霄看了看温予，心怦怦跳，脑子里已经想好了一段美好校园爱情的开头。

"行，你唱。"教官见有人主动活跃气氛，就没再对温予说什么。

叶其蓁看出来唐霄是真想追温予。然而，听到唐霄唱了第一句后，她开始皱眉眯眼摸额头，替人尴尬的毛病犯了。旋律熟悉，她记不清唐霄唱的歌叫什么，但她听出来唐霄跑调了，三句至少有两句不在调上，高音部分差点破音。

不少人在偷笑，不过还是给了唐霄面子，前面几排的女生还帮忙打起拍子来。

唐霄也知道自己跑调了，硬是硬着头皮唱了半首，才结束这场煎熬。

"他是不是喜欢你？帮你解围呢。"祁蕴小声跟温予说，"人稍微有点憨，其实长得还行。"

温予扭过头："还行，你上。"

祁蕴又说："我不感兴趣，你又不是不知道。"

十二点，宋教官准时放学生去食堂吃饭。吃饭时，叶其蓁看到了唐霄给自己发来的微信消息。

霄霄洒洒："我今天唱得怎么样？没有很难听吧？"

叶其蓁猜唐霄现在很需要安慰，违心地发了一句出去。

Y："还可以，挺好的。"

霄霄洒洒："我今天帮她解围，应该能提高点好感度吧？你知道她喜欢什么类型的男生吗？"

叶其蓁回道："我怎么知道？"

虽然传闻温予有很多前男友，但她从没见过温予和男生在一起，更不知道温予喜欢什么类型。

下午的训练两点开始，正是日头正毒的时候。训练内容是原地踏步和喊口号，学生们又累又渴，这训练比上午的更加磨人。一旁时不时有学姐学长经过，或撑着伞或喝着冰镇饮料，还有人逗趣喊一句"学弟学妹加油"，再优哉游哉地走了，明目张胆地"拉仇恨"。

三点多的时候，有人扛着摄影机和相机这儿拍拍那儿拍拍，看样子是校电视台的。

叶其蓁咬牙坚持到五点，体力严重透支，实在撑不下去了，还没来得及打报告就差点晕倒，还好一旁罗贝反应快，扶住了她。只是罗贝扶稳她以后，偏偏还大嗓门喊了声："报告教官，有人要晕倒了！"

宋教官立马上前："我看看。"

"没晕，有点中暑，休息一下就好。"叶其蓁尴尬地解释道。

"真没事？"

"嗯，没事。"

"行，去边上歇着，今天别练了。"宋教官见是个弱不禁风的小姑娘，难得说话小声了点，不过一转过身又是声如洪钟，"其他人继续练！"

叶其蓁找了片树荫坐下，她掏出准备好的藿香正气水，就着吸管喝着，中暑这事，她有经验。就是难受点，没什么要紧的。

"说了不要东张西望，还东张西望！有没有纪律了！说的就是你，出列。"发飙的是美术系的教官，长得挺帅的，但脾气很冲，"你叫什么名字？"

"可恶，又中奖了。"祁蕴目视前方，轻声哼哼着。

温予已经出列，回答："温予。"

"温予是吧。"教官掐着腰，语气很重，"你别以为你是女生，我就不敢罚你。"

温予面不改色："我没这样以为。"

"你……"教官原本就想说句狠话，心想这姑娘低个头服个软就饶了她，哪知道脾气这么硬，现在不罚也得罚了，"去那儿站军姿，半小时，少一分钟都不行。"

听到隔壁班教官的怒吼后，新闻系的同学纷纷庆幸，还是自家教官脾气好，"颜值"低不是问题，脾气好就行。

温予默默站到一旁，顶着太阳，腰板挺得笔直，汗水顺着脸颊往下淌。

叶其蓁就坐在离温予不远的树荫下，她觉得温予的面色有些苍白，看着状态不太好。教官说站三十分钟，温予真就一动不动站了快三十分钟，叶其蓁都想夸她体力真好。

又过了会儿，温予脸色越发干白，小腹疼得厉害，身子有些摇摇欲坠。

叶其蓁隐隐发觉不对劲，好心走了过去，本来她想扶一把温予，结果走近的时候，温予直接朝她倒了过来。叶其蓁眼疾手快，扶住她。

温予比她高了小半个头，军训了一下午，她现在本来也没什么力气，都使这上面了。

温予眼前发黑了一阵，有好几秒没缓过来。

叶其蓁感到神奇，女孩子就算出了汗，似乎也没有男生出汗时身上的那股味道，而且她觉得温予身上的味道很好闻。

温予缓过劲，第一眼便看见叶其蓁近在咫尺的脸颊。

"怎么回事？"教官走了过来。

"她不舒服，扛不住了。"叶其蓁扭过脑袋跟那教官说。

教官走上前看了看情况，这才凶巴巴地撂下话："不舒服不知道说？服个软就这么难？别站了。"

等教官走后，叶其蓁轻声问："你没事吧？"她的声音本来就偏温柔，低声说话时更是如此。好像有哪里不对，这还是她第一次这么跟温予说话，先前都把温予当"情敌"当习惯了。

温予摇摇头，她体能一直不错，只是这两天生理期，疼得难受。

叶其蓁又问温予："自己能站稳吗？"

说着，准备松开手。

这轻声细语温予听着心中莫名感觉有点温暖，她看着叶其蓁眉眼，又皱了皱眉，一副不舒服的模样："……头晕。"

叶其蓁见状，再次扶着她："我扶你去那边坐着。"

温予仍盯着眼前的脸庞："谢谢。"

叶其蓁表面淡定内心腹诽，不过她没放过看美女的机会，不害臊地看过去。温予的眼睛很漂亮，眼尾有轻微上扬的弧度，让人觉着多情又撩人。看来她被叫"妖精"不是没道理，她要是这样盯着男生看，就算一言不发，都能把人撩到找不到北。

叶其蓁把温予扶到树荫下坐着，叶其蓁看温予的状态，猜她和自己一样中暑了，于是拿出最后一小瓶藿香正气水，插好吸管后，朝温予递过去："给。"

叶其蓁总是习惯性地照顾别人，但这个细微贴心的举动，在温予看来却有些意外，以至于她愣了愣神。

"放心吧。"叶其蓁见温予不接，无奈地说，"我没下毒。"

温予被逗笑了，她接过叶其蓁递来的小瓶，含着吸管喝起来，喝了第一口就皱起眉，太难喝了："这是什么？"

"藿香正气水，你没喝过？"叶其蓁看温予的表情，没来由地想笑，她扭头望向其他地方，抿嘴偷笑了一下。

无论如何，温予今天接受了她的好意，这回算是扯平了，上次在操场，她总觉得自己欠了温予一个人情。

短暂对话后，两人又陷入了沉默，叶其蓁想，大概是有个叫作"情敌磁场"的东西在她们之间作祟。不远处，其他人还在练习原地踏步，整齐的脚步声，轰隆隆，很沉闷。

叶其蓁虽说开朗，但前提是别人对她开朗她才开朗，别人先对她主动她才会主动。所以温予不找她说话，她绝不会放下面子，主动去找温予聊天。

温予用余光留意着叶其蓁，看对方对自己爱搭不理，也没说什么。这会儿头还是晕，她低下头，将额头抵在膝盖上。

叶其蓁其实也在用余光留意着温予，她装作不经意的样子转过头，问："你……要不要去校医院看看？"

听到叶其蓁主动开口说话，温予缓缓抬起头，看了看对方后，得寸进尺地问："你要陪我去吗？"

叶其蓁没想到温予会这么说，她琢磨着，这人怎么这么好意思。

终究心软，她刚想回答"行"时——

"温予，你没事吧？"

"你没事吧？"

…………

两个班已经解散了，好几个人围了上来，冲在最前面的是唐霄，紧张和担心都写在了脸上。叶其蓁看这架势，多的是人想陪她，完全不用自己操心。

"现在有人陪你去了。"叶其蓁声音不大不小，对温予说道。

温予没来得及说什么。

"叶叶，你好些了吗？我们回去吧。"这时，郑千语她们也走了过来。叶其蓁说了句没事了，再看了眼温予，起身跟室友回寝室。

"走吧'女神'，要不要去校医院？"祁蕴也在一旁催促问道。

温予回过神："不用。"

"真不用？"

温予点点头："休息下就行了。"

晚饭温予跟祁蕴在学校的美食广场解决。祁蕴是个话痨，吃饭的时候嘴也不消停，噼里啪啦像放鞭炮似的。

"估计你军训不好过了，教官的眼睛就跟长你身上了似的，成天盯着你，我都怀疑他看上你了。你也是，但凡你低个头说句好话，他也不会为难你……"

说是这么说，但祁蕴明白，温予脾气傲得很，怎么可能服软。

"两个月不见，你又啰唆了不少。"温予点评祁蕴。

祁蕴："……"

安静没半分钟。

"温同学，采访一下，被情敌关心是什么感觉？"祁蕴又开始八卦起来。

回想起下午的情形，温予挑眉，有一说一："很舒服。"

好一个很舒服，祁蕴无言以对，她若有所思地打量着温予，虽然之前全校都在传温予和叶其蓁是情敌关系，但她今天看着，不太像。而且她跟温予勉强算熟悉吧，可温予传闻中的那些男友，她一个都没见过。

祁蕴突然冒出了一个大胆的想法。

温予慢条斯理吃了口面条，见祁蕴像是有话要说，又吞吞吐吐："想说什么就说。"

"温予。"祁蕴声音压低了一点，"我能问你一个稍微隐私点的问题吗？"

温予默然，她从不喜欢跟别人说自己隐私的事。

祁蕴朝温予跟前凑了凑，声音更小了："你高中交过几个男朋友啊？"

问完后，祁蕴默默看着温予，想从对方脸上捕捉到一些蛛丝马迹。

温予朝祁蕴抛出一个漂亮又无所谓的笑，懒得回答。

祁蕴撇撇嘴，感觉是自己自找没趣了。

温予搁下筷子，她胃口小，面条才吃几口就没了食欲，这也是她瘦的原因。她对食物没什么兴趣，有时候在画室待上一天，就吃能量棒充饥，吃东西只是为了维持人体基本需求罢了。

"话说，叶其蓁长得还挺好看，笑起来怪可爱的。"祁蕴无缝切换话题，反正一张嘴就是不能闲下来。

温予由她说，不置可否。祁蕴明面上看着是个活泼的话痨，当初却因为分手差点轻生，幸亏温予及时发现，后来她还给祁蕴介绍了心理医生。她跟祁蕴就是这么熟悉起来的，祁蕴也算得上她唯一熟络的人。

虽算熟悉，但祁蕴也不敢说了解温予，她只觉得温予是个对什么都不在乎的人，内心像冰块一样。她记得温予说过一句话：只要不在乎就不会受伤。

这话是有道理。可她总觉得，温予有些凉薄过头了。

"发什么呆？吃完了就走吧。"祁蕴一下安静不说话，温予反倒有些不习惯。

"我在想，你要是遇到真正令你心动的人，会是什么样啊？"祁蕴靠着座椅，懒散地打量着温予，她真心好奇这个，莫名想看对什么都不屑的温予被人拿捏得死死的样子。

心动？温予云淡风轻地笑了笑，追她的人不算少，她从不知道什么叫心动。

第二章 / 我们加个微信吧

九月底,南城的夏季只剩个尾巴,熬过半个月的烈日炎炎,军训终于结束。

叶其蓁很快适应了大学的集体生活,一切都有条不紊,风平浪静……除了她跟温予又在学校论坛被争论了一番。

事情起源于论坛的一个帖子。帖子里发布了Z大最新的校园宣传片,她跟温予恰好都在视频里露了脸,看画面是军训时拍摄的,叶其蓁在两分零八秒有个镜头,温予是在三分二十秒。还有人特意把她们的特写镜头截图保存了下来。

"叶叶,你真的火了,好多人问你哪个系的,我预感你会是我们寝室第一个告别单身生活的!"永远处于八卦第一线的罗贝正嚼着薯片,津津有味地刷论坛。

论坛八百年没这么热闹了。

——视频里三分二十秒的小姐姐太好看了!

——喜欢视频里两分零八秒的那个小姐姐!笑起来好甜啊!

——想知道视频里三分二十秒的美女是哪个专业的?

——好像是美术学院的。

——两分零八秒的女生是哪个系的?

——两分零八秒的妹子是我们新闻系的。

…………

本来大家的讨论还算正常,偏偏冒出一个知情人士回帖:她们高中时是情敌,老不对付了。

——同校,我也听说过。

…………

又是情敌,叶其蓁想,她跟温予是有多深的缘分,到大学了都逃不脱这谣言。叶其蓁还记得当初在操场不小心把柠檬水洒在了温予身上,结果学校第二天消息就传开了,说她俩在操场上差点打起来。

这时又有人跟帖:

——感觉她们关系挺好啊!

——对啊对啊!

照片一甩出来,跟帖内容开始画风骤变。

——这张图真美。

——求求你们别当情敌了!

············

叶其蓁点开图片一看,不知是谁偷拍的,照片里她扶着中暑晕倒的温予。看到下面清一色地说她们感情好的评论,叶其蓁傻眼了,完全没想到事情会变成这种走向,再看照片,她跟温予对视,确实看起来关系很好的样子。

另一边的寝室里,祁蕴已经笑得前仰后合,她幸灾乐祸地跟温予说:"看看我给你发的,你和你的情敌又火了。"

温予听完,随手点开祁蕴发的链接,指尖飞快在手机屏幕上划动,当刷到跟叶其蓁的那张合照后,停了下来,看了好一阵。想笑。

一两秒后。

她将图片保存了下来。

祁蕴还在笑。

"无聊。"温予撂下两个字,洗澡去了。

十一长假,宿舍里只有叶其蓁一个人留校,想着回家也是一个人,倒不如待在学校,多熟悉下环境。唐棠假期跟男朋友出去玩了,之前还问她要不要一起,她自然拒绝了,可不想打扰别人的约会。

出了图书馆四楼的阅览室,叶其蓁走到长廊,趴在栏杆边透气,书看得久了,眼睛累。她喜欢去图书馆,待上一整天也不会觉得闷。当然,如果有人陪她一起就更好了。

一个人看着外面发呆,每到这时候,她总是会羡慕唐棠,有个志趣相投的对象的确可以炫耀。

片刻工夫,天空卷过阴沉沉的乌云,酝酿着一场大雨。今天不是多云吗?叶其蓁拿出手机点开了天气,天气预报居然实时更新成了有雨。

心里骂了一句:什么破天气预报。

她看看时间,现在是四点半。假期期间,图书馆五点闭馆,差不多也要回去了。叶其蓁没带伞,于是回到阅览室匆匆收拾书包,准备离开。

到一楼的时候,叶其蓁听到了不大不小的雨声,等她到门口,雨哗啦啦,像断了线的珠子往地面砸,耀武扬威一般,绽开一片跳跃的雨花。

叶其蓁抬头望天,心里又骂了一句,什么破运气。

等吧,估计也下不了多久。

周遭有伞的人也在等,雨实在太大了。

就这么等了十几分钟,漫长得像一个世纪,叶其蓁左看看右看看,雨还在下,丝毫没有要停的意思。有伞的人已经没了耐心,纷纷撑着雨伞走了出去。

叶其蓁没伞,寸步难行,虽说雨小了点,但就这么跑回宿舍肯定要变成落汤鸡。她又回头看了看图书馆,听说馆内可以用校园卡借伞,只是现在是假期,应该没有工作人员在。

雨似乎又小了点。叶其蓁知道唐霄也没回去,这会儿都想给唐霄打电话了,想想又觉得太麻烦人家,大不了淋几分钟雨,回宿舍洗个澡。

叶其蓁说干就干,快步走了出去,一跑到雨中才发现,雨比她想象中要大得多。真要变成落汤鸡了。

"叶其蓁。"

身后有人跑了过来。

叶其蓁回过头时,手腕已经被人牵住,头顶一把黑伞帮她挡走了风雨。

"你就打算淋回去?"温予看着叶其蓁额前一小撮一小撮的刘海,又想笑了,她将伞往叶其蓁的那边凑了凑,"走,我送你。"

夹着风声雨声,温予的声音变得模糊,但叶其蓁听清了,她被雨水迷了眼睛,双眼隔着水雾望着温予,这才彻底意识到,温予对她的笑从来都没有恶意。

"走了。"温予瞧着眼前人落魄委屈的模样,声音都不自觉变得轻柔。

两人这样肩并肩走了一段距离,叶其蓁扭头看向温予:"谢谢。"

温予也扭头,垂眸看着她:"现在才说谢谢,你反应这么迟钝?"

叶其蓁猝不及防笑得眼睛弯弯。

温予跟着莞尔,每次看叶其蓁这么笑,都会心情变好。回想高中时,她常在晚饭后的休息时间窝在画室画画,她时常能在窗外花坛旁看到一个女生在那儿背书,笑起来很甜。不是别人,就是叶其蓁。

雨不算特别大,风大,刮得雨水往身上飘。两个人挤着一把伞,往宿舍楼方向走去。

叶其蓁不好意思让温予送她太远,才没走一会儿,便对温予说:"就到这儿吧,没多远了。"

温予言简意赅:"没事,我顺路。"

叶其蓁突然心头一暖,才发现温予一直不动声色地把伞往自己这边倾,以至于她左边衣袖都被打湿了。

叶其蓁往温予身边靠近一些,然后抓住伞柄。

"怎么了?"温予问。

"你都淋湿了,过去点。"叶其蓁抓着伞柄往温予那边移过去。

温予无所谓地笑了笑:"不碍事。"

叶其蓁不知道再对温予说什么,跟人一起撑伞时,她总习惯淋湿肩膀的一方是自己。而现在恰好相反,她望着温予,心情微妙。温予今天穿了一件麻质薄衬衫,已经被雨水打湿一片,贴在纤细的手臂上。

尽管温予说了不碍事,叶其蓁还是执意把伞往温予那边倾斜,她过意不去,宁愿淋湿的是自己。

温予看在眼里,拿她没辙,继续往前走。

雨淅淅沥沥地下着,两人步伐不快不慢,一路上没说什么话。图书馆到东园宿舍楼大概五六分钟的路程,不算远。

叶其蓁偶尔觉得脸痒痒的,是风吹着温予的发丝拂过她的脸颊,带着好闻的淡淡香气。她做梦也想不到,自己跟温予会有这么和谐的时候,肩并肩撑着一把伞,同风共雨地朝一个方向走。

快到东园宿舍楼时,雨小了,如细丝,风也吹散了乌云,甚至有放晴的迹象。

"到了。"

东园九栋,温予瞄了眼楼牌号,对叶其蓁说:"我走了。"

"嗯,谢谢。"叶其蓁中规中矩地道谢。

温予站在原地,又看了叶其蓁两眼,见对方似乎没有其他话要说,她随手撩了撩头发，笑着，语气平淡地说道："回去洗个澡。"

举手投足都好看，叶其蓁总算明白，为什么那么多人讨厌她，又有那么多人想追她。

"嗯。"叶其蓁应道。

温予转身，撑伞走入细雨中，很快，高挑漂亮的背影消失在拐角处。

叶其蓁爬上三楼，有些心不在焉，还在想温予送她回宿舍的这件事。她刚刚的感谢是不是过于敷衍？其实她想过要不要邀请温予到宿舍坐坐，或者一起吃晚饭之类的，可不知为什么，她没说出口。如果换作其他人，她一定会说。

温予并不讨厌她，就跟她并不讨厌温予一样，叶其蓁现在确定这点。尽管外人把她们的关系传成是有你没我的程度。

想想，就算喜欢过同一个男生，也不一定是水火不容的情敌关系吧。更何况自己还不喜欢那个男生，只是一场误会而已。

叶其蓁站在镜子前照着，吹了吹额前湿答答的刘海，突然觉得，有必要跟温予澄清这个误会……

叶其蓁抓了抓自己的头发，决定先洗个澡。

宿舍里的热水器老旧，总得先放好一阵水才冒热气。等水温调好，叶其蓁才站在花洒下，她眯眼仰头，让热水从头往下浇，她最受不了身上黏糊糊的，尤其是讨厌汗味，前段时间军训每天出那么多汗，对她来说是实打实的煎熬。

浴室里氤氲一层薄薄的水汽，叶其蓁洗澡速度慢，还喜欢想东想西。洗着洗着，不由自主地便想到了温予。

温予平时看起来高傲又淡漠，即便笑起来也给人距离感，高中时大家都传温予的性格和颜值成反比，她的性格很差劲。但今天接触下来，叶其蓁觉得温予并非像她表面那样，更不像众人口中说的那样。

温予是个什么样的人呢？叶其蓁不禁又想起温予在画室被人辱骂时，脸上不屑一顾的神情。给她的印象太深了。

磨蹭许久，叶其蓁擦着头发从浴室里走出来，冲了个热水澡后浑身舒畅。吹干头发后，她懒洋洋地在书桌前坐下，拿过一旁的手机看消息。

一点进微信，叶其蓁就看到唐棠给她发的风景照，还有男友视角的游客照，看来玩得挺开心。再往下看，唐霄正在某群里踊跃发言，消息一条接一条。

群里的人在讨论假期聚餐的事。

——我知道沿江路那边有家店味道贼好。

....

——能来的敲个1。

——我统计一下,好预约。

....

这个群是唐霄前几天心血来潮建的,是个同乡校友群,里边大部分是18级新生,都是北临人。唐霄说建这个群是为了方便同乡在一起聚会交友。叶其蓁见怪不怪,唐霄打小就是个社交能手,人缘也好,爱撺掇这些。

叶其蓁点开群聊人员名单,从头翻到底,并没有看到温予的微信号。也是,温予看着不像会参加这种活动。

唐霄应该有温予的微信号吧?

叶其蓁趴在桌子上,纠结半天,最终决定:如果她跟温予还碰面,时机合适再当面解释吧。

翌日,南城有雨。画室里空荡荡的,雨声滴答,衬得房间更显寂静。

温予一个人坐在画架前,低头调着颜料盘,一幅水彩画已完成大半。她没什么娱乐活动,要么待在画室画画,要么去图书馆看书。她喜欢安静的地方,没有乱七八糟的声音。

画画时,温予会全神贯注,以致没有留意身后的脚步声,直到三两下的敲门声响起后,她才慵懒地回了头。

画室门口站了一个男生,她瞥一眼,没说什么,接着忙自己的。

唐霄是听系里其他人说,温予大部分空闲时间都是待在画室,的确是这样,他好几次来画室这边溜达,都看到了温予。

"温予。"唐霄走上前,还有点紧张。

温予再度转过头,似笑非笑看着眼前的陌生人。

唐霄心跳微微加速,结果——

温予问:"我们认识吗?"

唐霄:"……"

不至于吧?唐霄有点怀疑人生,自己长得这么平平无奇吗?好歹也是同班同学，而且军训时他还帮温予解围当众唱歌了，连个印象都没有留下？

"我叫唐霄，我们是同班同学。"唐霄硬着头皮，无奈地做了一遍自我介绍。

温予对周围的人不怎么上心，也不大去记人脸和名字，听完介绍，她没多大反应。

"开学第一天我们在食堂遇到过。"唐霄打开了话匣子。

温予已经嫌身旁的人太吵，这样的搭讪她见得多了，没什么兴趣。

"我是叶其蓁的朋友，你跟她是高中同学吧？"唐霄在努力找各种各样的交集，企图跟温予拉近关系。

经唐霄这么一提醒，温予想起那天跟叶其蓁一起的，是有个男生，她点点头："想起来了。"

"是吧，我还听她说过你，我们也算半个熟人了。"

"她说过我？"温予好奇，"说我什么？"

唐霄在心里狠狠佩服了一下自己的社交能力，夸女孩是他的强项，他毫不含糊道："说你长得好看。"

"真的？"温予偏偏头。

"是啊，说过不止一次。"见温予肯搭理自己，唐霄笑容自信，对答如流，假话说得跟真的似的。

这位大概是不清楚自己和叶其蓁之间的那些缘分吧，温予扬起嘴角笑笑，不由得想起叶其蓁每次见自己时别扭冷淡的模样……鬼才信叶其蓁会夸自己。

唐霄趁热打铁："温予，你也是北临人吧，我们后天晚上有个同乡聚餐，有空一起来热闹吗？叶其蓁也去。"

温予想了想，别的没说，应了声："行。"

"那加个微信吧，方便联系，我拉你进同乡群。"唐霄拿出自己的手机，他承认自己费心思弄同乡会，很大一部分原因是为了以这个为借口，加上温予的微信号。据说系里有男生直接问温予要过联系方式，但被干脆地拒绝了。

温予也拿起一旁的手机，点开自己的二维码，递过去。

加完好友后，唐霄笑着说："我就不打扰你了，微信联系。"

"嗯。"温予垂头，通过好友请求的同时，指尖轻点，顺手开启了朋友圈权限：不让他看，不看他。

　　参加同乡聚餐的人大概有十几个。
　　叶其蓁不算特别喜欢热闹，但偶尔参加聚会认识一些新朋友，也挺不错的。一个人待久了，还是会闷。
　　六点左右，叶其蓁跟着大部队在校门口集合，可临近出发时却不见唐霄的身影，没多久，叶其蓁接到唐霄打来的电话，说他有点事耽误了，晚点自己过去。
　　"你这负责人能不能靠谱点？说了六点在西门集合。"叶其蓁忍不住吐槽。
　　"这不是临时有事吗？地址和预约短信都发给你了，你们先过去，我很快就来。"唐霄打着自己的小算盘，让其他人先走，他再单独跟温予一起过去。他没跟叶其蓁说这些，说了叶其蓁肯定会笑他。
　　叶其蓁道："行吧，你早点过来。"
　　聚餐地点也是唐霄选的，在南城有名的沿江路一带，是一家颇有本地特色的风味餐厅，在南城人气很高，位置刚好在沿江码头旁，夜景很美。唐霄在吃喝玩乐方面有一套，通常不会出错。
　　华灯初上，在二楼的包间看江景，绝美。
　　一行人围着大圆桌坐下，人还没来齐，除了唐霄，还有几个也说要单独来。虽说大家都是第一次见面，但之前就在群里聊过，又是同校又是同乡，只是起初稍微有些拘谨，聊着聊着也就放开了。
　　包间里说笑声一片，很热闹。
　　叶其蓁刚坐下，就有一个皮肤白皙的男生坐在她的左边，上来搭话："你好，我叫徐开明，传播系。"
　　"叶其蓁，我是新闻系。"叶其蓁礼貌大方地笑了笑。
　　"我们是一个院的，加个微信？"
　　"嗯，好。"叶其蓁想着以后可能会去蹭传播系的课，多个熟人也好。正跟人聊着，突然间，包间里莫名安静下来，她不明所以抬起头。
　　许多人也跟叶其蓁一样，转头看向门口。
　　看到门口的温予时，叶其蓁瞬间明白了，怪不得唐霄这么积极地张罗聚餐。只是她很意外，温予居然会来参加这种集体活动。

温予站在那儿，不管被多少人盯着，都一副淡定自若的样子。她的目光在大圆桌上扫了一圈，自然而然瞥见了一张熟悉的脸蛋。

"同学，你是来参加同乡聚会吗？"一旁有人问。

"嗯。"温予笑。

"随便坐。"

叶其蓁静静地坐在那儿，就看见温予好像朝她的方向走过来了，温予今天跟她一样，穿着宽松白T恤和热裤，很休闲随意，但令人有些许尴尬的是，她发现旁边有个男生一直在偷瞧温予的腿。

叶其蓁的右手边还有个空位，一个微胖的男生也走了过来，准备入座时，他看见温予也走了过来，于是笑呵呵来了一句"女士优先，女士优先"。那个男生让到了一边。

温予看了看叶其蓁，没马上坐下，而是先问她："介意我坐这儿吗？"

"不介意。"叶其蓁抿嘴一笑。她感觉到，自己和温予之间正在慢慢地跟情敌关系划清界限。

快上菜了，唐霄还没动静，叶其蓁刚想给唐霄打电话，唐霄就主动给她打了过来，饭桌上太吵信号也不好，她听不清唐霄说了什么，于是起身走到窗边去。

"你刚刚说什么？"叶其蓁问一遍。

"我今晚不过来了。"

叶其蓁惦记友情，好心提醒一句："温予也在。"

唐霄说："我知道，还是我叫她来的。"

"这么好的机会你不来？"叶其蓁感到不解，照唐霄的性格应该恨不得坐火箭过来吧。

"我也想啊，可是我一哥们儿打球骨折了，我要陪他去医院呢。"唐霄后悔啊，兄弟开玩笑说会出事就真出事了，没办法，他这人讲义气，不可能扔下兄弟不管。

叶其蓁听出了唐霄的无奈，安慰他："没事，下次努力。"

"你帮我照顾一下温予。"唐霄又说。

"那么大个人，还要怎么照顾？"

"看着她别喝太多酒，冰的也别喝太多，要是你们玩到太晚，你陪她回宿舍……"唐霄一一交代。

叶其蓁听着,打断对面的话,冷不防来了句:"要不要我喂饭给她吃?"

"你跟她八字都还没一撇。"叶其蓁站在窗边,偷偷瞅温予的侧脸,压低声音对手机那头说道。

"我这不提前练习一下怎么当男朋友嘛。而且我都加上她微信了,她可不会轻易给别人微信号……"唐霄说着笑出了声,"最主要的是,别让其他人勾搭她。"

原来搁这儿等着呢,叶其蓁更无语了:"她要是跟别人看对眼了,我能怎么办?"

"小蓁儿,帮我看着点。拜托了,下回请你吃饭。"唐霄恳求道。

"好,知道了。"叶其蓁受不了唐霄话多。

叶其蓁回到餐桌时,都开始上菜了,她顺便跟大家说了声唐霄不来的事。大家都表示惋惜,毕竟唐霄是气氛组的担当,一人顶十个。

桌面上有好几款饮料,牛奶、果汁,还有啤酒。在座的人都刚上大学,除了几个男生,没多少人碰酒。

眼前的玻璃杯里盛满饮料,像是桃子味汽水,叶其蓁正口渴,于是端起手边的玻璃杯。这时耳畔有个好听的声音提醒她:"里面含酒精的,你能喝酒吗?"

温予看叶其蓁不像是能喝酒的人。

叶其蓁听到后,马上放下了手里的杯子。她十八岁生日那天,在唐棠的怂恿下试着喝过一杯啤酒,用一次性纸杯装的,她一口喝完后脸涨得通红,一觉睡到第二天。至今,唐棠还三天两头拿这事来嘲讽她。

见叶其蓁乖乖放下杯子服软的样子,温予笑了,果然没猜错。她顺手拿起面前的一杯牛奶,递给叶其蓁,没说话。

叶其蓁转头看温予。

温予把叶其蓁军训时说过的话,原封不动地奉还:"放心吧,我没下毒。"

叶其蓁被戳到了笑点:"谢谢。"

那天她之所以这么跟温予说,是以为温予把她当情敌戒备着,不肯接受她的好意。

"你的给我。"温予又说。

"你能喝酒?"叶其蓁问她。

"能喝一点。"温予说着,稍稍朝叶其蓁倾过身,自己伸手拿走了那杯桃子味的酒。

温予的身上总是有股淡淡的清香,叶其蓁在温予靠近的时候,又闻到了。等她再看向温予,温予正微仰着头,将那一杯酒喝了三分之一。

温予的气质和气场,让她觉得,温予并不需要人特别照顾。

"我们先来做一下自我介绍吧,姓名、专业、爱好,随便说说。"有健谈的人站起身来活跃气氛。虽说他们这些人中私下有不少互相联系过,称得上熟悉,但也不是每个人都互相认识。

大家都没意见。于是从提议人开始,绕着桌子逆时针转挨个自我介绍,叶其蓁在倒数第二的位置,温予恰好排在最后。从所有人的反应来看,貌似都挺期待温予的自我介绍。

轮到温予了,温予站起身:"温予,美术系。"气定神闲且语言精练。

叶其蓁并不意外,嗯,很酷。

"温同学不多说点吗?"有人抗议。

温予补充一句:"平时没什么爱好。"

与其说没什么爱好,倒更像是不想跟别人说自己的事吧。叶其蓁喝着牛奶,这样认为。

"那温同学是单身吗?"一个女孩突然冒出一句,十分热心地帮身旁的男生问了起来。

"单身。"温予淡笑着回答。

经温予这么一答,餐桌上的氛围更热闹了,十几个人边吃边聊,不亦乐乎。

温予坐下后,又喝了一杯酒。

叶其蓁默默地看着,都三杯了。她知道这样自以为是地去揣摩别人的心思并不合适,但不知为何,她觉得温予好像藏了很多心事,一点也不开心。

温予虽然低着头,但也注意到了一旁的叶其蓁正在盯着她。好一阵过去,她蓦地转过头,凝视叶其蓁,问:"干吗盯着我?"

"我……"叶其蓁都没意识到自己一直盯着对方,她感觉自己的脸开始发烫。

叶其蓁皮肤白,稍微泛着点红就很明显,加上包间里的灯光是暖色调的,温予瞧着叶其蓁的双颊,问:"偷喝酒了?"

"没有。"叶其蓁否认,可算换了个话题,想起上次温予好心送她回宿舍，她今天关心一下人家也是应该的吧。犹豫了下，叶其蓁问："你要不要少喝点？"

缓了两秒，叶其蓁听到温予慵懒地哼了声"嗯"，她说话时总带着点淡然的无所谓。叶其蓁还留意到温予晚上没吃多少东西，但她没多说什么，毕竟她们还不算熟，仅仅不再是"情敌"而已。

等聚餐结束，天彻底黑了。

他们人多，正好可以围一桌，便有人提议玩桌游——狼人杀。

温予对玩集体游戏没什么兴趣，她看叶其蓁似乎喜欢这些。她不打算参与，于是以去洗手间为理由推了，正好下楼去透会儿气。

叶其蓁总觉得温予的状态不太好，难道喝酒喝多了？毕竟答应过唐霄，左思右想，她也以上洗手间为理由，起身出去。

餐厅不算大，分两层，一楼堂食，二楼包间。叶其蓁在二楼找了一圈发现没洗手间，服务员说洗手间设在一楼，她又往楼下走去，依然不见温予身影。

远处霓虹闪耀，温予静静靠在沿江围栏边，无聊地眺望着，风吹来，她摸了摸胳膊。十月初南城下了好几场雨，晚上已有些凉意，尤其是站在江边，吹着夜晚的江风。

"温予？"

温予回头，叫她的是一个高个男孩，勉强算熟人。

"真的是你。之前我在楼下叫了你，你大概没听见，我还以为认错人了。"

温予一言不发，显然不想搭理他。

"老同学，你不至于不记得我了吧？我当初可追了你那么久。"管铭舔唇无奈地笑着，他的身上沾着酒气，"我听说你上Z大了，名校啊，恭喜。"

温予仍然沉默，她对很多男生都没印象，但对管铭有印象，当然并不是因为管铭是一中的"校草"。

管铭就往她身旁一站，没离开的打算。

温予也不理睬。

站了会儿，卷了阵风过来。

"跟朋友在这边吃饭？我也是。今天降温了，你穿这么少冷不冷？"管铭又开始搭话，目光在对方一双长腿上扫了一遍，"要不找个地方，我请你喝东西？"

"没兴趣。"温予终于开口。

"以前因为要高考，你拒绝我也就算了，现在你都考上Z大了，不用这样疏远我吧？"管铭挺自信的，也觉得自己有自信的资本，他一直不缺女孩子喜欢，琢磨着温予性子傲是傲了点，费点心思追也不是事。本来联系不上温予他还很遗憾，今天遇到了，他肯定不会轻易放弃，他朝温予笑道："走吧，我请客。"

"你耳朵有问题还是脑子有问题？我说对你没兴趣。"

温予是笑着说的，却字字带刺。

"温予，你对我是不是有误解？"

温予不想再多说一个字，转身要走。

管铭立即抓住温予的手："你别听学校那些人胡说八道，我之前是真心喜欢你才追你，否则我能追你那么长时间？我就对你心动过，压根就没对其他女孩动过心思。"

温予冷冷地嗤笑一声，眼前这位是什么样的人，她清楚得很，再看看自己被拽着的手腕，她命令："松开。"

叶其蓁在一旁站了有一会儿了，看管铭开始对温予动手动脚时，她准备上前。

"是不是因为叶其蓁？"管铭还抓着温予的手腕，嗓门很大，"我真对叶其蓁没意思，都是误会，当初我就问了她几道题而已，她就以为我喜欢她，到处跟人说她是我女朋友，她犯贱关我什么事？今天碰上了，我一定要跟你解释清楚，我管铭真不是那种朝三暮四……"

"你有病啊？！谁喜欢你啊？"叶其蓁冲了上去，她从没这么大声说过话，跟吼似的，以至于脸都红了，气得她的心脏一突一突的。

看到叶其蓁后，管铭缓了缓神，还以为自己眼花了，今天邪了门了，怎么都凑到了一块儿。

叶其蓁骂完扭头就走。

温予瞪了管铭一眼，使劲抽回了自己的手。

"温予……"管铭跟了上去，还想拉她。

温予顿下脚步，转身，几乎没给管铭反应的时间，扬起手重重地朝管铭的左脸甩了一记耳光，过后，只对他说了一个字："贱。"

管铭捂着脸,就看着温予朝叶其蓁的方向跟了过去,他低头骂了句脏话。

叶其蓁一直往前走着,着实被气到了,她从小到大哪被人这么骂过?心里委屈得不行。但她努力忍着眼泪,不值得因为那种人哭。

"叶其蓁。"温予快步追上。

叶其蓁深吸一口气,调整一下情绪后,才敢回头直视温予的眼睛。乐观点想,今晚闹出这茬,至少弄清了她跟温予之间的误会,还是有点收获的。

"你上楼去吧,跟他们一起玩游戏。"叶其蓁尽量以轻松的语气跟温予说话。

温予盯着叶其蓁的眼睛,看到她的眼眶里有泪珠在打转。

叶其蓁暗暗咬牙,不动声色,她不想在别人面前哭,上次被温予撞见是个意外。这种意外不可能发生第二次。

江风吹得两人的发丝飞扬。

"要不要我陪你?"温予低声问。

"你上去吧。我没事,想吹吹风。"叶其蓁浅笑,继续忍。她此刻特别想对温予说,别再这么看着我,就快忍不住了。

就那么一男的,值得你这么难过吗?温予终究没有这样问叶其蓁,她看出来了,叶其蓁不想在别人面前哭,逞强而已。

"嗯。"温予只好这么应着。

叶其蓁独自找了个台阶坐下,很快忍不住了,她埋头哽咽着,边哭边嫌弃自己居然因为那么一个"渣男"的话流泪。当初缠着她的是管铭,现在反口说她犯贱,都是些什么事……

回想刚才,她后悔自己没多骂几句,再扇对方一个耳光。

失策了。毕竟没经验。

叶其蓁越想越气,眼眶也越来越湿。

温予没离开,而是站在不远处的路灯下看着,她看见叶其蓁缩作一团,肩膀在颤抖,不用想都知道是在偷哭。果然没有一个人是百分百开心的,不过是把悲伤藏了起来。

假期,江边有不少游客。

叶其蓁还在断断续续地呜咽,好几次想忍住不哭,奈何眼窝浅。没多久,有一个穿黑色T恤的微胖男人走过来,问她发生什么事了,可以跟他说说。

不管对方是善意还是其他，每每被陌生人搭讪，尤其是男性，叶其蓁就会立马警惕起来，甚至脑洞大开，想到那些社会版头条。她不愿跟陌生人搭话。

对方好像没打算马上离开，还问："是不是失恋了？"

叶其蓁想着还是回去吧，刚打算起身就听到，"我是她的朋友。"温予站在台阶上，朝那微胖男人说道。

微胖男人这才停止搭讪，走了。

她没走吗？听到温予的声音，叶其蓁死要面子的毛病又犯了，不敢用哭红的眼睛去看温予，但余光留意到温予在她身旁坐下了，两人之间还留着一个人的距离。

温予没被人安慰过，也没有安慰过别人，所以这种情况下，她不太知道该怎么做。她没去看叶其蓁，只是望着波光粼粼的江面，"你哭，我不看你，也不告诉别人。"

对方口吻还像平时那样，听着不太像安慰人的语气，但就这么一下，叶其蓁觉得很温暖，她的脸颊在膝盖上蹭了蹭，悄悄扭头，看见温予果真只是目视前方。

第二次被温予撞见偷哭了，温予一定觉得她很矫情，屁大点事有什么好哭的。叶其蓁感到很丢人。

她爱哭是事实。她从小就爱哭，小时候父母就严厉地教育她："你哭管什么用？爱哭的人是最没用的人，没人会喜欢，你要像你姐姐一样。"

她害怕被人讨厌。

后来就改了……改成躲起来哭。

尽管长大以后她并不认可父母的说法，可习惯是个很可怕的东西，况且她在别人眼里是多积极乐观的一个人啊，哭起来会很奇怪吧。唐棠要是看见她这样哭，肯定会被吓坏，觉得发生了天大的事。

叶其蓁伸手抹了抹脸上的泪痕，偶尔会憋不住发出一两声啜泣，到底有人在她身边坐着，她没先前那样放肆。

温予听到叶其蓁在强忍啜泣，想说"想哭就哭"，最后还是保持安静，不去打扰。

就这样，两人并肩沉默地坐了十分钟。

终于，叶其蓁止住了眼泪，她抬起头，迎风看向远处，江面上倒映着斑斓夜景，随波摇曳，如梦似幻。她想下次再来，可以带上相机。

"谢谢。"叶其蓁望着阶梯上温予的影子，说道。她都跟温予说过好多次谢谢了，这是什么奇妙的缘分，她以为自己是温予的眼中钉来着。

等叶其蓁愿意说话，温予这才转过头去看对方，这儿的光线比学校后操场要好，她清楚地看到叶其蓁的眼睛哭得有多红，看着比上次还可怜。

"不知道你信不信……"温予说。

"嗯？"叶其蓁不明所以。

"我没招惹过管铭，对他也不感兴趣。"考虑过后，温予还是平静地跟叶其蓁说了这些。

她从不屑于解释这些事，而且说了也没人信，在外界眼中她就是一个不怎么样的人。被孤立、被造谣、被厌恶，久而久之，她都麻木了。不在乎就不会受伤，她一直这么跟自己说。

"嗯，都是误会。"叶其蓁波澜不惊地答道。

听不出有丝毫的质疑，这么相信自己吗？温予看着叶其蓁片刻不语，毕竟她更习惯别人对她嗤之以鼻地说：装什么装，谁不知道你是什么样的货色？

叶其蓁见温予忽然不说话，问道："怎么了？"

"他在追你的时候，跟好几个女生都纠缠不清。是他配不上你。"温予看叶其蓁太单纯，觉得有必要提醒一下，为这种男的伤心实在不值得。而后半句，也是她的由衷之言，她认为叶其蓁值得一个很好的人。

叶其蓁的反应慢半拍，这下才意识到温予误会了。也是，她哭成这样，看起来跟被"渣男"伤了心如出一辙。

她解释说："你误会了，我从来没喜欢过他……我眼又不瞎。"

她就是看着单纯，该懂的都懂，她不会因为外界的流言蜚语而跟风讨厌温予，也不会因为几句花言巧语就相信管铭，她没那么好骗。

温予分不清这句话的真假，她抓住机会问叶其蓁："你不喜欢他，那为什么讨厌我？"

叶其蓁憋屈地说："我哪有讨厌你。"

"没有吗？"温予一字一顿，偏头质问，意思是让叶其蓁好好想想。

"我……"弄清事情的来龙去脉，叶其蓁心虚，确实是她自己的问题，明明温予从没表现过恶意。她这才如实跟温予说："我以为是你讨厌我。"

身旁的人声音微颤，轻柔又带着委屈，温予听着都不忍心再说什么，她承认自己脾气挺差的，但对着叶其蓁，她发觉自己会下意识将语气变得柔和，总觉得这个女孩子太温柔了，就连刚才吼人骂人时，都毫无气势可言。

"因为那个烂人？"提到这个，温予满是轻蔑，"他不配。"

叶其蓁又在温予脸上看到了不屑一顾的笑，听温予说"他不配"时，没来由地特别解气，她也点头跟着说了句："他不配。"

因为这个"渣男"，她们竟然稀里糊涂地当了两年的情敌。想想都滑稽。

再度眺望夜景，叶其蓁吸着鼻子，擦干眼眶上最后一滴泪水。长舒一口气，不哭了。

"还说不喜欢他。"温予斜眼看一下叶其蓁，冷不防地说了一句。她看叶其蓁眼睛都哭肿了，刚刚足足哭了十几分钟，明明伤心得不行，嘴上还要一直逞强说不在乎。挺像叶同学的风格，人前阳光明媚，私下就是个"爱哭包"。

"我真的不喜欢他！"叶其蓁真急了，想到姓管的就恶心，她朝温予直了直腰板，扬起声调为自己辩解。

温予怎么看她怎么像死要面子："那你哭得这么伤心？"

"我就是喜欢哭，没事就容易哭。"叶其蓁脱口而出且理直气壮，这是她头一回亲口承认这点，承认完以后尴尬地低头。

温予瞧见她一副自己嫌弃自己的神情，笑出了声，但马上又憋了回去，人家在旁边哭得这么伤心，她这时候笑，显得太不厚道。

"真的假的？"

叶其蓁想，自己在温予面前早就没面子可言了，死猪不怕开水烫，她顶着一双红而肿的眼睛看向温予，很诚恳："真的。"

温予支着脑袋，揉了揉自己的头发，瞧着叶其蓁，没出声。

看穿了温予在憋笑，叶其蓁忽然破涕为笑，她的眼睛里还有泪花，声音略微带点哭腔："想笑就笑呗。"

因为这一句，温予的嘴角已经扬了起来。

叶其蓁笑中带泪，看着温予的脸……真的很漂亮，尤其是笑起来时。她还不算了解温予，如果单从外表来看，这绝对是唐霄眼光最好的一次。

兜里手机响了起来，叶其蓁拿出一看，有一通语音电话进来，备注是"传播徐开明"，也就是先前聚餐时加上微信的校友。

看着手机屏幕,叶其蓁没马上接通,她现在的声音一听就是哭过的,还是先挂断再发文字消息更合适。

"我帮你接。"温予将手伸了过来,手心朝叶其蓁摊开。

心思被猜中,叶其蓁觉得不可思议,愣愣地将手机递给了温予,她看温予接听了通话,再点开了扬声器,话筒里传出一个男声:"叶其蓁,我是徐开明,你在哪儿呢?我们要去 KTV 了,你现在上来吧?"

温予没马上说话,先给叶其蓁一个眼神。

叶其蓁会意,对温予摇了摇头,哭成这副模样,哪还敢见其他人。

温予也猜到是这样,从容地回道:"我是温予,叶其蓁有点不舒服,我陪着她,我们就不去唱歌了……"

提到温予这个名字,徐开明马上就有了印象。温予三两句就把徐开明给打发了。

叶其蓁始终盯着温予的侧脸,她实在想不通,明明这么贴心的人,为什么会被大家说成那样。果然偏见误人。叶其蓁想,温予被孤立,应该和她母亲的事情分不开,也是她母亲的丑闻闹开后,关于她的一些事才被传得沸沸扬扬。

温予回复完,把手机又塞回了叶其蓁手里:"在这儿等我,我上楼拿包。"

"温予。"叶其蓁跟着站起身,叫住往餐厅走去的温予。

温予回身,看着站在台阶上的叶其蓁,语气很无奈:"一个人怕啊?"

"不是。"叶其蓁不好意思,"你跟他们一起去玩吧,不用陪我。"

"不想去。"温予简短地回答道,然后走了。

叶其蓁呆立在原地,望着温予的背影腹诽,既然什么热闹都不想凑,那来参加聚会干吗?难道真的看上唐霄了?

等了五分钟左右。

叶其蓁看到温予提着包朝她的方向走了过来。两人面对面站着,叶其蓁在想接下来干什么,现在才不到八点,回校也太早了。

她想起温予今晚都没吃多少东西,就说:"要不要去吃点东西?"

"不是刚吃完晚饭?"温予说。

"你就吃那么点,不饿吗?"叶其蓁坐在她旁边看着的,她吃了绝对不超过七口。

"你还挺关注我。"温予悠悠地说，以前高中时，她留意到叶其蓁没少透过窗户看自己，她那时只以为叶其蓁是单纯讨厌她。

这奇怪的话题切入点，叶其蓁往沿江路那边看了看，又笑着说："我知道这附近有家很好吃的米粉店，我带你去吃？我正好也没吃饱。"

她晚上没吃主食，胃里还装得下，但不至于还想吃，这么说主要还是考虑温予的感受。

温予听了，略微惊讶地打量叶其蓁单薄的身板，她晚上见叶其蓁每道菜都吃得津津有味，跟仓鼠一样。她不禁问道："你这么能吃吗？"

这……叶其蓁万万没想到温予会是这种反应，她抬眸瞅着温予半晌，一时不知道接什么了，欲言又止。

温予对上叶其蓁仍泛红的双眸，意识到自己好像说错了什么，不是又想哭了吧？她见这情形，赶紧轻声改口："能吃是福。"

叶其蓁："……"

温予没其他意思，单纯惊讶叶其蓁的胃口。她晚上虽然只吃了几口东西，但并不饿，不过见叶其蓁提到一家好吃的米粉店时眼睛都亮了，觉得挺逗的："走吧。"

"嗯，我请客。"叶其蓁说。

"为什么？"

"之前误会你了，补偿。"叶其蓁笑着解释。

听到是补偿，温予也笑了。

小店的位置不太好找，叶其蓁开了导航还费了点时间才找到，红色的灯箱招牌朴素，就写了"南城特色米粉"六个字。或许是酒香不怕巷子深，有不少人来光顾，现在又正是饭点。

墙上的菜单琳琅满目。

叶其蓁问温予："你吃什么？"

温予看着密密麻麻的菜式，感到头大，这比平时构思作业更费脑，食物好不好吃向来不是她关注的点，因为她是个对食物没有任何要求的人，甚至可以连续一星期只吃干面包。她选择把问题抛给叶其蓁："你呢？"

"牛肉米粉是特色，要不我们点一份带汤的，一份干拌，一起吃？"叶其蓁说起吃的，头头是道，这会儿闻着香味都馋了。

"听你的。"温予表示没意见。

"你能吃辣吗？"

"还行。"温予说。

"那我们要中辣？"

"嗯。"温予看有人跟馋猫一样，想笑。

一一问了温予的喜好，叶其蓁才点单。

温予就站在一边，听到服务员报出一个数字后，她看了眼叶其蓁，想了想，拿出手机扫墙上的付款二维码。

三两下，支付完成。

叶其蓁慢了一步："说好我请客的？"

"下次你请。"温予随口说道。

叶其蓁斤斤计较："那还是欠你一次。"

温予挑眉说："你可以请两次。"

请两次？叶其蓁沉默地看着温予，怎么觉得这人是故意的？她是不是怕孤单？

叶其蓁突然想到这点，尽管温予平时看起来喜欢独来独往，可人并非总是表面给人感觉的那样，而她直觉温予在这方面跟她一样：就算觉得孤独，嘴上也不会承认。

见叶其蓁犹豫，温予又问："不乐意啊？"

叶其蓁笑盈盈地回答："乐意。"

这儿的生意很好，店内都坐满了。叶其蓁跟温予只好坐在外边的小桌上，今晚天气凉爽，又有风，待在露天比待在室内更加舒服惬意。

一碗汤粉，一碗干拌。叶其蓁又去找老板要了两只小碗，这样一个人可以吃两种口味。把筷子用纸巾仔细擦了一遍以后，她才递给温予："给。"

对每个人都这么贴心吗？温予接过筷子时想着。

叶其蓁会照顾人，跟她一起出去吃东西很舒心省事，比如吃火锅不愁没人涮菜，吃烤肉不愁没人给烤肉翻面。

小店喧嚣，满是烟火气息。温予环顾四周，不知多久没来这样的地方。如果她是一个人，她绝不会来这样的场所，因为会显得自己更加形单影只。但此刻不是，叶其蓁坐在她对面，低头吃得认真。

温予没见过吃饭能吃这么香的，她现在相信叶其蓁不喜欢管铭了，要是真被伤了心，哪还能吃得这么没心没肺。

明明前不久还哭成那样……

神奇了。

叶其蓁心情不好的时候胃口会比平时大，她是个很擅长自我安慰的人，基本一顿吃好喝好后心情就会变好，而且有人陪她一起要比她一个人时好上很多，就像现在。

她突然想跟温予说声谢谢，谢谢温予今晚陪着她。

否则她又是孤零零一个人。

温予莫名被勾起了一些食欲，不是因为米粉的香气，而是因为眼前人的吃相。她吃了小口，细细尝了尝，不得不说，米粉的味道是要比干面包好不少。

叶其蓁隐隐察觉到对面的人在看自己，她抬起头，果不其然。温予正好看见叶其蓁微鼓起左边腮帮的模样，瞬间很想拿手机把这个画面拍下来。

"怎么，没见过我这么能吃的姑娘？"四目相对着，叶其蓁"自黑"了一把，她承认自己是故意逗温予，她看出温予似有心事，也希望对方今晚能因为自己，心情稍微好点。

温予托腮望着她，缓缓点了下头。

很不给面子。

叶其蓁感到无奈又好笑："温同学，你一定要这么直白吗？"

这时，温予从一旁抽了一张纸巾递给叶其蓁，也笑着说道："叶同学，你弄到脸上去了。"

叶其蓁这才反应过来，窘迫地擦脸。

继续吃着，两人聊天也越来越自然。

"味道还好吧？"

"嗯。"温予今晚破天荒地吃了不少。

"你试试煎蛋，浸了汤也好吃。"

…………

温予喝了口热乎乎的汤，无意瞥见叶其蓁的笑脸，她恍然间觉得，自己与这个世界好像没那么格格不入。她也可以因为一点小事，而笑，而开心。

小碗米粉的分量不算特别多，两个人在不知不觉间吃完了，不过都吃撑了，叶其蓁本来就吃了晚餐，而温予即便胃口再好，也还是"小鸟胃"，吃不下多少。

吃完，两人沿着江边散步消食。温予的话并不多，叶其蓁也不是话痨，两人走在一起悠闲又平静，偶尔说几句话。

远处传来嘭嘭嘭的声音。

"今天有烟花。"叶其蓁不由得停下脚步，趴在江边的栏杆上看。

温予跟着站定，她扭头看着正看烟花的叶其蓁，看到烟花也会这么乐和吗？她不禁问："烟花有这么好看？听说江洲公园每个月都有好几场。"

"你不觉得碰巧遇到，要比特意来看更惊喜吗？"叶其蓁微仰着头，对温予说道。

不知道是不是天空中烟花闪烁的缘故，温予看叶其蓁说这句话时，眼睛里像是闪着星星，她没回答，而是慵懒地靠在栏杆上，跟着笑了笑。

夜色正浓，她笑容清浅，五官这么精致，拍进镜头里一定好看，叶其蓁望着温予的眉眼，不觉有些出神。温予这人很奇怪，她再笑，也不会让你觉得她开心。

自己是不是想太多了？

她跟温予充其量是刚解除情敌关系，连朋友都算不上。

想着，叶其蓁继续看向夜空，巨大的黑色幕布下，红的绿的黄的白的，一片接一片绽放。温予也静下心来欣赏这一场惊喜，她想今晚出来参加聚会是对的，比一个人待着有趣。

看完烟花是九点多。由于肚子还胀着，叶其蓁和温予又走了一公里到地铁站，乘地铁回校。她们上车的那一站人不多，但车厢里没有座位了。

下一站是江洲路站，靠近景区，客流量巨大，加上现在是晚上，路上都是回程的游客，上地铁的人多，下地铁的人少。屏蔽门一开人就涌了进来，一个劲往里挤，边挤还边说着"再往里面点"，就跟煮的汤圆似的，一个个粘在一起。

叶其蓁早听说过南城五号线的恐怖，今晚可算是亲身体验了一回。身后挤得厉害，等她反应过来时，她和温予都被堵在了角落，她的脚跟挨着温予的脚尖。

"对不起……"叶其蓁看了看温予，尴尬至极，企图往后拉开点距离，可身后就像有一堵坚不可摧的人墙，毫无退路。

温予看叶其蓁背后是个男人，便对她说："没事，再过来点。"

"挤着你没？"叶其蓁又轻声问。

"还好。"温予声音也轻。

叶其蓁稍稍低头，注意到她锁骨下方的一颗小痣。还有，她皮肤好白。

温予也垂眸，悄然盯着叶其蓁长长的睫毛。

一连过了五站，车厢内的人才逐渐少起来，旁边一对小情侣离开了，恰好腾出两个空位。

两人并肩坐着，温予没说话，叶其蓁也没主动说话，她盯着线路图闪烁的小绿点发呆，离目的地还有三站，她忽然想起件事："温予。"

温予侧身，等她继续说。

"我们加个微信吧？"叶其蓁说，心想还欠人家两顿饭呢，至少得加个微信方便联系。别人欠她一顿饭她不会记着，她欠别人一顿饭她绝对不会忘。

温予看着叶其蓁，沉默了会儿。

加个微信而已，这是什么表情？叶其蓁有些不明白了。

温予慢慢拿出手机，点开了扫一扫。

不一会儿，叶其蓁看到 W 请求添加好友，头像是一幅黑白抽象画。瞥见温予的微信名，她还意外了一下，因为她的微信名刚好是 Y。

七八分钟后，两人刷卡出站，这才逃离了拥挤的人群。

走在回校路上，能明显感觉到南城降温了，初秋的风刮着，一天比一天凉。

叶其蓁比一般人怕冷，南城的冬季湿冷，还没暖气，简直是一种折磨，尤其是对他们北方人来说。

"冷吗？"温予注意到叶其蓁抱了下胳膊。

"有点。"叶其蓁瑟瑟发抖，穿少了，她看向同样穿着热裤的温予，问，"你不冷？"

"也冷。"温予毫无波澜地回道。

叶其蓁语塞，无奈地笑起来，她突然特别好奇温予慌乱紧张时是什么样的，但温予给她的印象，像是永远都不会慌乱紧张。

温予瞥见叶其蓁的表情，觉得她还真是爱笑。

两三分钟的工夫走到学校西门。现在时间虽不算晚，可正值假期，学生们回家的回家，去旅行的去旅行，学校里没多少人，通往宿舍的路显得幽暗。

"我先陪你回宿舍吧,我看那边路灯坏了。"尽管温予看着不像是胆小怕黑的人,叶其蓁还是自告奋勇地说着,她寻思上次温予送她,这次她送温予,正好可以扯平。

听到叶其蓁说送自己回宿舍,温予眼神一怔……不过她没说什么,她住十九栋,叶其蓁住九栋,刚好能同行一段路。

西门离十九栋宿舍更近,很快就走到了。站在宿舍楼旁,叶其蓁扬扬下巴说:"那我走了。"

温予打量着叶其蓁,没转身上楼,而是轻笑说:"走吧,现在我送你回去。"

叶其蓁脑子里冒出个问号,她失笑:"然后我再送你回来,那我俩还有完没完了?"

转念想想,温予不会是以为自己害怕,刚刚才死皮赖脸跟着她吧?

温予被叶其蓁的说法逗乐了,用手指把散乱的发丝夹到耳后,想起某人私下一副"爱哭包"的样子,直说:"怕就别逞强,没多远,我送你。"

果然是这样,叶其蓁觉得有必要跟温予解释清一件事:"我虽然喜欢哭,但不代表我胆子小,这是两码事。"

今晚碰到的那个微胖男人,她只是对他有警惕心,算不上害怕。

温予安静地看着她,眼睛眨了眨,无声地表示怀疑。

"真的,我去鬼屋都是走在第一个,你看我像胆小的人吗?"叶其蓁继续为自己辩解。真有这事,当时去鬼屋玩,唐棠信誓旦旦说要第一个走,结果一进去唐棠就害怕了,直接把她推到最前面,还一口一个叶姐地叫着。

虽然叶其蓁的外表挺小女生的,但接触过她的人,都不会把她跟柔弱胆小这样的字眼挂上钩,她向来独立自主,也从不与人撒娇。

温予笑得不行,如果不是两次撞见叶其蓁偷哭,她也会觉得叶其蓁性格乐观坚韧,可叶其蓁哭时的模样实在太让她印象深刻。她凑过身,紧盯着叶其蓁眼眸,小声问:"如果我说像,你会被我气哭吗?"

气哭?叶其蓁看着温予,嘴唇抿成了一条直线:"……"

一两秒,温予绷不住又笑了起来。

"有这么好笑?"叶其蓁嘟哝,或许是在温予的笑里难得地捕捉到了一点开心的情绪,说着说着自己也笑了,她想,温予今晚的心情应该稍微好点了吧。楼下冷,她又对温予说:"反正我不怕,你上楼吧,再见。"

温予止住笑,叶其蓁已转身,只给她留了个单薄的背影,她静静地望着,若有所思。

叶其蓁才走没多远。

"叶其蓁。"

听到温予又叫她名字,叶其蓁转过身,她看见温予站在橘色路灯下,脸上笑意动人。

"不当情敌了,当朋友吗?"温予语调轻快,玩笑似的问着叶其蓁。

除了在画室时专注认真,温予平时很难给人认真的感觉,总是随性无所谓,甚至被当成是轻佻的人,就好比追她的男的,大部分都不怀好意,她心里比谁都明白。

可叶其蓁总觉得温予并非看起来这样,至少她目前了解到的温予的细心温柔,不是浮于表面的惺惺作态,而是淡漠外表下的无意间流露。

起风了,叶其蓁看着两米外的温予,风吹得头发扬起,她伸手举过头顶压了压,眼睛笑得半眯起:"好啊。"

温予含笑道:"回去了。"

叶其蓁还没到宿舍,唐霄来了电话,上来就是一大通:"听徐开明说你不舒服,怎么回事?晚上吃坏肚子了?要不要紧啊?你跟温予目前在哪儿呢?"

后半句才是重点吧,叶其蓁简单回答:"我没事,我跟温予已经回学校了。"

"你们都回去了?"唐霄抓狂,"我怎么这么惨啊,我还以为你们去KTV了,马不停蹄赶了过去,又没赶上。"

叶其蓁不知道说什么安慰的话,唐霄运气是背了点,费尽心思张罗了这么一场聚会,忙前忙后,到头来连温予的面都没见着:"要不你明天去福泉寺烧烧香?"

"你也是的,还骗我说跟温予不熟。"

"我跟她也是今晚上才说上话,"叶其蓁着重强调,"之前真不熟。"

"对了,下周六上午我们社有篮球赛,你有空过来给我们捧捧场吗?"唐霄又说,"我们队帅哥挺多的,你没准就遇到真爱了,来吧来吧,就在南操场，离你们宿舍很近的。"

叶其蓁对篮球没什么兴趣，也看不明白，主要是讨厌男生打完球后的汗味，她敷衍着唐霄说："有时间我就去。"

"周六，你肯定有时间。那个……"

叶其蓁听到对方有些支支吾吾："什么？"

"你到时候带温予一起来，人多热闹。"

原来还有这茬，难怪刚刚说得那么热情。叶其蓁已经走到了宿舍楼下，她低头踢了踢脚边的小石子："干吗找我，你不会自己去跟她说？"

"我跟她关系没你跟她的好啊，而且你们女孩子之间不是更好说话吗？"唐霄确实没把握单独约温予出来，但他笃定温予跟叶其蓁关系不会差，那天他提到叶其蓁来聚餐，温予马上就答应聚餐邀请了，今晚叶其蓁不舒服，也是温予陪着叶其蓁。

"唐霄，是你追她还是我追她？"叶其蓁脱口而出。

温予摸到门口的开关，随着啪的一声，眼前的黑暗瞬间被驱散。宿舍里寂静无声，其他人都回去了。

她对冷清和无聊习以为常，靠在书桌旁抽了本书随意翻了翻，没多久她搁下书本，心血来潮拿起手机打开了微信。

接着点开了叶其蓁的朋友圈。

温予没想到自己今晚会主动提出跟叶其蓁做朋友，她头一回做这样的事，简直不像她的风格。就连和她最熟络的祁蕴，跟她也算不上真正的朋友。

叶其蓁发朋友圈的频率不算高，基本是三五天发一次，有风景照、美食照，还有校园角落的流浪小猫。

温予看出有不少照片是用专业相机拍的，她应该喜欢摄影。

一条条刷下去。

刷到一张自拍照时，温予的指尖停了下来，点开，照片里叶其蓁面朝镜头笑得灿烂，脸上还抹了一些奶油，配文："十八岁"。她再看看时间，三月十二日。

叶其蓁回到宿舍后，也百无聊赖地刷着手机，她盯着温予的微信头像好一会儿，好奇地点了进去。

如她所料，温予的朋友圈果然是一片空白。

想着今晚拍了一些照片，她顺手编辑了一条朋友圈：聚餐，码头，烟花，米粉今日最佳。再一口气添加了六张照片。

发完后，叶其蓁才发现最后一张照片里温予的手出镜了，手腕纤细，手指修长……没露脸应该没什么问题吧。

很快，冒出一个赞。

叶其蓁以为点赞的会是"住在朋友圈"的唐棠，她点进去发现，居然是温予，她还以为自己眼花了。

她居然还会看朋友圈？

神奇。

再过了会儿，陆续有不少点赞和评论，叶其蓁随意看了看，果然有不少人夸赞图六的手好看。

晚间八点多。

温予坐在画室的窗户边，望着窗外轻轻摇晃着的银杏树叶出神，画纸上一片空白，毫无头绪。她揉了揉额头，没灵感的时候整个人会特别压抑，像是胸口被什么东西堵着。

祁蕴留意到温予很沉闷压抑，她靠在窗边补着妆，然后歪着脑袋对温予说："没灵感就别硬憋了，不就一个随堂作业，至于这么较真吗？"

"要出去？"温予见祁蕴手里拿了支唇膏，对着前置摄像头左看右看。

"最近认识了一个挺有趣的人。"

"不是说不敢谈恋爱了？"温予问。

"谁说要谈恋爱了？"祁蕴一脸轻松地笑笑。

温予知道祁蕴是什么意思。

祁蕴碰到有好感的人，会不求回报地对人家好，花钱，嘘寒问暖，暧昧却又从不越界，一旦对方开始对她萌生那方面的念头，她就会立马变得冷淡。

"不觉得这样有点'渣'吗？"温予笑问祁蕴。

"你好意思说我'渣'？"祁蕴毫不犹豫地反击回去，"再说我有分寸，从来都没伤过人感情。"

温予不再言语，很多人都觉得她"渣"，包括祁蕴。她从没为自己辩解过，也懒得辩解，况且她不在乎别人怎么看她，从小时候起就这样。

祁蕴说这是把主动权掌握在自己手里，不容易被伤害，温予看得透彻，祁蕴不过是胆怯了，害怕喜欢上别人罢了。

祁蕴说了声"走了"，潇洒离开。

温予仰头看看天花板，看来今晚是找不到状态了，她拿过手机看时间，不自觉又想起叶其蓁。十一聚餐以后，叶其蓁兑现承诺单独请了她吃饭，就是在昨天，如果她今天又找人家，是不是太频繁了？

想过后，温予还是决定去操场上跑几圈，心情压抑时她喜欢流汗。刚准备起身，手机屏幕上弹出一条微信通知。

Y："明天上午有时间吗？我朋友有场篮球赛，要不要一起去看？"

温予凝神看着叶其蓁发来的消息，昨天才见面，明天又想约自己？是不是太频繁了？

不到一分钟。

叶其蓁收到一条回复。

W："好啊，有时间。"

叶其蓁原本不打算帮唐霄这个忙，奈何唐霄那张嘴太能说，还发誓这是唯一一次也是最后一次，她这才答应下来。她还以为温予会不感兴趣，没想到答应得这么爽快。

唐霄高中时就是校篮球队的，球打得还行，叶其蓁知道唐霄为什么求自己带温予过去，原因太好猜了，无非是想耍帅留个好印象。

说来也是，女生都会对打球厉害的男生有好感吧？叶其蓁想着，又觉得自己是例外。

第三章 /
你脸皮好薄啊

次日晴朗微风。

户外篮球场上很热闹。

叶其蓁身上套了件宽松的薄卫衣,踩着帆布鞋,站在篮球场旁晒着太阳。十点多的气温稍微有点高,但吹着风并不觉得热,暖洋洋的。

唐霄一路小跑到叶其蓁面前:"你确定她会来?"

"她答应了过来,快来了吧。"

"我今天是不是很帅?"

叶其蓁说:"挺好的。"

唐霄皱皱眉:"你要回答得这么敷衍吗?"

"你有没有听过一句话?"叶其蓁觉得自己有必要提醒一下,"男生觉得自己帅的时候会很'油腻'。"

唐霄觉得自己被伤到了。快开场了,球场上的人高声朝这边喊了下,他又风风火火跑了过去。

准备就绪,上半场比赛即将开始,可叶其蓁还不见温予,她四下张望着,一圈下来也没结果。

检查了下手机,温予没给她发消息说不来,应该会来吧。

叶其蓁低头看手机看得认真,没注意到身边的人,好一阵,发现身旁的影子又朝她这边移了移,她这才慢悠悠地抬起头。

看到对方后她怔了一下。

身边的不是别人,就是温予。

像是突然来了个小惊喜,叶其蓁望着温予,笑着问:"你什么时候过来的?"

"刚刚。"温予偏着头回答,她远远就看到了叶其蓁,没头没脑张望的模样看着有点傻。

温予今天又穿了件浅色衬衫，慵懒随意，袖口往上卷了卷，露出一截好看的手腕。叶其蓁发现温予真的适合穿衬衫，或许学美术的自带文艺气质？想想唐霄，好像也不一定。

"那个，唐霄是13号。"叶其蓁愣了会儿，僵硬地把话题拽到唐霄身上，"他打球还可以。"

温予"嗯"了声，将目光转向球场。

叶其蓁瞧温予看得认真，好像挺喜欢看的，难道唐霄这次有机会？她问温予："你喜欢篮球？"

温予回头，淡淡说："看不懂。"

叶其蓁："……"

"你喜欢篮球？"温予反过来问叶其蓁。

叶其蓁摇了摇脑袋，坦白说："就是给他来捧个场。"

"你跟唐霄关系挺好的。"

她不会误会自己喜欢唐霄吧？叶其蓁赶紧解释一下："小时候就认识他了，以前还是邻居，他认我爸妈当干爸干妈。"

球场上一群人健步如飞，挥汗如雨。不知是不是错觉，叶其蓁感觉温予来了以后，氛围胶着了不少，尽管只是场友谊赛，但一个个都十分卖力。每当有人扣篮以后，还会往她们的方向看看。

不过叶其蓁和温予都很淡定，并没有欢呼。叶其蓁还偶尔鼓鼓掌，温予则是完全无动于衷。

又过了一会儿，比赛依旧很激烈，突然一只篮球朝着她们飞了过来。

叶其蓁觉得自己一定跟篮球场八字不合，否则那只飞来的篮球怎么会不偏不倚砸中她的脑袋。

叶其蓁捂着被砸疼的额头，都怀疑自己要被砸得脑震荡了。

"对不起啊。"

"有没有砸伤？"

"小蓁儿，没事吧。"唐霄他们迅速围了上来。

闻到汗味后，叶其蓁更不舒服了，不过还是笑着说："没事没事，你们继续。"

"我陪你去校医院看看吧？我看看严不严重。"

走到她面前说话的男生是徐开明，叶其蓁认识他，上次聚餐时见过面，她也听唐霄说过,徐开明跟他是一个篮球队的。见对方的手伸了过来,叶其蓁略微有些抵触,往后退了退:"真没事。"

温予瞥了徐开明一眼:"我陪她。"

"行了,没事那我们继续。"穿六号球衣的男生嗓门很大。

等人散了。叶其蓁继续揉着额头。

温予对叶其蓁说:"手拿开,让我看看。"

揉了几下后,叶其蓁乖乖听了温予的话,正面将脸朝着温予,稍稍仰着头,还开玩笑问:"长犄角没?"

"长了。"温予蓦地笑了,看情况不算严重,不用去医院,她又说,"在这儿等我一下。"

又是这句话,就像上次,叶其蓁听她说这句话时,心里很暖。她还没来得及问温予去干吗,对方已经转身走了。

没多久,叶其蓁看见温予手里拿了两支雪糕过来,她接过温予递过来的一支,怪不好意思的,说了声"谢谢",撕开包装开始吃。

温予笑得无奈,她猜得没错,叶其蓁一看到雪糕就是想吃,所以她特意买了两根。

"过来。"叶其蓁吃着雪糕顿了顿,接着就看到温予将另一支雪糕敷在了她被砸伤的额头上。

温予一边冷敷,一边轻声问她:"疼不疼?"

温予的声音温柔,动作也温柔,叶其蓁木然,没有马上回答什么,她想温予一定是对她有误解,才觉得她这么需要被人照顾。

在平时,她应该会立马接过对方手里的雪糕,说"没事我自己来"。但现在,她只是静静地望着温予,一动不动:"有点。"

偶尔还是想要被照顾一下吧……

温予继续拿雪糕在叶其蓁额上轻轻压着,对上叶其蓁的目光:"这样舒服点吗?"

"嗯。"叶其蓁哼着。

"雪糕都要化了,还不快吃?"温予笑着提醒,但笑得心不在焉,"你吃,我帮你敷。"

叶其蓁就这么安静地吃起雪糕来,心思却不在雪糕上。

"叶同学。"

"嗯？"叶其蓁看看温予。

"中午需不需要吃点好吃的补补？"温予承认自己有私心，她又想看叶其蓁吃饭的模样了，吃得特别香。

叶其蓁听出来温予在取笑自己，就快中午了，她用余光瞥了眼球场，跟温予商量说："等唐霄他们一起吧？"

温予想了片刻，专注地望着叶其蓁，悄声说："我今天心情不好，不想和其他人一起。"

叶其蓁挺意外温予会告诉自己她心情不好，总以为温予不会向他人透露太多情绪。但有一点她感觉到，温予那天以玩笑的口吻跟她说做朋友，并不是开玩笑。

"那……"叶其蓁吃完最后一口雪糕，舔舔唇，再看了看不远处，唐霄正在全神贯注运球过人，就趁这个机会，她望了眼温予说，"我们溜吧。"

说完，她迅速牵住了温予的手，拉着就往一边跑，动作冒冒失失。

温予有点没反应过来："怎么了？"

"被看见就溜不掉了。"叶其蓁边跑边说。温予是不知道唐霄的那张嘴有多烦人，唠叨起来就跟念经似的，让人头大。

就这么被拉着，匆匆绕过熙攘人群，耳畔风声人语声嘈杂，周遭一切都如此热烈，温予第一次感受到这种热烈，她跟着叶其蓁的步子，低头看见叶其蓁牵住她的手，掌心是暖暖的，尤其此时阳光落在身上。

大概跑了十几秒，叶其蓁张望着慢下脚步，气喘吁吁。当她注意到温予正看着她们牵在一起的手时，她即刻松了手。

温予瞧她喘得厉害："体力这么差？"

叶其蓁上气不接下气，摇头："跑步不行。"

温予笑着，"雪上加霜"提醒一句："叶同学，我们学校的体育考试女生要跑一千六百米。"

叶其蓁听说过这事，她撑死了跑一圈，剩下的三圈哪还有命跑。她抬眼看着温予，眉心皱起："我选择放弃。"

心想不要长跑这个成绩，也能及格吧？反正她最好的体育成绩从来都是及格。

温予这时漫不经心地问："要跟我一起跑步吗？"

叶其蓁猜温予有夜跑的习惯，可一想到跑步这事，她的眉毛皱得更明显了,简直用表情在说:你饶了我吧。

这么勉强?温予只是笑笑,不再说话。

走出球场,逐渐远离人声鼎沸。两人并肩走在初秋的银杏道上,叶其蓁问身边的人:"中午想吃什么?"

温予比她高了七八厘米,每次说话,她都要抬头。

"都行。"温予回答。

叶其蓁猜到了,前天温予也是这么回答她的:"美食广场的那家麻辣香锅你吃过吗?"

"没吃过。"

叶其蓁又猜到了:"那我们吃这个?"

温予自然没意见,就觉得叶其蓁挺神奇的,脑子里究竟是装了多少好吃的,问她吃什么,她随时随地都能给你说出好几个不带重样的。

现在十一点,美食广场靠近北门,走过去也要花上十几分钟,到的时候差不多就是饭点了。校内的美食广场被Z大学生亲切地称作"三食堂",类似一个小型商场,消费稍微高一点,但口味要比一二食堂好。

没到用餐高峰期,平时都要排队的麻辣香锅今天没什么人,出餐也快。

不一会儿,叶其蓁收到唐霄发来的微信消息:"叶其蓁,你又把温予带哪儿去了!"

叶其蓁也没辙,给唐霄回:"她说她临时有事。"

霄霄洒洒:"什么事?不要紧吧?"

Y:"不知道,可能有事要忙吧。"

叶其蓁撒了谎,温予的意思显然是不想有其他人打扰,她肯定不能把温予心情不好的事跟唐霄说。

霄霄洒洒:"看来我真要去烧香了,那她有没有看到我那个特别帅的扣篮?"

他扣篮了吗?

叶其蓁毫无印象,突然觉得自己有点对不起唐霄,她那时可能已经把温予给拽走了。她回复:"应该看到了吧。"

不过看没看到估计没什么区别,温予跟她一样,对打篮球的男生丝毫不感兴趣,甚至比她还无动于衷。

打发完唐霄那边,叶其蓁夹了块牛肉,再送了口米饭到嘴里,她偷偷瞧了瞧温予，想说什么又没说，默默吃着。

"不好吃？"温予看叶其蓁不像前两次吃得香。

"好吃。"叶其蓁细细嚼着米饭，犹豫再三，她还是试着主动问温予，"怎么心情不好？可以跟我说。"

居然在惦记着这件事，温予顿了顿，心情不好这句话是她信口说的，只是不想跟太多人一起吃饭。真要说心情，她每天都这样，没哪天算得上开心。

"不想说也没事。"叶其蓁马上补充，怕自己冒昧了。

"就是最近有点累，没灵感。"温予解释说。

"下午有时间吗？要么先休息一下？"

叶其蓁喝了口饮料后，又琢磨着问："今天天气很好，出去走走？"

温予嘴角微微含笑："你陪我？"

"嗯。"叶其蓁笑着点头，答应得飞快，她其实也是这个意思。温予在球场说心情不好时，她很想为温予做点什么，毕竟温予之前在她孤独难受的时候陪过她。

陪自己这么开心吗？温予仍看着叶其蓁的脸，像在试探什么："不耽误你时间？"

叶其蓁还是笑着，脸上浮起酒窝，十分爽快："不耽误。"

温予确定这是叶其蓁发自内心的话。

叶其蓁拿起手机查着什么，没多久，她又问温予："想不想去海洋馆？离学校不算远，而且我查了不用预订门票。"

她本来打算问温予想去哪儿的，想了想，不如这样问来得快。

温予回神："好。"

下午出发。

周六，海洋馆人挺多的，大部分是一家人过来，还有出双入对的情侣。

检完票入场时，叶其蓁才发现她跟温予被情侣给包围了。想想也是，这样的地方，确实是约会胜地。叶其蓁看着，有些羡慕了。

温予看了看周围，好奇地问叶其蓁："为什么想来海洋馆？"

"我以前累的时候，就会想来海洋馆逛逛，可能是蓝色会让人放松？"叶其蓁边走边说。她不知道这个办法对温予管不管用，既然温予不知道去哪儿，她就带温予过来了。

"是吗？"温予看着叶其蓁，"我第一次来。"

"走，我带你逛。"

按游览路线继续往前走，有六七个主题馆，每个馆都挤满了人。叶其蓁故意指着一条罗汉鱼问温予："温予，你看这条鱼可不可爱？"

温予扑哧一笑，被那丑丑的大脑门逗笑了，她嘴上却说着："嗯，跟你一样可爱。"

叶其蓁扬扬头："我有这么丑？"

温予笑得更厉害了，她发觉自己并非讨厌热闹人多的场所，只是讨厌一个人待在热闹的地方罢了。

逛完水母馆，就是一条一百多米长的海底隧道。站在全透明的隧道里，叶其蓁和温予不约而同地放慢了步伐，巨型玻璃墙的另一面是梦幻而浪漫的蓝色世界，一抬头便看见各种叫得出名、叫不出名的鱼儿悠闲地摆尾游过。

温予开始认同叶其蓁的说法，蓝色确实会让人舒缓放松。

叶其蓁仰着头，看着眼花缭乱的海底世界入神，不管走过多少次海底隧道，都为之震撼，内心充满欢喜。

温予偏头，默默注视了叶其蓁好一会儿，她不禁想，跟这样的女孩子在一起永远都不会闷吧，光是看着她笑就很舒服了。

温予忍不住拿起手机悄悄拍了一张，再然后，她倏地叫了声："叶其蓁。"

叶其蓁听到后立马回头，脸上还挂着未消散的笑。

温予抓拍得很到位，将叶其蓁转头的瞬间定格在画面里，海底幽蓝的光影下，她冲着镜头笑靥如花，氛围感直接拉满。

"你拍我干吗？"叶其蓁想去看，被人抓拍了，多少有点不好意思，"丑吗？给我看看。"

"拿到就给你看。"温予仗着身高优势举起手机，有意逗叶其蓁。

叶其蓁踮脚，伸手去够，偏偏温予也踮起脚，她索性伸过一只手压住温予肩膀，另一只手继续去够，较上真了："给我。"

"不给。"温予偏偏拒绝。

"温予，你欺负人。"叶其蓁一只手还放在温予的肩膀上，哪够得着，毕竟她们之间的身高差可不小。

温予唇角扬起,都笑出了声,听到叶其蓁这么一说就更想欺负她了。两人就这么在鱼群面前玩闹起来,很幼稚,不过本来也不是多成熟的年纪。

"不欺负你了。"温予若无其事地一笑,主动把手机递给叶其蓁看,说,"回去发给你。"

"嗯。"叶其蓁应道,她看了照片,无论构图还是角度,都很棒。

留意到刚刚温予笑得挺开心,于是她又问温予:"心情有没有好点?"

"有。"温予莞尔,对叶其蓁如实回答。她自己都弄不明白,为什么跟叶其蓁待在一块儿时,心情总会好上许多。

晚上,叶其蓁发了朋友圈,还特意用了温予帮她拍的那两张照片,她不轻易在朋友圈发自己的照片,除非很喜欢。

发完还不到半分钟。

唐棠留了条评论:有情况了?!

接着,手机屏幕在第一时间弹出了唐棠的语音通话邀请,叶其蓁瞥了瞥宿舍其他人,走到阳台接通。

"叶其蓁,你这是有情况啊?"

叶其蓁云里雾里,不明白几张照片怎么就看出来有情况了,她反驳唐棠:"你哪只眼睛看到我有情况了?"

"没情况谁给你拍的照片?老实交代,你下午跟谁在海洋馆玩呢?"唐棠听唐霄说了,最近有个男生正在追叶其蓁。

"就是朋友,你想太多了。"叶其蓁解释道,但没解释得太清楚。

"你该不会是太迟钝,人家喜欢你你都不知道吧?"唐棠分析得头头是道,"要是对你没意思能给你拍这么多照片,各种角度,还都拍得这么好看。叶其蓁,我总算知道你为什么单身了,你就是笨死的。你就别装了,我知道你下午跟徐开明一起去的。"

这都哪儿跟哪儿,说的压根不是一码事。叶其蓁跟唐棠说明一点:"不是徐开明,是女生。"

"……"唐棠被噎住了。

叶其蓁后知后觉,这才反问唐棠:"你怎么知道徐开明?"

"我听唐猫猫说的,说他们篮球队有个男生想追你,我不得多打听打听？我还看了照片，长得挺帅的，唐猫猫说他有一米八八的个儿，跟你一样还是'学霸'，我感觉你们挺配的……"唐棠越说越起劲，嘴里滔滔不绝，就跟开闸放水一样。

叶其蓁趴在阳台边上，愣神盯着对面宿舍的灯光。她其实能猜到徐开明想追她，那次聚会加上徐开明的微信后，徐开明找她聊过几次，后来徐开明以蹭课为理由又问她要了课表，再后来，她好几次下课的时候，都偶遇过对方。

一个男生不会没来由地对一个女生热情。

她都懂。但她反应一直很淡，主要还是对徐开明没什么感觉。

"怎么不说话，害羞啦？你喜不喜欢他？"

"就……"叶其蓁仰头望天，面无表情，"没什么感觉。"

说喜欢可能还太早了点，尤其是叶其蓁这种慢性子，唐棠换了个说法："你讨不讨厌他，有没有看见他就烦？"

叶其蓁想想，说："不讨厌吧。"

唐棠又说："那你跟他接触看看呗，哪有那么多一见钟情，还不是慢慢接触了解，然后发现有感觉，觉得合适才在一起。我也是这样的。"

叶其蓁觉得唐棠说的好像又有那么一点道理。

第二天，上午的三四节课是英语课。Z大刚入学就有英语分班考试，按学生基础分班，叶其蓁和罗贝都在教学进度稍快的A班。

罗贝早上没来得及吃早餐，到了第四节课整个人都饿蔫了，所以下课铃声一响，她就拽着叶其蓁往外跑。

两人疾步从后门出去，差点跟一个高个男生撞个满怀。叶其蓁一边说不好意思一边抬头，发现碰上的不是别人，正是徐开明。

又是一场"偶遇"。

罗贝是察言观色的好手，瞧见又是这位哥来找叶其蓁，她反应极快，扭头就跟叶其蓁说："叶叶，我还有事就先走了，下午见。"

说完，一溜烟不见了。

叶其蓁站在原地看着徐开明，有些尴尬。

徐开明笑说："我正好在隔壁教室上英语课，去食堂吗？要不一起？"

叶其蓁淡淡笑了笑，没拒绝。

走出教学楼，天空下了点小雨。

徐开明赶紧从书包里拿出一把伞撑开，他往叶其蓁身边一站，帮她遮着。由于靠得太近了，叶其蓁本能地往一旁让了一步，她看就是点毛毛雨，便说："你撑吧，我不用。"

看到叶其蓁迅速拉开距离，这下轮到徐开明尴尬了，他尴笑着说："我也不能让女孩子淋雨，是吧？伞你拿着，我一大老爷们不需要。"说着，他直接把伞递给了叶其蓁。

叶其蓁稀里糊涂接过了伞，总感觉哪里怪怪的。

十二点下课，正好赶上食堂用餐高峰，也就四楼一家拉面窗口的人稍微少点。一食堂没电梯，越往上人越少，大家都懒得爬楼。

叶其蓁点了最爱吃的豚骨叉烧拉面。

等餐好了，徐开明表现得很积极："我去拿，你就坐这儿。"

叶其蓁说："谢谢。"

又过了几分钟，四楼的人也逐渐多了起来。叶其蓁跟徐开明没什么话说，就埋头吃。

"温予，要不吃拉面吧？就这儿人少点。"

"行。"

"你吃什么？"

"跟你一样。"

"真服了你了。"

依稀听到有人叫了声"温予"，叶其蓁抬起头，果然在拉面窗口看到了熟悉的身影。这时温予转头也看见了她，她便朝温予笑了笑，算是打招呼了。

温予依然回了一个招牌式的笑，然后注意到跟叶其蓁一起吃面的男生，她眼熟，好像叫什么徐开明，那次聚餐见过，篮球赛也见过。

祁蕴点完餐后，找了张桌子坐下来，温予看了眼叶其蓁，在祁蕴对面坐下。

"上次球赛你怎么走了？我们还有聚餐来着，可热闹了。"徐开明看叶其蓁一直安静吃面，便主动挑起话题，以缓解僵硬的气氛。

叶其蓁刚想说点什么，一不小心被汤呛了下，她转过头轻咳几下。

徐开明见状，忙起身跑去买了瓶水回来，他拧开瓶盖，送到叶其蓁手边:"喝点水,没事吧?"递完水后又贴心地送上纸巾。

"没事,谢谢。"叶其蓁脸咳得微红,无所适从,又是干巴巴一句"谢谢"。

听到咳嗽声,温予瞥了一眼,扫见叶其蓁朝徐开明笑,她嘴角稍稍勾了勾。

原来对谁都是这么笑的……

祁蕴顺着她的目光一看,幸灾乐祸笑起来:"怎么,看到情敌男朋友太帅,心里不平衡了?"

温予冷冷望着祁蕴:"吃你的面。"

祁蕴摇摇头,感叹:"没想到你心眼还挺小。"

温予懒得再理祁蕴,低头没吃几口,又没了胃口。

叶其蓁留意到温予没几下就搁下了筷子。感叹她就吃那么点能吃饱,难怪那么瘦。

"……我们一起?"徐开明问。

"嗯?"叶其蓁慢半拍回过神,都没听到徐开明在说什么。

"晚上社团开会,我们一起吧?"徐开明看叶其蓁心不在焉的模样,又重复一遍。

叶其蓁这才反应过来。

大学最不缺就是大大小小的社团及各色各样的组织,十一假期一来有大规模招新,叶其蓁加入了两个社团,一个是校电视台采编部,一个是带有公益性质的爱心家教社团。前者与她专业对口,可以锻炼能力,加入后者主要是想做些有意义的事,而且她也喜欢小孩。

社团招新时,徐开明就问了她想报名哪个社团,她说了以后,徐开明后脚就跟她报了一样的……也不知道是不是巧合。

晚上叶其蓁还是跟徐开明一起去了致远楼开会,因为七点半时,徐开明给她发了微信说在她宿舍楼下等她。

大教室里密密麻麻坐满了人,会议主题无非是介绍社团的起始发展及今后活动开展的一些情况,叶其蓁坐在倒数第三排,盯着白板听得认真,等会议快结束,她无意偏了偏头,正好撞上徐开明紧盯着她的眼神。

徐开明眼神躲闪了下。

叶其蓁则是一语不发,按理说男女之间这样,应该是挺暧昧的一件事,但她丝毫没感受到暧昧，只有尴尬到头皮发麻。

这时会议解散了。

"我们走吧。"徐开明整理好笔记本。

"嗯。"叶其蓁应道。

教室里的人鱼贯而出，叶其蓁转身时看到了一个熟悉的侧脸，只是周围人太多，她走不过去，眼巴巴瞅着对方从后门离开了。等她挤出教室的时候，已经见不到那人的人影。

是自己看错了吗？总觉得温予不会出现在这里。

很快到了周五，这天晚上有两节基础理论课。上课的老师古板严肃，将原本就枯燥的内容讲解得更加令人昏昏欲睡。但大家都挺爱上这两节课的，因为上完就意味着放假了。

罗贝支着脑袋，上眼皮和下眼皮一个劲打架，直到瞥了一眼窗外，她突然打起了精神，用胳膊肘轻轻撞了撞叶其蓁。

叶其蓁刚抄完笔记，转头看着她。

罗贝悄声说："啧，那位又来等你了。"

叶其蓁看了看外边，感到头大。从那天一起在食堂吃过饭以后，她好几次都看到徐开明在教室外等她，明目张胆地等她。

徐开明想追她。不，应该说正在追她。

很明显了。

寝室几个人都知道徐开明在追叶其蓁，所以一下课，她们就很解风情地"孤立"了叶其蓁，给二人创造单独相处的机会。

叶其蓁坐在座位上揉着额头，等人陆陆续续走得差不多，她才起身慢吞吞走出教室，只见徐开明靠在长廊边，手里还拿了一杯奶茶，脸上笑容灿烂。

徐开明瘦瘦高高，长得是挺帅的，是很多女孩子喜欢的类型，可叶其蓁跟其他女生不一样，对他完全无感。这些天下来，她觉得徐开明人也挺好的，贴心会照顾人，很有分寸感，不会让人不适，但她跟徐开明待一块儿，就是有种说不清的不自在。

"给，上次听你说这家奶茶店的奶茶好喝。"

叶其蓁盯着这一大杯奶茶，思考片刻，认为还是说清楚比较好，徐开明肯定不适合她，否则她不会把他们之间的来往当成负担。她虽然很想谈恋爱，但前提也是遇到心动的人，这种事总归勉强不来。她没打算接奶茶，只是笑说："你喝吧，我不想喝。"

"特意给你买的，拿着。"

"不好意思，我不想喝。"叶其蓁固执地说着。

徐开明听到叶其蓁这么说，就知道情况不太好，他沉默起来。

两人就站在教室外的走廊上。

叶其蓁想把话说开，毕竟不明确拒绝，对方就会当成默许："你以后别来等我下课了，也不要再给我带东西。"

她虽然很好说话，但拒绝起人来绝不会拖泥带水，态度明确。

话落，片刻沉寂。

"是不是给你造成困扰了？抱歉。"徐开明自然听懂了这句话里的潜台词，只是有点不甘，他笑着说，"还是想问问，一点机会都没有吗？我真的喜欢你。"

叶其蓁以前也被男生表白过，这次还是一如既往地无动于衷，她盯着眼前的人，说着标准台词："对不起，你人很好……"

"就是对我没感觉，我知道。"徐开明摸着头抢答了，以笑掩饰局促与失落，看来真是没机会，"没事，真没事，你别说对不起，这本来就要两个人看对眼。"

一旁有人抱着书本经过，两人都安静下来。

过了会儿，叶其蓁先打声招呼："我回宿舍了。"

徐开明"嗯"了声："那我就不送你了。"

这事算解决了，比想象中更顺利。叶其蓁转身后，长长舒了一口气，像是身上卸下了一百斤的重担。她独自往宿舍的方向走，不知道是不是生理期的缘故，肚子一阵一阵地抽疼，整个人很郁闷。

经过南操场时，叶其蓁看到不少人在夜跑。她走着走着，又回头往那方向看了几眼，然后，慢悠悠地朝操场走了过去。

身上不太舒服，叶其蓁几乎以龟速绕着操场走，时不时左右看看，这么走了大半圈，她才看见一个高挑的身影，她兴冲冲叫了声："温予——"

那人回过头看了叶其蓁一眼。叶其蓁怔住，看到了一张完全陌生的面孔，她赶紧笑着道歉："对不起，我认错人了。"

这时小腹的疼痛感更加明显了，实在走不动了，叶其蓁走到看台的阶梯上坐下。突然想起上回她哭，也是坐在这儿。

晚风凉。

她紧了紧外套，把自己包裹起来，蜷缩成一团。

叶其蓁不知道自己为什么想遇到温予，她跟温予明明也算不上熟……她转念又想，上次温予说可以带她一起跑步，早知道答应了。

要不要发微信给温予，请她吃夜宵？

叶其蓁孤零零坐着，握着手机纠结，她望向夜色中的跑道，或许知道为什么想见温予了，她想听温予安慰她了……

好像挺难为情的，可心里真是这样想。

犹豫再犹豫，她最后还是给温予发了条微信消息。

温予收到微信消息时，已经在宿舍换好了运动套装。她每周至少跑五次，有时晨跑有时夜跑，以夜跑居多。她容易失眠，运动出点汗，晚上睡觉会稍微舒服些。

她随手点开微信消息。

Y："你今晚跑步吗？"

盯着这条消息，温予迟迟没回，过后她直接按灭了手机屏幕，将手机搁回桌上，不打算回了，就是突然没什么心情了。

她脾气向来就这样，不想做的事情就不做。

对着镜子随意扎好头发后，她才离开宿舍。

天气转好，操场上夜跑的人变多了。

叶其蓁给温予发过微信消息后，频繁看着手机，十几分钟过去了，并没有收到回复。

她想温予可能在忙，没看见吧。

真有点凉了，叶其蓁佝偻着背，左手压在小腹上揉了揉，心想着回去喝点姜茶可能会好点，就这么在膝盖上趴了会儿，她抬头准备起身时，竟看见温予朝自己走了过来。

其实温予跑第一圈的时候，就发现了叶其蓁，她此时刚跑完两圈半，身上有些发热，还没出汗。

叶其蓁没起身，依旧坐在原地，她怏怏地望着温予，强打起精神，笑着说:"你来跑步?我还发微信问你了。"她猜测温予跑步没带手机,所以才没回复。

温予一眼就看出叶其蓁的状态不对,跟上回一样,又是一个人待在这个角落。她往前迈了几步,安静地坐在叶其蓁的身旁。

叶其蓁看着温予,穿最简单的黑白运动装也好看,温予高中时穿校服就很好看。温予平时话不多,但现在的话比平时还少,叶其蓁留意到了这点,她稍稍侧过身子,小声问温予:"今天心情又不好?"

"没啊。"温予浅笑着,眉目间让人看不出情绪,她与叶其蓁对视时,下意识盯着叶其蓁的眸子看了看,问:"你在这儿干吗?"

"透透气。"叶其蓁轻飘飘地笑着说,瞧温予似乎跟她一样有些低落,她不想再把自己的负面情绪传递给温予。

"透气还是偷哭?"温予立刻接下叶其蓁的话,一针见血,"又被人欺负了?"

"什么叫又被别人欺负了?"叶其蓁不服气,质问温予,"我看着很容易被人欺负吗?"

温予静静地凝视她,自信又淡定地点点头:"嗯。"

叶其蓁情不自禁地笑起来,露出一排白白的牙齿。人与人之间的磁场真的难以捉摸,或许是因为温予知道她最真实的一面,所以在温予面前,她不用伪装什么,很轻松自在,偶尔被温予逗一下,也觉得很有意思。她都不知道自己现在在笑什么,就是看着温予傻乐和。

笑容有感染力的人笑起来时,会让人想跟着她笑,就像叶其蓁,又暖又甜。温予腹诽,怪不得徐开明每次看叶其蓁,眼睛都要看直了。如果有个这样的女朋友,确实是看不够。

一定是心情不好,叶其蓁心思挺细的,明显察觉到温予和平时的不同。可刚刚她问了,温予又不肯说,是不想说吧。

默默陪着吧。总比让她孤身一人好些。

"怎么一个人?"温予又开口了,她目光悠悠扫过叶其蓁白净的脸庞,说话时语气很轻很快,"你男朋友不来陪你?"

那天祁蕴说徐开明是叶其蓁的男朋友,她只觉得不可能,后来社团开会,她看见叶其蓁又跟徐开明一起,两个人形影不离的,又像那么回事。

叶其蓁在心里确认了一遍,温予说的是"男朋友",她有些茫然:"我没男朋友……"

她很快又反应过来,温予该不会说的徐开明吧?

"你是说徐开明?他不是我男朋友,你误会了。"

叶其蓁三两句解释清楚。

温予抱着胳膊,顿了顿又问:"你们还没在一起?"

这不是什么时候在一起的问题,叶其蓁解释得更清楚一点:"什么在一起,我跟他就是普通朋友。"

温予淡淡地问:"你难道不喜欢他?我看你跟他在一起挺开心的。"

"哪有,我不喜欢他。"叶其蓁回答道,她不明白温予为什么这么说,不就是在食堂时碰到过一次吗?哪里看出来自己喜欢徐开明了?

温予始终留意着叶其蓁的反应。很显然叶其蓁没说谎,她这时又抛出一个问题:"他最近在追你?"

就着这个话题聊开了。

这下叶其蓁没有否认,她把玩着手指尖,迟疑一阵后,主动跟温予说起了今晚的事:"他不久前跟我表白了。"

叶其蓁想跟人聊聊天。她不会随意跟别人说这方面的事,但她不介意跟温予说。

"没答应他?"温予猜。

"不喜欢怎么答应?"叶其蓁的唇微微噘了噘,看着有点委屈。

温予瞧见她这样,骤然一笑:"他不是挺好的,怎么不喜欢?"

"没感觉。"叶其蓁说得简单干脆,内心又叹了口气,笑容里夹杂着无奈。徐开明是追求过她的男生中条件最好的了,她还以为这次会心动。

今夜无云,夜空中悬着不少星星,忽闪忽闪。叶其蓁仰头看得认真,此刻心情平静了不少。

温予悄然凝视着叶其蓁的侧脸,她五官精致小巧,唇色浅浅的,她试着问:"那你碰到过有感觉的男生吗?"她相信追叶其蓁的人绝不会少,叶其蓁长得好看,性格阳光。叶其蓁与她不一样,会有很多人喜欢这样的女孩。

叶其蓁扭转头,发现今晚温予的问题似乎格外多,她很诚实地摇了摇头,真就从来没有过。

"那你喜欢什么类型的?"温予越发好奇。

又是这个问题，唐棠很早就问过她，这个问题处于她的知识盲区，她毫无头绪，望着温予半晌答不上一个字，大脑一片空白。

风拂乱额间的发丝，温予唇角挑了挑，开玩笑般的轻快口吻，但垂眸时语调很温柔："我问的问题这么难吗？"

叶其蓁被温予给盯得脸红了。

温予这时眼睛笑得有一些弧度，她继续逗着叶其蓁："叶其蓁，你脸皮好薄啊。"

本来还好，听温予柔声补了这么一句，叶其蓁的双颊真就发热了起来，明显有几分局促，她皱起眉望着温予，张了张嘴都不知道说什么了，只好无奈笑着。笑着笑着，她眉心皱得更厉害，伸手往小腹上又压了压。

见叶其蓁脸色不太好，温予这才停止打趣："怎么了，不舒服？"

"生理期。"叶其蓁抬眼看看温予，其实她一直都难受着，只是看温予似乎心情也不好，就没说这事，默默忍着。

"那还坐地上，快起来。"温予即刻站起了身，朝叶其蓁伸了伸手，催促着，"赶紧起来。"

叶其蓁看着温予的手愣了下，然后把自己的手也伸了过去，让她拉自己。借了一下力，叶其蓁轻松起了身，只不过这么一动，疼痛加剧了，她倒吸了口凉气。

"很疼？"温予扶她站稳。

"没事，还好。"叶其蓁习惯这么回答。

"疼成这样还没事？"温予看破也说破。

叶其蓁想了想，索性厚脸皮对温予说："那你再问一遍。"

温予一脸不解，笑过后，她还是配合叶其蓁："是不是很疼？"

"嗯——"叶其蓁这时的声音里满是委屈，回答后她自己都不好意思地抿嘴笑了，好像是头一回撒娇，她都没跟唐棠撒娇过，今晚不知道怎么了。

温予被这样的叶其蓁给逗笑了，有点幼稚，但可爱。

"我疼着呢，你还笑这么开心。"叶其蓁发现温予似乎特别爱看自己出糗，每回自己哭的时候，温予都笑得很开心。

这也算是哄她开心了吧？

温予确实看见叶其蓁委屈的样子就想笑，跟叶其蓁平时的反差太大，如果不是亲眼所见，她完全想象不出叶其蓁私下是这样的。

"要不要吃点止疼药？"温予看她情况不太好。

"我宿舍有。"叶其蓁说。

"我送你回去。"

"你不继续跑？"叶其蓁看温予的状态，应该是刚跑没多久。

"不跑了，走吧。"

叶其蓁没拒绝，这是第二次温予送她回宿舍。通往宿舍的柏油路被昏黄的灯光笼罩，将两人的影子拉长。

走了十几米远。

"温予。"

"嗯。"温予轻声应道，她莫名喜欢听叶其蓁叫她名字。

"你一般什么时候去操场跑步？"叶其蓁问。

"问这个干吗？"温予明知故问。

"你上次不是说带我一起？"

"你不是不想跑吗？"温予想起上次叶其蓁一脸勉强的样子。

"不想挂科。"叶其蓁巴巴看着温予，"可以吗？"

这眼神，温予相信叶其蓁要是跟人撒娇，没人会拒绝她："我没什么规律，全看心情。"

叶其蓁眸光变暗，以为温予这是婉拒的意思，结果下一刻，她听到温予在一旁轻飘飘道："你想跑的时候，跟我说。"

"你跑的时候带上我就行。"叶其蓁脸上绽开笑意。

温予瞧见她笑得明媚，问："不疼了？"

叶其蓁故意板起脸："你非要提醒我吗？"

温予唇角扬了扬，一时没答话，她步子慢了些，走了几步后又轻轻说了句："走慢点。"

没多久走到宿舍。

温予问："自己能上去吗？"

"能。"叶其蓁鉴于上次的没礼貌，这次特意跟温予说了，"来我宿舍串个门吗？我介绍室友给你认识。"

"不了，"温予只是说，"你上去吧。"

"嗯。"叶其蓁看出来她没什么兴趣。

又是无聊的一天。

最后两节课是"思想道德基础与法律修养",更无聊了。

临近下课,温予百无聊赖地又看了眼手机,没有微信消息。温予思考今晚要不要叫上叶其蓁一起跑步,又想到她生理期可能还没过。还是算了。

祁蕴趴在桌子上,瞧温予频繁看手机,像是在等人消息,便小声问了一句:"谈恋爱了?"

果不其然,没得到温予的回答。祁蕴想,要不是温予当初帮过她,她应该不会跟温予有交集,人长得是漂亮,可脾气太差了,带刺。

下课后,祁蕴问温予要不要一起去吃饭,温予拒绝了,说待会儿直接去画室。祁蕴开始怀疑温予那些男朋友的真实性了,像温予这样长年只待在画室的人,哪有时间谈恋爱?

温予晚上没吃,饿了才吃东西是她的原则,有时候饿过头直到胃疼,她才会想起该吃点东西了。

"温予,你要不要吃点东西?我这儿有蛋糕。"

"谢谢,不用,我怕胖。"温予回答得机械,就像是设置了自动回复的机器人一样,压根没回头看那人,她画画时最不喜欢有人搭讪。

唐霄被温予干脆地拒绝了。

"你都这么瘦了,还减肥啊?"

温予这时起身看了唐霄一眼。

有人来了,不清净,她想。于是她决定去图书馆。

唐霄受挫了,都还没搭上话,眼瞅着人家又要走。唐霄想,可见系"女神"真的很慢热,不是一般人能追到的。可他偏偏就喜欢这种气质的女生,太有个性了。

他不是轻言放弃的人,觉得还能争取。

叶其蓁没想到唐霄竟然还有脸来求自己,她现在看到唐霄的电话就想直接挂断。因为唐霄最近联系她没别的,就是关于追温予的事。

离开艺术楼后,温予发现忘了拿笔记本,等她折回画室,正好碰到唐霄在打电话。

"你就帮我约她出来嘛……上次你把她带走了,不能算,这次真是最后一次,你就再帮我一下,约她出来好不好?绝对是最后一次,我保证。"

唐霄对着电话苦苦哀求，声音响彻了整间画室。

温予在原地顿了许久，等唐霄打完电话，她才缓缓走进画室，拿走了自己的笔记本，然后一言不发地离开了，态度比先前更冷。

她往图书馆走去。

还没走到图书馆，手机响了下。

她点开与叶其蓁的聊天界面，一时间心情复杂……

Y：" 明晚有时间吗？要不要一起跑步？"

" 我答应你，真是最后一次。"

鉴于上次篮球赛的确是自己带走了温予，叶其蓁考虑过后，告诉了唐霄她明晚会约温予夜跑的事。她生理期过了，本来就打算约温予夜跑，权当是给唐霄透露点内部消息了。

结束跟唐霄的通话后，叶其蓁给温予发了微信消息，大约过了十分钟，她收到温予的回复，只有一个字：" 好。"

跑步于叶其蓁而言一直是噩梦般的存在，她上次跑步还是在高三，八百米垫底，几乎是以散步的速度完成的。

跟温予约的是晚上八点，叶其蓁提前十分钟到了操场，还准备了两瓶矿泉水，就坐在熟悉的看台上，等着。

今晚空气有点闷。

叶其蓁托腮望着远处，过了几分钟，便看见温予朝她这边走了过来，她立即站起身也朝温予走了过去，笑盈盈地递过水："给。"

" 谢谢。" 温予接过水的同时，目光下意识在叶其蓁身畔扫了扫，并没看见其他人。

叶其蓁也用余光在周遭漫不经心地瞟了瞟，没看到唐霄过来，她私心希望唐霄别来最好，但依唐霄的个性，错失了几次机会，今晚肯定说什么都会过来。

" 我们开始吧？" 叶其蓁问温予。

" 嗯。" 温予看着叶其蓁脸上干净好看的笑，又觉得是不是自己多想了？

恰这会儿，两人身后传来一阵脚步声。

唐霄小跑到叶其蓁和温予面前，故作惊讶：" 这么巧，你俩也来跑步？"

看到唐霄后，叶其蓁只好忍着尴尬，硬着头皮陪唐霄演起戏来，附和说："你也来跑步……要不一起？"

只帮他到这儿了，多的也不会再有。

唐霄看看温予，答应得飞快："好啊。"

温予默默听着两人的对话，表情没什么变化。该笑还是笑，她看了眼唐霄，然后直勾勾地看着叶其蓁，以毫不意外的口吻轻声说了句："这么巧？"

"真的好巧。"唐霄接话的速度奇快无比。

倒是叶其蓁听出了温予的话里有话，突然间有点心虚，而且她看出来温予好像介意有第三个人加入。也是，原本她们说好两个人跑的，现在她又叫上了唐霄。

温予淡淡地瞥了一眼唐霄，似笑非笑："你先跑吧。"

"啊？"唐霄没转过弯，可听温予这么说，他只好爽朗地应一声，"行。"

叶其蓁察觉到了什么。

唐霄走了，温予微微偏着头，看着眼前的人好一阵不言语。

叶其蓁刚要开口。

温予问得直接："他是你叫过来的，你在帮他追我啊？"

一眼被看穿，叶其蓁不禁想：我们演技有这么差吗？叶其蓁没办法否认，今晚唐霄是她叫过来的，这行为就是在变相帮唐霄追温予。

果然是这样。温予回想之前，篮球赛、约自己跑步，但凡叶其蓁主动找她，都是为了帮唐霄。先前叶其蓁那么抵触她，怎么可能忽然愿意和她当朋友？

"平时主动找我，也是为了帮他？"温予又问。

"不是。"叶其蓁摇头反驳，温予显然误会了。

"不是，你愿意搭理我这种人？"温予冷笑着。

叶其蓁有点蒙，万万没想到温予会这样想，听温予自嘲"我这种人"时，她有些心疼。叶其蓁略微失措，努力解释着："真的不是，是唐霄看我们走得近，才找我约你出来……对不起。"

温予生气了，但她尽量不暴露自己的情绪，始终保持无所谓的浅笑。

温予以为叶其蓁会不一样。可想想，哪这么容易有人跟她真心实意打交道？她以前的名声有多臭多烂，她最清楚了。

风言风语传得多了也就跟真的一样，所以她在叶其蓁眼里能是什么样的人？印象能好到哪儿去？

"我不喜欢唐霄，让他别费心思了，你以后也是，不用再刻意跟我套近乎。"温予心平气和地说道。

叶其蓁急了："我不是因为唐霄才跟你套近乎。"

温予置若罔闻，只是把手里的水还给叶其蓁，转身走了。叶其蓁僵在原地望着温予的背影，手里的水瓶都被掐得变形。

唐霄跑了一圈发现温予又走了，他几乎绝望，上前问叶其蓁："温予怎么又走了？不是说今晚一起跑步吗？"

叶其蓁跟哑了一样，还在想着刚刚温予的话。

难受得想哭。

但唐霄在，她憋住了。

"你们刚刚说什么了？之前不还好好的吗？"唐霄还在问。

"你烦死了。"叶其蓁抬眼看了看唐霄，脱口而出。她其实特别想问唐霄：你究竟喜欢温予什么，就喜欢温予那张脸吗？温予跟你认识的其他女生不一样，你都不了解温予，凭什么就口口声声说要追人家？

想着这些，她看唐霄更加不顺眼。

唐霄赶紧闭上嘴，虽然叶其蓁的语气不重，听着不像是在发脾气，但他清楚，对叶其蓁来说，这种程度就是在发脾气。

"她说她不喜欢你，让你以后别烦她。没了。"叶其蓁面无表情地说完，把自己手里的水发泄式地甩给了唐霄，"你以后也别来烦我。"

唐霄愣住了，按理说伤心的应该是自己，他搞不懂，怎么叶其蓁的反应比他还大？

晚上洗完澡躺在床上，叶其蓁怎么都睡不着。反复回想温予在操场上说的话。

"你会愿意搭理我这种人？"

她想，温予并非表面看起来那么淡然，她甚至比一般人更加敏感。

她伤到温予了。

室友这会儿都睡了，叶其蓁也不敢翻身，她摸过手机瞧了一眼，已经过了凌晨十二点,而两个小时前她给温予发的那句"对不起",一直没有收到回复。

温予都那样说了,一定不想再理她。

她就不应该答应帮唐霄。一次都不行。

接下来几天,叶其蓁每晚都会去操场。她还是想找到温予,当面跟温予说清楚。

她每天都去,终于第三天,她在跑道上跟温予打上照面。

温予瞄了叶其蓁一眼,与之擦肩而过。

叶其蓁转身,跟着温予的步子急促地追上去:"温予——"

温予全然没听见似的,继续跑自己的,头都没回。叶其蓁便在后面追,她打算就这么跟着温予跑,跑到温予愿意搭理她为止,她不信温予会一直不理她。

才跟着温予跑了两百米,叶其蓁就喘不上气了,但还是咬牙坚持着。看来特殊情况真的可以激发人的潜力,她一步步往前迈,竟然跑完了两圈。

要是体测时能这样,也不至于不及格。

不过跑完两圈,她到极限了,脚跟灌了铅一般再也跑不动了,感觉心脏都要跳出胸口。幸好这时温予停了下来。

温予转过身,隔着半米的距离看着叶其蓁,暗叹才八百米而已,居然脸都跑白了。

叶其蓁猫着腰,双手撑在膝盖上,大口喘着气,说不上话,她感觉嗓子眼有股血腥味,难受得要死。

温予在看她,始终没说话。

身旁不断有人慢跑经过,一个接一个。良久,温予终于开口:"说了不要再来找我。"

叶其蓁直起腰,追了这么久,听到温予冷冷蹦出这样一句,越发难受。她上气不接下气地同温予说着:"我想跟你说清楚,不是你想的那样……"

"没事,无所谓。"面对叶其蓁,温予笑着,云淡风轻地回了这么一句。

温予的一句"无所谓"让所有的解释都没了意义,看着温予不屑地笑,叶其蓁抿起唇,眼睛泛红发热。她蹙眉强忍着眼泪,缓了缓,红着眼眶朝温予说:"我已经跟唐霄说了,让他以后不要再烦你。"

温予沉默不语，看出来叶其蓁要哭了。她知道这是叶其蓁的习惯，想哭的时候会抿嘴，很具有标志性的一个动作。

　　安静地站了会儿，等气息稍稍平复。尽管温予说了无所谓，但叶其蓁仍倔强固执地解释道："篮球赛确实是唐霄让我约你出来的，只有那一次，那天夜跑的事，我不应该告诉唐霄，对不起，让你不舒服了。"

　　叶其蓁的这番话说得有些吃力，声音带着因想哭却强忍着泪水的颤抖，很真诚。只是说到一半，她的眼泪还是不争气地掉了下来。

　　温予盯着叶其蓁红通通的眸子，真是个"爱哭包"，也没凶她，就哭成这样。

　　见温予还是不肯理自己，叶其蓁的眼泪涌得更凶，她倒吸着气擦了擦脸颊上的泪痕，离开时又哽咽地道歉："对不起。"

　　她很怕被人讨厌。不知道为什么，眼下被温予讨厌，让她更加难过。另外，温予对她说无所谓，要比凶她更让她想哭。

　　叶其蓁走后，温予一口气又跑了好几圈，只不过都心不在焉，满脑子都是叶其蓁哭着解释的模样。如果只是为了帮唐霄，她今天完全不用这样。

　　心里很乱。跑多少圈都静不下来。

　　所以在叶其蓁眼里，她到底是什么样的人呢？

　　纠结这个干吗？她明明从不在意别人的看法……

第四章 /
你难道不讨厌我吗

爱心社团在周末会安排组织公益家教的活动,服务对象基本是七到十二岁的贫困儿童。叶其蓁也是后来才发现,那天晚上开会她以为自己看错了的人,其实就是温予。

这次她和温予分配在一个社区。

那社区离学校有段距离,交通也不大方便,坐公交得一个小时。

周六早上七点,清晨的太阳刚刚升起,按惯例,一行人都是在学校北门集合,再根据目的地分组一起去。

在公交车站碰到温予时,叶其蓁朝她笑了笑,温予依然对她不冷不热。叶其蓁顿时蔫了,看来温予还在生她的气。

她们学校靠近始发站,上车时,216路公交上的乘客不多。叶其蓁跟在温予后头上了公交车,温予朝后排的座位走去,她也跟上去,最后在温予旁边的座位默默地坐下。

温予靠着窗,扭头便瞧见叶其蓁死皮赖脸在自己旁边坐下了,不禁又想起前天晚上叶其蓁跟在她后头跑步的情形,像块牛皮糖。她看了看叶其蓁,也没说什么,继续看向窗外。

叶其蓁发誓自己从来没有这么厚脸皮过,她这几天满脑子都在想,怎么才能让温予消气。

公交车往前行驶,开开停停,摇摇晃晃经过了好几站,要上跨江大桥时开始堵车了,停了七八分钟都没动,这是常态,要是碰上工作日,更堵。

温予的头晕晕沉沉,闷得有些不舒服。

"你吃早餐了没?"叶其蓁看在眼里,她猜温予应该没吃,脸色也不好,不吃早餐坐车容易低血糖的。她从书包里找出一包饼干,递给温予,"吃点饼干吧。"

温予没马上接。

叶其蓁撕开饼干包装，再送了过去，可怜巴巴地看着温予的眼睛，声音很小又带点委屈："别生我的气了，好不好？"

叶其蓁总会先考虑别人的感受，很多时候她都宁愿委屈自己。所以她的人缘出奇地好，大家喜欢她细心体贴，却很少人留意到她也会低落，也会需要安慰……

可温予会留意到，会在她需要的时候关照她。所以她不想温予生她的气。

"别生我的气了。"叶其蓁仍然紧紧盯着温予，又悄声说了句。

温予没被人这么哄过，当下听着叶其蓁的轻声细语，再看着她诚恳而又委屈的眼神，都不知道作何反应了。

虽然叶其蓁曾经帮唐霄追她，让她挺不舒服的，但她上次对叶其蓁说的话也不轻。这人就没有脾气吗？就不生气吗？

其实，温予意识到自己对叶其蓁说的话过分了，而且早在叶其蓁那晚边哭边跟她说对不起时，她就意识到了，只是她习惯把无所谓挂嘴上，更不懂得怎么低头。她承认那句"无所谓"是在跟叶其蓁赌气，要真无所谓也不会那样。

公交车终于排队上了跨江大桥，融入如长龙般的车流中，缓慢向前行驶着。

叶其蓁把饼干塞到了温予手里，觉得现在的自己比唐霄还死缠烂打，她继续跟温予说："吃点，还有半个多小时才到，待会儿要是低血糖会更难受的。"

温予捏了捏手里的饼干。叶其蓁这样，她哪还气得起来。当着叶其蓁的面，她拿起饼干送到嘴边，咬了一小口。

温予终于肯理自己了，叶其蓁立马咧嘴笑了起来，同时松了一口气。此时晨曦拨开薄雾，透过玻璃窗照耀进来，正好落在脸上，她眯起眼睛，脸颊上的酒窝明显。

温予看着叶其蓁，嘴里嚼着饼干，心想这人有点傻，那晚都被自己说得委屈哭了，今天还来哄自己。

开了窗，清晨吹来的风湿湿凉凉的，十分清新。叶其蓁的头发被吹得扫到眼睛，她直接闭了闭眼。

温予见状，抬起手替叶其蓁将头发挽到耳后，动作温柔小心。

叶其蓁索性厚脸皮到底,也不自己动手,而是懒洋洋地朝温予扬了扬头。

温予会意,被叶其蓁的小动作逗笑了,她边笑边帮叶其蓁理头发。

尽管没说话,但这一来一回,叶其蓁能确定温予没再生自己气了。而温予垂眸笑的样子,让她有些挪不开目光,太养眼了。

瞧温予已经吃完了饼干,叶其蓁趁机得寸进尺说:"吃了我的饼干就不能不理我了。"

怕打扰到其他人,她的声音一直压得很低,轻轻柔柔。

温予听着这言论,只是笑。

"笑什么?"叶其蓁小声问。

"怎么不说吃了你的饼干就跟着你混?"温予悠然地问道。

想到那么多人想追温予,叶其蓁笑得俏皮:"你要愿意,我也不亏。"

温予凝视叶其蓁,眼神丝毫没有躲闪,直言:"挺愿意的。"

叶其蓁猝不及防语塞。

意料之中的反应,温予狡黠一笑,再懒懒望向窗外的江面。

马上就要下桥了,车速渐快。叶其蓁看温予一言不发,问:"难受?"

温予轻轻摇头。

"再吃点。"叶其蓁说着从包里又掏出一块饼干,顺便拿了盒牛奶出来。

温予不可思议:"你什么都有吗?"

"你猜我室友叫我什么?"

"什么?"

"叶·哆啦A梦·其蓁。"

温予笑得不行了,这个形容很贴切,也很可爱。

说笑的工夫,叶其蓁已经将牛奶插好吸管,塞到温予的手里。

"我喝了你喝什么?"

"我喝过了。"叶其蓁撒谎。

"带这么多?"

"想喝的时候喝。"叶其蓁接着瞎扯。

"这么喜欢喝牛奶?"温予再一次刷新认知,合理怀疑叶其蓁包里装的都是吃的。

"……"叶其蓁无奈。她想自己在温予眼里,大概就是个能吃又能喝的"爱哭包"了，形象全无啊。

两个人坐在一块儿，偶尔聊几句天，十几站的车程也不算太难捱。

爱心家教是Z大的老牌公益项目，在全市十几个社区都设有活动中心，参与的学生中大一大二的居多，毕竟闲暇时间相对充裕。

这次是新学期的第一次活动，比较忙，上午基本都在布置活动中心，打扫卫生，到下午才有学生过来。说是活动中心，其实就是一间简陋的大房间，摆放着陈旧的桌椅板凳，来的大多是念小学的小孩儿，家庭条件不怎么好，家长忙于生计，周末无暇陪伴。

爱心家教的初衷倒不是帮助这群小孩儿提高学习成绩，更多是给予陪伴与疏导。叶其蓁觉得挺有意义的，所以就报名了。她还挺意外温予会参加，她以为温予更喜欢独处，参加这些就意味着要跟不少人打交道。

让叶其蓁更意外的是，温予教小孩的时候竟然特别温柔耐心，平时明明那么傲的一个人。她们带的都是二年级的小女孩，两个小女孩是同班同学，很羞涩，一定要坐一块儿。

"学会了吗？老师出一道差不多的题，如果做对了，就给你个小奖励。"叶其蓁喜欢小孩，也很会哄小孩，一套一套的。

"老师，什么奖励？"羞涩的小姑娘变得大胆了些，主动问。

"做对了就知道了。"

一旁温予扭头瞥了叶其蓁一眼，笑了笑，她能猜到是什么奖励。

小孩就吃这一套，写得甭提多认真了，做完后还检查了一遍才给叶其蓁看，叶其蓁看完夸了女孩一句，然后让女孩伸出手，从口袋里摸出一样东西放到女孩的手心。

女孩摊开手心，脸上立即绽开笑容，叶其蓁给她的是一颗兔子形状的糖果，精致可爱，是小孩一眼就喜欢的那种："谢谢老师！"

"不客气。"叶其蓁摸摸女孩的脑袋，瞧见温予那边的小孩眼馋地望着，她又摸了一颗送过去。

"你到底还有多少？"温予问叶其蓁，怎么跟变魔术一样。

叶其蓁静静地望着温予，片刻，在书桌下不动声色地碰了碰温予的手，再然后，她悄悄把什么东西塞进了温予的手心。

"没了。"叶其蓁笑着回道，低头继续帮小孩辅导功课。

温予攥紧了手里的糖果，看着叶其蓁脸上甜甜的笑容，突然在想，如果她能早点认识叶其蓁,会不会开心一点……

下午的时间过得很快,晃眼就到了五点多,补习结束。参加补习的小孩比同龄人更加乖巧懂事,一遍又一遍地说谢谢老师,真诚又可爱。

活动结束以后,大家照旧是乘公交返校。叶其蓁和温予运气不错,上车后发现最后一排还有两个空位,车程虽长,至少不用站回去了。

黄昏时分,余晖柔和。

温予还是坐在靠窗的位置,叶其蓁则坐在她的旁边,不知是司机技术问题,还是因为她们坐在最后一排,车颠簸得厉害。

叶其蓁返程时的话很少,有些疲倦。学姐说今天是特殊情况,比较忙,以后都是补习半天。车开了两三站,她的眼皮就开始打架,车里摇摇晃晃,耳畔叽叽喳喳的聊天声及窗外照过来的斜阳,哪一样都让人昏昏欲睡。

温予不经意间转头,看到叶其蓁无精打采,像在犯瞌睡:"困了?"

叶其蓁晃晃脑袋,强行打起精神:"不困。"

车匀速行驶着,温予沉默地盯着外边倒退的风景,忽而肩膀轻微一沉,她稍稍回过头,是叶其蓁的脑袋靠在了她的肩头。

温予不敢相信——这也能睡着?

叶其蓁今天着实是累到了,就想着眯一会儿,结果闭上眼后就再也扛不住了。

温予一动不动,就让叶其蓁靠着她的肩膀。她垂头默然凝视叶其蓁侧脸许久,看来真睡着了,眸子舒缓闭着,像只懒猫。

就在两分钟前,有人还口口声声说不困,温予悄然笑起来。

车子时不时有些颠簸,也没能惊醒叶其蓁,她只是眯着眼,在温予的肩上蹭蹭,再继续睡。温予着实羡慕了,一个长年失眠的人,碰到坐车都能睡这么香的人,很难不羡慕。

车拐了个弯,夕阳斜照了过来,有些晃眼睛,叶其蓁下意识皱了皱眉头,长长的睫毛轻微地颤了颤。温予这时稍微侧过身,正好帮叶其蓁挡住了那道刺眼的光线。她的动作幅度很小。

前方即将到站,司机一脚刹车踩下,乘客们集体前倾,伴随着稀稀拉拉的抱怨声。温予反应极快,第一时间托住了叶其蓁的脑袋。

叶其蓁骤然睁眼,心怦怦跳着,被吓醒了。

叶其蓁后知后觉自己居然靠在人家身上睡着了。

"还说不困。"温予低声说。

"不好意思。"叶其蓁尴尬地笑道,赶紧直起腰。糟了,都不知道睡了多久。

"没事。"温予大方地说,"肩膀借你。"

纵使温予这么说,叶其蓁哪还好意思,她笑着说:"被吓醒了。"

叶其蓁确实被吓醒了,司机大哥刚刚的那一脚急刹让她睡意全无,如果不是温予,她估计自己脑门会撞上前边的塑胶座椅。

"过桥了吗?"叶其蓁问温予,探头看窗外。过桥了就意味着快到学校了。

"还没。"温予说。

夕阳西沉,天际云彩被染成红色。明天又会是一个好天气。

"今天的云好漂亮。"叶其蓁一边感叹一边轻碰温予的手臂,让温予也看窗外。

"嗯。"温予顺着叶其蓁看去的方向,明明是相同的风景,不同的人看到的却截然不同。

叶其蓁拿出手机查了查导航,发现下一站就是跨江大桥东。她心血来潮对温予说:"下一站是跨江大桥,我们要不要下车?"

温予不解。

叶其蓁说:"看日落,再带你去吃好吃的。"

温予挺乐意让叶其蓁带她出去逛的,就像上次逛海洋馆,她什么都不用想,只要跟着叶其蓁,就很舒服自在。

说话的工夫,就要到站了,都没有给温予考虑的时间。叶其蓁怕温予没兴趣,也不敢贸然做决定,哪想温予居然反过来催促她起身:"走了,下车。"

叶其蓁笑而不语,迅速起身,拉着温予挤过拥堵狭窄的过道,两人费了番功夫才挤下公交车。

虽然仓促,但换个角度想,仓促做出的决定也会给人惊喜。

两人并肩站在桥上,微风拂面,抬头是晚霞灿烂的天空,低头是微光粼粼的江面,水天相映衬,旖旎如画。跨江大桥是看日落的好地方,目之所及的景象开阔绚丽,比坐在公交车里看到的,要震撼太多。

叶其蓁眺望远方,看得认真。

温予也看入神了,她虽然时常写生画风景,但此刻的心境完全不同,此刻是单纯的欣赏享受,享受生活偶尔带来的惊喜。温予转头看着叶其蓁,想着什么。

"温同学,你在发什么呆?"叶其蓁转身靠在石栏上,笑眯眯地问温予。

"我有吗?"温予不承认。

"有,我看到了。"叶其蓁自信。

温予刚刚是在发呆,她在想,谁要是能把叶其蓁拐回家,大概是捡到宝了。

叶其蓁提议看日落也不完全是突发奇想,自己这段时间惹温予生气了,她想温予心情一定不太好,她心情低落时就会到处走走看看,希望这招对温予也有用。

"漂不漂亮?"叶其蓁满怀期待地问温予,希望能在温予脸上多看见点笑容。

"漂亮。"温予很少笑得这么柔和。

叶其蓁看着温予,想说:黄昏下的人真漂亮。

当下的氛围很适合聊天,风吹得人很舒服。叶其蓁闲聊道:"其实社团第一次开会那晚,我看到你了,我还以为自己看错了。"

温予侧身,同样倚着石栏,看了叶其蓁几秒才说:"觉得我这种人有爱心会很奇怪?"

她是笑着说的,像是自嘲。

"我这种人",叶其蓁第二次听温予这样说,她脸上的笑意消散,话在喉咙里停了许久,她还是说了出来:"你别这样说自己。"

温予怔了怔后:"你以前应该听说过我的事吧?"

叶其蓁没否认,关于温予的流言蜚语,她的确听了很多。

"难道不讨厌我?"温予问了叶其蓁自己最好奇的问题,但凡是听说过她那些"光荣事迹"的人,都不会愿意和她来往吧。

叶其蓁摇了摇头,她不轻信自己听到的,只相信自己接触到的:"我好歹是学新闻的,别人传什么我就信什么,以后还怎么做新闻。"

"那如果我告诉你,其实我没谈过恋爱,从没交过男朋友,你信吗?"温予扭头又问。算在变相解释吧,不知道怎么了,其他人如何想她无所谓,但她不想叶其蓁跟其他人一样，对她存在误解和偏见。

"信。"叶其蓁眼神坚定，并不意外，她知道温予被人误解得太深了。

温予悄悄吸了口气，被人信任就是这种感觉吗？她笑着看叶其蓁："你这么信我的话？"

叶其蓁发现温予也挺逞强的，明明在意，却要伪装成无所谓，但她能理解温予的逞强，站在温予的立场，面对铺天盖地的语言暴力，除了装作不在意，还有其他更好的办法吗？她反问温予："你猜我为什么喜欢躲起来哭。"

"因为死要面子。"温予说。

"你就不能婉转点吗？"叶其蓁朝温予抬头笑着，"我小时候就爱哭，只要一哭我妈就会教育我，说我没用，后来我就只敢躲起来哭。我妈老这样教育我，我还以为她不会哭呢。不过有一次，我看到她在房间哭得特别伤心，比我哭得还厉害。"

"为什么？"温予问。

"她是外科医生，那台手术风险大，患者没能下手术台，当时患者家属就说我妈瞧不起穷人，没给红包就对手术不上心，天天在医院闹，还找了媒体曝光，那段时间风言风语满天飞，说得跟真的一样。"尽管当时还小，叶其蓁回想起那件事仍历历在目，"那时起我就明白，听到的未必是真的，人言可畏，嘴里随意说出的话有时比刀子还伤人。你看我妈那么可怕的人都被气哭了，是吧？"

温予被叶其蓁诙谐的语气逗笑，同时又感到一丝暖意，她听出叶其蓁说这些是为了安抚自己。

"你选新闻系，是因为这个？"

"有一点，也不全是。"叶其蓁说着眯了眯眼，眺望远处，"以前看到过一句话，说新闻人的信仰是'让无力者有力，让悲观者前行'，觉得很酷。"

温予静静听着，这个回答很符合叶其蓁的风格，天生就是个能温暖到别人的小太阳。

"我觉得一个人是什么样的，取决于那个人做了什么，而不是别人说了什么。"叶其蓁继续说道，说完又觉得自己太想当然了，她没经历过温予的那些事，自然能说得那么轻松。想想自己被管铭骂了句都能那么难受，她不敢想象温予是怎么过来的。

她转过身望着温予，很认真地说："我认识的温予很好，不管别人怎么说，我都知道她很好。"

温予自认为不会轻易被感动，但此刻，这一瞬间，她很想抱抱眼前的人，尤其是看到叶其蓁脸上明媚阳光的笑时。

两个人面对面站着。叶其蓁的目光落在温予的眉眼间，又想到方才温予自嘲的模样，她突然抬起手臂轻轻搂过温予，静静地抱着，就是很想安慰一下她。

温予头一次尝到了被理解被温暖的滋味，这种感觉很陌生，却又让她想依恋。

如果能早点认识叶其蓁……自己一定会开心很多。她又一次这样想。

暖意洋洋的黄昏下，两个人的影子交叠在一起。不远处不断有车辆呼呼驶过，而两人安静得像在另一个世界。

分开后，两人瞧着对方好一阵都没说点什么，单纯地笑着，看着挺傻的。叶其蓁心不在焉继续看落日，其实再坚忍的人，偶尔也是需要安慰的吧。

悄无声息间，霓虹开始闪烁，白天与黑夜交替时的光影，让这座滨江城市别有一番风情。吹着江风，温予倏然对叶其蓁说："如果小时候多点开心的事，长大会不会开心点？"

叶其蓁回头，没马上反应过来。

"你不意外我为什么参加社团？"

"嗯。"想着温予刚刚说的那句话，叶其蓁点头表示赞同，她察觉得到，温予藏了许多心事。

回去路上，叶其蓁又跟温予提了一起跑步的事。温予挺讶异的，还以为叶其蓁那天跑两圈差点趴下以后，就对跑步彻底失去兴趣了。

叶其蓁说自己努力下，一千六百米没准也能跑下来，毕竟那天温予让她见识到了自己的潜力。

这天过后，两人之间的联系不知不觉多了起来。叶其蓁除了周末要去公益家教，平时都是按部就班上课，或是做一些校电视台的日常工作。

新闻系分了四个小班，平时上课通常是两个小班一起上课。教"新闻学概论"的老师是个脾气挺好的中年大叔，他什么都好，就是讲课时的口音太重，跟吟唱似的，听久了容易犯困，正好课程又都安排在下午。

离下课还有五分钟。理论课乏味，有不少人坐不住了。

叶其蓁听课时很认真，每门课都是，或许是她从小就养成的习惯，她对学习成绩方面的事情都格外较真。很小的时候她爸妈就会跟她说，人都只会记得第一，没有人记得第二。

所以她小时候坚定地认为只要努力就能拿到第一，拿不到第一就是不够努力，而长大后，她得知了一个残酷的现实：不是所有人努力都能拿到第一。

过了会儿，教室里响起叽叽喳喳的议论声。不少男生都扯着脖子往窗外看。

"哟，就剩三分钟都坐不住了？"这时好脾气的老师开始埋怨，他盯着后排的男生问，"外边有什么好看的？"

叶其蓁就坐在窗边，低头抄笔记，对教室里发生的事丝毫不在意，直到耳畔传来轻敲玻璃的声音。她扭了扭头，看清窗外的人后，她无奈地朝对方笑了笑，终于知道班里的男生为什么骚动了。

温予此时微微弯着腰，隔着一层透明玻璃，正看着她笑。

她都不知道温予什么时候过来的。

温予站在走廊上有一会儿了，并且隔着玻璃窗看着叶其蓁抄完了三行笔记，只是叶其蓁过于专注，完全没注意到她。

离下课还有不到两分钟，叶其蓁时不时漫不经意地瞟一眼窗外，有时看到温予在低头看手机，有时看到温予也在看她。室外温度高，温予的外套搭在小臂上，只穿了件薄的贴身毛衣，很显身材，再配上温予那张漂亮的脸蛋，别说男生了，女生也会多看她几眼。

下课铃响，教室里的人蜂拥而出。叶其蓁走在中间，跟室友打了声招呼以后，优哉游哉地走到温予面前。

温予凑近叶其蓁："饿了，带我去吃饭。"

叶其蓁点头："走。"

两人之间变得越来越熟。从一起跑步到一起吃饭，起始于叶其蓁的一句玩笑话，她想起温予不好好吃饭，就跟温予说"你带我跑步，我陪你吃饭"。

叶其蓁觉得挺奇妙的，她从没想过自己跟温予能像现在这样和谐，这要是被唐棠看到，估计会惊掉下巴。

十一月中旬，下了几场雨，气温断崖式下降。

叶其蓁一到换季或是降温就容易发烧感冒，多少要折腾一下。

周六晚上，叶其蓁精神萎靡。下午喝了感冒冲剂，到晚上依旧头晕，她又给自己倒了杯热水，埋头写作业。现在恰逢期中作业最多的时候，她还有好几门课的任务没完成。

叶其蓁勉强写了半页纸的作业，脑子迷迷糊糊的，实在有点难挨，她摸过手机，给温予发了一条微信消息："降温了，出去记得多穿点。"

没多久温予回复了一个"嗯"。

叶其蓁病恹恹的，回了一个"卖萌"的表情包过去。尽管温予给人感觉挺冷的，回微信通常也是一两个字，但她知道温予一点也不冷，她呈现出来的都是她的伪装。

要是早点收到叶其蓁的微信消息，温予一定记得多穿点衣服，也不至于出门就挨冻。

"温予，你今天就穿这么点啊？南城都降温了，得注意保暖。"赵琳端着一盘青菜从厨房走了出来，摆在桌上，"我也不知道你爱吃什么，随便炒了几个菜。"

温予看了看餐桌上的四菜一汤，这还叫不丰盛，温予笑着回道："老师，不用做这么多的，就我们两个人。"

"你难得来一次，洗洗手吃饭。"

赵琳今年四十五岁了，心态年轻，保养得当，看起来像是三十多岁。她单身独居，也没孩子，平时都很照顾学生，像对自己的小孩一样。

温予从小学开始就在赵琳的画室学画画，她走上这条路说起来也是个巧合，她妈成天待在麻将馆，没空照顾她，就花点钱把她送去麻将馆旁边的画室。后来赵琳为了照顾家人，从北临回了老家南城。去年温予正好来南城这边集训，赵琳没少关照她。

这么多年，温予一直都跟赵琳有联络，不夸张地说，赵琳比她亲妈还关心她，经常开导她。

"上大学后更漂亮了。"赵琳感叹道，她是看着温予长大的，一晃眼当年的小家伙都出落得这么亭亭玉立。温予的家庭情况她有所了解，有那么一个妈，遭罪的是小孩，她打心眼里心疼这姑娘，对温予也格外关心："菜还合胃口吗？"

"合胃口,谢谢老师。"温予说着,又吃了一口米饭。

"你胃口倒是比之前好了,先前吃几口菜就饱了。"赵琳小小惊讶了一下,看温予哪盘菜吃得多,就把菜端到她的面前,"你是要多吃点,你看你瘦的,不过好像比我去年见你时要好点,去年都瘦得跟皮包骨似的。"

温予看到排骨,立马就想起叶其蓁吃排骨时的模样,她笑着跟赵琳说:"大概是经常跟胃口好的人一起吃饭,胃口跟着变好了。"

想想,确实是这样。每回跟叶其蓁一起,她能多吃不少东西。

"交到朋友了?"赵琳头一回听到温予谈及这些,她知道温予的性子,说好听是有个性,说不好听就是孤僻,总是独来独往,身边没什么朋友,像把自己封闭在一个盒子里,不愿意让人靠近。这种状态其实很让人担心。

"嗯。"温予应着。

"跟老师说说,是个什么样的人。"赵琳边吃边聊。

"挺有趣的一个人,"温予琢磨了下,说,"跟她相处会很舒服。"

赵琳偷笑起来,她以为温予不好意思说是对象,于是打趣道:"这才刚上大学就有人追了?在一起啦?老师都懂,你们这个年纪是谈恋爱的年纪,好好享受。"

温予沉默了,接着解释道:"老师,你误会了,是个女孩子。"

"胃口好就多吃点。"赵琳热情地说着,"你们学校过来也不远,以后常来我这边玩,老师给你做好吃的,带那个女孩一起啊。"

赵琳的厨艺一绝,可以开私房餐厅的水平,温予想起叶其蓁那么爱吃,肯定喜欢,她也没跟赵琳客气:"那我下次带她一起,你一定会喜欢她。"

赵琳特别喜欢阳光爱笑的女孩,叶其蓁再符合不过了。

八点吃完晚饭,温予陪赵琳聊了会儿天,说了很多自己专业上的事和生活上的事,待得稍微久了些,九点多才离开。赵琳说送她回学校,她执意不肯,说小区楼下就有公交车站,坐几站就是学校西门,还算方便。

温予一下公交车,冷风与食物香气一齐扑来,这个点西门还有不少人。西门是Z大最热闹的,一到晚上,有很多夜宵小摊出摊,鸡蛋灌饼、烤冷面、炸串、关东煮……

今天天气转凉,关东煮生意最好,摊前有不少人在排队,看来味道应该不错。

温予以前从不在意这些,认识叶其蓁后,她慢慢会在意一些东西,比如食物好不好吃。一看到有好吃的,她难免又想起叶其蓁,她记得叶其蓁提过西门的关东煮好吃。

此时叶其蓁待在宿舍,还是头晕难受,什么都不想吃。

不到十点,由于天冷,罗贝和路知都早早上床待着了,郑千语抱着衣服打算洗澡,她看叶其蓁比平时状态差,跑来关心一句:"叶叶,你好点没?要不要陪你去医院看看?"

叶其蓁刚才又测了遍体温,有些低烧,下午量还没发烧来着,偏偏到了晚上才发烧,也没准备退烧药。她平时就不喜欢麻烦别人,现在大晚上看室友都洗澡准备睡了,就更不好意思,她对郑千语笑说:"不用,好点了。"

低烧也不是什么大事,没准一觉醒来就好了,要明天还发烧再去买药,她这么盘算。

"你要不先洗澡?"郑千语又问。

"你先去洗吧,我稿子还没写完。"叶其蓁清楚自己洗澡速度慢,碰上两个人都要洗的时候,她通常都会让给别人先洗。

不一会儿,浴室里传出哗啦啦的水声。叶其蓁手机上收到两条微信提醒。

W:"在西门,要不要给你带关东煮?"

温予发了张关东煮的照片。叶其蓁笑了,如果不是生病她准要被馋到,但她这会儿实在没食欲。

还没回消息,温予打了语音电话过来,怕打扰到其他人,她特意跑到了外边才接,一推开阳台的门,她就打了个哆嗦,寒意袭人。

"叶同学,我在西门,要不要给你带关东煮?"温予还站在关东煮的小摊前,她猜叶其蓁会说要,刚刚拍的那张照片挺诱人的,她看着都想吃。

"你才回来?"叶其蓁却问,她知道温予今天去以前一个老师家吃饭了。

"嗯,给你带关东煮?"

"太晚了,不吃了。"

"你不是一直馋这个?"温予微微诧异,听叶其蓁声音跟平时不太一样,便问,"不舒服吗?"

她怎么一猜一个准。叶其蓁低头看着拖鞋尖,酝酿了一阵:"嗯……今天有点发烧。"

"多少度？去医院看了没？"

"低烧，不要紧。"

"难不难受？"温予又问。

"有点。"叶其蓁很快改口，"还好。"

听某人这么嘴硬的，温予故意说："没事？那我就不过来了。"

叶其蓁本来也没想让温予过来："不用过来。"

温予"嗯"了一声，挂断了电话。

结束通话，叶其蓁有些失落，还以为温予会安慰她几句。

郑千语还在洗澡，叶其蓁想把剩下的稿子写完，也许是低烧的缘故，才写了几分钟，头更晕了。她往桌上一趴，心中暗自委屈，可真难受。

闷闷趴了几分钟，叶其蓁又被语音电话吵醒，还是温予。她指尖滑了滑屏幕，压低声音问："怎么了？"

温予直接问："你住几楼？"

叶其蓁自然能听出这句话的潜台词："你不用过来。"

"我到你宿舍楼了。"温予的声音很轻很轻，她站在一楼楼梯间，往上望了望，又问，"我方便上来吗？"

温予过来了？叶其蓁有些蒙。

给温予开门的是刚吹干头发的郑千语，极度看重长相的她在看到站在门口的温予后，眼睛一亮，表现得十分热情。她认识温予，之前温予和叶其蓁是情敌的事在论坛传得沸沸扬扬，结果两人关系好得很，她两次看到温予来等叶其蓁下课。

这是温予第一次来叶其蓁的寝室，叶其蓁的书桌无疑是所有人里最整洁的一张。

"这么晚你过来干吗？"叶其蓁小声地跟温予说。话虽这么说，但她还是很感动，她没想过温予会因为她那句话过来，早知道，她就不跟温予说发烧的事了。

温予看叶其蓁的脸色差到不行，伸手摸了摸她额头，停顿几秒："去医院看看，我陪你。"

"不用。"叶其蓁还说。

"走了。"温予声音不大，只让叶其蓁听到，"再换个厚点的外套，外面风大。"

叶其蓁的态度瞬间软了下来，最后还是晕乎乎地被温予带出了宿舍。

"我说了不用过来。"

"嘴硬。"温予偏头瞧叶其蓁，一眼看破对方在嘴硬，她猜叶其蓁给她发微信消息的时候就想跟她说她生病了。

叶其蓁默默跟着温予的脚步，承认自己是在嘴硬，她没叫温予过来，但事实上她想要温予陪她。不过她还是要解释一遍："我没有让你过来的意思。"

温予淡淡地答道："是我自己想过来。"

叶其蓁无话可说了，往常碰到这种事，她挨一挨就过去了，温予对她这么好，她真要产生依赖。

外边确实风大，多亏温予提醒她换个厚外套，她出来后才发觉温予穿得单薄，刚刚应该再拿一件外套给温予的，脑子糊涂了。

"温予，你冷不冷？"

"还好。"温予说。

叶其蓁理直气壮："你不也嘴硬？"

温予语调慵懒："没你嘴硬。"

叶其蓁好笑："这有什么好比的？"

两人继续往校医院走去，那里二十四小时有人值班。又卷过一阵风，叶其蓁看了看温予，悄然靠近了些，然后轻轻挽住了温予的手臂。

叶其蓁眨眨眼问："暖和点吗？"

温予不禁反问："会照顾别人就不会照顾自己？"

叶其蓁佯装洒脱："多大点事。"

温予没有接话，先前不了解叶其蓁她也就信了，有的人不过表面坚强罢了，指不定晚上要躲被窝里哭。

走几步，叶其蓁又把温予的胳膊挽紧些，嘴角抿着笑。

大晚上校医院冷冷清清，挂号看诊取药都快，叶其蓁只是低烧，情况还好，开了些退烧药就完事了。

"我就说没事。"叶其蓁马后炮。

"怕你脑子烧坏。"温予挑眉说。

"我好歹是病人，你不能说点好听的？"

"回去了。"

走到门口,天空下了点小雨,校医院离九栋宿舍有段距离,温予怕待会儿雨下大,就跟叶其蓁说:"先到我宿舍拿把伞。"

"好。"叶其蓁赞成温予的提议,这边离十九栋近,远远地她都看到楼牌号了。

走了大半的距离,雨变大了,等她们小跑到宿舍楼,雨哗哗下了起来,她们运气算好了,没淋着多少雨。

今天周末,宿舍只有祁蕴一个人在。

祁蕴坐在书桌前看电影,正无聊着呢,就看到温予带了个人回来,等她再仔细一看,发现温予带的人是叶其蓁,顿时不明白是什么情况了。

"祁蕴,高中和我们同校。"温予怕叶其蓁尴尬,主动给叶其蓁介绍道。

叶其蓁跟祁蕴礼貌地打声招呼。祁蕴回了个很热情的笑:"叶学霸,我知道你。"

"走吧。"温予拿了把伞。

"你别送我了,我自己回去,外面雨挺大的。"叶其蓁说什么都不肯。

南城的天气就很魔幻,她琢磨,以后就算天气预报显示多云,也得备着雨伞了。

外边哗啦啦的雨声变大了,温予看叶其蓁的脸色还是很差,依叶其蓁的性格肯定想要人陪,她索性说:"要么别回去了?"

她有时候觉得叶其蓁其实跟自己挺像的,表面上一个人什么都能做好,事实上,渴望有人理解有人陪。她太懂这种心情了。

祁蕴听到温予说别回去,更迷惑了,这两人真的是情敌吗?

"叶学霸,这么晚别回去了,这雨一时半会儿不会停的。"祁蕴顺着温予的话,笑眯眯地对叶其蓁说道,顺带还看了温予一眼。

"有地方睡。"温予也说。

"李丹说今晚不回来,不过她应该介意别人睡她的床,陈雯回家了,要不打电话问问她?"祁蕴跟温予截然相反,是个实打实的热心肠。

"我还是回去吧,这样太麻烦了。"叶其蓁听了,想想还是不可行,而且她也睡不惯别人的床。

温予考虑过后,十分淡定地问叶其蓁:"跟我一起睡,介意吗?"

祁蕴震惊,以为自己听错了,温予什么样的人,会愿意跟别人挤一张床?

叶其蓁磨磨蹭蹭，看着温予说："不会挤着你吗？"

这么说的意思就是不介意了，温予都摸清了叶其蓁的性格，嘴上说一套，心里想的是另一套，有时不需要问她太多。

"你先去洗澡。"

"你先洗吧，我待会儿洗。"叶其蓁谦让的"老毛病"犯了。

"你先去，别淋了雨更严重了。"

祁蕴看这两人拉扯，冷不防提议说了句："其实你们也可以一起洗。"

祁蕴话一说完，温予和叶其蓁双双看了她一眼。倒是祁蕴哈哈大笑，然后跟没事人似的，继续看自己的电影。

温予在衣柜里找了睡衣和一次性内裤，还有干净毛巾，塞给叶其蓁。

最终还是叶其蓁先去洗澡了，洗澡前她给寝室长郑千语发了微信消息，说自己今晚住在朋友宿舍，就不回去了。郑千语看叶其蓁和温予关系挺熟络，也没说什么。

趁叶其蓁去洗澡的工夫，祁蕴暂停了电影，饶有意味地打量着温予："女神，这什么情况啊？"

"你不是看到了？"温予回答。

回答了跟没回答一样，祁蕴拿起手机在键盘上敲了一通，消息发送后，她举起手机朝温予摇了摇。温予会意，拿起自己的手机看了眼。

"你想对情敌做什么？"

温予将手机往桌上一放，用实际行动表明不想跟祁蕴谈这些。

在别人寝室洗澡，叶其蓁稍稍控制了一下时间，没洗太久。温予比她高，她穿温予的睡衣稍微有点大，还不得已卷了卷睡裤裤腿。

走出浴室，叶其蓁头发湿湿的，她手里捧着换下来的衣服，叠成了整齐的小方块。温予给她准备了个纸袋，正好装衣服。

站在洗手台的镜子前，叶其蓁用干毛巾擦着头发，她刚想去问温予要吹风机，就看到温予拿着吹风机过来了。

叶其蓁接过吹风机，嗡嗡嗡开始吹头发，脑袋晕不在状态，加上她发量多容易打结，显得她吹头发的动作十分笨拙，手忙脚乱。透过镜子，叶其蓁看见温予在笑她，她说道："你还不去洗澡？"

温予看不下去，上前一步接过叶其蓁手里的吹风机，帮她吹起来。

叶其蓁苦笑："我自己能行。"

温予垂眸看她:"难受就安静点。"

叶其蓁再度看向镜子,只见温予站在她的身侧,修长的手指拨弄着头发,另一只手握着吹风机轻柔地吹着,她从没见过这样又酷又暖的女生。

吹干头发,叶其蓁先上了床,枕头和被套都带着熟悉的淡香味,松软舒服,她拉了拉被子。

"你先洗还是我先洗?"温予问祁蕴。

"你先洗呗,我电影还没看完。"看到叶其蓁上了床,祁蕴自觉地戴上了耳机。

叶其蓁原本想等温予一起睡,但吃了退烧药容易犯困,在床上没待几分钟,就昏昏欲睡。

祁蕴看完电影,温予从浴室出来了,她扭头看了眼温予,大冷天的穿个吊带也不嫌冷:"有必要穿夏天的睡衣吗?"

温予没跟祁蕴解释什么,吹干头发后上了床,她没想到叶其蓁就睡着了。

叶其蓁听到动静,惺忪睁眼,一看到温予穿得清凉,她问了句和祁蕴差不多的话:"你怎么穿夏天的睡衣?"

"另一套洗了。"温予看了看叶其蓁身上的睡衣,"就两套。"

叶其蓁怪不好意思,怕温予着凉,赶紧拉开被子:"快进来,别冻着了,你睡里面还是外面?"

温予坐在床上:"你睡里面。"

叶其蓁说笑:"你还怕我掉下去啊?"

"不是没可能。"

叶其蓁担心挤到温予,就一个劲往墙壁挤,硬生生给温予空出了大半张床来。

温予看叶其蓁就差贴墙壁上了,便说:"过来点,我这边有地方。"

"嗯。"叶其蓁应着,又挪了挪。她们两个都瘦,算不上挤。

"还难不难受?"温予哑着嗓子问。

"好些了。"

温予手心搁在了叶其蓁额头上,摸着:"还有点烫。"

叶其蓁眼睛带笑,软绵绵地念叨:"温同学,退烧药没这么快见效。"

温予捏了捏叶其蓁的脸颊:"困就睡。"

"你欺负病人啊。"叶其蓁低声哼着。

"睡吧。"

"嗯。"叶其蓁慢慢眯上眼睛。

过会儿，祁蕴也开始洗漱了。祁蕴虽然有点"嘴欠"，但还是很贴心的，一直到熄灯，都没弄出什么大动静。

药物作用下，叶其蓁入睡得比往时更快，祁蕴还没洗漱完，她就睡着了。

温予很羡慕，因为她失眠挺严重的，有时候熄灯两三个小时还是睡不着。吃饭香，睡觉也香，能吃能睡说的就是叶其蓁这种人吧？

Z大平时十一点熄灯，周末是十二点，祁蕴洗完澡出来看温予和叶其蓁都上床了，就关了灯，自己开着台灯在那儿护肤。

房间里只剩下微弱的灯光。

叶其蓁睡着后，睡姿稍稍有点随意。

今晚的被窝真暖，温予试着闭上眼，希望能早点睡着，不久，却感觉一条腿搭在了自己的腿上，她睁开眼，借着朦胧的光线无奈看了看叶其蓁，挺文静的一个人，睡相这么差。

下一秒，温予又感觉腰间落了一只手，窗外雨声还在滴答，更睡不着了，不知道叶其蓁做了个什么梦，一个劲乱动……

温予再度闭上眼，睡意全无。

过会儿，身边的人终于消停下来。耳畔传来细碎动静，应该是祁蕴关灯上床了。

听着雨滴声，不知几时入眠了。

温予的睡眠质量一直不太好，入睡晚不说，睡得还浅。夜里很容易惊醒。不过这晚她意外睡得舒服安心。

清晨六点多，温予自然醒来。房间里只有蒙蒙亮，叶其蓁还在呼呼睡着。

她摸了摸叶其蓁的额头。

不烫，退烧了。

叶其蓁扭扭脑袋，被温予的小动作弄醒，她神情迷糊，不是因为不舒服，而是没睡够，她刚醒来时的声音软绵绵的，问："几点了？"

一看就没睡够，温予低声道："还早，你继续睡。"

"嗯——"叶其蓁嘴里哼着，又迅速合上眼，好像多睁半秒就扛不住了。然后不到半分钟，又睡着了。

"叶其蓁？"温予小声叫了句,叶其蓁没反应。

没有闹钟,叶其蓁舒舒服服睡到了自然醒,醒来时,只剩她一个人躺在床上,不见了温予身影。她撩开床帘往外看,宿舍里很安静,好像没有其他人。

在别人宿舍过夜,居然还睡到这么晚,会被人嫌弃吧?叶其蓁盘腿坐在床上,出神,她刚醒来时都这样,要先神游个一分钟。

还没神游完,听到钥匙开锁的声音,紧接着,门被推开。叶其蓁探过头往下看了看,进来的是温予,手里还提着两份早餐。

"终于醒了?"温予真心没见过叶其蓁这么能睡的人,她昨晚十一点睡的,现在都快上午十点了。

叶其蓁不好意思地笑笑,细心整理好被褥后,轻手轻脚下了床。

"你去买早餐了?"叶其蓁瞥见包装就认出来了,是三食堂的特色小笼包,她跟温予说过一次好吃,"你去三食堂了?"

三食堂离这边宿舍楼很远,要走上十几二十分钟。

温予一句废话都没有:"去刷牙洗脸,吃早餐。"

"嗯,谢谢。"叶其蓁看着温予拆包装的动作,又看看温予的侧脸,心想唐霄追不到温予真挺遗憾的,再想想也不算什么遗憾,像温予这样的女生,一定要跟真正懂她的人在一起。

温予见叶其蓁发愣,停下手中动作,又上前摸摸叶其蓁额头。

"你早上不摸过了?"叶其蓁说。

"看你有点呆,以为又发烧了。"温予收回手。

"哪儿呆了,我很水灵的好吗?"叶其蓁笑着为自己辩解。

"好,你水灵。"温予被叶其蓁这副模样笑到,催促道,"快去洗漱。"

叶其蓁说:"你先吃。"

"嗯。"

祁蕴一大早出去玩了,温予拉过祁蕴的椅子到自己的桌旁,还是决定等叶其蓁洗漱完一起吃,会比较有胃口。

小笼包、蒸饺,还有两碗白粥。退烧以后,叶其蓁的胃口立马好了起来,加上昨晚没怎么吃,肚子正饿着。看叶其蓁食欲好,温予庆幸自己小笼包和蒸饺都要的大份。

"昨晚麻烦你了,谢谢。"叶其蓁又跟温予说了一遍谢谢,说完又觉得自己过于客套了,虽然她跟温予认识得不算久,但又不同于普通朋友那样,客套反而显得奇怪。

温予一边喝粥,一边看看叶其蓁,接着说了句完全不搭边的话:"你昨晚做什么梦了?"

"啊?"被温予这么突兀一问,叶其蓁首先是心虚,想去夹小笼包的手都停了下来,"我怎么了,说梦话了?"

她担心自己说了什么令人尴尬出糗的话,她这人要面子,能把面子当饭吃的那种。

"没有。"温予说。

没有就好。叶其蓁暗自松了一口气,伸着筷子继续去夹小笼包。

"你一直动。"温予补充道,语气平淡。

空气突然安静。

叶其蓁没夹稳的小笼包又掉回碗里,有些尴尬,她不知道该说什么了。

温予幸灾乐祸地笑起来,不再逗叶其蓁了,再说下去,有人要羞得连小笼包都吃不下了。

叶其蓁看出来温予又在逗自己,支支吾吾地问温予:"我睡相是不是很差?"

温予很给面子地摇摇头:"挺可爱的。"

叶其蓁明白了,看来她的睡相的确很差,她心不在焉地喝了一口粥,不再去想这件尴尬事,可越不想去想,脑子里就越冒出来。

一只白皙的手探了过来,叶其蓁回神,温予已经抽了张纸巾,递到了她手边。她赶忙接过,嘴里又轻轻念了声"谢谢"。

"你再吃点,还剩这么多呢。"叶其蓁看温予吃得太少了,肯定营养不良。

温予盯着她,简单回答:"你吃,我饱了。"

碗里还剩三个蒸饺,大部分是叶其蓁"消灭"的。

"再吃一个。"叶其蓁先斩后奏,夹起一个饺子送到了温予嘴边。

温予稍稍顿了下,然后接过了饺子,本来都没打算再吃了。

温予吃完,叶其蓁又夹了一个过去:"最后一个。"

温予无奈,还是吃了。

叶其蓁喂得起劲了,还想继续。

温予看到叶其蓁夹起最后一个饺子还打算给自己,她眼疾手快,反握住叶其蓁的手,直接把饺子塞到了叶其蓁的嘴里。

叶其蓁鼓着腮帮子笑,这顿早餐吃得过于幼稚。

发烧才好没几天,叶其蓁又染了流感,反反复复折腾了一个多星期,加上南城这段时间以阴冷的雨天居多,叶其蓁都是在病恹恹的状态中度过。

到了十一月底,天气才有放晴的迹象。

叶其蓁在朋友圈发了张天气预报截图,图片显示接下来十天都是晴天。

配文:身上都长蘑菇了,终于……

温予微信里没多少好友,而她习惯屏蔽别人的朋友圈,所以她的朋友圈有一大半都是叶其蓁发的动态。每次刷到,她都会顺手点赞。

天一放晴,叶其蓁就闲不下来,背着相机在学校里溜达,到处拍拍。所以她近期的朋友圈都是学校的一些秋景。

叶其蓁其实很想约温予出来拍照,但又怕自己的技术不到家,不太好意思。

晚间温予回到宿舍,听到几个人在聊天,手里捧着笔记本的女生是她们班的班长。

"爬山?没兴趣,没兴趣。"祁蕴在那儿连连摇头嫌弃,"爬山有什么好玩的,多累人啊,就不能整点有新意的活动吗?"

"有新意的活动你来帮我想个。"

"整个三日游啥的。"祁蕴说。

"你在做白日梦!"班长已经放弃了祁蕴,又去鼓动宿舍另外两个,"你们去吗?就这周周末,早上出发晚上回来,报个名嘛,那边风景很好的,难得全班一起出游。"

"可以带朋友吗?"

"可以啊,提前跟我说声就行。"

…………

班长转身看到温予的时候只是笑了笑,压根没打算跟温予提这件事。温予太过"高冷",又从不参加集体性的活动。

温予想想,拿起手机给叶其蓁发了微信消息。

W:"这周末我们系去爬山,你想不想去?"

叶其蓁在喝牛奶，嘴里咬着吸管，她回复道："你们系的活动我参加不合适吧。"

W："可以带朋友。"

叶其蓁是个很严谨的人，想着万一别人都没带，那自己岂不是很尴尬？

温予只是问："想不想去？听说风景不错。"

叶其蓁吸了口牛奶，在温予的字里行间，好像读出来特别想要自己去的意思，她回复两个字："想去。"

她也挺想去的，可以趁机多拍些照片。而且一连下了这么久的雨，她正闷得慌，有外出游玩透气的机会求之不得。

温予看着手机屏幕一笑。

W："嗯，我报名了。"

收到温予主动发来的报名信息后，班长震惊了，再看温予说要带朋友时，更加震惊了。

活动就定在本周日，计划上午爬山，下午写生。

温予对这样的活动提不起多少兴致，不过如果叶其蓁想去，她可以跟有趣的人待一块儿，自己能变得没那么无趣吧。她也猜到叶其蓁会想去，叶其蓁喜欢摄影，加上这次又是热闹的集体出行。

周日一大早，Z大北门聚集了许多学生，有说有笑，大部分人都背着画板，很有美术学院的特色。

叶其蓁早上习惯性赖床，起晚了，等她连跑带走到北门时，发现温予已经在那儿了："我不小心起晚了。"走太急，叶其蓁说话时有点喘。

"没事，刚刚好。"温予丝毫不意外，叶其蓁有多能睡她见识过。

叶其蓁走到温予面前时，吸引了周围一群人的注意，大家十分期待温予的朋友，都期待一早上了，他们很好奇温予会带什么样的男生。

结果来的是个女生。

空期待一场。

唐霄也是行注目礼的人员之一，看到叶其蓁后，他一脸茫然，走上前问道："叶其蓁，你怎么会来了？"

叶其蓁还在喘气，没工夫回答唐霄的话，温予这边跟唐霄解释："她跟我一起。"

唐霄恍然大悟，原来温予说要带的朋友是叶其蓁，不是男朋友，误会大了，系里的男生知道温予今天要带对象一起出游，心差点碎一地。

"喝饮料吗？"唐霄从包里拿出两瓶橙汁，热情地问温予。

温予敷衍地摇摇头。

叶其蓁则是瞪了唐霄一眼，用眼神警告着什么。

唐霄憋屈，不帮自己追就算了，还不让自己追？他拉开易拉罐，郁闷地灌了一口橙汁。

过后，叶其蓁转头问温予："吃早餐了没？"

"没，不饿。"温予说。

叶其蓁早有预料，她直接拿出了昨晚就准备好的餐包和牛奶，塞给温予："不饿也吃点。"

温予笑着接过。

十分钟过后，人都来齐了。

参与爬山活动的约五十人，其中有七八个人带了朋友，带的都是对象，叶其蓁跟在温予身边，成了独树一帜的那个。

正好人多，便直接包了辆大巴，从学校门口出发直往景区，能省不少事。

"人都到齐了吧？"上车后，班长拿着名单点了次名，确认无误后，才让司机开车出发。

这次去写生的地方是宣山，虽然在邻市，但距离南城有七十几公里，坐大巴到景区大概两个小时，他们还请了一个挺会活跃气氛的导游，一路上玩点小游戏，说说笑笑，两小时很快就过去了。

一行人抵达景区时才九点，大巴停在山脚下。下车后，负责人交代了一些注意事项，就解散了队伍，大家开始自由活动。

宣山景区不大，海拔也不高，半天就能逛完，不过好不容易出来一趟，肯定不能只玩半天就回去，于是又安排了下午写生，正好还能交下周的作业。

这儿不算特别有名的风景区，但景色着实不错，叶其蓁不后悔背了沉甸甸的相机出来。

晒着暖阳，循着登山小径往上走，七拐八弯，没多久，叶其蓁和温予便甩开了大部队。

宣山昨晚下了一场雨，今天刚放晴，一进山就能感受到"空山新雨后"的清新，叶其蓁深深吸了一口气，顿觉神清气爽。

"我还以为你不会参加这样的活动。"叶其蓁略微惊讶。

"偶尔参加一下也不错。"温予说。

叶其蓁放慢步子,举起手里的单反,边逛边拍起来。温予见她要拍照,跟着放慢脚步。

片刻后,叶其蓁将镜头转向温予,取景框里,她看到温予朝她看了过来。五官精致就是上镜,随便一拍都很好看。

"我可以拍你吗?"叶其蓁看着取景框里的温予,大声问。

温予默许了,她在镜头下,没有丝毫局促,无比自然。

"你走你的,我拍我的。"得到了温予允许,叶其蓁明目张胆起来,跟着温予拍了一路,各种角度,各种抓拍,都快忘了爬山的疲累。

两人漫步林间。

"温予——"

"嗯?"

"笑一下。"

温予一如往常,淡淡地笑着。

叶其蓁不满意,咧着嘴又说:"温予予,笑开心点。"

温予听着叶其蓁幼稚的语气,瞬间绽开笑容。就这么一下,叶其蓁拍了好几张,将最漂亮的画面都定格。

叶其蓁这样活泼的状态没持续多久。

又走了一个多小时。

温予刚想夸叶其蓁今天体力还不错时,就见叶其蓁的步伐越来越沉重,人要蔫了。

叶其蓁望着看不到尽头的蜿蜒小道,只觉得身上背着的相机像砖头。

温予走上前,要帮叶其蓁拿过相机。

叶其蓁不给她:"很沉。"

"知道,我帮你拿。"温予还是拿走了叶其蓁手里的相机,"去前面休息一下。"

前面十几米有个休憩亭。

休息几分钟以后,再往上走坡度加大了,路还是一眼望不到头。这会儿已经有人开始下山了,正巧与她们打上照面:"加把劲,就快上去了。"

温予笑叶其蓁:"爬不动就不爬了,我们下去。"

叶其蓁很执着:"还没登顶。"

又走了几分钟,叶其蓁气喘吁吁,双腿酸软。温予看出来叶其蓁已经体力透支了,再次说:"不爬了。"

叶其蓁却固执地摇头,都爬了一小时了,这会儿放弃太可惜。除了坐缆车,她还从来没有爬山登顶过,还是挺想挑战一回的。

温予看拗不过叶其蓁,她站在稍高的斜坡上,无奈地朝叶其蓁伸手。

温予走在前头,她跟在后头,没力气的时候,温予就拉着她往前走。

攀得越高,风景越好。她们就这么走走停停,又花了半小时,终于登上了山顶。

走到山顶的观景台,眺望薄雾缭绕的山外,两人都长舒了一口气。

"累吗?"温予问道。

"不累。"叶其蓁气喘吁吁地笑着说。

"看来累傻了。"温予不禁笑了,她爬上来都不觉轻松,更别说叶其蓁了。

叶其蓁继续傻笑,此刻吹着山风,俯瞰脚下风景,宛若仙境,再累都值得了。

还好有温予陪她。

叶其蓁在山顶又拍了不少照片,等休息够了,她们才下山,意料之中,她们是最晚下山的一组,到山脚时已经是中午。

午饭大家在周边小镇的餐馆解决,同样是自由活动。下午大家就在小镇写生。

宣山一带历史文化悠久,周遭小镇古色古香,保留了当地不少的特色建筑,是适合写生的好地方。

初冬,两三点的太阳正暖,晒得人惬意舒适。

上午爬了山,到了下午,叶其蓁感觉自己的双腿都废了,哪儿也逛不动,就坐在沿河的石板凳上,静静地看温予画速写。

笔尖沙沙划过画纸,跟变魔术似的,温予眨眼间就画好了线稿。

再细细勾勒,细节跃然纸上。

叶其蓁盯着温予灵活漂亮的手,看得出神。

"不觉得无聊吗?"温予抽空问陪着自己的叶其蓁,她就坐在边上,安静地看着。

"挺有意思的。"叶其蓁托腮回道,她实话实说,的确看得津津有味。

温予嘴角含笑,接着画,速度逐渐加快。

温予画画时专注投入,难得展现出认真的一面,叶其蓁还没这么近距离看过温予画画。

没过多久,温予便完成了一张风景速写,她转过头,正好逮住叶其蓁凝视她的目光,倏地笑了笑,说:"我长得很好看啊?你这么盯着我。"

叶其蓁被温予堵得说不上话,半晌,她看着温予说:"你脸皮真厚。"

温予大笑,望了叶其蓁片刻后,突然轻声说了句"别动"。

叶其蓁疑惑:"嗯?"

温予换了张画纸,拿起笔起稿,时不时盯着眼前的人看,有时看一两秒,有时看十几秒。

叶其蓁明白温予是在画自己,只是她们本就离得近,温予又这么聚精会神地盯着她,让她有点别扭。倒是温予又进入了先前那种专注投入的状态,心无旁骛。

十分钟的时间,温予临时起意画了张人物速写。

叶其蓁看着画纸上的自己,问:"送给我的?"

温予逗她:"不是,要交作业。"

叶其蓁抿唇:"……"

温予看着叶其蓁的眉眼,又说:"下次来画室找我,我认真帮你画一张。"

叶其蓁开心道:"好!"

古街旁,一个拍照,一个画画,两人都沉默下来。身旁偶尔传来些踩过青石板路的脚步声,带着乡音的聊天声,一切静好。

四点半启程,预计六点到校。

一天玩下来,大家都挺辛苦的,返程大巴上,打盹的打盹,听歌的听歌,发呆的发呆,全然没了早上出发时的热闹劲。

叶其蓁是坐车打盹专业户,上回公交车上都能犯困,更别提这种长途大巴。温予知道叶其蓁坐车会打瞌睡,还没上高速,她就对叶其蓁说:"可以靠我肩上睡。"

上回靠温予肩上纯属意外，叶其蓁这回哪还好意思，现在车上大部分人都在眯眼小憩，她问温予："你不困？"

　　"不困。"温予很缺乏安全感，不可能在外面睡着，即便再累再疲惫，也会撑着。她看出来叶其蓁似乎不好意思，便伸手拨过叶其蓁的脑袋，靠自己肩上。

　　窗外透过的光线有些刺眼，温予顺手摘下自己的棒球帽，轻轻扣在叶其蓁头上，低声说："你睡。"

　　温予帮她戴帽子时，叶其蓁突然有些心不在焉。

　　"晕车？"温予看着叶其蓁被棒球帽半遮住的脸庞。

　　"没。"叶其蓁应着。

　　"手也借你。"温予说着，朝叶其蓁伸伸手臂，示意她可以挽着自己。

　　大巴驶上高速，离目的地越来越近。叶其蓁终究没扛住睡意，抱着温予手臂靠在温予肩上睡得舒服。

　　六点多到学校，天彻底黑了。

　　下午叶其蓁和温予逛小镇时吃了不少小吃，胃里满满当当的，晚上没有再吃东西的打算。

　　回宿舍前，叶其蓁跟温予说："照片我修了以后发给你。"

　　温予点点头。

　　叶其蓁说了"再见"正要走。温予叫住她，递过一幅画。

　　叶其蓁一看，是下午温予给她临时画的速写："不是作业吗？"

　　温予戳破叶其蓁的心思："看你挺想要的，送给你。"

　　"我没有。"叶其蓁死不承认。

　　"不要那算了。"温予如是说。

　　叶其蓁这时眼疾手快地从温予手里拿过，笑着嘀咕："哪有送了还收回去的。"

　　"下次再帮你画。"温予笑说。

　　"嗯，我记着呢。"叶其蓁挺乐意的，有人免费给她画画。

　　晚上洗完澡，叶其蓁整理了下白天拍的照片，找出几张发朋友圈，她发朋友圈其实有个规律，只会在心情好的时候发。她特意把温予给她画的那幅速写也放了上去，越看越喜欢。

很快，陆续收到动态通知，温予照旧"高冷"地给她点了一个赞，没评论。

叶其蓁顺手点进温予的朋友圈，不可思议，她居然看到温予发朋友圈了，在下午五点多的时候，只有一张风景照，没有任何配文。照片是她们在山顶拍的。

叶其蓁点了个赞，又留言：温同学，今天开心吗？

温予回复得很快，也简单明了：嗯。

叶其蓁点开那张照片又看了看，细心点才发现，左下角有两道影子。

第五章
我家从来不过年

翌日周一,上午刚好有两节体育课,老师上来就安排大家跑两圈。不少人哭丧着脸求饶,毕竟昨天去爬了山,今天正腰酸腿疼着。但求饶并没有起到作用,该跑还得跑。

"你昨天不是爬山去了吗?还有精力跑步,我真服了你了。"祁蕴跟在温予后边跑,好不容易才追上温予。

温予专注于跑步,一笑而过。

"哎,你昨天是不是带叶其蓁去爬山了?"祁蕴看温予参加集体活动就够惊讶了,后来又听说温予带了叶其蓁去。

"跑步还这么啰唆。"温予轻飘飘地说道。

没几天,叶其蓁将修好的照片发给了温予。她也没怎么修,主要是调了色,温予怎么拍都上镜。一共两组照片,一组在山上拍的,一组在小镇拍的,前者清新,后者文艺。

照片发送后,叶其蓁趴在桌子上等回复,但好几分钟过去,都没动静。她不禁担心,温予不会不喜欢吧?

又过了许久,终于收到消息,叶其蓁忙不迭点开微信,看到温予发来两个字"喜欢",她扬起嘴角,终于放心了。

Y:"喜欢就好。"

寝室里弥漫着一股食物香气,是罗贝在吃麻辣米线,她顶着一副被烫肿的嘴唇,问道:"这周五跑一千六,你们要不要找人代跑?我认识体院的人。"

罗贝人缘极好,在各个学院都有熟人。

Z大期末体育要测长跑,女生一千六百米,男生两千四百米,都成传统项目了,被不少人吐槽过。对于长年不锻炼的人来说,跑一千六百米够呛，这无疑是场地狱式的考验。

"这样不太好吧，好像只要坚持跑完老师都会给及格的，最好还是自己跑。"郑千语说。

"叶叶，你呢？"

"我也自己跑。"叶其蓁扭头回答罗贝，她每周会跟着温予跑一两次，八百米差不多没问题，虽然一千六她还没跑过，但咬咬牙应该也能坚持。

"也是，你应该不用担心。"罗贝想起叶其蓁最近经常跟朋友夜跑，再想想自己，她又叹口气，"唉，我还是找人代跑吧，万一不及格要补考，那不得疯了。"

聊着这事，叶其蓁继续给温予发着微信消息："我们系后天跑一千六，你们呢？"

没一会儿。

W："昨天跑了。"

叶其蓁回了一个"卖萌"表情包。

W："要我帮你跑？"

Y："我自己能跑。"

W："后天几点？"

叶其蓁笑了笑，在键盘上敲着："上午第三节课，你想来看我出糗吗？"

温予在寝室看到这条消息，也笑了笑，故意敷衍地回了句："随便问问。"

叶其蓁暗自笑着，也不多说什么，温予既然问了她时间，那肯定会过来，而且她知道温予周五上午三四节没课。

周五，操场上聚集了不少人，尽管出了太阳，大家依然一边哈气一边跺脚。

南城入冬了，湿冷刺骨。

叶其蓁穿了一件淡咖色的面包服，挺厚重的，可还是冷，冻得瑟瑟发抖。她站在砖红色的跑道上，左顾右盼，没看到温予，大概是刚下课，没赶过来吧。

"冷吗？"体育老师一嗓子喊着问。

"冷——"同学们齐刷刷回答。

"待会儿跑完就不冷了。"体育老师幸灾乐祸地笑起来。

"唉——"大家的叹气声也很整齐。

"女生一千六,也就是四圈,九分半及格,八分二十秒满分。"

"老师,要是九分半没跑完怎么办?"这时有人问。

"没事,还有补考的机会。"

大家的哀叹声更大了,跑完一千六就令人窒息了,没及格还要补考一千六,太折磨人了。

"叹什么气,开学第一节课就跟你们说了,平时没练啊?走走走,都动起来。"

女生先跑。

想着迟早也要面对,叶其蓁自告奋勇第一批跑,她脱了棉服,只穿着一件不算厚的运动卫衣,大概是运动场上的氛围太紧张热烈,脱了外套后反倒不觉得冷了。

做好准备工作,随着哨声一响,一群人开跑。

叶其蓁没像其他人一样,一股脑地往前冲,而是注意着自己的脚步和呼吸节奏,鼻吸口呼,两步一呼两步一吸,这些都是温予教她的,用这个方法气息不容易乱,也能坚持更久。

跑了一圈,叶其蓁还是忍不住四下张望,依旧不见温予。她没来吗?也是,今天这么冷,没必要过来。

一圈半跑下来,弱不禁风的叶其蓁仍保持着匀速,居然已经超了不少人,令人刮目相看。只是她体力有限,跑了一千米左右,明显感到呼吸节奏乱了,上气不接下气。只剩一圈半了,怎么着也得跑完。

周遭陆陆续续有好几个女生捂着肚子开始走了,叶其蓁又坚持跑了几十米,实在跑不动,她也加入了走路的行列。

"就剩一圈了!加油!跑起来!"体育老师手里掐着计时器,今天格外热血,逢人就喊。

叶其蓁可不想补考,她咬咬牙,继续坚持。毫不夸张,就觉得嘴张大点心脏都要跳出来,步子越来越沉,腿不是自己的了。

边上不断有人加油打气,叶其蓁也听到有同学在喊自己的名字。

这时,身后有人追了上来,跟在自己旁边跑。

叶其蓁大口喘着气,分神看了看对方,差点以为自己累出幻觉了,竟然是温予,温予就这么慢跑跟在她身畔,什么也没说,与她步伐一致。

看着温予陪跑,叶其蓁骤然间有点想哭,但又平添出一股莫名其妙的动力,她什么都不想,拼尽全力地往前冲着。温予沉默地看她的眼神,似乎比远处传来的加油欢呼声管用一万倍。

"跑慢点,我陪你。"温予担心叶其蓁太逞强。

"最后一圈了。"叶其蓁倔强地说道,她想一鼓作气。到最后五十米,胜利在望,她还小小冲刺了一下,今天真是挑战极限了。

快到终点,温予加快了速度,跑在叶其蓁的前面,时不时回头留意着。就在叶其蓁冲过终点时,她及时上前扶住,预判得刚刚好。

叶其蓁半点力气都没了,如果不是温予,她想自己会不顾面子地倒在地上,腿都软了。

叶其蓁脸红扑扑的,嘴唇有点干白,额前的刘海都被汗打湿,太难受了。

温予扶着她,叶其蓁想起自己出了一身汗,她移开脑袋,尽量不蹭到温予的衣服上,虚弱地叹气说:"我身上都是汗。"

温予垂眸看她,笑道:"没事。"

操场上人声嘈杂。叶其蓁仿佛什么都听不见,都忘了去看成绩有没有及格。

"走一走。"温予又说道,怕突然停下来叶其蓁的心脏会受不了。

"嗯。"叶其蓁被温予扶着站稳,她沿着跑道外围慢悠悠走着。费了点时间才缓过劲。

温予解释说:"今天临时有点事,所以来晚了。"

果然是打算过来陪自己的,叶其蓁瞧见温予只穿了一件单薄的毛衣,她不知道温予的外套放哪儿了,于是走到草坪上捡起自己的棉外套,给温予。她这会儿倒是正热。

温予看着叶其蓁手里的棉袄,迟疑地说:"要我帮你穿?"

"什么啊。"这什么脑回路,叶其蓁无精打采的,先把棉外套裹在温予身上再说,"怕你冻着。"

只是不习惯这么被人温柔照顾,温予站在原地,默然地看着叶其蓁,外套一裹上,暖洋洋的。一点也不冷。

第二批开始跑了,叶其蓁心跳还没平复,嗓子也干渴得厉害,她接过温予递来的水,抿了一小口:"今天这么冷,你干吗还过来?"

温予目不转睛地看叶其蓁,丝毫不拐弯抹角:"有人想我过来。"

叶其蓁眼神躲闪,心思被戳穿了。

温予追问叶其蓁:"是不是?"

叶其蓁笑着否认:"不是——"

温予还问:"不是吗?"

被温予盯着,叶其蓁捏着手里的水瓶,拂了拂刘海,无法嘴硬了,她笑容灿烂,终于承认:"是——"

温予眼含笑意,这下满意了。

叶其蓁望着温予的眉眼,还在傻笑着,她怎么能这么好。

大部分人跑完以后的状态都不太好,老师说跑完就可以直接解散。

叶其蓁好半会儿才想起去瞅一眼自己的成绩,她在那张记录表上瞄了瞄,很快就找到了自己的名字。

"及格没?"温予在身后问。

叶其蓁望着温予,没答话。

温予见了,说:"下次补考我陪你。"

"八分五十三秒!"叶其蓁这时才咧嘴朝温予说道,就差高兴得蹦起来了,果真潜力无限啊,她都不敢相信自己不到九分钟就跑了四圈,虽然没拿到满分,但对这个成绩已经很满意了。

温予无奈一笑,差点就被叶其蓁给骗了过去,看她刚刚那表情,还以为没及格。

"咳……"叶其蓁说完话,低头猛咳了一阵,她跑步时呛了风,加上跑得太急,肚子有绞痛感。

温予走上前,帮叶其蓁拍了拍背,又拧开矿泉水瓶盖,给她递过去。

叶其蓁喝了口水,呼吸才顺畅,她直起腰,温予还在帮她拍背顺气,想了想说道:"温予。"

突然这么叫一声,温予静静地看向叶其蓁。

"你会不会觉得我很烦?"叶其蓁小心翼翼地问,刚刚跑步时她就在想这个问题,温予性子淡淡的,可她偏偏事事都在麻烦温予。她也不知道自己怎么回事,平时对其他人不这样的。

说完叶其蓁又觉得自己问了句废话。她这么问,没人会回答会吧。

温予还没回答,她看到叶其蓁顶着笑脸,又带着歉意说:"我老是麻烦你。"

"我不会做自己不喜欢的事。"温予回答道,语气洒脱又平静。她承认自己头一回这么关心一个人,但她心甘情愿,就是喜欢跟叶其蓁待一块儿,碰到一个能理解自己的人,特别开心。

"不会做自己不喜欢的事",叶其蓁细细消化温予这句话的含义,她没说什么,就是傻乎乎地对着温予笑,带着满足与得意。又想着温予对她太好了,她得加倍对温予好才行。

温予察觉到了叶其蓁的心思,还明知故问:"你笑什么?"

叶其蓁朝温予微仰头:"开心——"

温予嘀咕:"跑傻了吧,还开心。"

叶其蓁又想着温予方才那句话,不管怎样,还是开心。

十二月以后,叶其蓁忙得像陀螺,Z大每年都会举行迎新年迎新生双迎晚会,算大型的一个活动,校电视台自然也闲不下来。

等忙完"双迎"晚会的事,就是期末的考试月,Z大学霸遍地,到了期末,周遭的学习氛围不比高中时差。

图书馆成了大家打卡的热门地点,一来这里的环境适合复习,二来还可以免费蹭暖气。据说图书馆每天六点多就有人在馆外排队了。

叶其蓁作为赖床专业户,考试周能在图书馆占据一席之地全靠温予,温予总是比她早些到图书馆,尽管只是早十几分钟,那也是有座和没座的差别。

一月下旬,南城难得下雪了。

Z大一月二十三号开始放寒假,叶其蓁的最后一门考试是在一月二十二号,考完就能回家。教室里暖气足,热烘烘的,交完试卷走出教室,湿冷的冬风吹来,寒意袭人。

"你提前交卷了?"叶其蓁在走廊上碰见温予。她在二栋考试,温予在对面的三栋,学校的教学楼之间都有长廊连接,过来也方便。

"嗯,挺简单的。"温予说。

"温同学,你不能谦虚点吗?"叶其蓁说笑。

温予要么不说,要么直说,不爱弯弯绕绕,更不是那种一出考场喊难,结果转头就拿高分的人。别人之所以觉得她傲,也是因为这个。

走到室外,此时又下起雪来,不知不觉,地面被铺上了薄薄一层白色。

"这雪下得真小气。"叶其蓁跟温予吐槽说,她们都是在北临长大,现在的北临早已是大雪纷飞,银装素裹了。

温予撑起雨伞:"走吧。"

两人挤在一把雨伞下,往宿舍楼走去。

南城下的都是冰粒,落在伞上发出沙沙的声响,叶其蓁莫名觉得好听。

"一学期过得真快。"叶其蓁摊开手心,接着从天空掉下的小冰粒。

"嗯。"温予应着。

叶其蓁看看温予,觉得这学期最大的收获,就是认识了温予。

大部分学生的最后一场考试都安排在今天,所以基本都是喜笑颜开的。叶其蓁瞅着温予脸上波澜不惊的表情:"放假了你不激动吗?"

有时她觉得温予镇定得与周围格格不入。

"我更喜欢上课。"温予冒出一句。

"你在逗我吗?"叶其蓁睁了睁眼,不可思议地望着温予,被这个回答给惊到了。

温予随性地笑笑,她的确是这么想的,比起放假回家,她宁愿留在学校上课。

回到北临,雪下得比温予想象中还大。离开学校后,她整个人又变得麻木起来。

拖着一个大行李箱站在漆红色的门口,还没开门,她便听到里头传来嘈杂声。一开门,空气里弥漫着一股烟味,几个人围在一张麻将桌前,闹哄哄地搓着麻将,笑声、污秽的叫骂声,不绝于耳。

"哟,我们的小美女回来啦。"一个四十几岁的中年男人眯眼上下打量着温予说道。

温予没多看一眼。

"长嘴干吗用的,不知道打声招呼?"温秋娴手上夹着烟,吧嗒抽了一口,吞云吐雾的,朝温予大声嚷道。

习惯了,温予照旧像是没听见,拽着行李箱往卧室走去,再用尽全力甩上门,砰的一声,把客厅里的人都吓了一跳。

温秋娴掸了掸烟灰,往桌上砸了张二饼,嘴上还在骂骂咧咧:"回来就甩脸子,也不知道给谁看,倒八辈子霉养这么一个闺女。"

"可别这么说,你们家温予长这么漂亮,读的学校又好,以后多的是有钱老板想娶。"

"这女人啊就不能成天想着依靠男人,男人最不可靠。"温秋娴语气轻蔑,吸完最后一口烟,将烟蒂扔进烟灰缸,烟嘴上沾着清晰的口红印。

一旁有男人笑嘻嘻说:"温姐,别一竿子打翻一船人嘛,好男人还是有的。"

"嘁。"温秋娴嗤笑,朝那人翻了个白眼,表面上人模狗样,私生活却乱得很,这样的男人,她见得多了。

温秋娴四十岁了,平时大波浪大红唇,每天妆容精致,要不是熟人,没人会相信她有个十八岁的女儿。

温秋娴出身不好,也没什么文化,苦日子过怕了,她十八岁时最大的愿望是嫁个有钱人。凭着张漂亮脸蛋,后来她找过几个有钱男人,也认清一个现实,有钱人不会娶她这样的,不过想玩玩而已。再后来,她看开了,不要名分,别人图她色,她就图人家钱,各取所需。她换过不少男友,虽然没一个结婚的,但得到了几套房产,存款也有些,至少现在不愁吃喝。

今天输了不少钱,温秋娴没什么兴致继续,就以女儿回来了为借口,解散了麻将班子。等人走后,她往温予卧室走去,一拧把手发现门锁着,她在门板上猛拍几下:"你锁什么门啊?"

温予在整理房间,被温秋娴的拍门声吵得受不了,才来开门,一言不发地盯着眼前浓妆艳抹的女人。

温秋娴五官很标致,温予的眉眼都像她。年轻时追她的人一大堆,只不过穷的她看不上,富的看不上她。

"放多久假啊?"温秋娴倚着门框。

"一个月。"温予冷冷回道。

"在学校找男人没?"温秋娴扫视着温予问得露骨,还真是女大十八变,稍不留神,一夜就长开了一样。

"你以为我是你?"温予听温秋娴说起这些就恶心,她甚至认同别人骂温秋娴的那些话——恬不知耻的"小三",没男人会死……

"怎么跟你妈说话的?"温秋娴的脾气挺火爆的,"我还不是担心你被骗,别几句话就被男的哄了去,知道不?"

十八岁,最容易被花言巧语忽悠的年纪。

温予一句话都不想多说,继续去收拾房间。

"你会收拾才怪。"温秋娴在背后骂一句,转身出去拿手机打了通电话,叫保洁上门。

温秋娴知道温予是因为高中时那件事才这么厌恶自己,在那之前她们母女关系还没这么僵,至少能正常说上几句话。

又点了一根烟,温秋娴坐在沙发上边看电视边抽着,不再找温予说话。自己的母亲给同班同学的父亲当"小三",是够丢人的。

恼人的麻将声一直持续到春节,一大早,温予实在受不了,但终究没朝温秋娴发脾气,只是冷冰冰地问:"学校旁边的房子你租出去了吗?"

"满屋都是你的东西我怎么租出去?"温秋娴不耐烦地说。

温予说:"我去那边住。"

温秋娴回道:"随你。"

那套房子就在一中旁边,温予高中时不住校,就一直住在这儿,是个二室一厅的小户型,六十几平方米。

温予推门而入,大半年没住人的屋子,蒙了一层灰尘。这片是老小区了,房子破旧,但总比每天听麻将声强。

房子有两间卧室,次卧被改成了专门画画的书房,温予扫了一眼,里面的东西都还在,她原以为温秋娴会把她的东西都给扔了,再出租。毕竟这里离学校近,有不少家长陪读,房子很好出租,租金也可观。

简单打扫了下屋子,温予趴在窗台边往下看,今天是大年初二,街上年味很浓,大家都喜气洋洋地互道着新年祝福。她拿起手机看看时间,快十二点了,再百无聊赖地点开了微信,看到叶其蓁昨天零点给她发的消息。

Y:"新年快乐,温予予。"

W:"新年快乐。"

回到北临后,她跟叶其蓁聚过两次,不过临近春节,她们的联系就少了。她想叶其蓁这些天肯定很忙,跟自己不一样,叶其蓁还有许多开心的事,忙起来不一定会记得她。

房间里清冷无声,窗外的雪无声地飘着,温予伏在桌上,无聊地翻看手机相册。

五分钟后，温予忍不住给叶其蓁发了微信消息，一个酝酿许久，却很无聊的问题："你在干吗？"

叶其蓁今天很闲，闲到一个人背着相机在北临的大街小巷逛游，拍胡同里的灯笼，拍嬉笑打闹的小孩，拍烟火下的大雪。

今天本来要去爷爷奶奶家，她找借口推了，宁愿一个人待着也不想去。

拍久了也腻味，叶其蓁放下相机，看人来人往。春节热闹氛围下，独自走在街头难免显得孤单，其实也有点孤单。

雪下大了，北临一下雪就美了不止一点半点。

叶其蓁正站在街角，拿起手机拍了张街景，有着雪花点缀，眼前点滴都被赋予了冬日独有的浪漫。

拍完照片后，叶其蓁的第一反应是发给温予，转念一想，大年初二，温予应该在走亲戚吧。这几天她怕温予忙，都没好意思约温予出来。

刚点开微信，还没来得及选择图片发送，叶其蓁恰好看到温予先发来了消息。

W："你在干吗？"

这就是默契吗？叶其蓁盯着手机屏幕上的这四个字直想笑。

叶其蓁正好把方才拍的照片发给温予。

Y："一个人在街上闲逛。"

Y："今天的雪好漂亮。"

她承认自己怀有心机，明明说在街上闲逛就好，却故意加了句"一个人"。

看到叶其蓁秒回消息，温予倏地露出笑意，还认出叶其蓁拍的是一中前边的那条老街。

Y："你在干吗？"

叶其蓁很快又把同样的问题抛给了温予。

温予转手拍了拍画架，给叶其蓁发过去，并且回复："一个人在画画。"

看到温予同样强调着一个人，叶其蓁立即会意。室外冷，打字特别冻手指，她直接按下语音键说话："你今天不走亲戚吗？"

温予将手机贴在耳畔听完，也按下语音键，不拐弯抹角，直接问叶其蓁："你要不要过来？"

又怕叶其蓁顾虑什么，她再补充一句："我一个人住。"

春节也是一个人待着吗？叶其蓁怔了怔，她听说过温予的一些情况，好像是单亲家庭，跟着母亲一起生活。

温予给的地址很好找，就在学校附近，叶其蓁走了十几分钟就到了。

上了二楼。她先给温予发了微信消息说"我到了"，才轻轻地敲了敲门。

温予开门便看见叶其蓁裹得像个粽子，她穿着厚厚的羽绒服，戴了帽子围着围巾，就露出鼻子眼睛，鼻头还冻红了。

叶其蓁格外怕冷，不这样全副武装她不敢出门。

"你笑什么，外边特别冷。"叶其蓁的嘴藏在围巾下，说起话来闷声闷气的，不过还是能看出她说话时在笑，因为露出的一双眼睛弯弯。

"还不赶紧进来。"温予拉着叶其蓁进屋，再把门关上。

屋子里暖气足，叶其蓁这才摘下帽子，解了围巾，脱掉羽绒服，她稍稍打量这套又小又旧的房子，问："你都是一个人住？"

"家里都成麻将馆了，受不了我才搬出来的。"温予解释说，"这套房子一直是我住，我高中时就住这边。"

"你高中不住校？"叶其蓁想起关于温予的说法，念叨，"难怪……"

"难怪什么？"温予追问。

"没什么。"叶其蓁迅速结束话题。

温予知道没说完的话是什么，她倒很看得开，毫不在意地跟叶其蓁笑着说："他们说我晚上都是在外边跟男的过夜？"

叶其蓁不语，她当初听到的说法就是这样。

"没事，我不在乎，那些话伤不到我的。"温予反倒安慰起叶其蓁来。

她是什么都不在乎，不在乎生活的点点滴滴，甚至都不在乎自己开不开心，这是叶其蓁跟温予接触下来直观感受到的，她想跟温予说，有些事情是要在乎的。

"怎么了？"温予见叶其蓁突然间沉默。

叶其蓁笑着摇摇脑袋，她就是特别心疼温予，希望温予能够开心点。

下午两个人哪儿也没去，就窝在暖暖的书房画画，温予教叶其蓁一些简单的素描，从握笔姿势开始教。还是叶其蓁心血来潮说想学学。

十几平方米的小房间，一个人冷清，两个人温暖。

"这样？"

温予见了，捏着叶其蓁的手指一点点纠正："这样。"

"叶其蓁。"

"嗯？"

温予低声道："你好像有点笨。"

依然这么直白，叶其蓁眼神哀怨地望着温予。温予笑过后，转而又教得温柔耐心，慢慢示范给叶其蓁看。

虽然叶其蓁在绘画方面毫无天赋，但不妨碍她跟温予学得不亦乐乎。以前上美术课也学过一点，加上有温予在边上指导，没多久她就能画个还算像样的正方体。

叶其蓁跟小孩似的，转头向温予求夸奖："我棒不棒？"

温予凝视叶其蓁的眼睛："棒。"

"你今天不去走亲戚？"温予好奇地问，自己不走亲戚很正常，叶其蓁居然也是一个人。

"今天去我爷爷奶奶那儿，我没去。"叶其蓁在画纸上练习排线，因为手抖，画得乱糟糟，心也不够静。又画了一组，她索性搁下炭笔，跟温予闲聊起来："他们挺不喜欢我的。"

"还会有人不喜欢你？"温予意外，她一直以为叶其蓁这样的会人见人爱。

"你这么看得起我吗？"叶其蓁苦笑，"我好像没跟你说过我还有个姐姐，我姐特别厉害，什么都拿第一。"

"其实我爸妈怀上我是个意外，他们没想再要二胎的，但爷爷奶奶希望我妈生下来，说算过八字是个男孩。结果我是个女孩，老人家就瞧不上我呗，我爸妈生我的时候是家里经济最拮据的时候，他们那时吵架就会说，当初不应该把我生下来。"叶其蓁攥着手里的笔，抿了抿唇，又慢慢说，"我一生下来就不受人待见……"

所以她从小就意识到自己要比其他小孩更懂事才行，否则会更被人讨厌。从小到大，她总是以积极乐观的一面示人，害怕给人负面情绪，害怕被人讨厌。

叶其蓁说完垂着眼眸没去看温予，她怕自己会哭。其实，她的眼眶已经湿了，她后悔跟温予聊这些了，大过年地当着别人的面又哭一回。

"你真不觉得我烦吗？没事就哭。"叶其蓁笑着问温予，笑起来时眼眶又溢出些眼泪。

温予仍没说话,而是伸手摸了摸她脑袋,无声安抚着。

"你干吗?"叶其蓁总觉得温予这动作就像在安慰小猫小狗。

"顺顺毛,开心点。"温予说着,手心轻抚过对方头发。

叶其蓁扑哧一笑,听到温予摸着她的头说开心点,她也摸了摸温予头发,温柔而认真。她们这样,还真像受了伤互相舔舐伤口的小狗。不过哪有把自己比作狗的,叶其蓁又傻笑一下。

"好傻。"叶其蓁笑。

温予也笑,表示赞同。

叶其蓁瞥见书桌旁已经吃了几片的一袋吐司,不禁问温予:"你今天就吃面包吗?"

"嗯,不知道吃什么,随便吃点。"温予扫了手机一眼,两个人待一块儿时间仿佛过得格外快,她看看叶其蓁,又说,"还有点胃疼。"

"你还好意思说,胃疼很值得骄傲吗?"叶其蓁注定凶不起来,转口变成了细碎念叨,"一个人住还不好好照顾自己。"

温予也不说话,只是瞧着叶其蓁。

"现在还疼吗?"

被叶其蓁这么一问,温予捂了下胃,皱眉说:"现在好点了。"

"你确定?"叶其蓁看温予这状态表示怀疑,又想到温予是一个人住,要是夜里不舒服得多麻烦,"你一个人在这边没问题吧?"

温予开口就是:"你要留下来陪我?"

叶其蓁原本想让温予回家住,听到温予这么说,想说的话又咽回肚子。

她望着温予片刻,有点怀疑温予是不是装的了,明明画画时还好好的,突然说疼就疼。可她听温予主动这么说,稍稍犹豫后:"可以。"

答应了,温予心里偷笑,但脸上不露声色:"你不用勉强的,我一个人没事。"

"我没勉强。"叶其蓁飞快地回答道,她也藏了点自己的小心思,不是很想回家,刚刚她一直留意着时间,琢磨着一下午怎么过得这么快。

想起温予那天说不会做自己不喜欢的事,叶其蓁这会儿也信誓旦旦地对温予说:"我……就愿意留下来照顾你,行不行?"

温予这下直接笑了,趁机问:"那你,今晚不回去了?"

"嗯，我跟家里说一声就行。"叶其蓁稍微忍了下笑，没把开心表现得太明显。

叶其蓁打电话跟家里说了晚上待在同学家的事，她自小就独立懂事，这方面叶父叶母倒没什么不放心，同意了。

北临冬天五点就天黑了。

"饿不饿，带你去吃东西？"叶其蓁的目光从窗外折回到温予脸上，问着。

"嗯。"一提到吃东西眼睛都要放光了，温予当真没见过比叶其蓁更爱吃的。准确地说，叶其蓁不仅是对吃的很热忱，对任何事情都能保持热忱，叶其蓁是她最羡慕的那种人。

几分钟的时间，两人换好衣服出发。

这一片是老城区，年味很浓，一下楼，叶其蓁看见两个小女孩在那儿嘻嘻哈哈地玩仙女棒，她看着这画面，仿佛回到了自己小时候。

温予没这方面的回忆，她打小性子就不冷不热，没什么朋友，印象最深的是被温秋娴关在家里或甩去画室。她没那么爱画画，只是多年来养成习惯了，另外，一个人的时候总得给自己找点事做。

叶其蓁带着温予在学校附近平时最热闹的小吃街转了圈，才发现自己失策了，今晚没什么店开门，偶尔碰见开着的，也是在吃团圆饭。

北风凛冽，今晚室外零下好几度，待不了太久。只有一家连锁便利店还开着，里面传出烤红薯和关东煮的香气，别无选择，叶其蓁无奈地望着温予："今晚只能将就一下了。"

温予没意见，怎么都行。

一见有人进来，值班的店员十分热情："新年快乐，欢迎光临。"

"新年快乐。"叶其蓁笑盈盈地回道，即使是对不认识的人她也会笑得很甜，算是一种陌生的善意吧。

望着热气腾腾的关东煮，叶其蓁立马馋了。她问温予："你想吃什么？"

温予答："随便。"

叶其蓁也帮她答："随便。"

两个声音完美合在一起，再然后两个人相视笑起来，十分默契。

"知道随便还问我？"

"我也就随便一问。"叶其蓁饶舌回答。

认识半年了,叶其蓁没发现温予有什么特别爱吃的,温予每次说随便,是真的随便,好像带她去吃什么都好。叶其蓁要了两份关东煮,把所有品类都点了个遍,又拉着温予去挑了不少零食,毕竟过年嘛,得丰盛点。

离开便利店,两人匆匆往回走。走在路上,叶其蓁望着飞舞的雪花,嘴里呓出一团白色雾气:"还是我们北临的冬天漂亮。"

温予看着仰头的叶其蓁,唇角带笑,不知何时起,她总能被叶其蓁的笑感染到:"你喜欢冬天?"

"嗯。"叶其蓁春夏秋冬都喜欢,觉得它们各有各的美,她反过来问,"你喜欢哪个季节?"

温予看着叶其蓁,想了想,说:"夏天。"

真难得,叶其蓁还以为不会从温予嘴里听到喜欢什么,毕竟温予像是什么都无所谓,什么都说不上喜欢。她偏着头,好奇地问温予:"为什么?"

"因为在夏天认识了你。"温予瞧着叶其蓁,悠悠地笑着说。

叶其蓁望着夜色下温予漂亮的脸,刹那间有些失神,转而慢半拍笑了起来,轻轻地说:"老是逗我。"

温予笑着,没再说什么。

回去时已经六点多了。

两人将晚餐一一摆好放在桌上,关东煮、烤红薯,一堆零食饮料,还有一份饺子,看着还挺丰盛。饺子是她们回来路上买的,幸运地碰见一家饺子馆还在营业,叶其蓁闻着味就进去了。

"你喜欢吃饺子?"温予觉得她们在便利店买的晚餐就够多了。

"吃饺子才有过年的感觉。"叶其蓁拉开一罐饮料,给温予递过去,然后又给自己开了一罐,朝温予举了举,"新年快乐——"

过年的感觉?温予感到很陌生,她家从来没有过年团圆一说。她拿起饮料罐,同叶其蓁碰了碰,也试着说:"新年快乐。"

说来神奇,两个人,两瓶易拉罐这么一碰,清脆一响,好像瞬间就有了过年的氛围,小小的餐厅里,满是温馨。

叶其蓁夹了一个饺子到嘴里,鼓着腮帮子吃得津津有味。看叶其蓁吃得香,温予也开吃起来,关东煮还是热乎乎的,两个人一起吃,暖胃也暖心。

温予咬了一半,细细尝着,突然对叶其蓁说:"谢谢。"

叶其蓁在喝着关东煮的汤，嘴唇烫得红嘟嘟的，她抬头看着温予："怎么突然说谢谢？"

温予低头吃了剩下的半个饺子，淡淡地笑道："我家从来不过年。"

叶其蓁哑然。

叶其蓁的反应在温予意料之中，别人眼中最平淡寻常的生活，对她来说都算得上奢望。不过久而久之，也没什么大不了。

叶其蓁自认为擅长安慰人，此时却不知道该跟温予说些什么，温予一定是经历了太多不开心的事吧。她迟迟才说："过年吃了饺子，会一年比一年好的。"

温予抬眉："你现编的？"

"我说是就是。"被戳破后叶其蓁理直气壮，声音轻柔了下来，还带着笑意，"我会包饺子，下次包给你吃。"

"真的？"

"骗你干吗？"

晚饭过后，两个人窝在沙发上看电视，先前办理的宽带还没到期，温予试着开了客厅的电视机，正好能看。

茶几上堆满了零食，叶其蓁怀里抱了一包薯片，一边看一边吃，一张小嘴从吃过晚饭后就没停下。

温予瞅见，问："你今晚没吃饱？"

叶其蓁回答："装零食的是另一个胃。"

温予说："装甜品还有一个胃？"

叶其蓁郑重地点点头，电视里正在播广告，挺无聊的，她便说："要不看电影？"

"想看什么？"温予问。

叶其蓁在这方面选择困难，她把遥控器塞到温予手里："你挑。"

温予更不知道要看什么了，不过想起叶其蓁之前说过自己胆子大，她心血来潮说："看灵异片？"

"你大晚上看灵异片？"叶其蓁傻眼。

"晚上关了灯看更有氛围，不觉得吗？"温予煞有其事地说。

叶其蓁看温予是要来真的，后悔了，比起把自己吓得半死，还是认输比较实际，她声音含糊地跟温予说："别吧，我不想看……"

温予见她犯怵："怕？"

叶其蓁没吱声，算默认了。

温予看叶其蓁这害怕的样子，偏质问她："你不是去鬼屋都走在队伍的最前面？"

"我……"叶其蓁犹犹豫豫，跟温予说出了上次没说完的后续，"所以我差点被吓哭，就再也没去过鬼屋了。"

空气沉默一秒后，房间里都是温予的笑声，很久都没消停。

叶其蓁随温予笑，她这人是挺爱"装"的，但在温予面前，她就感觉自己用不着"装"了，反正最糗的样子温予都见过了。她继续吃薯片，瞧着温予笑，不知不觉也跟着笑起来，两人并肩坐在沙发上，望着彼此，莫名欢乐。

这晚还是没看灵异片，温予不过是唬唬叶其蓁罢了。她随便点开了一部喜剧片，一个半小时很快就过去了。

十点多，洗完澡后，温予拿出带来的干净的三件套，整理床铺。套上被套，两人站在床的两侧，抓着被角一起抖了抖，乱糟糟的被子很快被抻开，变得平整。温予和叶其蓁都不是娇生惯养长大的人，干起家务活来有模有样的。

叶其蓁还幼稚地多抖了两下，套个被套也套得一脸乐和。

一米五的床不算太大，但睡下两个人绰绰有余。叶其蓁躺下后，翻身侧卧看着温予，也像先前温予那样，突然说了声："谢谢。"

温予问："谢什么？"

"谢谢你今晚收留我，我家氛围很压抑的，我也不太喜欢待在家里。"叶其蓁如实说道，她父母和姐姐都严肃、严厉，唐棠总打趣她是不是亲生的，还说她在那种氛围下长大，性格还能这么可爱真是个奇迹。

温予这时也翻身，望着叶其蓁："喜欢跟我待在一块儿？"

"嗯。"叶其蓁承认。

"我也喜欢跟你待在一块儿。"温予的声音低沉，很好听。

寒假很快结束，二月底开学，而叶其蓁的生日是三月中旬，草长莺飞的季节。

叶其蓁每年生日都会叫上朋友，聚在一起庆祝一下，今年估计也是这样，唐棠都念叨好几次了。既然要聚，叶其蓁打算叫上宿舍几个人加上唐棠和唐霄，当然，还有温予。

三月气温回升。开学以后，叶其蓁照旧每周跟着温予跑步，体能似乎上来了不少，现在慢跑两公里不在话下。

温予见叶其蓁跑累了，就跟着她慢下步子，两个人绕着操场走圈散步。

夜色已浓。

"下周三晚上有空吗？"叶其蓁和温予提起这件事。

"你生日。"温予准确无误地说出口。

"你怎么知道？"叶其蓁诧异。

"看你发过朋友圈。"

那也是去年的事了，叶其蓁还是诧异："你偷看我朋友圈？"

"是光明正大地看。"温予直言不讳。

叶其蓁一直佩服温予，不管什么时候都能理直气壮。

"那你有空吗？我请你吃饭。"

"有。"温予答应得爽快，她看看叶其蓁，转而又问，"就我们？"

"还有我室友和两个朋友。"

"嗯。"温予淡笑着应道，依叶其蓁的性格肯定是想热闹点，过生日不可能只请她一个人。其实她对聚会没兴趣，但叶其蓁希望她去。

"唐霄会去，你介意吗？"叶其蓁认为有必要说明。

"不介意。"温予压根没把唐霄记在心上。

继续往前走着，叶其蓁趁机问温予："你生日是哪天？"

"十一月一号。"

叶其蓁在心里算了算："你去年怎么没跟我说？"

温予说得云淡风轻："闹别扭了。"

经温予一提醒，叶其蓁才反应过来，去年那时候因为帮唐霄追温予，温予有好些天没理她，现在一想，去年她非但没陪温予过生日，还把温予惹生气了："不好意思。"

"没事，我也不过。"温予无所谓。

"我记着了，以后我陪你。"叶其蓁较真地说。

温予听着，不置可否，她没太把这句话放心上，或者说不敢放心上，叶其蓁能陪她一次两次，但能一直陪她吗？

离周三还有好几天，唐棠就开始张罗聚餐的事了，当她听说温予也会来时，反应跟叶其蓁想象的如出一辙。

叶其蓁很难跟唐棠解释清楚，只是强调温予人很好，让他们不要再对温予有偏见。

聚餐地点就选在学校附近的商场，一家口碑不错的火锅店，六七个人，正好凑一桌。

温予姗姗来迟，她一走近，一桌人的注意力都被吸引了过去。她朝几个人从容地笑了笑，然后才看向叶其蓁，递过一个礼品袋："生日快乐。"

"谢谢！"叶其蓁笑眯眯地接着，自觉地帮温予在自己身旁留了座，她怕温予跟不熟的人挨着会不自在。

温予坐下不久，叶其蓁就感觉自己的胳膊被唐棠拉了拉，她转过头，听到唐棠朝她轻声说："真是妖精。"

叶其蓁立即皱眉不高兴的样子。

"褒义词，夸她呢。"唐棠赶紧解释清楚，今天近距离见到了，可算是明白唐霄为什么被温予迷得颠三倒四了，长得好看不说，确实有气质。

人都到齐了，唐棠先举杯："来来来，为我们小仙女碰一杯，祝叶其蓁同学生日快乐，早日结束单身。"

"生日快乐。"

"干杯——"

唐棠和唐霄都是"社交达人"，有他俩在绝对不会冷场，加上郑千语和罗贝也是"话痨"，几个人一边涮火锅一边说笑，没一会儿大家就熟起来了，氛围热火朝天。

温予一贯清清冷冷，在这样的气氛下自然显得独具一格。她看叶其蓁与其他人聊得很开心，闷声一口口喝着啤酒。

其实叶其蓁跟她压根不是一类人，叶其蓁只是偶尔想起她，叶其蓁有很多朋友。一这么想，她心里更闷了，不大舒服。

叶其蓁虽然在跟其他人说笑，但一直在留意温予。温予一声不吭喝了两杯啤酒，却一点东西也没吃，她在桌子底下轻轻碰了碰温予："怎么不吃，不舒服吗？"

温予笑着说："没有。"

叶其蓁碎碎念："不要再喝啤酒了。"

温予说："嗯。"

叶其蓁反应过来，温予应该不喜欢参加热闹的聚会，只是为了陪她过生日才过来的吧。她都没心思跟其他人聊天了，一个劲督促温予："你吃点，难不成还要我喂你吗？"

温予挑眉："好啊。"

可真好意思，叶其蓁无奈地笑，真夹起一片毛肚送去温予嘴边："来，张嘴。"

温予也不扭捏，大方接过。

叶其蓁又捞了不少菜放到温予碗里："多吃点。"

温予耐不住叶其蓁软磨硬泡："知道了。"

唐棠瞧见了，完全不理解这两人关系怎么能好成这样，高中时情敌的事还闹得沸沸扬扬。

聚餐快结束时，唐棠拍拍叶其蓁肩膀："跟你说个事。"

叶其蓁看唐棠神神秘秘，问："什么事？"

唐棠掏出手机，然后点开相册，凑到叶其蓁面前，一个劲问："帅不帅？帅不帅？"唐棠有个口头禅，就是很激动时会把话重复一遍。

照片上的男生皮肤白皙，戴着眼镜，挺斯文清爽的，叶其蓁看看屏幕，又一本正经地看看唐棠："你不是有男朋友了吗？你这样不好。"

"我……"唐棠无语，她用力抖着手里的手机，恨铁不成钢地跟叶其蓁说，"我是介绍给你认识！你想哪儿去了？！"

"噢。"叶其蓁发现自己想多了。

"怎么样？怎么样？我觉得他跟你好配啊，本人比照片更帅。"唐棠知道叶其蓁对运动型男生不感兴趣，这次特意选了温柔暖男型。唐棠酷爱看帅哥，手里实时把握着帅哥的一手资料。

温予听到唐棠的话，不自觉往这边看了看。

唐棠瞧见温予看过来，于是指着照片，很自来熟地跟温予叨叨："温予，你说这个男生是不是跟叶其蓁很配？"

温予扫了一眼照片，没说话，而是留意着叶其蓁的反应。

许久，温予似笑非笑地说："喜欢啊？挺配的。"

"我觉得真的很配。"唐棠还沉浸在自己的世界，"你不是很想谈恋爱吗？多好的机会，要不我把你的微信推给他，你们先聊聊？"

叶其蓁回过神，迟迟才跟唐棠说："不要，你别操心了。"

唐棠第一次见叶其蓁拒绝得这么缓慢，看来有戏，她认为叶其蓁是在温予面前不好意思，便挤眉弄眼说："行啦，知道你害羞，我晚点再跟你说。"

玻璃杯在桌面蹭出声响，叶其蓁扭头，发现温予又喝了一杯啤酒。

吃完火锅时间还早，唐棠提议去玩剧本杀，大家都赞同。叶其蓁先是看看温予，温予知道叶其蓁是在问自己的意思，她说："我不去了，你们玩吧。"

大家没嚷嚷着让温予去，温予一看就是那种劝不动的人。叶其蓁费了不少口舌，力排众议，最后也没有去。

乘透明升降电梯下楼，到三楼的时候进来了许多人，叶其蓁和温予被挤到角落，两人面对着面站着。

四目相对，温予声音极轻，问叶其蓁："你怎么不一起去？"

叶其蓁看着温予，答非所问："你心情不好吗？"

温予没否认，又小声说："你不用管我的。"

"我不会不管你。"叶其蓁脱口而出。

温予说不用管我时，更像在置气，叶其蓁猜是因为自己今晚光顾着和唐棠他们聊天，有些冷落她了。

虽然温予脸上的浅笑让人猜不透她的真实情绪，但叶其蓁依稀能感觉到温予不开心。温予不开心时整个人会变闷，还会口是心非，就像去年那件事，明明生气了，却要笑着说自己无所谓。

看着温予，叶其蓁满心都在想怎么才能让她开心点，一开口便藏不住心中的关心："你今晚喝那么多酒。"

温予低垂眼眸，心思还留在刚刚那句不会不管你，可当下听叶其蓁这么说，她转念又想，叶其蓁就是个热心肠，对谁都友好，换作其他人喝了酒，叶其蓁也会留下来陪人家。

终于到了一楼，人群陆续走出电梯间。

叶其蓁和温予最后离开。

一楼是美食区，有很多零食小吃，刚下电梯就闻到扑鼻的食物香气。

"你要不要再吃点？"叶其蓁快步走到温予前边，笑着问，"吃生煎吗？"

温予摇摇头。

叶其蓁又问:"鸡蛋仔呢?"

温予说:"我不饿,你想吃?"

"嗯。"

温予便陪叶其蓁买鸡蛋仔,刚烤出来的鸡蛋仔焦香诱人,叶其蓁点了两个,一个原味的一个红豆味的,又点了一杯奶茶。

"我不吃。"温予提醒叶其蓁,她现在没什么胃口吃东西。

"我两个口味都想吃。"叶其蓁说。

等了大约五分钟,鸡蛋仔和奶茶都好了,叶其蓁拿着两种口味的鸡蛋仔问温予:"你想吃哪个?"

温予一脸无可奈何。

"你吃红豆的。"叶其蓁擅作主张把口味更甜的塞给温予,又插好吸管把热奶茶也递给温予,"你胃不好,晚上不吃东西,小心又胃疼难受。"

就春节那次提过一次胃疼的事,叶其蓁就放心上了。温予默默地看着叶其蓁,心想:叶其蓁笑容这么甜,又这么会哄人,难怪受人欢迎。

"趁热吃,快尝尝味道怎么样?"叶其蓁眼睛里填满期待。

温予招架不住,在叶其蓁的催促下尝了一口,她不太爱吃甜食:"太甜了。"

见温予不喜欢太甜的食物,叶其蓁就把自己手里的鸡蛋仔送过去:"我们换,你吃原味的。"

"我咬过了。"

"没关系。"叶其蓁说话间已经跟温予换好了,并且用行动证明不介意,直接拿着温予咬过的鸡蛋仔吃起来。

一楼的小店很多,两人可以边吃边闲逛。

"你今晚喝那么多酒,不难受吗?"叶其蓁是喝酒一杯倒的人,看温予今晚喝那么多酒,有些吃惊。

"没事。"

也就几杯而已,温予觉得自己在这方面大概继承了温秋娴的基因。温秋娴喝酒很厉害,能把男人都喝倒。

"真的没事?"

温予点头确认。

现在还早,叶其蓁就提议说:"我们去看电影吧?"

温予"嗯"了声,表示赞同。

影院在六楼,这就意味着两人又要乘电梯上去,好在时间充裕,折腾一下也没什么。

最近没什么电影上映,期待值最高的是部末日恐龙题材的大片,据说特效很棒。最近的一场刚好是几分钟后。

叶其蓁匆匆取好票,转身看到温予买了一桶爆米花,不禁想:温予可真了解我。

踩点检票,工作人员伸了伸手:"8号厅这边直走到头。"

走到放映厅,里边已经熄灯了,黑漆漆一片,走了几级台阶,叶其蓁回头看看温予,说了声"小心点"。

大荧幕上正播着广告,温予没听清叶其蓁说的是什么,只是隐约看见叶其蓁回头时朦胧的笑脸。

今天周三,人并不算多。

看了不到十分钟,就迎来了第一个小高潮,鉴于特效过于逼真,观影的代入感极强。叶其蓁属于又怵又爱看的类型,好几次被吓着,她小声惊呼,但旁边几个女生的嗓门更大,才没让她在温予面前暴露。

最吓人的镜头往往安排在观众毫无防备的时候,前一秒还在拍宁静的山涧,后一秒画面直接切到恐龙张开的血盆大口,配合着骇人的嘶吼,像是要冲出荧幕。

叶其蓁差点吓到心脏骤停,手还抖了一下,抖出好几粒爆米花。出于本能的反应,她第一时间往温予的身边靠了靠。

温予都没看电影了,就看着叶其蓁笑,肩都在颤。叶其蓁发现了,逗温予开心的秘诀是自己出糗。

温予还在笑。有的人嘴硬时可爱,害怕的样子更可爱,她拈了一粒爆米花塞到叶其蓁的嘴里,给她压压惊。

电影节奏很快,叶其蓁走神才没两分钟,就看不太明白剧情了。结果两小时电影看下来也稀里糊涂的。

看完电影,胃还是撑的,两人正好走路回学校。当初订学校附近的餐厅,就是为了来回方便,毕竟不是周末。

从商场出来,径直走过一条长长的绿化道,再横穿一条马路,就是学校东门，走快点只需要十几分钟，速度慢点不到半小时也足够到学校。

东门进去是学校的人工湖，沿湖种满了柳树，三月春意盎然，枝条低垂。两人坐在湖边的小亭子里，休息看风景，十分惬意。

"温同学，"叶其蓁拎了拎手里的礼品袋，"你送我的是什么？"

"自己看。"温予说。

"那我拆了？"叶其蓁好奇一晚上了。

"嗯。"

叶其蓁小心翼翼地拆开包装，居然是拍立得相机。温予是她肚子里的蛔虫吗？她一直想要一部拍立得。里边还有张卡片，她翻开看了以后，笑得更开心了。

卡片上写着：

叶同学，生日快乐。

角落还有个Q版的卡通小人，明显是温予照着她的模样画的。

叶其蓁转过头看温予，还没等温予问，就迫不及待地说："好喜欢，谢谢。"

温予看叶其蓁的眼睛笑弯了，也笑了。

"原来你内心这么可爱的？"叶其蓁歪着头，指着卡片上的卡通小人打趣温予。

温予回了一个略显"高冷"的表情。

叶其蓁咬着唇直笑：这人就是爱装酷。

"你是不是喝了酒不舒服？"叶其蓁总觉得温予今天的状态不太好。

刚喝完那会儿还有点感觉，这都多久了，但此刻温予撒了个小谎："还好。"

还好就是有些不舒服了，叶其蓁紧张起来："那你之前还说没事，难受吗？"

"一点点。"

今晚的气温不低，但有风，叶其蓁担心温予吹了风会更不舒服："那我们现在回去吧？"

"你着急回去吗？"温予话锋一转，反问叶其蓁，又笑得懒洋洋的，来了句，"想早点回去跟人家聊天啊？"

想了一下这句话的意思，叶其蓁似懂非懂："什么？"

风吹散长发,温予从容地整理了一下头发,直接问叶其蓁:"唐棠给你介绍的那个男生,你看上他了?"

"你别听唐棠瞎说。"叶其蓁说。

"我看你盯着人家照片那么久,我还以为你看上了。"温予笑着又道。

叶其蓁笑笑:"我哪有?"

旁边偶尔有三两人经过,有的停下看看风景,拍拍照片,很快又离开。

等周遭没有人,温予轻声问叶其蓁:"为什么很想谈恋爱?"

叶其蓁皱了皱眉心,聊这个话题挺难为情的,因为谈恋爱开心时有人分享,难过时有人陪伴,还有人可以听她撒娇,这是她最真实的想法,但她脸皮薄,说出口嫌肉麻,她看了看温予,又若有所思。

温予看叶其蓁出神的表情,也不知道她心里在想什么,于是压低嗓子笑问叶其蓁:"在想不纯洁的事?"

"我没有。"叶其蓁毫无防备地涨红了脸。

"你脸红了。"温予眼尖。

叶其蓁欲言又止,最终选择不理。

温予笑笑,转而看向不远处在夜色中轻荡的柳条,安静了一会儿才开口:"今天委屈你了,为了陪我都没跟其他人去玩,我是不是很扫兴?很无聊吧。"

说这些时,语气中带着自嘲。

叶其蓁理解温予的敏感,温予不似表面这样淡漠又坚韧,相反,她是一个温暖又脆弱的人。

"不委屈。"叶其蓁说得认真,也算安抚鼓励,"你很好,一点也不无聊,我喜欢跟你待一块儿,没骗你。"

温予望着叶其蓁沉默。

"还难受?"叶其蓁问。

"嗯。"温予越演越逼真,以前没发现自己还有这方面的天赋。

叶其蓁难得看到温予这副模样,便开玩笑说着:"再撒个娇。"

"喜欢看我撒娇啊?"温予抬头轻哼,撒娇还真不是她会做的事,不过看叶其蓁的反应还挺有趣的。要是叶其蓁想看,她不介意尝试。

温予盯着叶其蓁,慵懒地笑着,果然人就是会得寸进尺,叶其蓁对她够好了,但她想要叶其蓁只对她一个人好。

想要叶其蓁只对她一个人好,有可能吗?依叶其蓁的性子,天生就会对所有人好。

温予抬头盯着叶其蓁,故作随意地问:"你对所有人都这么好?"

这个问题问到点上了,叶其蓁是对所有人都友好,不少人都觉得她是小太阳,走到哪儿暖到哪儿,可她自己很清楚,对于不同的人还有区别对待的。

叶其蓁看着温予的眼睛:"不是。"

温予笑:"我不一样吗?"

叶其蓁轻微点点头,如实承认。

"哪里不一样?"温予追问。

叶其蓁还在认真思考温予抛出的问题,却说不出所以然,她有很多朋友,可就是觉得温予不一样。细细琢磨了一下,她答道:"我不会在其他人面前哭。"

听着牛头不对马嘴,却又很能说明问题的一个回答。

温予看着叶其蓁脸颊上的酒窝,淡笑着,她希望自己在叶其蓁心里是特别的,就像叶其蓁于她而言同样特别。过后,她又故意皱了皱眉,反问:"所以是我抓住你把柄了,你才对我好?"

叶其蓁笑着嫌弃:"温予同学,你脑回路好清奇啊。"

温予问:"有吗?"

叶其蓁答:"有。"

就这时,温予出其不意地捏了把叶其蓁的脸,用眼神警告她。

叶其蓁很快服软:"没有。"

温予又在捏过的地方轻揉了揉。

叶其蓁望着温予,问:"你这是打个巴掌给个枣?"

温予瞬间笑得明媚,又在叶其蓁的脸上揉了一下:"给两个。"

叶其蓁发现温予跟她在一块儿时,变得爱笑了许多,真好。每每看到温予这样笑,她就很想帮温予拍照。

"来,我帮你拍一张。"

"好啊。"温予拍照这么配合,只因为拍的人是叶其蓁,要知道她平时拍证件照都不耐烦。

温予送的拍立得相机恰好派上用场。叶其蓁一连拍了好多张,两人就坐在那儿甩照片纸，直到照片上的图像变清晰，别有一番乐趣。

又坐了会儿，两人才回宿舍。叶其蓁不放心温予，坚持要送温予到宿舍楼下，也不能总是让温予照顾她。

"今晚早点休息，不要熬夜。"叶其蓁不忘跟温予交代。

"知道了。"温予挺烦别人碎碎念叨的，不过叶其蓁说的时候，她觉得暖心，听不够。

"温予……"叶其蓁原地踟蹰着，"谢谢你陪我过生日，今天很开心。"

"跟我不用这么客气。"

"嗯！"叶其蓁想着也是，"你上楼吧，我回去了。"

没过几秒。

"叶其蓁。"温予目视叶其蓁的背影，突然又叫了声。

叶其蓁飞快地转过身，只见温予站在一米开外的地方问她："愿意给我当模特吗？"

"什么模特？"

"放心，不是人体模特。"

叶其蓁笑着无言。

温予解释："这周作业画人像，我想画你，行吗？"

叶其蓁俏皮问："请问温同学，给你当模特有什么好处？"

温予想起赵琳念叨好几次带叶其蓁过去吃饭的事，便卖关子说："带你去吃好吃的。"

叶其蓁原本就是随口这么一说，温予居然说要带她去吃好吃的？稀奇了，她笑靥如花："好啊，成交！"

温予等到叶其蓁的身影完全消失，才走进宿舍楼。

第六章 /
你不必像谁

温予跟叶其蓁约在周六上午见面。

这学期,叶其蓁都成美术系画室的常客了,大一下学期的课程大部分安排在五号楼,五号楼刚好离艺术楼最近。

假期,艺术楼很清静,没什么人。熟悉的画室里,叶其蓁坐在窗边,靠着窗台,她第一次给人当绘画模特,还怪紧张的。

温予坐在画架前,一旁摆满了各种颜色的水彩颜料,还没开始,她看叶其蓁身体僵硬呆头呆脑,直想笑:"很紧张吗?你放松点就好。"

"哦。"叶其蓁试着放松,她呼了口气,主动问温予,"还有其他要求吗?"

温予盯着叶其蓁,想了想,一脸认真地说:"能不能害羞一点?"

叶其蓁深呼吸,调整了一下。

"现在害羞了。"温予笑着说。

叶其蓁身体很僵,几秒似乎都漫长,她脸颊还烫着,想对温予说什么,张口又不知道说什么,最后只挤出一抹别扭而无奈的笑。

温予这才笑着直起腰,转身往回走。

"放松点。"温予又提醒一句。

"嗯。"叶其蓁坐在那眼睛都不知道往哪儿看合适。

"不知道看哪里可以看着我。"温予说道,又微垂下头,忙自己的。

最终,叶其蓁飘忽的眼神还是定格在了温予的脸庞上,温予画画时投入认真,这让她稍稍松了口气,没先前那么局促。

温予的目光在画纸和叶其蓁身上轮转,每次抬头看到叶其蓁也正望着她时,便会不由自主地笑起来:"累不累?"

叶其蓁摇摇头,画了这么久,才想起表情这回事,她后知后觉反应过来:"所以你说要害羞的表情是在逗我?"

温予停下笔,反而悠闲地问叶其蓁:"有没有人说你有点傻?"
叶其蓁没好气:"温予。"
温予说:"嗯?"
叶其蓁的眉毛皱着,憋出三个字:"你好烦。"
温予低下头,笑声不断。

三月底的南城还是很冷。
晚上,叶其蓁趴在床上,用被子把自己包裹得严严实实,她收到唐棠的微信消息时,正在翻相册。
唐棠发了一连串的微信消息过来:
"你明天有时间吗?"
"出来玩。"
"我正好把那个人也叫上。"
"人多热闹。"
…………

叶其蓁听着,看来唐棠还没放弃牵红线的事,温予说了明天要带她去吃东西,所以她没想就拒绝了:"明天没时间。"
唐棠打字速度很快,没多久就发来一句吐槽:"今天就没时间,明天又没时间,你一单身人士,周末有什么忙的?不是想谈恋爱吗?可以出来跟他见见面。"
Y:"我约了人一起吃饭。"
唐棠不太信:"真的假的,谁啊?"
Y:"温予。"
又是温予,唐棠最近频繁听叶其蓁提到温予,上回生日聚会也是,叶其蓁为了陪温予都没去玩第二轮。
唐棠:"你们换一天不就好了?"
Y:"不行,我答应她了。"
叶其蓁想想,又补充一句:"那个男生算了吧,我对他没感觉。"
过了会儿。
唐棠:"服了你了,你对哪个男的有过感觉啊?"
叶其蓁盯着这句话,陷入沉思。

赵琳知道温予中午要带朋友过来,一大早去超市买了不少新鲜食材,整个上午都在厨房忙碌,听到门铃声,她放下刚拌好的饺子馅。

一开门,赵琳笑盈盈地迎上来:"来啦。"

"赵老师好。"叶其蓁嘴甜,笑起来更甜,她也是来的路上才知道,温予是要带她来老师家吃饭,本来她怪不好意思的,但温予说是关系很好的老师。

"别站着了,进来吧。"赵琳一看叶其蓁就合眼缘,笑得亲和,"你们来就来,买水果干吗?这些家里都有。"

进了屋,看赵琳正忙,温予便说:"我来帮忙。"

赵琳说:"行,你帮我搭把手。"

叶其蓁听温予和赵琳之间丝毫不客套的对话,就知道她们关系肯定不一般,不过她听到温予要帮厨,还是诧异了:"你还会做饭?"

温予说:"嗯,很奇怪?"

是很奇怪,上回她去温予家,也没看见温予家里有厨具,叶其蓁怎么看温予都不像是会做饭的人,毕竟温予平时都不怎么吃饭。

赵琳看了眼桌子上的饺子馅,在一旁笑着说:"你包饺子吧,馅刚调好。"

温予看向叶其蓁:"你不是会包饺子吗?跟我一起。"

叶其蓁说:"好。"

赵琳很随意,都由着她们。

洗好手,温予和叶其蓁并肩坐在餐桌旁,挽起袖子,开始干活。饺子皮都擀好了,就着馅直接包就行。

叶其蓁以前在家包过一次饺子,好像也不是很难,把馅放进饺子皮里,再把边合上就行。她聚精会神捏好一个后,扭头发现温予正看着她笑,并且已经包好了两个。

"还说要包饺子给我吃,你这叫会啊?"温予看叶其蓁小心翼翼捏饺子的手法就想笑。

"这不包好了?虽然丑了点。"叶其蓁摊开掌心,死要面子地说着。她当初是以为自己至少比温予强,没想到温予居然比她强。

温予忍着笑:"我教你。"

叶其蓁跟温予学起来,她看着温予手上的动作,不禁好奇地问:"你怎么这么熟练？"

"看多了就会了。"温予边包边说，"赵老师以前在北临开画室，我小学起就在她那儿学画画，还三天两头去她家蹭饭。"

"赵老师人真好。"叶其蓁低声说。

温予说话间一个饺子又包好了："学会了没？"

叶其蓁光顾着听温予说话，都忘了看了，只好眼巴巴地看着温予："再教一遍吧。"

学会以后，叶其蓁自然跟不上温予的速度，所以一大盘饺子基本都是温予包好的。

最后一张饺子皮，叶其蓁屏气凝神，想尽量包出一个漂亮的，包完后她左看右看，还挺满意的。

温予见叶其蓁这模样，偷偷地用沾了面粉的手往叶其蓁的脸蛋上蹭了蹭。

叶其蓁反应很快，身子后仰，但还是没躲过，她嫌弃地笑着："干吗？"说着，她也用手指沾点面粉要往温予脸上抹。不过她没想到，温予就是盯着她，一动不动随她去蹭花脸颊。

叶其蓁在温予的脸上画了两撇让人形象全无的白胡子。

"你怎么不躲？"

"让你欺负还不满意？"

叶其蓁没回答，抽了张纸巾让温予擦脸颊，她看着温予，没来由地抿嘴笑起来。

温予问："想不想吃我做的菜？"

叶其蓁很诚实："想。"

温予进了厨房，正好让赵琳休息会儿，其实一些家常菜她都做得来。她很小的时候就给赵琳帮厨，耳濡目染的，水平差不到哪儿去。

赵琳和叶其蓁在餐桌上摆碗筷，赵琳看了眼厨房，小声跟叶其蓁说："看不出来吧，温予厨艺很好的，她小学就会烧菜了。"

"小学就会了？"叶其蓁脸上露出不可思议的神情。

"是啊。"赵琳回想着往事，跟叶其蓁感慨道，"你别看她脾气有点傲，其实懂事得很，打小就懂事。我看着她长大的，她以前在我手底下学画画，那时候她才多大啊，我见她经常一个人，就带她回家跟我一起吃饭。她闷声不响的，每回都要帮我洗菜刷碗，够不着洗碗池就拿个小板凳踩着。"

"嗯，我知道她特别好。"叶其蓁听着更心疼了，心疼温予受到那么多的偏见和误解，她明明那么好。

"你跟她玩得很好吧，我还没见过她带朋友来我这儿吃饭。"赵琳本来还担心温予的状态，之前没少帮她做心理疏导，今年似乎比往年好了不少。

"嗯。"叶其蓁听到赵琳这么说，笑逐颜开。

厨房里弥漫出香气，叶其蓁溜达到厨房，温予在做红烧鸡块，她一边看得入神，一边在想，但凡多了解温予一点的人，都会喜欢这样的女孩吧。可却有那么多人讨厌温予。

温予夹起一块鸡肉，等晾凉了些才塞到叶其蓁嘴里："怎么样？"

叶其蓁尝着，连连点头，再竖了竖自己的大拇指。温予知道不管自己做成什么样，叶其蓁都会捧场："拿盘子来。"

中午叶其蓁不小心就吃撑了，温予没骗她，赵琳的手艺能有餐厅大厨的水平。

吃完饭后，两人特意帮忙收拾好才离开。

今天天气很好。

温予和叶其蓁没马上回学校，而是在小区附近的公园里散步晒太阳。等逛累了，叶其蓁和温予找了条长椅坐下。

"你都不好好吃饭，居然还那么会做饭。"叶其蓁还是觉得神奇。

"这是两码事。"温予在阳光下微眯眼。

叶其蓁抓住重点："那也要好好吃饭。"

温予慵懒地笑着说："记着了。"

才坐了片刻，叶其蓁的手机响了两三下，她打开微信一看，是唐棠在实时播报吃喝玩乐的情况呢，只是瞅了眼，没回。

温予看在眼里，等叶其蓁收起手机，她问："有人约你？上回那个男生？"

叶其蓁回眸看温予，盯了一会儿，"不是，我都没加他。"她意外温予又提起这茬。

温予看着叶其蓁，不再说什么。叶其蓁也静静地瞧了温予一会儿。

初春的阳光伴着花香和鸟语就这么洒下来,晒得人懒洋洋的。

周末,公园里有不少情侣,叶其蓁看着远处草坪,深思过后,她扭过头笑着说:"就算谈恋爱了,我也会陪你的。"

唐棠恋爱时也跟她说过类似的话,毕竟谈恋爱以后能陪朋友的时间就会变少。她思来想去,觉得温予应该是在意这个问题,她知道温予也是骨子里害怕孤独的人。她想让温予安心些。

温予听着,沉默了好一阵,她才问叶其蓁:"你就这么想谈恋爱?"

叶其蓁愣神,温予的反应跟她想象中的有些不一样,至少她当初听到唐棠这么说时,她不是温予这种反应。

她又解释说:"重点是后半句……"

温予显然把关注点放在前半句,都说了会陪她,却还这样说。

叶其蓁又想了想,她支吾着,顿了顿后问温予:"你不想我谈恋爱?"

"随便问问,就没见过像你这么想谈恋爱的人。"温予这下回答得很快,淡定自若地朝叶其蓁笑了笑。

让人捉摸不透的笑,叶其蓁低头,跟着温予笑了一声,再抬头为自己辩解:"我哪有?"

"没有吗?"温予却质疑着,她见叶其蓁每次看到出双入对的情侣,眼中都会流露出羡慕。

叶其蓁的手指在长椅上刮着,她瞥着温予,装出大大咧咧的模样答道:"随便你说。"

笑着说完,两人都不约而同地扭头看向了远处,今日风大,不少小孩在广场上放风筝,活蹦乱跳的。

叶其蓁有点不在状态,就安静地看着,要在平时,她应该会拉着温予去凑热闹。

晚上叶其蓁又是宿舍最后一个洗澡的,她站在镜子前吹着湿漉漉的头发,吹风筒嗡嗡嗡个不停,但依稀还能听到宿舍里传来的笑声。

吹干头发,叶其蓁关掉吹风机,才听清她们正在聊星座。罗贝是星座达人,每周都会关注星座运势。

叶其蓁对星座不是很感兴趣,但罗贝科普的时候,她会捧场稍微听一下,有时候还觉得挺准的。

"叶叶,双鱼座下周可能'水逆'。"罗贝蹲在椅子上对叶其蓁说道,她除了关注自己的星座,也会下意识帮室友关注一下,"说会有来自爱情方面的压力。"

"没事,反正我也没有爱情。"叶其蓁冲着罗贝笑。她很看得开,这些就听着图一乐,不迷信。

罗贝继续往下看:"下周桃花运最旺的星座有,处女,射手,天蝎。老郑,我俩有桃花欸,要不下周多去图书馆走走?"

"你说的桃花运就没准过。"郑千语扭头回了罗贝一句。

叶其蓁听到天蝎也会下意识留意,温予好像是天蝎座。

就着桃花运的事,罗贝和郑千语闲聊起来,没完没了。叶其蓁都准备上床了,她们还在那儿瞎扯,并且越扯越远。

"可怕还是天蝎可怕。"

"那是,记仇第一名。"

"我有个朋友是天蝎座,你完全猜不到她心里在想什么。"

"对对对。"

完全猜不到她心里在想什么,的确是这样,叶其蓁听着这句话,暗暗夸了一句准,她就完全猜不到温予心里在想些什么。

或许是白天走累了的缘故,叶其蓁挨着枕头没多久就头脑昏沉地睡着了。

做了一个梦,叶其蓁脸红心跳醒来,她应该没睡多久,因为还没熄灯,耳畔还传来罗贝和郑千语的低语声,说她好像睡了,要不要先关灯。

随着轻轻一声响,周遭坠入黑暗。

叶其蓁的意识却清醒了不少。

周二下午,最后一节课下课是六点。

叶其蓁飞速整理好书本,听到室友在问她:"叶叶,你又不跟我们去食堂?"

"嗯,你们去吧。"叶其蓁最近都是跟温予一起吃晚饭,今天是个例外,因为她下午三四节有课,温予晚上一二节有课,中间只隔了三十分钟,来不及。

离开教室后,叶其蓁去了趟便利店,买了两份三明治和牛奶,再给温予发了一条微信消息，然后又匆匆往美术系教室的方向走去。

温予到教室的时候，叶其蓁已经站在走廊上等她了，塞给她一份晚餐。

"记得吃。"叶其蓁都没问温予有没有吃，这大概就是时间一长产生的默契吧。

温予看了看三明治和牛奶，基本每周二，叶其蓁都会过来给她送晚餐，她知道叶其蓁是担心自己一个人的时候就不吃饭。

"你吃什么？"温予问叶其蓁。

"我也吃的这个，不过刚刚没忍住已经吃掉了。你快吃，马上上课了。"叶其蓁笑着说，又问温予，"今天晚上你跑步吗？"

"跑。"温予说。

"那九点我在老地方等你，我先走了。"叶其蓁说的老地方是指她们宿舍通往操场路上的一个大花坛。

祁蕴从洗手间出来，又瞅见叶其蓁来给温予送吃的："甜妹又来给你送晚饭？太幸福了吧。"

温予冷不防又想起叶其蓁那天那句"就算我谈恋爱了，我也会陪你的"，她跟祁蕴冷笑道："她对朋友都这样。"

祁蕴感叹："那我也需要这样的朋友。"

还不到九点，叶其蓁就在花坛边等着温予，眼看着下课后的学生蜂拥而至，又渐渐散去，还不见温予来，她双手插在口袋里，低头踢脚边的小石子打发时间。直到一双黑白运动鞋入眼，她抬起头看，是温予站在她面前。

两人相视一笑，也用不着说什么，并肩往操场走去。

她们从篮球场旁边经过。夜晚的篮球场还挺热闹的，有好些人在打球。叶其蓁扭头看了眼，一只篮球砸着地面，慢慢朝她们这边弹了过来。

"温予——"

来自球场上的呼喊声，叶其蓁顺着声音的方向望去，是个高个男孩，留着很考验五官的寸头。

"把球扔一下。"那人走了几步，说着。

叶其蓁觉得温予应该不会帮他捡球，却没想到温予竟然弯腰拾起了地上的篮球，朝对方抛了过去。

"谢了。"

球场上顿时发出一堆不言而喻的起哄声。叶其蓁懂那些男生为什么是这种反应，高中时就这样，男生会让心仪的女生帮忙扔球，如果女生应了，多半也是对那个男生有点意思。就像约定好的暗号一样。

叶其蓁扭头看了眼温予，温予也看了看她，她们继续往篮球场后的操场走去。

绕着操场慢跑了两公里。温予看着叶其蓁："你今天话怎么少？"

"我平时话很多吗？"叶其蓁出了点汗，双颊红润。

"比今天多。"温予说。

"你是嫌我话多吗？"叶其蓁问着，安静下来，她看到侧前方走来一个身影，应该是奔着温予来的，就是刚刚在球场上看见的那位。

她看看温予，提醒道："有人找你。"

温予注意到后，跟叶其蓁说："等我一下。"

"嗯。"叶其蓁应着，看见温予向不远处走去。她想起温予在球场朝那男孩扔球时脸上的微笑，他们应该认识。

短短一会儿，温予回来了，叶其蓁站在原地摸着胳膊，抿唇看着温予，回过神后，她犹豫着，还是笑问道："有情况吗？温同学。"

温予简单地回答："英语课一个小组的。"

叶其蓁不置可否地笑笑。

"还跑不跑？"温予问。

"再跑两圈吧？"叶其蓁主动提出。

心跳加速，迎风出汗，跑步这件事似乎会让人上瘾，半年前她分明那么讨厌跑步，到现在喜欢上，只是因为温予。

叶其蓁机械地往前跑，有的事，忍不住去想，温予不会随便理人的，所以……

那个男生长得帅，气场很强，刚刚跟温予站在一块儿，他们气质挺搭的，看着也配。

温予如果喜欢谁了，会很快就跟那人在一起吧。叶其蓁边跑边想，温予这么好，又那么会撩，没人拒绝得了的。她希望将来跟温予在一起的人，可以对温予温柔贴心，能让温予真正开心起来。

事实证明跑步走神是件危险的事，叶其蓁不知道自己是怎么摔倒在跑道上的，反应过来时，她手心撑着地面，膝盖剧痛无比，她翻过身坐在地上，摊开手掌，手掌被地面蹭破了皮。

温予赶忙蹲下身，下意识轻轻地在伤口处吹了吹。

叶其蓁紧紧抿着唇，疼得想哭。

"看看膝盖。"温予说着，帮叶其蓁卷起宽松的运动裤腿，露出她一截纤瘦白皙的小腿，再往上将裤腿挽过膝盖，果然膝盖也摔破了，隐隐渗出些血迹。

一看到血，叶其蓁觉着更疼了，咬咬牙。

"想哭就哭，又没别人。"温予看看叶其蓁泛红的眸子，笑她。

被温予这么一说，叶其蓁的眼泪就下来了。

温予扶叶其蓁起身，看叶其蓁一个劲地掉眼泪："爱哭包。"

温予第二次陪她去校医院了，今晚值班的是一位戴眼镜的阿姨。

摔得不是特别严重，伤在膝盖处就比较烦人，稍一动弹就拉扯着疼，叶其蓁不轻易说疼，但不代表她不怕疼。

叶其蓁坐在椅子上，伸着腿让医生帮忙消毒，看医生正翻着瓶瓶罐罐，她已经脑补出上药会有多疼，逞强忍着。

温予就站在叶其蓁身侧，她看叶其蓁这副模样，没说什么，直接伸手轻轻拨过了叶其蓁脑袋，不让叶其蓁去看。

医生手里拿着碘酒，停下了动作，语气无奈地笑着吐槽道："我这都还没碰呢。"

温予先笑了。

"不好意思。"叶其蓁尴尬，她还以为开始了。没等她准备的工夫，有冰凉的液体冲刷过伤口，等有粉末状药物撒下时，一阵刺痛感袭来，可好像又没那么痛，因为温予轻揉她的脑袋，帮她转移了大半的注意力。

叶其蓁心中暖暖的。

上半年总是过得飞快，转眼便到了暑假，大一生活就这么结束了。

叶其蓁暑假没回北临，她争取到了在南城电视台一个新闻栏目组的实习机会，以后会成为简历上一个很亮眼的实习经历。

温予也留在了南城，在赵琳新开的画室帮忙。

不过两人见面的机会并不多，叶其蓁的这份工作不轻松，很忙。他们实习生都住在台里的员工宿舍，大热天要跟着前辈跑外景新闻，打杂的活没少干,加上领导严厉,总能把人骂哭,压力不小。

叶其蓁倒没在人前哭过,她忍哭的本事一绝,除了在温予面前。

叶其蓁每星期有一天的调休,这天通常都会跟温予一起闲逛、吃饭,抑或是安静地跑步。

就这样一天天过去,整个暑假叶其蓁基本在拍片子中度过。

新学期伊始,她又着手拍19级新生入学Vlog(视频网络日志),这是校电视台按惯例要拍摄的,要从迎新一直拍到军训结束。

九月的学校食堂随处可见穿军训服的青涩面孔。

中午吃饭时,叶其蓁碰到了两个打过交道的大一姑娘,她们礼貌地冲她跟温予喊了声"学姐好"。

从叫人学姐到被叫学姐,真的就是一眨眼的工夫。

温予细嚼着米饭,目光定格在叶其蓁脸庞好一会儿:"晒黑了。"

"天天顶着太阳在外边跑,能不晒黑吗?"叶其蓁碎碎念着。她比去年军训时晒得更厉害,军训也就半个月,而她是一个暑假都在外面晒太阳。不过听到温予这么说,她有点在意:"黑了很多吗?"

"没事,黑了也可爱。"温予有意吓唬叶其蓁。只是比之前稍稍黑了点,叶其蓁之前的皮肤白得透亮。

叶其蓁挺在意自己这张脸蛋的,又问了温予一遍:"我现在很黑吗?"

温予见叶其蓁这么紧张,不紧不慢地问:"怕没人要,谈不了恋爱了?"

叶其蓁不说话笑着,自从温予知道她想谈恋爱后,就老拿这件事来打趣她,抬杠一样。

温予看了叶其蓁片刻后,语气轻松地说:"没事,反正我不嫌弃。"

叶其蓁怔怔的,显得有点呆。她嘴里含了一口米饭,慢慢咽下后,她露出笑脸,也以玩笑的语气接下温予的话:"不管我变多丑,你都不嫌弃吗?"

"嗯。"温予盯着叶其蓁点头哼了声。

叶其蓁笑着笑着低下了头,默默夹菜吃。又闷声吃了一口米饭,她再抬头看温予时,成功把话题自然而然过渡到了另一个:"职业规划大赛我进校决赛了,到时候你要不要来捧个场?"

这个比赛是叶其蓁上学期参加的,那时候正好不忙,她就报名了,经过两次选拔，昨天她收到邮件通知，她代表新闻学院进校决赛了。

"什么时候？"温予直接问。

"还没确定。"叶其蓁知道温予这是答应了，"应该要十一以后，我正好有时间改改PPT和演讲稿。"

"嗯。"

十一假期结束，就是职业规划大赛决赛，晚上八点在学校大报告厅进行。

入围决赛的以17级的学生居多，这样的比赛，自然是学姐学长更占优势。不过一个学院只有一个入决赛的名额，这就意味着叶其蓁赢了不少前辈，拿到了学院第一，她对职业规划一直挺明确的，加上PPT也做得漂亮。

叶其蓁先在后台抽了签，确定了上台顺序，再把演示文稿拷贝进电脑后，回到听众席。

"几号？"温予问叶其蓁。

"五号。"叶其蓁开心地说。运气不错，不前也不后的位置。

待叶其蓁坐下后，温予又问："紧张吗？"

"还行。"叶其蓁说。

听众席上的人比她想象得多，光是领导和评委就坐了两排，这样的氛围下，不紧张是不可能的。但叶其蓁不会表现出来，她高中参加演讲比赛时就这样，硬憋着，不知道的都夸她台风稳。说到底还是自己死要面子，不想形象崩塌。

比赛按时进行，稿子叶其蓁已经烂熟于心了，而且有PPT做辅助，忘稿的情况不大可能发生，就怕节奏出问题。

温予陪在叶其蓁的身边，时不时看看叶其蓁，虽然叶其蓁看着还算淡定，但她猜叶其蓁应该挺紧张的。叶其蓁紧张时会盯着某一处，跟发呆似的。

此时第三位参赛者开始演讲了，温予算了算时间，还充裕，于是悄悄问叶其蓁："要不要出去透透气？"

叶其蓁想了想："嗯。"

报告厅外面就是人工湖畔，叶其蓁一走出来，清风迎面吹拂，短暂地离开压抑紧张的氛围，身心舒畅。

"听说紧张的时候深呼吸有用。"温予冷不防提醒道，"你放松，我不打扰你。"

叶其蓁瞧了一眼温予,她看见温予目视着湖面,默默地陪在她的身畔。她突然间觉得好安心,有些事真的说不清楚,认识好多年的朋友,都未必有温予懂她。

深呼吸着,吹着清新凉爽的晚风,大脑好像是清醒不少。叶其蓁在脑海里又冷静地过了一遍演讲稿,找着感觉了,上台就按照这种感觉走就好。

十分钟后,叶其蓁看看温予:"好了,我们进去。"

没多久就到了五号,叶其蓁走上台,灯光聚集在她一个人身上,白衬衫和A字裙,显得气质文艺清新,又给人柔而不弱的印象,丝毫不怯场。

温予坐在台下,聚精会神地盯着台上的人,眼含笑意看得认真。衬衫和裙子都是她帮叶其蓁挑的,果然很衬叶其蓁。

起初叶其蓁还略有些局促,不过上台后很快就稳了下来,一切都进行得顺利。评委提问环节,她对答流畅,到评委点评完,她道谢才如释重负走下台。

台下掌声很大,比前面几场都大。

"怎么样?"回到座位后,叶其蓁迫不及待地问温予。

温予说:"今晚你好漂亮。"

叶其蓁笑了起来,被这么夸,她有点害羞。

比赛进行得如火如荼。

五个选手一组,每结束一组公布一次评分,前面两轮叶其蓁都占据了最高分,哪知到第三轮被另一名选手以0.5分的优势压了下去。

叶其蓁最不想拿的就是二等奖,结果含笑拿了个二等奖。她叹了口气,大概这就是现实。

比赛结束后,叶其蓁和温予趴在湖畔的石栏杆旁吹风。

温予见叶其蓁有些无精打采,问:"拿了二等奖还不开心?"

"想拿第一。"叶其蓁在温予面前不装什么,实话实说。

"第一很重要吗?"温予倒无所谓,她成绩虽然还不错,但并不是真的热爱学习。

"没有人看得见第二。"叶其蓁较真地说着,这句话就像刻进了她的骨子里,她厌恶又赞同,至少她的经历告诉她是这样。她看着温予,难得说出自己压抑在心中的真实想法,"就像我永远比不过姐姐,大家永远更喜欢姐姐，不管做什么，他们都要我像姐姐那样。像姐姐一样独立懂事，不能哭，要拿第一……"

永远想着怎么讨周围人的喜欢，她有时候很讨厌这样的自己，所以她的高考愿望是"成为自己喜欢的人"，她希望自己能更洒脱，不要总活在别人的评价之下。这方面，她跟温予就是两个极端，她太在乎，而温予太不在乎。她高中时就被温予吸引，也是因为温予的洒脱和淡然。

温予想起叶其蓁之前是跟她提过，有一个什么都能拿第一的姐姐。她从来都觉得叶其蓁自信乐观，没想到叶其蓁还有这样自卑低迷的一面。

"我是不是一点也不阳光？"叶其蓁笑着问温予，想起自己频频在温予面前暴露真实的一面，她远没有表面上那么乐观，换句话说，她一直都在装。

温予静默地看了叶其蓁片刻："小太阳也可以有不开心的时候。"

听到这句话，叶其蓁恍然间有些想哭，这是她听过的最温柔的安慰了，大家都觉得她时刻开心是理所当然，都以为她能乐观积极地面对所有事。

"不知道你姐是什么样的，"温予看着叶其蓁，继续说着，"但我知道你撒娇时很可爱，哭起来也可爱。你不必像谁，你现在已经很好了。"

不必像谁，叶其蓁也是这样告诉自己，她听着很感动："有人拿说人哭起来可爱来安慰人吗？"

温予这时转过身："那你想要我怎么安慰你？"

叶其蓁凝神望着温予的脸："那你笑一个，笑得甜一点。"她喜欢看温予笑，发自内心开心的那种笑，可温予极少这么笑。

甜一点？温予头一回听到别人用"甜"来形容自己，不得不说这个要求有点难。不过她还是慢慢笑了起来，边笑还边问："怎么样，甜不甜？"

夜色下，微风徐来。

叶其蓁忘了回答。温予脸上笑意未散，还问："不甜啊？"

叶其蓁答一声："甜。"

第一次被人夸甜，温予稀奇："真的假的？"

叶其蓁心不在焉地点头："真的。"

温予瞧叶其蓁情绪依旧低迷，以为叶其蓁还在为比赛的事不开心，她又走近一步，主动问："叶同学，要我抱你一下吗？"她想起之前叶其蓁安慰她的时候，会抱她，还挺管用的。

叶其蓁这会儿心里正乱着,她迟疑地看着温予,想说不用。温予知道叶其蓁死要面子,于是没等叶其蓁回答,就轻搂住了叶其蓁。

湖畔寂静,单薄的身躯贴在一起,起了点点暖意。抱了片刻,叶其蓁突然闷闷叫了声:"温予——"

"嗯?"

叶其蓁微仰头,声音里带着委屈:"你要不要对我这么好啊?"

"要。"温予不假思索地给出肯定答复,无论怎样,她就是心甘情愿对叶其蓁好,这点毋庸置疑,用不着纠结。

到了十月底,艺术楼前的银杏树金黄一片,深秋的风一卷,枯叶便簌簌往下掉。叶其蓁踩着落叶,走过小石子路,下了课,照例去画室找温予。

下课后的画室里没什么人,透过玻璃窗,叶其蓁看到坐在窗边的温予,她没马上走进去。这时,一个穿黑色运动服的男生走过去跟温予搭话,她很快就认出了那个男生。

就是那天在篮球场让温予捡球的那个,叫聂南风,颜值高又有个性,在美术学院还挺有名气的。叶其蓁也是后来才知道的。温予从不缺人追,叶其蓁也不怎么留意围在温予身边的男生。不过聂南风她一次就记住了,因为温予那天帮他捡球了。

等聂南风离开画室,叶其蓁才慢慢悠悠走进画室,熟练拉了把凳子过来在温予的旁边坐下,咧嘴朝温予笑了笑。

温予回眸看到叶其蓁的笑颜,唇角也扬了起来,不禁问:"不是想谈恋爱吗?天天来我们画室,你看上谁了?"

"这儿除了你还有其他人吗?"看了眼画室,叶其蓁信口说道。

知道温予画画需要安静,叶其蓁就默默陪在一旁。等温予放下笔,她才问:"你生日想怎么过?"

马上就要到十一月份了,她早早就惦记着这件事。

温予没什么想法,听叶其蓁念叨过想吃烤肉,就随意说:"请你吃烤肉,可以吗?"

叶其蓁拖长嗓音提醒说:"是你过生日,不要问我。"

温予想了想:"在我那儿过,就我们。"

叶其蓁答应得飞快:"好。"

温予暑假在校外租了一套单间公寓,之后没退租,索性就住了下来。

大二就搬出宿舍的学生不多,不过温予早有这样的打算,她喜欢清静,又不缺生活费,在外租房绰绰有余。温秋娴虽然不管她,但卡里的钱一直没少过她的。

温秋娴在花钱方面十分大手笔,很有暴发户的做派,她有钱,就是名声不大好。在温予身上她更舍得花钱,她虽然一身被人瞧不起的风尘气,但养出的女儿气质不俗,又考上了名校,她嘴上不说什么,心里还是挺骄傲的。

叶其蓁暑假就常来温予这儿,离学校就隔了一条马路。起初她还担心温予一个人住会不安全,温予却说她高中就习惯了,而且清静点更有灵感。

这边有个小厨房,她们之前就做过几次饭,叶其蓁只是开玩笑说馋温予做的菜,没想到温予当真了。

温予生日是周五,正好是在万圣节这天,街上挺热闹的,但她们哪儿也没去,两个人在小厨房里捯饬着晚饭,不亦乐乎,比去外边人挤人有意思。

叶其蓁畏手畏脚地翻炒着排骨,动作略显滑稽。

温予在边上看着直笑:"你确定不要我帮忙?"

叶其蓁较劲:"不要,你过生日,你休息。"

温予被叶其蓁专注炒菜的表情逗得不行。

严格来说,叶其蓁只会做番茄炒蛋和炒青菜两道菜,但今晚为了给温予庆生,她提前做了功课,又现学了几道。从洗菜到烧菜,一个人全包揽了,一点没让温予动手。尽管都是些没什么技术含量的家常菜,但摆上桌后也像那么回事。虽然简单,但温馨。

公寓里只有一张小桌,两个人吃饭刚刚好。开饭前,叶其蓁又把先前订好的小蛋糕捧了上来,她插好蜡烛,一一点燃后,再跑去把灯关了。

温予真没这么多讲究,印象中生日这天温秋娴会多给些钱她,仅此而已,没什么特别。她看叶其蓁傻乎乎忙前忙后的样子,心想,或许今天,会是她印象最深的一个生日吧。

房间暗下来,只剩烛火摇曳,叶其蓁催促温予:"好了,许愿吧。"

温予愣了下,她从不相信这些,但当着叶其蓁的面,还是配合起来,合了合掌心,闭眼许愿。

吹灭蜡烛后,只剩几缕白烟,随着啪的一声,屋子里又亮起来。叶其蓁举着手里的一次性纸杯:"温同学,生日快乐!"

温予举起纸杯碰了下,她目不转睛地盯着叶其蓁眉眼,忽然问了句:"许的愿望会实现吗?"

叶其蓁捏着手里的纸杯,没见过有人许过生日愿望后会这样问,但温予既然这么问,应该很希望实现吧?她看着温予,坚定地说:"会,很灵的。"

不管什么时候,有希望总是好的。

今晚叶其蓁的厨艺超水平发挥了,几个菜都是照着菜谱认真做的,味道都不差,就连番茄炒蛋都比平时做得好吃。分量不算多的四个菜,两个人吃得七七八八。

吃完饭时间还早,就跟平时的周末一样,两个人一起看电影。温予提了一大袋零食到茶几上,她自己不吃零食,偶尔备着,因为叶其蓁会来。

"想喝酒?"叶其蓁见温予拿了好几罐啤酒过来。

温予点点头,她拉开了一罐啤酒,心血来潮地问叶其蓁:"要不要一起喝?"

"我喝了会脸红。"叶其蓁坦诚地说。

一听叶其蓁这样说,温予还挺想看的:"要不试试?今晚可以待我这儿。"

"好,我陪你。"想着温予今天生日,情况特殊,叶其蓁没拒绝,她先说明,"脸红了你不能笑我。"

"嗯。"温予已经想笑了。

看着电影,边吃零食边喝啤酒,叶其蓁怀疑自己酒量见长了,很轻松地喝了小半罐,还记得先前她喝一杯就晕乎。

叶其蓁没喝多少就上脸了,双颊变得红扑扑的,她伸手捧了捧自己的脸,进行人工降温。瞧见温予在笑,她难为情地嚷嚷:"说了不要笑我。"

"没笑。"

温予笑不停了。

"还没笑呢?"叶其蓁自己也笑着。

一人一句,氛围莫名欢乐。

不一会儿,温予就瞧见叶其蓁歪在沙发上眼睛半眯着,昏昏欲睡的样子,她拿起叶其蓁喝的那罐啤酒掂量了下,再看看叶其蓁,惊了,一罐都没喝完就这样了？

叶其蓁咂咂嘴，哼着什么。

温予凑近些，听到叶其蓁说："想喝水。"

温予拿了水给她。

叶其蓁喝完水，又眼神蒙眬地看着温予："想吃糖。"

温予笑了，合着平时那么会照顾人，一喝酒就尽想着使唤人。她去零食袋里找了找，刚好有一包水果糖，她拿了一颗，递给叶其蓁。

叶其蓁嘴里含着糖，总觉得这颗糖味道怪怪的，尝不出滋味。

"这就喝醉了？"温予问，她看出叶其蓁跟平时不一样，之前偶尔也会跟她撒个娇，但不会像今晚这样。

叶其蓁含糊应了声，让人听不清说的什么。

"温予——"叶其蓁哼哼。

"我在呢。"

"嗯。"好不容易喝了次酒，叶其蓁想撒娇撒个够。

元旦一过，就是考试月。有时候叶其蓁觉得时间快到离谱，这学期好像什么都没做，又要结束了。

寒假，温予也没回家，直接拖着行李箱去了一中旁边的那套老房子。屋内的陈设还跟去年一样，她的东西丝毫没动，唯一变化的是，屋子很干净，没有一丝灰尘，显然被人打扫过。

叶其蓁今年寒假意外地好过，她姐叶其繁带了男朋友回家，家里人都挺满意的，正琢磨着订婚的事。她爸妈心情好，家里一贯严肃的氛围竟然轻松不少。

叶其繁比叶其蓁大了七岁，念书期间成绩就没拿过第二，大学考上国内Top1，留学回国便进入了头部证券公司上班，现在又谈了个高富帅男朋友，事业感情顺风顺水，前途大好。长辈们眼中教科书式的人生。

叶其蓁就是在这种光环的笼罩下长大的，长辈对她说得最多的话，就是向她姐姐学习，以后跟姐姐一样有出息。不知道是不是因为听多了，起了逆反心理，她现在就想有个性点，做自己就好。

知道温予是一个人住，叶其蓁三天两头就往那边跑，不见面的时候就给温予发微信消息，什么鸡毛蒜皮的小事都跟温予说，比如晚饭吃了什么，出门差点摔一跤，在胡同里看见一只小猫……

她怕温予孤单。

一月，北临的雪没停过。
温予一直住在旧房子这边，这天她在书房里画画，手机响了。她一看，置顶微信发来了消息。
Y："温同学，在干吗呢？"
温予发了张照片过去。
叶其蓁点开，温予把她先前发的小猫照片画了下来，怪可爱的。
Y："我在包饺子。"
叶其蓁发了张包饺子的图片过去。
Y："有进步没？想不想吃？"
温予看叶其蓁发来的圆滚滚的饺子，的确比之前的技术进步了，她很给面子地回了叶其蓁一句："进步了，想吃。"
叶其蓁回了个看着傻乎乎的表情包。

过了十几分钟。温予走到窗边看雪，她瞥见楼下有一个熟悉的身影。没多久楼道里隐约传来高跟鞋的声音，老小区隔音不好，老远就能听到脚步声。
温秋娴开门进屋后，顺手甩上门，踩着六七厘米高的高跟鞋直接往书房走，果不其然看见温予待在里边。
温予只是看了眼温秋娴，没开口说话，在书柜翻着什么。
"我可没动你的东西，找不着就是你自己乱放。"温秋娴说，这妞脾气比她年轻时还大。之前有次她收拾房间，不小心把温予画的草图当废纸给扔了，温予冲她发了顿脾气，让她不懂就别乱动。
温予对她爱搭不理。
"钱给够了，家也不用回了是吧？"温秋娴冷笑道，温予暑假就没回来，上次她们娘俩见面还是去年过年。她从兜里摸出一盒烟，点了一根，开始吞云吐雾起来，"我还以为你跟哪个野男人跑了。"
温予瞥一眼，冷冷地说："别在这儿抽烟。"
温秋娴置之不理，还在冷嘲热讽："别人都说养个女儿是贴心棉袄，你看看你什么德行，一年到头电话都没一个。"

"她们有个当'小三'的妈吗?"温予转过身看着温秋娴,一针见血。

温秋娴脸上的笑容僵住,被戳到了痛处,还是被自己女儿戳的,她厉声呵斥:"你再说一遍。"

"自己做的事还不让人说?"

家长会那天的事,温予至今历历在目,温秋娴是怎么被人揪着头发,被人骂"小三",以及周围的人又是怎么议论她们的。她现在内心能这么强大,多亏了温秋娴给她的"锻炼"机会。

温秋娴一恼,扬手给了温予一巴掌,骂道:"没大没小的东西,别人怎么说我管不着,但你没资格,你吃我的穿我的用我的住我的,我把你养这么大才是犯贱!"

她是靠男人,但不屑做"小三",要不是当初被男人骗了,也不至于成了人人喊打的"小三",并且一辈子都摆脱不了这个骂名。

叶其蓁在楼梯间就听到了争执声,好像是从温予屋里传出的,她加快脚步,站在门口犹豫要不要敲门时,突然间门被打开了,把她吓了一跳。

温秋娴手里还夹着烟,吸了一口,上下打量着眼前五官清秀的小姑娘,问:"找谁呢?"

叶其蓁闻到很浓的香水味,她先想了一下是不是走错了,显然不是。眼前的女人浓妆艳抹,她反应过来,猜测这人是温予妈妈,五官看着与温予有几分像。

"阿姨新年好,我是温予的朋友。"

温秋娴"哦"了一声,点了点烟灰:"她在里边。"

"谢谢阿姨。"叶其蓁笑了笑。

温秋娴再瞅了一眼叶其蓁,这姑娘看着挺乖的,她又琢磨,别人家的姑娘咋就这么乖呢?

温秋娴踩着高跟鞋走了。

叶其蓁进屋关上门,在玄关换上棉拖鞋,由于三天两头来这边,温予特意给她准备了一双拖鞋。

温予不在客厅。

"温予。"叶其蓁轻轻叫了声,往里走去,走到书房门口,她停下步子。只见旧地板上有一汪水,一只玻璃杯被摔得四分五裂,大大小小的残渣撒了一地。

根据眼前看到的及先前屋子里传出的声音，叶其蓁猜她们刚刚吵得很凶。

温予转身，看见叶其蓁走了过来。叶其蓁身上裹着厚重的白色羽绒服，手里还提着保温便当盒。

"怎么过来了？"

叶其蓁愣了会儿，然后提了提手里的便当盒，说："饺子。"

温予猜叶其蓁刚刚应该碰到温秋娴了，但她没提这件事，跟无事发生似的，看着叶其蓁红彤彤的脸蛋笑起来。

见温予这样，叶其蓁一时也不知道说什么。

温予怕叶其蓁踩到地上的碎玻璃，便蹲下身开始收拾，叶其蓁见了，忙将手里的保温盒放在一旁书桌上，跟温予一起蹲着捡玻璃。

"跟你妈吵架了？"叶其蓁很小声地问。

"嗯。"温予淡淡地应着，她从叶其蓁手里接过玻璃碎片，又抬头看看叶其蓁，笑着说，"我来，你别碰，小心割到手。"

叶其蓁这才看到温予的左脸泛着红，好像是被打过的痕迹，她皮肤冷白，稍有些痕迹就明显。叶其蓁的心骤然被揪了下，比自己挨打还委屈："她打你了？"

温予一笑而过，很快就把地上的狼藉收拾好。

还是那样满不在乎的态度，叶其蓁看温予这样，怎么都笑不出来。

温予走去洗手间洗手，叶其蓁跟了过去，她就默默地站在温予的身后看着，等温予洗好手转过身，她把温予堵在洗手台前。

狭窄的空间里，两人无声对望。既然温予不想多说什么，叶其蓁也不多问。

"没事。"温予看叶其蓁担心，这才轻声说道。

叶其蓁脱口而出："都红了。"

温予反过来笑叶其蓁说："就这么心疼我啊？"

叶其蓁沉默片刻，然后一本正经地跟温予说："敷一下吧。"

温予点头："嗯。"

冷毛巾敷在脸上，确实有散热止疼的作用，叶其蓁小心翼翼，生怕弄疼了她，边敷还边问"疼不疼"。

敷了一会儿，叶其蓁还是没忍住关心问道："怎么吵这么凶？"

"我脾气差,她脾气也差,我们经常这样,习惯了。"温予轻飘飘地解释说。

听到温予说习惯了,叶其蓁又有些鼻酸,之前听赵琳说起温予小时候的事,她就知道温予特别不容易。她也能理解温予为什么和母亲关系紧张,毕竟高中发生的那件事,对温予影响太大了。虽说子女干涉不了父母的感情生活,可母亲给别人当了"小三",总归有芥蒂吧。

"她经常打你吗?"叶其蓁问温予这句话时,心也是揪着的。

温予摇摇头,今天是她头一回看温秋娴这么恼,说到痛处了吧。以前温秋娴打牌输了或是心情不好喝醉的时候,只会骂她几句拖油瓶、晦气,再就是在家里砸点东西,倒没像今天这样打她。不想再去想那些事,她看看叶其蓁:"今天过来怎么没跟我说?"

"想给你个惊喜来着。"叶其蓁也没想到碰上这么一出,不过又觉得还好自己来了,不然温予又得一个人待着。

温予反应过来,微信聊天时叶其蓁问她想不想吃,她还以为是随口一问,没想到叶其蓁真送来了。

"我想吃饺子。"温予记得叶其蓁说过喜欢听她撒娇,所以望着叶其蓁说这句话时,她有意带了点撒娇的语气。

"好——"

不知不觉,夜幕降临。

叶其蓁拎了两盒便当,每一个饺子都是她亲手包的,便当盒的保温效果相当不错,揭开盖子,饺子还是暖乎乎的。

"我包了三种口味的。"叶其蓁得意扬扬地说。

"哪三种?"

"你自己尝。"

说笑间,两人把两盒饺子都消灭了,叶其蓁带过来,就是打算当她们的晚餐。

晚上吃撑了,叶其蓁问温予要不要出去溜达消食,她看温予有时整天都闷在房间里,想带她出去透气散散心。温予说好。她知道,今晚叶其蓁一定会想方设法哄她开心。

两人全副武装后出了门,没有目的地到处闲逛。

北临的雪夜很美，漫无目的地走走看看反而更加惬意。尽管还飘着雪，但春节街头仍然很热闹，不少人结伴出来，有的是一家人，有的是情侣，还有成群结队的朋友。

温予以前讨厌置身于这种热闹，总觉得热闹与自己无关，现在不了，好像叶其蓁陪着她就是热闹，不管是人多还是人少的时候。

走到一家商场附近，叶其蓁兴致勃勃地问温予："要不要喝奶茶？"

"你不是出来消食的？"

叶其蓁望着温予不说话，用眼神表达着自己的心思。温予笑着看她，最后两人还是一起往旁边的奶茶店走去。

散步消完食，回去路上，叶其蓁又看到有小孩在玩仙女棒，她厚脸皮上去问是在哪儿买的，之后自己也买了两盒，硬叫上温予上天台一起玩。

老房子的天台满是积雪，是一片静谧无人打扰的小天地。此刻雪还在下，不过已经小了许多。

叶其蓁先点燃一根，再用自己滋啦滋啦的火花，小心翼翼地点亮温予那根。叠在一起的仙女棒噼里啪啦地燃起来。

就这样，两人一根接一根地玩，自己都嫌自己幼稚，但又玩得不亦乐乎。在独属于她们二人的世界里，绽放了一场小烟花。

风吹来，叶其蓁眨眼躲了躲，温予以为她是烟灰弄到眼睛里，慌忙去看。

"骗你的。"叶其蓁朝温予俏皮地笑。

"叶其蓁你几岁了？"温予无奈地问。

"嗯，三岁吧。"叶其蓁理直气壮。

温予恣意地笑起来。

寒假就快要结束。

温予给叶其蓁发了微信消息："上次给你画的猫，你忘了拿。"

Y："我姥姥过生日，我要去乡下两天，回来拿。"

温予翻看跟叶其蓁的聊天记录，自从那晚过后，叶其蓁就没来这边找过她，是烦自己了吗？那天晚上在天台吹了风，温予就有些咳嗽，过了两天，鼻音越来越严重，受寒了。再加上心情不好，浑身都不舒坦。

叶其蓁在乡下逗留了两天，一回到市区，就想着要不要去温予那儿。

还在车上时，叶其蓁就发消息跟温予说："我回北临了，还从乡下带了好吃的。"

温予看到叶其蓁发来的微信消息,稍稍好受了些。她怏怏窝在沙发里,时不时看看手机,直到收到叶其蓁给她发来的消息和表情包,脸上才舒展开,露出一点笑意。

Y:"现在在家吗?"

Y:"我过来。"

半个小时后,叶其蓁在一中门口下车,连围巾都忘了拿,就直奔老小区去了。看到温予发"我想你"时,她想第一时间出现在温予面前。以温予的性格,不会轻易发这样的话,越想就越放心不下。

敲门声响了起来,温予走去开门。

叶其蓁站在门口,双颊都冻僵了,她第一眼就注意到温予的嘴唇有些干白,气色也不好。外边冷,温予低低说了声"快进来",拉着叶其蓁进屋。

房间里暖意十足。

温予先开口道:"这几天很忙?"

叶其蓁回答:"嗯,聚会还有走亲戚。"

两人沉默地对视两眼。温予怏怏的。

听温予说话鼻音重,叶其蓁又问:"你是不是不舒服?感冒了?"

温予的声音掩不住疲惫:"有点咳嗽。"

她摸了摸温予的额头,又问:"吃药没?要不要去看医生?"

"吃过感冒药了。"

"体温量了吗?"叶其蓁摸不准。

"没。"

"量一下,有体温计吗?"

"不用,没发烧。"温予轻轻摇头说。

尽管温予这么说,但叶其蓁还是不放心,她让温予等一下,又匆匆下楼,去了附近的一家药房。回来时,她手里拎着一个印有药房 logo 的白色塑料袋,气喘吁吁,脸颊被风刮得泛红,发丝上还沾着雪花。

温予顿觉心暖。

"买了体温计,你先量量体温。"叶其蓁进屋就说着。

温予没急着量体温,而是站在玄关处,先帮叶其蓁掸头发上的雪花。

叶其蓁站定,模样乖乖的。不知道从何时起,她们之间这样互相关心,变成了一种心照不宣的行为，默契到不需要多说一句话。

温予在叶其蓁的催促下，坐在沙发上量起体温来。

除了体温计，叶其蓁还买了止咳糖浆，她听温予咳嗽有点严重，嗓子都沙哑了。

温予闻着止咳糖浆的味道就皱眉，还记得以前赵琳也让她喝过，那时她抿了一小口，最后说什么也不肯喝，宁愿咳着。

"把这个喝了。"

温予看着黑乎乎的黏稠液体，跟叶其蓁讨价还价："能不喝吗？"

叶其蓁没让步："要喝的。"

两人眼神对峙着，这种情况下总得有个人妥协。

最终妥协的是温予，她默默从叶其蓁手里接过止咳糖浆，屏住气一口气喝完了，嘴里一股黏糊甜腻的中药味，说不出地难受。

叶其蓁在一旁看着笑，还故意问："好不好喝？"

温予眉心还皱着。

叶其蓁继续笑，还不厚道地说："我发现你生病的时候好乖。"

好乖？这话温予没法接。

叶其蓁看温予喝完了糖浆，又及时给温予递过纸巾："擦擦。"

温予接过纸巾，她看向叶其蓁，停顿了好一下，也没吱声。叶其蓁犹疑着："看我干吗？"

"别对我太好了，"温予眼底有阴霾，语气稀松平淡，一句话轻快带过，"我怕以后不习惯。"

病了的缘故，她情绪比平时更低落。

温予没把话说得太明白，叶其蓁却听明白了，就是怕孤单，怕一个人，而温予这话，特别让人心疼。温予看似孤傲冷淡，其实极度缺乏安全感，她一个人经历和承受了很多，心中有比其他人更敏感脆弱的地方，只不过藏得深而已。

"不会。"叶其蓁认真看着温予的眼睛。

"难不成你能一直陪着我？"温予轻快地接过她的话。

"为什么不能？"叶其蓁脱口而出，语气认真，缓了缓她又说，"我们毕业以后可以待在一座城市，互相照顾，一起努力。"

有些事她迷茫，但想陪在温予身边这件事，她一点也不迷茫。能遇到懂自己的人，多难得。

以后互相照顾，一起努力，温予动容，至少知道她在叶其蓁心里有个特殊的位置。她觉得自己从小就生活在一潭泥淖里，遇上叶其蓁以后，就像终于有人使劲拉她一把，耐心带她去看看外面的阳光。

两人并肩坐在沙发上，叶其蓁对上温予的目光，笑起来很明媚。

一时间两人都在笑，笑得有些莫名其妙。

温予的手指在旧沙发上来回刮着，她看着叶其蓁笑了会儿，许久，说话时声音沙哑："叶其蓁，你有点傻。"

叶其蓁转转头："就你说我傻。"

温予不语，可不就是傻，跟个木头一样。

今年的寒假比去年要短，但发生了许多不平静的事，因而显得漫长。元宵节后返校，迎来新学期。

经历过这次寒假，叶其蓁觉得她跟温予的关系更亲密了，互相等对方下课，一起吃饭逛街或是去图书馆。几乎形影不离。

正值柳絮纷飞的季节，图书馆外的白玉兰盛开，挂满枝丫。不到期末，图书馆的人一般不多。

四楼是美术艺术类阅览室，里面也包含了摄影类的图书，叶其蓁对摄影感兴趣，加上这学期又有新闻摄影学课程，她常跟着温予逛图书馆四楼。

叶其蓁抽出一本书，信手翻了几页。

"好了吗？"耳畔传来的轻声细语打破思绪，叶其蓁转过头，温予已经走到了她身旁，手里捧了两本书，都是艺术史类的。

叶其蓁望着温予愣神点点头。

"走吧。"温予说。

"嗯。"叶其蓁小声应道。

宿舍照例在十一点熄灯。

黑黢黢一片，叶其蓁没睡着，不知道是无聊还是闲得慌，大半夜的，她拿起手机从朋友圈刷到了微博，失眠玩手机的后果自然是大脑更清醒，她鬼使神差地点开了大半年没去的学校论坛。

学校论坛有个趣事交流板块，算是活跃度最高的，里边有不少吐槽记录帖。

叶其蓁觉得自己今晚一定是闲过头了，因为她心血来潮，也匿名发了个帖子，记录了她和温予之间的点点滴滴，以及一些心里话。

起初还不好意思，但她转念一想，以温予的性格肯定不会看论坛八卦，也没什么。

晚上，画室里安静。

"你跟甜妹关系可真不错啊？"祁蕴无聊时喜欢找温予搭话，她都怀疑自己有受虐倾向了，明明温予每次都是摆出一副爱搭不理的冷脸。

温予一如往常，没反应。

祁蕴又追问："好奇你跟甜妹待一块儿是不是每天都很开心？"

温予淡淡地瞥了祁蕴一眼，承认："是。"

祁蕴："啧啧啧。"

这会儿，画室里突然嘈杂起来，温予依旧两耳不闻窗外事，直到祁蕴在她旁边提醒了一句："'女神'，你的桃花又来了。"

温予这才抽空扫了眼窗外，她瞥见一个穿黑夹克外套的男生手里捧了一束红玫瑰，高调地站在长廊，引起了不少人注目。

温予无动于衷。那男生是邻校的，追她有段时间了，尽管她拒绝得干脆，但对方依旧死缠烂打。

第七章 /
任性一点也可以

晚上下课后,叶其蓁从教学楼走去艺术楼,今天约好跟温予一起夜跑,她听到一向安静的画室难得传出嘈杂声,越走近声音也越大,直至走到门口,她停下脚步。

画室里人不多,不过大家当下都没了画画的心思,注意力都被其他事吸引了去。

一男一女,玫瑰花束,名牌礼物,原本该是一场表白,未料走向却突变——温予不屑一顾的反应激怒了对方。

"你装什么装啊?谁不知道你高中都是随便跟男人睡的,现在在我面前装清纯呢?我追你还是看得起你,都没嫌你脏……"

诋毁的污秽话语入耳,温予坐在画架前,依然面不改色,仿佛被骂的并不是自己,比起周围旁观的人,她反而更像个局外人。她斜眼看了一眼那人,懒得搭理,起身想先离开时,却有一道身影冲了上来,挡在了她面前。

叶其蓁用尽力气推了那人一把,但效果不大,反倒自己往后趔趄了一步,她一米六五的瘦小身板在一米八几的大高个面前,更加显得单薄无力。

温予才发现叶其蓁过来了。

叶其蓁径直站在温予面前,拿起旁边的那束花直接甩在那人身上,仰起头,几乎是扯着嗓子吼道:"你凭什么这样诋毁她!就因为她不喜欢你拒绝了你?我是她高中同学,她压根不是你说的这样!你什么都不清楚,凭什么张口就来!"

声音很大,大到画室里每个角落的人都能听到。

第一次这么说话,叶其蓁也没想到自己的声音居然还能有这样的爆发力和穿透力,但她就是想要所有人都听到,她不想再有人对温予有误解和偏见,不想让温予再度陷入那些伤人无形的流言蜚语之中。

温予也被这副模样的叶其蓁惊到了,她认识的叶其蓁一贯文静礼貌,就连之前跟管铭吵架，骂人时也是毫无气势可言。眼下叶其蓁义无反顾护在她面前，却像换了一个人。

"你谁啊你……"夹克男朝叶其蓁嚷起来，只是话还没说完，他伸手捂住脸又骂了一句脏话。

温予扔得挺准的，调色盘正好砸在那人的头上，颜料甩了他满脸，夹克男顿时滑稽得如同小丑。而温予看热闹似的冷笑，一脸气定神闲。

夹克男抹了抹脸，一脚踢翻了旁边的椅子，发出一声哐当声响，吃瘪走了。

画室恢复平静。

温予简单收拾了下，说："我们走。"

叶其蓁站在原地难受得想哭，她刚刚听到温予被辱骂时，就很想哭，这会儿眼眶都热了，甚至不敢低头，怕低头眼泪就掉下来。

温予看出了叶其蓁在忍着不哭，默默带她离开画室。

艺术楼外的老梧桐树枝繁叶茂，当初她们军训就在这一片，满满都是回忆。

在花圃边的长凳上坐下，温予知道叶其蓁担心她，她反过来安抚道："我没事，以前总是被人这么说，早就习惯了。"

今晚的事她也见怪不怪，大概是名声太差，追她的人里边什么歪瓜裂枣都有，以前甚至还有人发短信直接问她要多少钱才能交往。偏见在那儿，她做什么都是错的，追她的男生多了她要被骂，拒绝追求又被说装纯。

看着温予若无其事的淡然反应，叶其蓁更加难受，怎么会没事？那些带刀子的话总会伤人的，所以要经历多少次难受，才能像现在这般麻木和无所谓？这些事，温予越说习惯，她越觉得揪心。

"我不在乎的。"温予笑着扭过头对叶其蓁说。

"我在乎。"叶其蓁却极快接过温予的话，眼眶红红的。

一句我在乎，让温予陷入沉默，只剩晚风吹得梧桐树叶簌簌响。以前没人对她说在乎她，可以说，她自己都不在乎自己，对什么都无所谓，每天只是浑浑噩噩地过，就算让她消失在这个世界，她也觉得没什么可留恋。可遇上叶其蓁后，好像一切都变了……

周遭没了其他人，叶其蓁最终还是没绷住，迎着风，泪水无声从眼角滑落，她再说话时声音有着轻微的哽咽和颤抖："我不想你被别人那么说，你已经受过很多委屈了,我不想你再受委屈。一点也不行。"

温予拿叶其蓁没办法,都快记不清叶其蓁是第几回在她面前这样哭了,不折不扣的"爱哭包"。不过叶其蓁刚刚挡在她身前的模样,让她觉得感动,她望着叶其蓁泛红的眼眸轻声问:"我受委屈你哭什么,傻了吗?"

叶其蓁说:"我忍不住……"

"傻子。"温予笑她。

叶其蓁不想持续输出负面情绪,她柔声问温予:"那跟傻子在一起,你有没有开心一点?"

温予心一颤,涌上一股温暖的酸楚:"叶其蓁……"

"嗯。"叶其蓁猜到温予要笑她傻了。

"你好甜。"

温予声音不大,刚好只够两个人听见,就像偷偷诉说藏在心中的秘密。

叶其蓁没回答什么,脸上的笑容不由自主绽开得更加灿烂,脸上的酒窝也更深,尽管眸子里还含着未干的泪花。

温予跟着扬起嘴角,她一直觉得叶其蓁是眼睛里有星星的人,明媚阳光,永远热忱。高中她们第一次碰见、还不知道叶其蓁名字时,她就这么觉得。

叶其蓁喜欢看温予笑,尤其是当下这样。

"'爱哭包',哭够了吗?"

叶其蓁难为情,明明应该是她来安抚温予的,现在倒弄得温予来安慰她。不过她还挺乐意听温予叫她"爱哭包"的,只有她们单独相处的时候,温予才会这样叫她,显得很亲昵。

"温予。"

"什么?"

叶其蓁思索过后,还是认真跟温予说道:"过去的事可以不在乎,现在和将来的事要在乎的。"当下的生活不应该被过去裹挟,她担心温予的状态,希望温予能真正开心起来。

温予懂叶其蓁的意思,正是她的不在乎,某种程度上,也让外界对她的误解和偏见越来越深。这就像个恶性循环的怪圈,她又无所谓逃离这个怪圈。

"我们都向前看。"叶其蓁说这句话时,轻柔地握住了温予的手,笑起来眼神坚定。常有人说她是小太阳,她自觉只是待人温和了点,并没无私到想要温暖每一个人,但她想要温暖温予,花多少心思都愿意。

"嗯。"向前看,我们一起。

不远处传来清脆的自行车铃声,有两个女孩相约骑车经过,伴着低声笑语,身影轻快如风。

叶其蓁瞧见了,兴致勃勃地问温予:"你会骑自行车吗?"

温予不会,小时候见其他小孩成群结伴地学车她倒是羡慕过,只不过不知道什么时候起,她连这种羡慕的心情都不再有了。

"带你兜风。"叶其蓁拉着温予起身。她心烦意乱时喜欢骑着自行车到处转悠,安静地吹吹风,能吹散不少烦闷。

温予应了声,叶其蓁说什么都行。

叶其蓁先回了趟宿舍,找罗贝借车。罗贝开学时充话费抽奖,刚好抽到辆自行车。

"上来。"叶其蓁拍了拍后座。

"你确定载得动我?"温予坐上后,看着叶其蓁的身板表示怀疑。

"没问题,比你沉的我都载过。"

听到叶其蓁这么说,温予立马问:"是吗?你还载过谁?"

"唐甜甜。"叶其蓁回答。

"唐甜甜是谁?"温予追问。

"就是唐棠。"叶其蓁解释。

温予不再说话。

"坐稳了。"叶其蓁握紧了车把手,用力踩了踩踏板,自行车蹬了出去,一路向前。路灯暖黄,道路两旁的香樟树在倒退。

偶尔,叶其蓁没保持好平衡,自行车明显晃了一下。温予便趁机打趣道:"没力气了?我很沉?"

"不沉,你好瘦,还要多吃点。"

"嗯。"温予哼道。风扬起叶其蓁的头发,若有若无扫过她脸颊,她闭眼嗅到了清新淡雅的香,风也带着初夏的气息,温柔含蓄又暗藏热烈。

温予有种飘起来的感觉,好像叶其蓁把她拽去了另一个世界。就这样一直向前,让风吹散过往,前路都崭新。

夜晚的Z大是另一番景色,骑着自行车闲逛是一件很惬意舒服的事。

"累了就放我下来。"

"不累。"叶其蓁故作轻松笑说,尽管蹬自行车蹬得腿都快断了。

绕学校逛了一圈,最后,两人找了片草地坐下休息,叶其蓁手里拿了支冰激凌,途经便利店时买的,温予不爱吃甜的,就没要。

"要尝尝吗?"叶其蓁刚拆开包装,先递到温予面前,问她。

温予摇摇头。

叶其蓁自顾自吃起来。

过了会儿,温予瞧叶其蓁吃得津津有味:"给我也吃一口。"

叶其蓁无奈:"刚刚给你你不要?"

温予眨巴下眼睛,继续盯着她手里的冰激凌。

叶其蓁拒绝不了,还是乖乖送了上去。

现在是晚上第三节课上课期间,周围都没什么人,除了不远处还坐着一男一女,看那亲热的模样,肯定是情侣。

那两人似乎没注意到这边还有人,打情骂俏了一会儿,就嘴贴上嘴接起吻来,还亲得有点激烈,热火朝天。叶其蓁目光无意扫见,怪难为情的。

温予也看见了,她再偷瞧瞧叶其蓁,笑问叶其蓁:"又羡慕了?"

"什么啊。"跟温予同看到那一幕,叶其蓁越发觉得尴尬,虽说心里是挺羡慕的,但哪好意思说出口。

几秒后。

"接吻是什么感觉?"温予都不知道自己为什么朝叶其蓁问了这么一句话。

叶其蓁看着草地,忽然局促,她干笑着:"我怎么知道。"

"你不好奇?"温予又缓缓问。

"我……有了就知道了吧。"叶其蓁心不在焉地回答,吃完最后一口冰激凌。她们这个年纪,尤其是没经历过,对这些不好奇是假的,简直遐想无限。

唐棠说跟喜欢的人接吻是人都要没了的感觉。

温予没再继续说下去,叶其蓁也安静下来。两人好像都害羞了。

叶其蓁适时看向夜空,细声说:"有星星,明天应该又是晴天……"

温予也抬头看天:"嗯。"

——今天她受委屈了,我骑自行车带她兜风,她似乎开心了很多。

自从在论坛发了那个帖子后,叶其蓁隔三岔五就会上论坛,在帖子里记录些东西,竟然还收到了不少回复。

又是忙碌的一周。

美术学院和校电视台联合策划了一场画展义卖活动,叶其蓁和校电视台的另一个女生周晴正好负责这次活动的拍摄宣传。

南城未来一周都是晴天,活动场地就选在图书馆前面的大广场,露天举行。

叶其蓁挺乐意参与这些活动,倒不是因为可以给自己的履历添光增彩,就是觉得大家能在一起做一些有意义的事,多留点回忆也挺好的。

活动是周日下午开始,提前几天就要准备布置场地的活儿。

"听说我们学校美术系的帅哥美女很多欸。"搭档周晴是个活泼开朗的女孩,她也很乐意揽下这活,就冲着可以接触帅哥美女这点。

周六下午,叶其蓁扛着相机走到图书馆广场时,活动背景板已经搭好了,好几个人站在背景板前画着什么,这次的海报是纯手绘设计,花费了不少心思,个性十足。

叶其蓁走近后,举起了手里的相机,取景框里,温予穿着黑色上衣和浅蓝色牛仔裤,头上戴了一顶棒球帽。

她发现温予在户外画画时喜欢戴帽子,像在刻意保持低调,把锋芒藏起来,不想被人关注。可事实上,这样清冷特别的气质,反而更吸引人。

叶其蓁前些天跟温予说会参与美术学院的画展活动时,温予说她也会参与,叶其蓁还很意外,太反常了,温予一向不喜欢掺和这些事的。

听到相机"咔嚓"的声音,温予回过头,只见叶其蓁正将单反镜头对着她,脸被相机遮了大半,唇角上扬,即便看不到眼睛,也能感觉到叶其蓁笑得很开心。

温予朝叶其蓁笑了笑。

叶其蓁找好角度,又一连拍了好几张。等放下相机时,她听到周晴在她耳朵边叽叽喳喳:"天啦,好帅好帅。"

虽然周晴的声音压得很低,但叶其蓁还是感受到了周晴激动的心情,她顺着周晴看的方向望去，看到一个穿着黑T恤，头上同样戴着一顶棒球帽的男生。

叶其蓁立马认出了聂南风。

"旁边那个女生……"周晴嘴里继续嘀咕，"他们都好酷啊，帅哥美女站一起就是养眼。"

叶其蓁没听周晴在说什么，而是望了望温予的背影。

这时负责活动策划的学姐走了过来，先前开会时就打过一次照面："来啦。"

"嗯，学姐好。"叶其蓁回过神，也笑着走向前打招呼。

学姐是娃娃脸，微胖，说话很亲和幽默："你们要拍，就多拍他俩，他俩可是我们美术系的'系花''系草'，门面担当。"

"'系花'是在这儿，'系草'我不敢当。"聂南风这时转过身，搭了句话。

"帅哥你谦虚什么。"

"南哥，你们穿的情侣装耶。"

一说到情侣装，大家不约而同地把目光投向戴着棒球帽的温予和聂南风，叶其蓁自然也是。

是挺像情侣的，身高也配。

温予偷瞧了眼叶其蓁反应，脸上的表情依旧让人看不出具体情绪。倒是一旁聂南风主动提醒几个八卦的同学："别胡说。"

"啧，还害羞了啊。"大家少不得再起哄几句，有说有笑，弄得真像有那么回事。

叶其蓁只是静默地看着，她还记得温予帮聂南风捡球的事。所以温予这次破例参与活动，是因为他？如果温予跟对方没什么，其他人怎么会是这种反应？

今天的拍摄任务并不重，明天会比较累，叶其蓁还要回去写稿，温予的手绘一时半会儿完成不了，她走之前特意跟温予说："我还要回去写稿，你晚上记得吃点东西。"

"嗯。"温予点点头。

叶其蓁交代了温予记得吃晚餐，自己却忘了这码事，等写完稿反倒饿过头了，也就不想吃了。她虽然爱吃，但有心事的时候胃口会直线下降。

第二天的画展义卖活动进行得比想象中还顺利,并且提前结束。

黄昏时分。

"我们去食堂吃饭吧。"周晴拉了拉叶其蓁的手臂,刚忙完又累又饿的。

叶其蓁看看温予。温予不想叶其蓁每次都迁就自己,在朋友面前尴尬,就像之前叶其蓁生日那次。她主动说:"一起。"

聂南风正好也收了工,上前一步说:"要不再带我一个?"

周晴意味深长地笑了笑:"就一起呗。"

叶其蓁心情复杂,不过待人礼貌有教养是她从小就接受的教育,所以她的脸上始终挂着温和的浅笑。从图书馆走去食堂,一路上叶其蓁都安静得出奇,她平时虽然不是"话痨"类型,但也不至于沉默寡言。

温予心思挺细的,她小声问叶其蓁:"今天累到了?"

叶其蓁晃了晃脑袋。

走进食堂一楼后,周晴忽然灵机一动,她朝叶其蓁挤眉弄眼说:"叶叶,你之前不是说想吃二食堂的米线吗?我突然也想吃,要么我们去吃?"

周晴这种不想当电灯泡的行为稍显刻意,叶其蓁一秒就明白了她话里的意思。周晴又乐呵呵地对温予和聂南风说:"你们一起吃吧,我们想去二食堂。"

温予和叶其蓁都没说话,只是不约而同看向对方。

周晴是个行动派,已经拉着叶其蓁准备往外开溜了。

这种尴尬的情形下,叶其蓁被周晴稀里糊涂地带走了,她要做什么?甩开周晴的手,再冲进去把温予带走吗?她心里的确是这样想的。

气氛骤变,温予在原地站了两秒,没跟眼前的人打招呼,直接转身就走了。

"差点就当电灯泡了。"走出食堂,周晴感叹说。凭借多年看言情小说的经验,她直觉刚才那两位之间应该有点什么。

叶其蓁抿着嘴没回答,余晖斜照过来,有些刺眼,快到饭点了,朝食堂走来的学生变多,她没留神,左肩被人猛地撞了下。

也是在这时,叶其蓁感到手腕一紧,被人拽住了,她回头看,拽住她的不是别人,正是温予。

温予追过来了。

"我有话跟她说。"温予对周晴说道。

周晴不知道发生了什么,但被温予的气场吓住了,她瞬间松开叶其蓁,依然是笑呵呵的,自觉回避。

温予径直拉着叶其蓁去人少的角落,叶其蓁跟在温予身后,感觉自己被温予握紧的那一小截手腕是滚烫的。

身旁偶尔有人经过。两人就僵立看着对方,一时半会儿谁也没说话。

"你走什么?"温予盯着叶其蓁问。

"给你们创造机会。"

温予径直问叶其蓁:"你希望我跟他在一起啊?"

她没用太认真的语气聊这些,说笑一样,大概是自我保护机制又奏效了,尽管已经在乎得不行,也要表现得不那么在乎。可她又想听叶其蓁说实话。

依然是捉摸不透的反应,叶其蓁的心里都乱成一团麻了:"我希望你跟喜欢的人在一起。"

越说,真实的情绪越绷不住。

"我什么时候说喜欢他了?"温予目视叶其蓁,迅速接过话,顿了顿,她转而又问,"我天天不是画画就是被你拉着去吃饭,你觉得有时间谈恋爱吗?"

叶其蓁愣住……

温予安静了一秒,低声说:"你真有点傻。"

天一点点暗了下来,朦朦胧胧的。

还没来得及说些什么,叶其蓁听到周晴尖细的声音从不远处传过来:"叶其蓁,部长说六点半要开会。"

聊天被打断。沉寂片刻,温予说:"去忙吧。"

话题就这么岔开,叶其蓁看着温予:"嗯。"

翌日上午。

"女神,上节课笔记借我一下。"快要期末了,祁蕴对记笔记画重点这事开始上心了。

温予托着腮有点走神,过会儿才把笔记本推过去。

祁蕴破天荒看到温予神游,挺想拿手机把这一幕拍下来的:"你怎么了？有心事呢？还是跟甜妹闹别扭了？"

温予低头看书，默不作声。

祁蕴想起件事，突然一个激灵："温予，那个……那个……"

温予嫌烦："什么？"

祁蕴压低声音，用满是质疑的目光盯着温予："论坛那个帖子不会是你发的吧？"

温予收到了叶其蓁发来的微信消息，问她中午要不要一起吃饭。

另一边教室，叶其蓁盯着温予回复的一个"嗯"出神，脑海里闪过的，是昨天温予匆匆拉着她解释的情形，还有温予的那句"你真有点傻"。

叶其蓁和温予上午都只有三节专业课，十一点就下课。两人和往常一样，就在教学楼下碰面，再并肩往食堂走去。

骄阳当空，隐隐能听到蝉鸣声。随着气温升高，夏天的气息越来越浓。

这是她们认识以后的第三个夏天了，叶其蓁在心里算着，她时常会记起当初问温予喜欢哪个季节，温予说喜欢夏天，因为认识了她。

"周五晚上的聚餐你去吗？"叶其蓁边走边问温予，画展活动结束以后，学姐张罗着找个时间大家聚一起庆祝一下。

"你呢？"温予先问叶其蓁。

"去的。"叶其蓁说。

"嗯。"温予简单应了下。

只言片语间，叶其蓁明白温予表达的意思是自己去她就去。她们之间的相处，用形影不离来描述都不过分。

学校里柳树多，沿湖一带都是，尽管都夏初了，但碰上今天这种有风的晴天，还是可以看到空气里飘浮的柳絮翻飞。

叶其蓁不适地眨了眨眼，不知道是不是柳絮眯了眼，又涩又痒的，她下意识想伸手揉揉时，温予及时拉住了她的手。

"我看看。"温予停下脚步侧过身。

"没事。"叶其蓁的声音很小。

温予留意到叶其蓁有着淡淡的黑眼圈："昨晚没睡好？"

"有点。"叶其蓁承认。

"昨天心情不好？"

叶其蓁不语，相当于默认了，她是心情不好。

"温予……"叶其蓁脱口叫了声,欲言又止。

温予目不转睛地看向叶其蓁,等着她说。

叶其蓁却沉默了。

温予说:"有话跟我说?"

最终叶其蓁还是说出了无关痛痒的两个字:"走了。"

南城晴了两天后,天空阴沉起来。

周四下午温予没课,待在出租房里准备画些什么,可一直到天黑,也找不到头绪。

倚在飘窗上坐着,或许是这两天的睡眠质量太差,温予眯眼不久后小睡了过去,破天荒做了一个梦。梦里叶其蓁跟她一起坐在飘窗上,两个人什么话也没说,就坐在一起看雨。

温予睁眼时,只身一人,窗外也没雨,这种阴郁沉闷的天气,倒不如下一场雨来得痛快。她屈了屈膝盖,环臂抱着,身子蜷作一团,她跟叶其蓁说自己习惯了孤单,但她没跟叶其蓁说自己同样讨厌孤单,尤其是在认识叶其蓁后。

被一种极度无聊的低迷情绪裹挟,如果不是无聊,温予也不会在划拉着手机时,想起祁蕴说的什么帖子,鬼使神差点进论坛去看。

在首页,她一眼就看到了祁蕴说的那个帖子。

晚上,叶其蓁有两节采访写作课,接到温予的电话时刚好是第一节课下课。

在这个信息化时代,打电话通常意味着有急事。而看到来电显示是温予,她接通的速度更快:"温予。"

温予就站在教学楼外的小石子路上,听到叶其蓁的声音后,她抬头望了望教室方向,说:"我现在想见你。"

叶其蓁不明所以,但听温予突然这么说,她难免放心不下,以为温予又受什么委屈了,于是匆忙走出了教室。

在楼下见到温予时,她小跑过去,气喘吁吁的,一脸紧张地问:"怎么了?"

温予没有拐弯抹角:"论坛那个帖子是你发的?"

比起疑问,温予的语气更像在陈述。

她看完帖子后的第一反应就是想见叶其蓁,也这么做了。她知道叶其蓁今晚有课,原本打算等叶其蓁上完课,结果第一节课一下课就没忍住给叶其蓁打了电话。她面对什么都淡然自若,今晚却冲动得不像她自己。

论坛,帖子,当叶其蓁听到这些敏感的字眼从温予嘴里说出来,她瞬间僵住,继而就跟触电似的,身上每一根神经都绷紧了。一切来得毫无防备,以至于她显得有几分呆呆的,与此同时,一股热气不受控制地往脸颊上冲,是秘密被戳破后的慌张局促。

一秒,两秒过去。

那些话温予都看到了,叶其蓁以最快的速度缓过来。

面对面的对峙,当下叶其蓁的反应让温予更加印证了自己的想法,她没给叶其蓁装傻逃避的机会:"我看到了。"

看了以后,她才明白自己在叶其蓁心中的分量。

还有五分钟就上课,不断有人往教室走,与她们擦肩而过。片刻后,有湿润的东西落在脸颊上,凉凉的。

下雨了。

闷了许久的雨,终于下了。

雨有越下越大的趋势,温予带叶其蓁去一楼教室外的长廊躲雨,两人脚步匆匆。

走到长廊,两人的头发都被吹得微乱,还被雨滴打湿了些,略显狼狈。

温予瞧着叶其蓁,这时露出笑意。

叶其蓁抿着嘴,心头暖热。

站在走廊里,两人安静了好一会儿,都没说点什么,只是看着对方。

"你怎么会看论坛?"叶其蓁张口有些语无伦次,以温予的性格,她怎么也想不到温予会去翻论坛。

温予凝视叶其蓁双眼,声音很轻:"傻子。"

叶其蓁感到鼻酸,傻笑起来。

长廊外的雨声簌簌,不停歇。雨雾笼罩着校园里的朦胧夜色,随之倾泻的,还有藏了不知多久的心事。

"一直盯着我干吗?"叶其蓁小声嘀咕出一句。

"不行吗?"温予小声反击回去。

一阵上课铃响打断思绪。

该进教室的都进教室了，周遭安静下来，只剩雨声哗哗。

"我要上课了。"叶其蓁说。

温予想了想，凝视叶其蓁问："带我一起吗？"

上课教室就在二楼，叶其蓁不太清楚自己是怎么带温予走回教室的，只记得冒冒失失，差点走错到隔壁教室，被温予笑了一路。

只是晚了两分钟到教室，老师已经开启了口若悬河的讲课模式。

叶其蓁只好拉着温予在后排的空座位坐下。而不出她意料，她一带温予走进教室，就引来不少人目光围观。

罗贝也张望了过来，她正好让罗贝帮忙递课本和笔记本。

温予虽然经常来等叶其蓁下课，但这还是她第一次陪叶其蓁上课，她喜欢叶其蓁身上的那股专注劲，做什么都认真，总能保持热忱的女孩子真的很吸引人。

叶其蓁翻开课本，望了望投影仪上的课件，表面淡定罢了，这节课注定专注不到哪去，听了又像没听。

温予没打扰叶其蓁，就安安静静坐在叶其蓁旁边，陪她一起听课。发现叶其蓁在走神，才低声提醒："要翻页了。"

叶其蓁："……"

温予直笑。

"你别笑。"叶其蓁皱皱眉心，她放不下温予看了帖子的事，总感觉温予会一直拿这件事打趣她。

"嗯。"听到叶其蓁的要求，温予尽量配合，但没配合太久。自顾自笑了好几次。

叶其蓁没辙，由着温予，不知不觉自己也跟着笑了。

八点半下课，学生陆续走出教室。

大教室很快变得空旷起来。

温予主动说："再陪我一会儿。"

叶其蓁欣然答应。

室外雨已经停了，带走了沉闷，只剩湿润和清新。和温予走了快两年的林荫道，叶其蓁熟悉得不能再熟悉，现在却是迥然不同的心情。

路过便利店。叶其蓁想起："你晚上吃东西没？"

温予如实回答:"没。"

叶其蓁碎碎念:"总是不吃。"

温予看着她笑:"以后你说的话我都记着。"

叶其蓁暗笑,再带着温予往便利店走,挑些能填肚子的食物。晚饭后,照旧是温予送叶其蓁回了宿舍。

今晚,叶其蓁洗澡洗得比平时都久,等她洗好吹干头发,都快十一点。寝室其他人都上床了。

叶其蓁点开微信一看,看到十几分钟前温予发来的消息:"睡了吗?"

叶其蓁回复:"刚刚在洗澡。"

温予看时间不早了,就回:"早点睡,明天见。"

叶其蓁回了一句"晚安"后,也安然睡去。

这晚,叶其蓁睡得格外香甜。

次日晚上的聚会,就在滨江路这边。

说起来,这家餐厅是叶其蓁跟温予第二次来。上次来差不多是两年前,她们那时还念大一,唐霄张罗了一场同乡会聚餐。

叶其蓁至今都记忆深刻,如果不是那次聚会,没准她跟温予要一直误以为对方把自己当成敌。或许,她们的关系也不会是现在这样。

"上周的画展活动大家都辛苦了,干杯!"长着娃娃脸的学姐率先举起了手里的玻璃杯。大家站起身将杯子一碰,气氛立马活跃起来。

一群小年轻凑一起的聚餐,没那么多讲究,瞎热闹。

也许是大学生活都要过半了,叶其蓁格外珍惜这样的机会。跟大家伙一块儿碰杯后,她单独举杯到温予面前,轻声说:"我们也干一个?"

温予看叶其蓁兴致勃勃,配合着和叶其蓁碰了碰,声响清脆。

叶其蓁望着温予眉眼,开心地抿了口橙汁喝。

像这种人多的聚会,从来不用担心冷场,全程都是热热闹闹的,十几个人里边,总有那么几个健谈的。温予以前被孤立惯了,不大融得进这种氛围,叶其蓁倒跟她相反,对这种场合游刃有余,是天生受欢迎的那类人。

吃着吃着,话题不知怎么就聊到了感情问题上。学姐还带头八卦了起来:"温予同学和聂南风同学,你俩真没在谈恋爱吗?"

一聊这个话题大家可就来劲了,似乎大家都默认了温予和聂南风关系暧昧。

"没呢，学姐，真不是你想的那样。"聂南风开口尴尬地解释。

温予听对方解释了，就懒得再说。

不过这事没翻篇。

"你俩现在都是单身吧，要不要考虑一下？我们都觉得你们好配。"学姐似乎对撮合帅哥美女在一起的事很感兴趣。

"'系花''系草'考虑一下。"周晴也帮衬。

大家都开始看热闹不嫌事大般地附和几声。

看温予又不打算解释，叶其蓁比温予还急，冒出一句："温予她已经有喜欢的人了。"有些事情不说清楚，以后会麻烦的。

一个相当漂亮的理由，她想，这样说，总该拒绝得彻底了吧？她不禁埋怨起温予，很多事情总是懒得解释，搞得别人误会。

其实，温予也准备解释，只是没想到叶其蓁会抢在她前头说。

叶其蓁的抢答略显突兀，众人的目光纷纷转移到了叶其蓁的身上。眼下的情况让叶其蓁挺尴尬的，毕竟当事人都还没说些什么，她倒是先说了这么一句，显得不那么合适。

这时温予看着叶其蓁，再缓缓接上叶其蓁的话："嗯，有喜欢的人了。"声音不大不小，清清冷冷，足以吸引所有人的注意力。

叶其蓁听了，不由得露出笑意。

聚餐结束后，时间尚早。

叶其蓁跟温予在沿江道一带闲逛，她眺望着江面，忽然回眸看温予："你记得我们第一次来这边吗？"

"记得。"温予怎么会忘，就是那天，她居然主动跟叶其蓁说，要不要做朋友。

"那时候我们还是'情敌'呢。"叶其蓁就觉着挺不可思议的。

温予也觉得不可思议，她遇上叶其蓁，也遇上了很多她从没期待的事。

两人走累了，找了个台阶坐下，继续欣赏江景。

叶其蓁瞧了几眼温予，有些话到嘴边又没说出口。

温予一眼看穿："想说什么？"

"你对聂南风，就真的没有一点好感？"叶其蓁斟酌后还是问了。

还在想这些，温予言简意赅地解释一遍："我对他没兴趣。"

"没兴趣吗?你之前还帮他捡球,撩他来着。"叶其蓁头一仰。温予确实对聂南风有区别对待,换作平时压根不会多瞧其他男生一眼。

温予盯着叶其蓁,笑她:"是你傻,什么都看不出来。"

叶其蓁瞬间笑靥如花。温予挽过叶其蓁手臂,更显亲昵。

身畔人来人往,不乏出双入对的情侣。

温予偏头看着叶其蓁,极小声地问:"要不要回去?"

"现在就回去?"叶其蓁也小声问。

温予直直盯着她眸子:"你还想逛?"

"那回去吧。"叶其蓁表示赞同。

叶其蓁刚想起身,包里的手机振动起来。

看到是部门学姐打来的电话时,叶其蓁就猜到今晚应该是有的忙了,她将手机贴在耳边好一会儿:"嗯,好的,没事。"

挂断电话后,叶其蓁抿嘴,再无奈地看看温予。

温予觉得叶其蓁的小表情很可爱,她猜测道:"有事?"

"有篇专访稿要改。"

"要回宿舍吗?"

叶其蓁"嗯"了一声,这学期她退了其他社团是明智的选择,光是校电视台这边的活动就够她忙了。

温予也无奈,先站了起来。

还是坐地铁回去。五号线人一如既往地多。人潮拥挤,等上了地铁,叶其蓁和温予被挤到车厢角落。两个人面对面站着,似曾相识的情形。

叶其蓁不禁又想起她们大一的时候,两人坐地铁被挤到角落,那次她真的被温予的脸蛋吸引了,满心在想,这个女孩子长得也太好看了,就是太冷太酷了,不好接近的样子。

后来接触久了,她才发现温予真实的那面,大家都说温予不好,但她看到了温予温柔善良的那面,性格带刺不过是她的自我保护罢了。

有时候她希望所有人都知道温予的好,有时候她又庆幸自己知道温予的好,尽管只有自己知道。

一连过了几站,上地铁的人有增无减。叶其蓁怕温予被旁边的人挤到,于是伸手抓住边上的扶杆,悄悄用手臂帮温予挡着。

温予感到暖心,被人泼惯了冷水,遇上叶其蓁之前,她从没想过有人会愿意耐心地温暖她,甚至处处护着她。

下一刻,两人不约而同地笑了笑。

"忙完了给我打电话。"温予说。

"嗯。"叶其蓁开心地应道。

晚上,叶其蓁在赶稿中度过。

温予回到公寓都九点多了。她一个人窝在沙发上,时不时看看手机,半个钟头过去,还是没有等到叶其蓁的电话,估计是一时半会儿忙不完。

又等了十几分钟,她懒洋洋拖着步子往浴室走去。

热水澡并没有让心情平静多少,白皙的皮肤被热气蒸得泛红,温予站在洗手台的镜子前,觉得自己脸上的笑容很陌生,叶其蓁说她笑起来特别好看,她自己都不曾留意这点,以后会留意了。因为叶其蓁,她前所未有地想改变什么,想摆脱一直以来的阴郁颓靡,想尽可能地变更好一点。

洗完澡后,温予再看手机,依然没有来电,继续等。

十点半叶其蓁才忙完,忙完后的第一件事就是跑去阳台打电话,一秒都没耽误。

温予接电话的速度比叶其蓁想象中得快了许多,铃声才响一下电话就接通了。叶其蓁知道温予不是时刻捧着手机的低头族,所以很明显,她在等自己的电话。

"忙完了?"叶其蓁还没说什么,就听到手机那头传来好听的声音,不知道是不是心理作用,总感觉温予今晚说话听着比平时要温柔些。她靠在阳台边上:"嗯,刚忙完。"

"温予,"叶其蓁轻轻叫了声,琢磨了下,她问,"明天,你有时间吗?"

"上午我要去赵老师那儿,跟我一起吗?"温予想起前段时间赵琳特意跟她提了这件事。

赵琳前不久身体不舒服住院了,温予就想周末去看看她。她知道赵琳和叶其蓁很合得来,就正好叫上叶其蓁一起。

叶其蓁自然愿意,她极少听到温予提及身边的人,赵老师算是唯一一个。她很清楚,依温予的性格,能挂到嘴边的人一定是在意的人。

"好啊。"叶其蓁答应得飞快,"好久没去赵老师那儿了。"

温予又主动问:"还要不要有点其他安排?"

"要。"叶其蓁低头看看自己脚尖,笑着,温予总能第一时间猜透她的想法,并且直白地说出来。她反过来问温予:"你想有什么安排?"

她想温予应该会把决定权交给她,以前不管她带温予去哪里、做什么,温予总是乐意。

温予摸了摸胳膊,卖着关子悠悠地说:"做你一直想做的事。"

叶其蓁猜到了八分,但下意识反问:"什么?"

温予笑:"你说呢?"

叶其蓁傻乐和起来,就开始期待了:怎么明天还不来?

第二天上午,叶其蓁看到赵琳时,赵琳面容有些憔悴,气色还没完全恢复:"赵老师,我们来看看您。"

"做了个小手术,不碍事。你们快进来。"赵琳挽着衣袖,手上还沾着些水珠,这会儿已经开始在厨房忙碌了。

等温予和叶其蓁进了屋,赵琳忙前忙后的,又笑盈盈地说:"你们先坐着看会儿电视,等下吃饭。"

温予接过赵琳的话:"你休息,我来做饭。"

"这哪行……"

"没事。"温予冒出简单的两个字,然后看向叶其蓁,小声道,"你陪赵老师聊天,我做饭。"

说完,温予往厨房走去。

赵琳颇无奈地一笑,对叶其蓁说:"从小就这样。"

叶其蓁理解赵琳是什么意思,温予就算关心人,也总是一副冷冷淡淡的态度,显得不那么在意,就像刻意把自己柔软的一面藏起来,不轻易让人接近触碰。她喜欢看温予撒娇,喜欢看温予放松下来后的样子。至少,温予在她面前可以完全放松。

厨房里,温予弯腰洗着菜,偶尔扭头看看客厅的方向,叶其蓁正陪赵琳聊着什么,赵琳脸上一直挂着笑意。

和叶其蓁待一块儿,都会觉得心情好吧?叶其蓁就算是自己不开心,也会想办法哄身边的人开心,挺傻的。

陪了赵琳十几分钟,叶其蓁悄悄地走进了厨房,安静地站在边上看温予切菜。温予手握着刀柄,她太瘦了,皮肤又白,手背上淡青的血管清晰可见。

过了会儿。

"切菜有什么好看的？"温予边说，边扭头看向叶其蓁，"刚刚聊什么，笑那么开心？"

"聊你小时候的事。"叶其蓁回答。

温予淡笑，没再说话，继续切菜。厨房里只剩刀刃跟砧板相碰的声响。

话题就这么戛然而止了，显然温予并不想说太多。

叶其蓁安静地盯着温予的眉眼，总感觉温予还藏了心事，她有时候希望温予能够跟她多说一些，而不是闷在心里，独自承受。

她想了解温予更多一点，这样也能给温予更多帮助。

以后时间还很长，可以慢慢来。

瞅见温予有一缕长发落了下来，叶其蓁向前走近一步，在温予的头发上抚了抚，一个安慰的动作。

温予回眸："怎么了？"

叶其蓁垂下手，歪着脑袋说："我想学做菜。"

温予问："怎么想学做菜？"

叶其蓁看了温予一会儿，声音自觉压低了几分："以后做给你吃。"

温予听了，也压低声音："这么好心？"

叶其蓁厚脸皮："那当然。"

温予："愣着干吗？帮忙。"

"噢。"叶其蓁小心地接过温予手里的刀，"我来切菜，你炒菜。"

两个人一起在厨房忙活起来，效率肯定比一个人要高上不少，还多了许多乐趣。

叶其蓁学东西快，跟在温予旁边做帮厨，很快就做得有模有样。其间赵琳想过来帮忙，硬是被她拉去休息了。

到了中午十二点，饭桌上香气四溢。

看着两个小姑娘张罗了一桌的饭菜，赵琳又感动又过意不去："叫你们来吃饭，还要你们自己做饭。"

叶其蓁帮赵琳贴心地盛了一碗汤："总是老师给我们做好吃的，今天也尝尝我们做的菜。"

赵琳道："好好好，色香味俱全。"

温予盯着桌上的饭菜,不禁想到小时候,赵琳每次带她回家吃饭,她都会摇头说不要,其实心里是想的。每每下课她都会猜,今天赵老师会不会带她回去。

说来可笑,在赵琳家吃饭的时候,她才有一点家的感觉,但这里又始终不是她的家。

"温同学。"叶其蓁装模作样地叫了声。

温予回过神,转头看见叶其蓁也帮她盛了一碗汤过来。

餐桌上的氛围很好,叶其蓁找各种机会往温予碗里夹菜:"多吃点。"

"温予,你看看小叶同学吃饭多香。你不要嫌老师唠叨,平时得按时吃饭,别年纪轻轻就把胃给折腾坏了。"赵琳忍不住念叨温予几句,所有学生中,她对温予算是最上心的了,毕竟从小看着长大,再加上温予是她碰到的最有灵气的学生。

"赵老师你放心。"叶其蓁看了看温予,自告奋勇说,"以后我管着她。"

温予向来受不了拘束,但听到叶其蓁说以后管她时,心头暖洋洋的。

赵琳单纯觉得两个姑娘感情好,温予的状态也好了不少,她不由得欣慰地感叹:"以前可不爱笑了,上大学以后倒是变了点,女孩子就应该多笑,笑起来多好看哪。"

赵琳很念旧,会时常说起往事。

叶其蓁喜欢陪温予一起来看望赵琳,一方面赵老师亲和热情,相处起来很舒服;另一方面,她能从赵琳口中听到一些温予以前的事。只要赵琳一说温予的事,她就听得格外认真,吃东西都会慢下来。

"温予打小就比一般小孩懂事,别的小孩都贪玩,就她能坐得住,有时安安静静坐一下午。"

在本该玩闹的年纪安静懂事,未必是件好事,叶其蓁很明白这种心情,不过她身边还有朋友,可温予……她总是想,如果自己能早点认识温予就好了。

午饭过后,两人告别赵琳。

走进下行的电梯,叶其蓁偏偏头,柔声问:"想去哪儿玩?"

温予看叶其蓁眼眸里都期待得泛光了:"听你的。"

"嗯。"叶其蓁心里早就有了一堆方案。

刚入夏，午后的阳光并不强烈，反而有种特别的明媚朝气，落在身上温暖得恰到好处。温予说过喜欢夏天，叶其蓁现在也对夏天有了偏爱，而且她认识温予，也是在夏天。

叶其蓁拉着温予去了附近新开的一家商场，她听唐棠说，那儿吃喝玩乐的地方特别多。那次听唐棠说起时，叶其蓁就想着哪天带温予一起去逛。

周末的商场人声鼎沸。

两人走马观花地逛着，负一楼开了一家卡通儿童主题的室内碰碰车，装潢风格怪可爱的，吸引了不少小朋友。叶其蓁停下脚步，突然想到温予曾经说过的一句话，她到现在依然记忆犹新。

温予留意到，问："想玩？"

叶其蓁心血来潮，反问温予："你想不想玩？"

温予提醒道："都是小孩。"

是有点不好意思，可叶其蓁还是决定："就玩这个吧。"

买票，到了馆内，像她们这样的成年人也有，但大部分都是带着小孩一起，毕竟是儿童主题的，简直是小朋友的乐园，一片欢乐。

工作人员简单教了下，两人一起上了一辆双人碰碰车。

叶其蓁上次玩碰碰车是初中了，温予从来没碰过这些，一旁的小孩都比她们操作熟练。

两个人开着碰碰车混在一群小孩中间。

温予怎么也想不到，小时候都没玩过的东西，长大了居然玩了起来，她扭头看着正兴致勃勃的叶其蓁，仿佛心中的一些遗憾在被慢慢弥补。

看到温予跟着自己玩起来，叶其蓁笑着大声问温予："好不好玩？"

温予略嫌弃，环境嘈杂，她难得提高着音量说话："叶其蓁你幼不幼稚？"

叶其蓁笑弯了眼睛，在温予面前可以幼稚，她是这样想的。

这时车身被人撞了下。

叶其蓁喊着："撞回去！"

温予："……"

对面是个七八岁的小孩儿。

叶其蓁玩起来还挺疯的，和一群小孩子一起，就感觉自己也是个没长大的大孩子,她握着方向盘,一个劲地催促温予,较真起来了:"撞他撞他。"

比起听着儿歌玩儿童版碰碰车,温予觉得叶其蓁这时候的表情更让她想笑,大概是被叶其蓁影响了,她渐渐也玩得投入。

这么闹着,一轮很快结束。叶其蓁眼巴巴地盯着温予:"再玩一次?"

温予考虑了下,也意犹未尽表示赞同:"好。"

"还说我幼稚呢。"叶其蓁见温予逐渐放开,脸上的笑容更加灿烂。

生活总是会有遗憾,比起失去的,现在拥有的更加重要,她希望自己看到的温予是快乐大于忧伤的,想告诉温予,就算以前没那么开心,以后也能够开心。

这个下午,温予就跟在叶其蓁身边,任叶其蓁带她四处玩玩逛逛,反正对她来说都是惊喜。应该说,叶其蓁就是她遇到的最大的惊喜,把她黑白的生活一点点勾勒成彩色。

夜幕降临,叶其蓁和温予看了场电影才回学校。

逛了大半天,两个人都挺累的,又去了艺术楼后边的草地,这是她们以前经常休息散心的地方,很清静,适合聊天,可以看到远处图书馆旁的湖景,也可以看星星。

月色朦胧。叶其蓁屈腿坐在草地上,朝身畔转过头,温予侧脸轮廓映入眼帘,美得像画。

温予也转过头。两人同时扬起唇角。有点傻,一看着对方就想笑。

叶其蓁突然幼稚地叫了声:"温予予。"

温予由着叶其蓁这么叫她:"嗯。"

叶其蓁顿了一秒,说得温柔认真:"希望温予予每天都开心。"

再也找不到第二个人,像叶其蓁这样关心她开不开心了吧?温予凝视叶其蓁好一会儿,笑:"当然了。"

进入考试月,大部分时间都要用于复习。图书馆一如既往地一座难求,于是,温予和叶其蓁去空教室看书。

温予话不多,叶其蓁也不算话多的类型,她们待一块儿时,不会天南地北地聊个不停,很多时候都安安静静,但就是有着说不清的舒服自在。

在教室里待久了闷,就去走廊外透透气。

每层教学楼的楼梯拐角处都添置了自动售货机,正好有点渴了,叶其蓁便跟温予说:"温同学,我请你喝饮料?"

温予瞄了叶其蓁一眼,点点头。

站在售货机前。叶其蓁又问:"你想喝哪个?"

温予扫了一圈,修长的手指在透明玻璃上敲了敲,示意叶其蓁。

是橙子汽水。叶其蓁恍然想起了大一刚入学,她们第一次碰面的情形。扫码付了款,她弯腰从取货口拿出一罐冰镇饮料,递给温予。

温予就晾着叶其蓁,故意不伸手接。

时隔两年,风水轮流转了。

以前的事还记着呢?叶其蓁拉开易拉罐,再贴心地送到温予跟前,甜甜地笑着说:"来,喝汽水。"

温予考虑了下,这下接了,送到嘴边不紧不慢地喝了一口后,再还给叶其蓁,跟着不紧不慢来了一句:"你喝我剩下的。"

叶其蓁脱口而出:"你这么记仇的吗?"

温予很理直气壮:"嗯。"

叶其蓁无言以对,天蝎座果然记仇。

午后的阳光略微刺眼,照在香樟树叶上,叶片折射着光芒,吹来的风夹着夏日浓浓的热气。站在走廊旁,两人悠闲地喝着同一罐汽水,仿佛时间都流淌得缓慢了。

还剩下一小口汽水,温予很大方地留给了叶其蓁。

叶其蓁接过,一饮而尽,想着马上就要是暑假:"温予。"

叶其蓁私心认为,温予的名字是全世界最好听的,念起来也舒服。

温予转过身。叶其蓁问:"暑假你怎么安排?"

温予想都没想道:"跟以前一样。"

叶其蓁会意,也料到了,她低头捏了捏手里的空易拉罐,凹下了一小块,过了会儿,她才接着问温予:"还是不回家?"

"不回去。"温予答得干脆,缓缓,她又问叶其蓁:"你呢?"

"学姐有个暑期实践的项目,要去外地……"

叶其蓁还没说完,温予就应了声:"嗯。"其实她也想到了叶其蓁会有其他安排,叶其蓁不像她,生活单调得可以一眼看到全部。

"不能陪你了。"

"没事。"温予语气轻快。

叶其蓁笑着对温予说:"回来给你带礼物。"
温予莞尔:"好。"

晚上,叶其蓁被唐棠拉去大学城旁边的商场吃烤肉,等吃完走出来,天已经黑了。她一个人慢慢悠悠往学校方向走去。

空气闷闷的。她记得今晚有雷雨,看看手机,的确有雨。

叶其蓁站在红绿灯路口,绿灯一亮,身边的小情侣手牵手朝斑马线那头走去。大学城附近的街道,最不缺腻腻歪歪的小情侣。

这个年纪的爱情,都纯粹美好。

叶其蓁站在原地犹豫了一会儿,没过马路,然后转身朝身后最近的那栋公寓看了看,还是忍不住给温予打了电话。

温予过两天还有一场考试,坐在书桌前翻着课本,桌上的手机忽然振动起来,她拿起一看,立即接听:"到宿舍了?"

"没,刚吃完。"叶其蓁手机贴着耳畔,边说边朝公寓楼下走去,她又怕自己打扰到温予,"你在看书吗?"

"看得差不多了。"

叶其蓁抬头望望天:"晚点会下雨。"

"嗯。"温予仍盯着书页上的文字,但此刻心思全然到了其他地方。

"可能还会打雷。"叶其蓁再蹦出一句。

温予嘴角有着微微上扬的痕迹,继续"嗯"了一声。

磨蹭着,叶其蓁又悄声问:"你怕不怕打雷?"

温予低着头,轻笑出了声。

叶其蓁听到电话那头传来好听的笑声,有种心思被识破的窘迫感,想借住就是想借住,找的什么蹩脚理由,这下弄得不知道怎么说了。

"我怕。"温予低声道,很配合叶其蓁的小心思,还问,"要过来陪我吗?"

"好!"叶其蓁就在等这句话,回答得太暴露本性了。

温予还是笑,她合上书本,准备起身:"现在在哪儿?我来接你。"

"不用,"叶其蓁怪不好意思,"到你楼下了。"

就几分钟的工夫,温予便听到门铃声响了起来。门一开,叶其蓁瞧见温予立即笑盈盈,原本郁闷的心情直接驱散了大半。

都到了楼下直接上来不就行了？真是傻乎乎的，温予看着叶其蓁说："想来了可以直接说。"

事实证明，自己心里想什么都能被温予一眼就看穿，叶其蓁扬扬下巴，调皮地笑了笑，说："厚脸皮。"

又傻又可爱，温予眼睛里都是笑意，将人带进房间。

叶其蓁换上拖鞋，温予租的这间公寓她来过太多次，做什么都轻车熟路。一旁就是个开放式小厨房，她拿过一个水杯，想给自己倒杯水喝。

温予见了，拿起玻璃水壶，帮她倒好。

叶其蓁乖乖接过水杯，抿了一小口。

"受委屈了吗？"温予问。

"没有。"

"你撒谎的时候会先停顿一秒。"温予看着叶其蓁的眼睛，声音很轻。

叶其蓁有种被看穿的感觉。今晚吃饭的时候她的确跟唐棠闹了点别扭，确实有点不开心。

不过也是，别人看不到的，温予都会留意，一直都是这样啊。

叶其蓁慢慢转过身，看着眼前这张赏心悦目的脸蛋，嘴硬道："那你这次猜错了。"

"开心就是开心，不开心就是不开心。"温予识破，跟她说着，"任性一点也可以。"

时刻保持微笑是很累的一件事，她希望叶其蓁的每一次笑，都是发自内心的开心。叶其蓁就是要开开心心的，因为她是叶其蓁。

从来被说要懂事，第一次听到有人让她任性，叶其蓁咬了咬下唇，她望着温予，声音不自觉变得又甜又软："多任性都可以吗？不烦我？"

温予笑了："都可以。不烦。"

温予揉了揉叶其蓁的脑袋。

叶其蓁嘴上呢喃："逗小狗呢？"

温予在她头上又摸了把："嗯，小狗。"

叶其蓁吃瘪，皱眉，唇抿成条线。

温予瞧见，忍不住笑。

叶其蓁眉心舒展开，她觉得自己最有成就感的事，就是把温予逗笑，只要温予一笑，她比做什么都开心："我身上都是烤肉味，我先去洗澡！"

温予："嗯。"

天气预报是准的。轰轰响了几声闷雷后，顷刻间便下起了雨。

叶其蓁先洗了澡，身上套了件松松垮垮的T恤，坐在沙发上看手机。她一晚上没看微信，多了好多条未读消息。她一一仔细认真地回复。

浴室里传出的哗哗水声，和雨声融在一起。

温予站在淋浴头下冲干净了泡沫，扯过毛巾擦着身上的水珠。依稀听到窗外雨还在下。

她挺厌烦雨天的，虽然她性格不怎么阳光，但还是更想见见太阳，至少，能少些阴霾。不过，她现在遇到小太阳了。

过了九点，雨声变得小了，温予从浴室出来时，叶其蓁还在聚精会神回复微信消息。其实也没那么聚精会神，扫过温予一眼的身影后，她心里在想，身材真好。

"洗好了。"叶其蓁抬头。

"有事？"温予瞥见叶其蓁像在手机上看什么文档。

"讨论暑期实践的事。"叶其蓁搁下手机，"已经聊完了。"

温予看着叶其蓁"嗯"了一声。

"后天就要考试，你要不要再看看书？"叶其蓁问。她记得温予的一切安排，哪天考哪科，几点考完，比美术系本系的学生都清楚。

温予挑眉问："你来就是监督我复习的？"

"我……"叶其蓁竟无言以对。她今天厚脸皮找借口过来，也是想着过几天自己就要去外地，她们得好长一段时间见不着面。

"看得差不多了，不用看了。"温予说。

"噢。"叶其蓁应道。

温予不再吱声。

突然安静下来。叶其蓁见温予一声不吭，笑问："看着我干吗？"

"不可以？"温予理直气壮说着。

叶其蓁仿佛脑抽了一下，心血来潮蹦出一句更傻的："要不要看谁先眨眼？"

幼稚，温予一边嫌叶其蓁傻，一边陪她玩起来。

叶其蓁凝神，较上劲了。

好一会儿谁也没眨眼，还真比了起来。

再然后,两个人不约而同捧腹大笑,都被自己傻到了。

温予看了叶其蓁片刻,这时才轻声问:"你暑假要去多久?"其实上次就想问的,但看叶其蓁跟学姐在那聊天,就没问了。

叶其蓁说:"一个多月,四十天。"

温予轻叹了声:"这么久。"

叶其蓁顿了下,猜测温予肯定是怕孤单,放软声音说:"我每天给你打电话。"

温予道:"你说的。"

叶其蓁歪头看着温予,有几分得意地笑问:"你舍不得我?"

温予眨巴眼:"你脸皮也挺厚的。"

是有点厚脸皮,但叶其蓁有恃无恐,想了想,她饶有兴致卖着关子:"你说舍不得,我就给你准备一份礼物!"

良久,温予问:"要给我什么礼物?"

叶其蓁笑着说:"你收到就知道了。"

第八章 /
告诉你一个秘密

暑假第一天,叶其蓁就和七八个同学一同启程了。

这次是去山区支教,同行的有摄影系同学,他们还打算拍一组关于留守儿童的纪录片。舒晨很早就开始策划这次暑期实践活动,叶其蓁一直挺有兴趣的。

十二个小时,漫长的车程。

叶其蓁坐在高铁靠窗的位置,心不在焉的。她想到了温予,这次她要去外地一个多月。温予一个人时,就喜欢把自己闷房间里,也不会好好吃饭,时常还胃痛。细细回想起来,大学以后她跟温予几乎都待在一块儿,平时一起上课下课,暑假一起待在南城,寒假又一起回北临,不知不觉在一起活动早就成了彼此的习惯。

"要喝水吗?"一旁舒晨在问。

叶其蓁心思不在,丝毫没反应。

"叶其蓁?"舒晨又叫一声。

叶其蓁这下才回过头,她又慢半拍摇摇头,礼貌笑说:"谢谢。"

"昨天没睡好吗?"舒晨将纯净水搁回小桌上,"要不要靠我肩上补个觉?"

叶其蓁连连说:"不用不用。"

舒晨乐了:"你害羞什么?"

叶其蓁只是笑笑。

昨晚没睡好,她坐车时很容易犯困,这时候不禁在想,是温予在她身边就好了,每回坐车,温予不会问她要不要靠自己肩上睡,通常是直接拨过她脑袋压肩膀上,并且让她舒服地抱着手臂。

叶其蓁拿出手机,给温予发微信消息,告诉她自己到哪儿了。

温予微信里的好友少得可怜,除了叶其蓁,其他联系人都开了消息免打扰,所以只要手机一响,必然是叶其蓁发来的消息。

她及时拿起手机查看。

叶小狗:"温同学,记得明天开始拆。"

温予看了眼书桌上的透明玻璃罐,笑了笑,回:"知道了。"

礼物是叶其蓁出发前才塞给她的,一小罐折好的纸星星,五颜六色的。叶其蓁让她一天拆一颗,说星星拆完,她们就能见面了。

叶其蓁晚上十点多才抵达当地县城,几个人提前订好了民宿,住一夜第二天再转汽车去目的地。到了民宿,叶其蓁第一件事就是给温予发微信消息,她知道温予肯定没睡在等她消息。

温予还在画画,看到叶其蓁给她发了早点睡,才起身去洗澡。洗完澡躺在床上也不太睡得着,她睡眠质量一直就这样,很少安稳,习以为常了。

温予翻了好几次身,都没睡着。凌晨十二点,她从床上坐起身,拿过床头柜上的玻璃罐,打开,从里面挑了颗橙色的纸星星,极其小心翼翼地拆开。

她猜到叶其蓁应该是每天给她留了一句话,再折成了星星,但当她目光定格在一行小字上时,还是温暖又感动,勾着唇边直笑。

今年夏天比去年还热。

温予照旧留在了南城,温秋娴没打电话催她回家,她也没打电话回去。或许这种状态对她们母女来说,反而更清静自在。

人对时间的感知总是容易受到主观情绪影响,比如这个暑假,温予就觉得分外漫长。

与叶其蓁的充实忙碌截然相反,她过得冷清又乏味,大部分时间在画画,一些练习稿或是商稿,单子是祁蕴找来的,反正闲来无事,有感兴趣的她就接了。

给祁蕴发了修改稿后,已经是黄昏了,一缕斜阳透过窗户照了进来,正好在书桌上落下一道暖黄的光。

温予摊开手掌,慢慢挪到那道光束上,仿佛握住了似的,照得手心微微发热。

蓦然笑笑,她看叶其蓁有时候会做这种幼稚动作。

盯着掌心里的夕阳,温予托腮又发了下呆,不禁在想:叶其蓁现在在干吗？

一定没自己这么无聊吧。

这样无聊的日子一直持续了好多天，能让温予稍微不那么无聊的，就是每天等叶其蓁的消息和电话。但这晚，迟迟都没收到。

夜深，温予洗完澡，擦着湿漉漉的头发从浴室出来后，第一件事情是看看手机。依旧没有未接电话，也没有微信提醒。

正准备搁下手机，手机又冷不防响了起来，屏幕上显示着一串没有备注却熟悉的号码。她看了手机两秒，说不上什么心情，接听后没说话，单纯将手机贴在耳边。

"你回北临了没啊？"

每一个字都带着醉酒的感觉，隔着手机，温予就差闻到酒味了，从记事起，温秋娴就有酗酒的毛病。

"回来没啊？"对面不停地嚷嚷。

伴随着开门关门的声音，聒噪刺耳。

温予只觉烦躁，一句都不想说："不回，有事。"

"不回以后就都别回了！养了个白眼狼……"温秋娴带着醉意骂骂咧咧，她平时脾气就大，喝完酒更是，动不动就能吼起来。

温秋娴给她打电话还能有什么事？打牌输了，喝多了，找个人撒气。

温予淡然挂了电话，面无表情，对那个家还真没有什么留恋的，甚至觉得自己从来没有过家。很小的时候，她也会羡慕别人，后来麻木了，也习惯所有美好的事情都与自己无关。

因此，最初叶其蓁愿意靠近她的时候，她很意外，也很开心。

温秋娴没再打电话过来。

温予侧卧在床上，将侧脸埋在枕头里，继续等叶其蓁的电话。

等到十点左右，叶其蓁打来了电话。她们这段时间联系得并不算多，偏远山区信号不好，经常收不到消息，叶其蓁平时又忙，只有在中午或者晚上休息的时候才能抽空给温予打电话。

"温予予，你今晚有没有好好吃饭？"叶其蓁日常询问。尽管温予很会照顾别人，却不会照顾自己，她总是惦记着。

一听到叶其蓁的声音，温予瞬时露出笑容，迫不及待地说："今晚跟祁蕴一起去了家粤菜馆，味道很好，回来我们一起去吃。"

"我发现你越来越馋了。"叶其蓁听了咧嘴笑。

"我能有你馋?"温予笑着反问,她拿过另一只枕头抱在怀里,"你呢,在那边还习惯吗?"

山区的条件能好到哪去呢?她虽然不是娇生惯养,但也没吃过多少苦。不想温予担心,叶其蓁语气很轻松:"习惯。"

"累不累啊?"温予又问。

"不累,这里的小朋友很可爱。"叶其蓁边说边轻轻跺脚,她住的宿舍没信号,每次打电话发消息都要走到院子里。这儿蚊子多,咬人很疼,恰好她细皮嫩肉的,特招蚊子欺负。

温予听叶其蓁说过,做自己喜欢的事是不会觉得累的,而且拍公益纪录片一直是叶其蓁的心愿,做了自己想做的事一定很满足吧?听着叶其蓁津津乐道,她的心情跟着明朗了许多。

"看来还挺开心的。"

叶其蓁声音带笑:"嗯。"

温予低眸,极轻地喊了声:"叶其蓁。"

"嗯?"

温秋娴打来的那通电话,多少让她有点烦闷,她抱了抱怀里的枕头,想象着叶其蓁陪在她身边的情形,闷闷说:"我想你陪我,怎么办?"

温予说得轻柔沉闷,并非逗趣。

叶其蓁心里陡然紧了紧,察觉到温予有点情绪不对,她知道温予不会轻易示弱:"那等我回来。"

温予应了声。

过了会儿,叶其蓁忍不住柔声问:"今天怎么啦?"

"赶画稿有点累。"温予想了想后,如是解释。没跟叶其蓁提温秋娴的事,家里的那些事,她一直没怎么跟叶其蓁提过。

叶其蓁还是放心不下,明知道她需要自己陪伴,却只能听着千里迢迢外的声音,什么都做不了。

"画久了记得放松放松眼睛,一直低着头,脖子也会很累的。"叶其蓁想到温予以前在画室待一整天的情形,能不累吗?她耐心地说着,"你每次画画就一直坐那儿,以后定个闹钟,提醒自己过四十分钟就休息一下……"

温予默默听着，深夜的安静衬得电话那头的声音分外温柔，钻进耳朵里听着舒服。等叶其蓁说完，她轻声一笑："你要不要这么唠叨？"

　　嘴上是这么说，其实一点也不觉得烦，更别提每一句都是关于自己。

　　唠叨？叶其蓁低头踢踢脚边的小石子，佯装不满地嘀咕："你嫌我烦了？"

　　温予故意逗她："有一点吧。"

　　叶其蓁声调一扬："温予！"

　　温予嗓音含笑："什么啊？"

　　叶其蓁先笑了，然后毫无气势地憋出三个字："你等着。"

　　狠话说得温柔，温予也被叶其蓁逗乐："好啊，等你回来教训我。"

　　你一句我一句聊着，好像能有说不完的话。

　　温予知道叶其蓁每天早上六点就得起床，掐着时间的，没和叶其蓁说太久："很晚了，赶紧去休息，你明天还要早起。"

　　叶其蓁依依不舍："晚安。"

　　说完晚安后，两人都没马上挂断电话。

　　温予隐约听到了山风吹拂树叶的声音，沙沙响着，很近又很远，她又突兀叫了声："叶其蓁。"

　　叶其蓁还听着："嗯？"

　　温予停顿一秒，以慵懒轻松的语气说："等你回来。"

　　叶其蓁笑："嗯。"

　　叶其蓁时间算得很准，温予拆开最后一颗星星时，恰好是她回到南城的前一天。

　　翌日清晨，天蒙蒙亮。一行人起了个大早，踏上回南城的列车，在山区待了一个多月，大家都累得够呛，全然没了来时的意气风发，一个个像蔫了的茄子，神色疲惫，忙着打盹。

　　除了叶其蓁。启程和返程的状态，她跟大家截然相反。

　　温予给她发了微信消息："上车没？"

　　现在才不到六点呢，叶其蓁回复："你怎么醒这么早？"

　　W："自然醒。"

　　叶其蓁才不信，回复道："上车了，下午你就能见到我了。"

温予很快又发来:"我来接你。"

叶其蓁猜到了,温予肯定会来接她。

起得太早,车上的人都在小憩补觉。

"你不累,还这么有精力?"舒晨偏头看看叶其蓁,小声问。

叶其蓁轻轻说了声"还好",倒不是不累,只是没多少困意。

舒晨昨天就看叶其蓁脸色不好,问:"你是不是不舒服?"

长途坐车对她来说就是煎熬,特别是昨天坐汽车还有些晕车。但她素来不想让别人操心,所以她这一路都一声不吭,就硬扛。这会儿她也是若无其事地摇摇头:"没有。"

舒晨没再说什么,只是提醒:"下午才到呢,可以休息一下。"

叶其蓁点头:"嗯。"

这一路叶其蓁都是在清醒和打瞌睡交替的状态中度过,因为休息得不够脑袋又晕又涨,浑身难受,全靠跟温予聊天撑着,就盼着快点到站。

可越着急时间就过得越慢。分明一个多月都过去了,最后几个小时倒显得比一个月还漫长。

四点多的南城,日光正烈。

从下车那刻起,叶其蓁整个人便处于一种兴奋又难受的状态,应该说兴奋压过了难受。刷身份证出站以后,她便跟同行的小伙伴说:"你们先走吧,我朋友来接我。"

"不跟我们一起吗?"有人问。

"她要晚点才过来。"叶其蓁解释说。四点五十分到站,她特意跟温予说的是五点二十分,推迟了半小时,这样就算温予提前来接她,也不用等,一来就能马上接到自己。

"哦!是男朋友吧?"另一个姑娘笑嘻嘻八卦了句。

"不是。"叶其蓁笑着反驳。

"我陪你等吧。"舒晨主动说。

"不用。"叶其蓁笑盈盈地拒绝。

舒晨说不用跟自己客气。

叶其蓁还是执意拒绝,很犟。

舒晨也没办法,跟其他人先走了。

叶其蓁跟温予说好在一旁的 KFC 碰面，于是和大家告别之后，她就准备拉起行李箱赶过去，只是她才转过身，脚步便顿在原地僵住了。

几米外立着一个熟悉又漂亮的身影，长发及腰，正望着她笑。

最惊喜的莫过于自己想见的那个人，下一秒突然出现在你面前。叶其蓁咧嘴笑了起来。

看到叶其蓁傻笑，温予嘴角扬起的弧度更大，慢慢走近。

暑假车站客流量挺大的，身畔人来人往。

温予说："我们回去。"

回公寓并不远，打车不到四十分钟。

上了出租车，温予拧开一瓶冰镇橙汁递给叶其蓁。叶其蓁正口渴，赶紧喝了口。

车辆冒着烈日往前行驶，时而摇摇晃晃。

温予没问叶其蓁是不是不舒服，直接伸手轻柔地托过叶其蓁的脑袋，让对方以最舒服的姿势靠在自己肩上休息。不需要问，只要车程超过三小时，叶其蓁就会不舒服。

"你怎么这么早就来了？"叶其蓁才想起问。

"在家也无聊。"温予说。

"你是不是提前很久就来等我了？"她跟温予说的时间已经是推迟的了，温予却还是提前到了。

"没。"

叶其蓁嘟嘟嘴："我不信。"

温予扫了扫叶其蓁泛白的嘴唇："眼睛闭上，待会儿更难受。"

"嗯——"叶其蓁乖乖应道。这会儿头是真的晕，她眯上眼，一路紧绷的神经终于放松了下来，一放松身体也舒服了不少。

因为有温予在旁边，短短半小时的车程，她竟然打了个盹。

回到熟悉的公寓。

"气色好差，还难受？"从出站那刻起，温予就注意到了。

"嗯，头晕。"叶其蓁点头。

温予摸着叶其蓁的头发："我们去医院。"

去医院倒不至于，叶其蓁的声音里带着满满的疲倦，还略微有点沙哑，笑说:"没事,就是这两天太累了,没休息够。"

温予看她的脸颊清瘦了好多,便知道山区条件肯定艰苦,叶其蓁却嘴硬说习惯,打电话也没半句抱怨。

坐沙发上休息几分钟,叶其蓁脸色好了不少。见温予倒了杯水过来,她正准备伸手去接的时候,温予在她身畔坐了下来,将水杯送到了她嘴边。

她愣了下,乖乖抿一口。

"饿不饿?"温予问。

"不饿,有点困。"叶其蓁闷声说,坐这么长时间的车,压根没什么胃口。

温予看她眼袋都出来了:"那先睡觉。"

叶其蓁先去洗了个澡,半小时左右。

温予先帮叶其蓁把头发吹干了,让她去床上躺着,自己才去浴室洗澡。等她洗好出来,瞧见叶其蓁窝在被褥里一动不动。

就睡着了?

现在才下午五点多。

这时叶其蓁翻了翻身,睡眼迷离。

"还没睡?"温予问。

"嗯……"叶其蓁处于一种半睡半醒的状态。

温予问:"好点没?"

叶其蓁哼了一声,疲倦地眯上眼。这一个多月她都没睡过好觉,当下舒服又放松,不到一分钟就入睡了。

难得一晚安眠。

再醒来是翌日清晨,因为一通聒噪的电话。

温予以最快的速度按了静音,还是惊醒了叶其蓁。

叶其蓁睡眼惺忪,她没起床气,就算被吵醒也不会有半点不耐烦。见温予要接电话,她就安安静静躺在床上,不吭声。

虽然能联系自己的就那么些人,但温予没想到打电话来的又是温秋娴,她看着手机屏幕上的来电提醒,一瞬间想挂掉。

最后她起身走到窗边,才接听电话。

电话那头没有吵闹声。

叶其蓁坐起身,扭头看看站在窗边的温予,她觉得温予接到电话时的反应有些奇怪,但打电话时又很平静,只是声音压得很低。

不到两分钟,温予结束了通话,她转身瞧见叶其蓁已经起来了,一头长发微微凌乱。

"这么早谁打电话?"叶其蓁试探问。

温予看了叶其蓁片刻,轻声说:"我妈。"

叶其蓁默然,提及这些,她会变得很小心,也不敢轻易问太多,怕让温予不舒服,她直觉温予不喜欢跟她说关于家里的事。

"还早,你继续睡。"温予没等叶其蓁开口,又说。

"再睡就是猪了。"叶其蓁笑道,昨天天没黑就睡了,现在都天亮了。

温予笑笑,走去浴室洗漱。

水流汩汩,温予关了水龙头,抽了张洗脸巾擦干脸上水渍,有些心神不宁。她没太注意到叶其蓁什么时候过来的。

叶其蓁站在门口:"你早上想吃什么?"

温予将手里的纸巾揉成团,扔进一旁垃圾桶,跟叶其蓁说:"我今天要回趟北临。"

"阿姨打电话让你回去?"叶其蓁隐隐紧张起来,暑假回家本来没什么,可温予过年都不回家,加上她感觉温予状态有点不对:"怎么了?"

"没什么。"温予语气镇定。

没什么怎么突然要回去?叶其蓁急忙说:"我跟你一起。"

"我一个人就行,你好好休息,赶来赶去不累?"温予的第一反应是拒绝,她下意识不想让叶其蓁接触到她家里的那些糟心事,或是让叶其蓁看到自己狼狈的一面。

叶其蓁能猜到八分。温予很多时候都直白,但仅限于讲她想让你知道的。她明白温予藏着心事,像是禁区,封闭着不让人靠近,什么都不愿意多说。可她很想为温予多做点什么,想陪温予真正走出阴霾,她希望温予不只是跟自己待在一起时才开心。

"我不放心你,"叶其蓁望着温予,固执又小心翼翼地说着,"我想陪你一起。"

看叶其蓁紧张都写在了脸上,温予态度松懈下来,点点头。

"今天就要回去,有什么事吗?"

温予想想,不急不缓地回答:"她说她生病了。"

"生病？"

"没具体说，让我回去。"

叶其蓁眉心微锁，这下更担心了。

订了两张机票，上午最早的一趟航班。叶其蓁拖着昨天还没来得及整理的行李箱，陪温予回北临。

时间挺紧，她们直接打车去了机场，没来得及吃早餐。到了航站楼，还有时间，叶其蓁去便利店买了水和三明治。

她拆开三明治递给温予。

"我不饿，你吃。"温予说。

"吃点，昨晚就没吃。"

温予微笑接过。

看温予这时候还笑，叶其蓁觉得揪心，她知道温予应该是紧张的，否则不会接完电话就说要回北临。她低头小口咬着三明治吃起来，尝不出味道，其实她也没胃口。

十点多，两人登机。

飞机上，温予问叶其蓁："累不累？"

叶其蓁摇了摇头，面露担忧。

"没事。"温予反过来安慰叶其蓁。

"嗯。"

温予时刻都保持着冷静，让她不知道该说些什么，她能做的，就是好好陪在对方身边。

就这样，叶其蓁两天辗转了三座城市。

抵达北临，是烈日炎炎的午后，她们马不停蹄打出租车回去。碰到个健谈的司机师傅，风趣幽默，说了一路，叶其蓁今天压根没心情，便没搭理，身畔的温予同样安静。

从南城到北临，温予这一路都很平静淡然，和平时一样，宛如什么都没发生。叶其蓁看在眼里，不知道为什么，温予越是这样，她越是心疼。

车辆驶过逐渐熟悉的街道。

离目的地越来越近，小区离一中并不远。这是叶其蓁第一次陪温予回家，以前她们都是在一中旁边的老房子见面。

上了楼,温予按下密码锁,推开门后屋子里传来嘈杂的说话声。

闹哄哄的。

"可恶,今天这什么手气。"

"不行就是不行。"

"温姐,你又没试过怎么知道不行?"

....

几个人围一圈抽烟打牌,不亦乐乎。而这些人中笑得最开心、说话最大声的就是温秋娴,她正悠闲地跷着二郎腿,夹了一手牌。

叶其蓁站在门口便闻到了一股刺鼻的烟酒味,看着眼前的画面,很不舒服。她似乎明白了,为什么温予从来不把这个地方称作家,也不愿回来。

客厅里的热闹和门口的安静形成鲜明对比,打牌的人不约而同将目光投了过来,包括温秋娴。

虽然只见过一面,但叶其蓁还是立马认出了温秋娴。温予的母亲很漂亮,即便接近四十岁,依旧能让人觉得惊艳,而且温予跟她的眉眼太相似了。只是,她看温秋娴现在的状态,不像生了病。

温秋娴抬头看见温予时有一瞬间的沉默,然后嘴里嚷了句:"还知道回来。"

温予见惯了这场面,但今天她很想发作。她当着所有人的面,将手里的行李箱一摔,大声朝温秋娴吼道:"你有病啊!"

这动静惊到了房间里所有人。

当妈的被女儿骂,很难不尴尬。

叶其蓁着实吓了一跳。这么久,她从来没见过温予发脾气,温予对她总是很温柔,即使被人中伤,温予充其量也只是一副不屑一顾的态度,从没这样大吼着骂人。

温秋娴没说话,点了根烟含嘴里。其他人瞅着气氛不对,哪还有继续玩牌的心情,随意说了几句,打着哈哈走了。

客厅里只剩她们三个人。

温秋娴抽着烟,掸掸烟灰。

温予的脸色很差很冷,眼下看着温秋娴优哉游哉的状态,胸口有什么炸开了。这就是电话里说的"病了,你要是还管我死活,就回来一趟"?

叶其蓁僵在原地。

温予偏头看看叶其蓁，强压火气，低声道："我们走。"

"你走！"温秋娴仰头，声调拔高说着，"你要是走了以后就都别回来了！"

这剑拔弩张的气氛。叶其蓁着急，却又不知道该插什么话。

温予不想多费口舌，仍转身要离开。

温秋娴刚想说什么，话没说出口，她皱了皱眉，将手里的烟掐灭，手肘撑在桌面上，一脸的难受神色。

叶其蓁留意到情况不对，关心问："阿姨，你不舒服吗？"

温予听闻，用余光扫了扫。

最终，这场吵闹以送温秋娴去医院收尾。出租车后座，母女俩谁也没跟谁说话，互相冷着对方，看都没看一眼。

叶其蓁挺直腰板，规规矩矩地坐在温予和温秋娴中间，像一道天然屏障。

车里的氛围简直能用令人窒息来形容。

离医院还有一段距离。

叶其蓁指尖在座椅上轻轻挠着，她看看温予，然后偷偷拍了拍温予的手背。

等车又过了个路口。

"阿姨，还疼吗？"叶其蓁又扭过头看看温秋娴。

"都要疼死了。"温秋娴暴躁地嘀咕道。

"就快到医院了，再坚持一下。"

听到关心的话语，温秋娴的脾气勉强压了下去。眼前这小姑娘乖巧，说话听得耳朵都舒服，看了两眼她觉得眼熟，便问："之前我们是不是见过？"

叶其蓁说："嗯，过年的时候。"

这么一提醒，温秋娴立即想起来了。

三人直接去最近的医院看急诊。这家医院叶其蓁很熟悉，到了后，她轻车熟路带着温秋娴去了急诊科，省了不少事。

晚上没多少人。一走进诊室，看到坐诊医生后，叶其蓁瞬间怔了怔。要不要这么巧？她之所以对这家医院熟悉，是因为她妈是这边的医生。

陈茵抬起头后也怔了下，但没说什么。

叶其蓁猜到会是这种情形，就安静陪在一旁，不打扰。

"哪里不舒服？"陈茵问温秋娴。

"那个，前段时间在这边做过手术……"温秋娴说着自己的情况，从包里拿出病历本和检查报告。

温予垂眸瞥了眼病历本，她完全不知道温秋娴做手术的事，温秋娴也没跟她提过。

陈茵大致翻了翻手边的检查报告，又起身简单检查了下，再问了些问题，说："你不用太紧张，一般来说，这是术后的正常现象。"

温予松了口气，只是面上不动声色。

叶其蓁悬着的心也放下了。

"真没事吗？大夫。"温秋娴虽说平时抽烟酗酒没个克制，但这回做了个手术，在医院孤零零住了一段时间，有点惜命了，毕竟还年轻还有一堆钱没花呢。

"嗯。"陈茵拿起一旁的笔，边写边说，"给你开点止痛药，要是一直都疼，就再来医院做个CT。"

等签完开药单，陈茵扫了眼叶其蓁，顺口问："什么时候回来的？"

陈茵是典型的严母类型，头发盘得一丝不苟，戴着一副无框眼镜，气场很强，带着压迫感。

"刚回来不久。"叶其蓁回道。

温予和温秋娴同时看了看叶其蓁。叶其蓁尴尬地笑笑，这才小声解释说："这是我妈。"

巧得意外，温予以前的确听叶其蓁提过她妈是外科医生的事。顿了半秒后，她朝陈茵莞尔："阿姨好。"

边上温秋娴看傻眼了，合着在外面这么听话，回到家就净给自己摆臭脸？得了，这下心里更加不平衡了。

"你同学？"陈茵挑眉问。

"嗯。"叶其蓁应道。

这时一旁温秋娴笑着搭腔："可真是太巧了，她们两个平时玩得可好了。"

"嗯，"算是熟人，陈茵态度稍稍亲和了些，对温秋娴说，"最近饮食上多注意点。"

取了药离开医院。回程路上，虽然温予和温秋娴还是没说话，但气氛缓和了许多，至少不再压抑。

温秋娴在闭目养神，车行驶到一半。

温予问叶其蓁："你要不要回家？"

"我陪着你。"叶其蓁轻声说。她今晚肯定不放心温予单独跟温秋娴待着，万一又闹起来，或是温秋娴哪里不舒服……所以她刚刚给陈茵发了微信消息，说朋友家有事，今晚得陪朋友，明天再回去。

陈茵回了句"知道了"，并没说其他的。

这在她意料之中，毕竟她家从小的教育就是要乐于助人，能体现个人素养的事，陈茵一向支持她做。

回到家，温予和温秋娴之间的冷战还在继续，叶其蓁第一次见识到母女之间还能这样相处。温秋娴独自待在客厅看电视，温予则是沉默走去了卧室。

叶其蓁左右看看，跟着温予进了房间。

关上房门，温予依然像没事人一样，一副安然姿态。

叶其蓁上前轻声说："没事了。"

"嗯。"温予轻哼，紧绷一整天的神经终于放松下来。以往碰到糟心事，她都习惯了一个人去面对，原来身边有人陪伴，真的会好很多。

终于不再强撑了，叶其蓁稍稍安心，问："要不要去陪陪阿姨？"

她觉得温予其实是在意的，接到电话后今天第一时间赶回北临就足以证明这一点。

外边传来杯子摔地上的声音。叶其蓁闻声走了出去，只见温秋娴正准备弯腰去拾，她匆匆走上前："阿姨，我来。"

温秋娴见只有叶其蓁一个人走出来，又用余光瞥了瞥卧室方向，那边压根没个动静。她佯装随口一问："她还在生气？"

叶其蓁帮温秋娴另外倒了杯水。温秋娴这么问，让她点头也不是，摇头也不是。

"我就让她回来一趟，搁这儿跟我发这么大脾气。"温秋娴抿了口水，嘴里没好气地嘟囔，"你说谁家女儿像她这样？一年到头都不回家一次。"

叶其蓁悄悄咬了咬唇，心中酝酿了会儿，她看着温秋娴，轻声说："阿姨，其实您要是想温予了，可以跟她直说的。"

"我……"温秋娴一顿，继而扯着嗓子说道，"我想她干吗？没心没肺的。"

这话听着更像在赌气。阿姨也是惦记温予的吧,叶其蓁心想。怎么两个人都这么嘴硬呢?明明都互相在乎对方:"不是的,温予很担心您。"

听到小姑娘说话温声细语,温秋娴下意识压低了自己的声音,她别了别脸,碎碎念叨:"她要是担心我,就不会听到我做了手术还一点反应都没有。"

"可能她嘴上不说,但她真的很在意您,早上接到电话她特别紧张,马上就买机票赶了回来。阿姨,您不应该吓她的。"叶其蓁一股脑跟温秋娴说了许多。

温秋娴搁下手里的水杯,陷入沉默,她早上心情不好,正气头上,电话里说的话确实夸张了。

温予在卧室,准备收拾床单被褥,身后传来脚步声,她以为是叶其蓁,转过身才发现是温秋娴。

温秋娴手里拿着新的三件套,开口时声音里带着一丝冷淡:"你都多久没住家里了,柜子里的那些放了太久,用不了,换新的。"

温予面无表情地从温秋娴手里拿过被套。

温秋娴又恼道:"你有必要这么给我甩脸子吗?我好歹也是你妈。"她不说自己当妈当得有多合格,但在吃穿用度上,从没对温予吝啬过,温予喜欢什么她就给什么,花钱不带含糊。

叶其蓁一个人待在客厅,温秋娴去了温予卧室后,她开始紧张留意次卧那边的动静,听到房间里传出温秋娴提高的嗓音,她心里一紧。

不会又吵起来吧?她正欲起身过去,又停了下来。因为房间里没传出吵闹声。

屋内,两人面对面僵站着,空气有片刻沉默。温秋娴摸摸胳膊,左顾右盼着甩出一句:"我是不应该骗你。"

温予仍然默不作声。

"我知道你嫌我没文化,嫌我什么都不懂,跟你沟通不了。还有之前那事……"温秋娴说到这时,她停下来吸了口气才继续,冷笑了声,"我让你在学校抬不起头了,有我这种妈很丢脸,是很丢脸。"

身体正虚,温秋娴说这些话时声音轻微发颤,全然没有平时咄咄逼人的架势,甚至显得心平气和。

温予垂眼静静听着,手心攥了攥被单。

"别人怎么说我管不着,你信也好不信也好,我没给人当'小三'……"

过了好一阵,叶其蓁才看到温秋娴走出来,两手空空,她上前跟温秋娴打了声招呼。温秋娴似乎很疲惫,朝她笑了下,回自己房间了。

叶其蓁再回到次卧,看温予在铺床单,她立即走上去帮忙,跟温予一起整理。

"刚刚,没吵架吧?"

温予抬头:"没。"

叶其蓁舒了口气。

温予又说:"你先洗澡,我带你去浴室。"

叶其蓁说:"你先洗。"

温予无奈地说:"要不要石头剪刀布啊?"

最后还是叶其蓁先去洗。

今晚在完全陌生的房间过夜。被子的味道干燥好闻,叶其蓁靠在床头坐着,忍不住四下打量着房间里的细节,她对温予生活过的地方,充满好奇。

房间不算小,东西却很少,也看不到照片之类的。虽然温予很久没回来了,但她发现房间里还是一尘不染。应该是特意收拾过。

不管怎样,温予妈妈还是关心温予的吧?今晚她执着地想着这个问题,她就是希望这个世界上,能多点人对温予好。

温予洗好澡回来见叶其蓁还坐着:"怎么不睡?"

叶其蓁在身畔的床上拍拍:"等你一起。"

温予上床后,什么都没说,直接在床上躺了下来。这段时间叶其蓁就没好好休息过,尤其是最近几天,估计都累傻了。

隔着枕头的距离,叶其蓁关心地问:"晚上阿姨跟你谈过了?"

温予点点头。

"阿姨可能是……想要你陪陪她。"叶其蓁小声说道。

温予想起温秋娴今晚说话的模样,很陌生:"嗯。"

身心俱疲的一天,然而不知道是不是累过了头,躺在床上,两个人都没多少睡意。夜静悄悄的。

"其实我也是我妈意外怀上的,她当初也没打算要我。"温予突然对叶其蓁说道,不知道今晚怎么了,就是想跟她多说说话,有人陪伴,有人倾诉。

叶其蓁第一次听温予聊起这些："后来怎么……"

"她没结婚就怀上的我，当时以为有小孩了，对方就会娶她，但没有。可能也是因为我吧，她后来一直没结婚，带着小孩不好嫁。再后来，她碰到个男的对她很好，说愿意跟她结婚。"说着，温予思绪飞远，她记忆犹新，温秋娴那天像个正常母亲一样，兴高采烈地对她说"妈妈给你找个爸爸好不好？"，她就没见温秋娴那么开心过。

听温予说着，叶其蓁心都揪在了一起："结婚了吗？"

温予轻飘飘说："那个男的也没娶她。"

"为什么？"

"不知道，我也以为他们会结婚。"也以为自己会有一个新家，毕竟那个男人对温秋娴很好，可后来还是变了。

温予凝视叶其蓁，低声说："因为喜欢会变？"

叶其蓁顿了顿，固执说："那就是不够喜欢。"

"从那以后，她就没想过结婚了，"温予继续说，"不过她换过很多男朋友，包括高中时那个，你应该听说过吧？"

敏感的话题。

"嗯。"叶其蓁怎么会不知道，那会儿闹得全校沸沸扬扬，而温予也是因为这个被孤立，被中伤。

"那个人骗她说自己没结婚，结果，你也知道……"

叶其蓁听着又气又心疼，如果不闹这么一出，温予也不至于惹来那么多的流言蜚语。一想到这点，她破口大骂："这什么破人啊。"

温予听到叶其蓁骂人冷不防笑了笑，就没见过骂人还能骂得这么温柔的。

"都过去了，"叶其蓁轻声安慰，"我觉得，阿姨是在乎你的。"

"嗯。"温予轻吸了吸气，说完这些以后，如释重负，莫名轻松许多。

叶其蓁嘴角微微扬起，柔声说："你今天肯定吓到了，早点休息吧。"

翌日九点，两个人还睡得正香，完全没有要醒来的迹象。

响起三两下敲门声，床上叶其蓁和温予依旧没反应。

又响了两下。再然后门被推开了——这屋的锁坏了有段时间了，温秋娴就直接走了进来，叶其蓁这才醒来。

"阿姨。"叶其蓁跟温秋娴打招呼。

"要吃早餐就起来。"温秋娴的声音不大不小，一副爱吃不吃随你们便的口吻。

"嗯……"叶其蓁没来得及说其他，温秋娴转身已经离开房间了。

温予这时才慵懒睁眼。

叶其蓁注意到："醒啦。"

温予哼着鼻音："嗯。"

"饿不饿？阿姨让我们起来吃早餐。"

听到叶其蓁这么说，温予愣了愣。

换了衣服，洗漱后，叶其蓁跟温予正好碰上从厨房走出来的温秋娴，温秋娴手里还端了一份早餐，是热过的煎蛋吐司。

"阿姨早上好。"叶其蓁笑盈盈打招呼。

"噢。"碰着这么乖一姑娘，温秋娴都有点不习惯，"吃早餐。"

叶其蓁同温予拉开椅子坐下，她悄悄留意着温予的反应，昨晚沟通了以后，应该没再跟她妈生气了吧？

温秋娴拿起吐司先吃了起来。

温予也安静细嚼着吐司。说起来不可思议，她其实没怎么跟温秋娴一起吃过早餐，以前大部分时候是温秋娴在桌上给她单独留份早餐，或是干脆把钱甩桌上，让她自己出去吃。

现在的情形，对她来说很陌生。

餐桌上只有一些轻微的咀嚼声，没有人说话。怪闷的。

叶其蓁吃了几口，率先打破了沉默："阿姨，你做的早餐好好吃。"

温予和温秋娴同时抬头看向叶其蓁，然后一直沉默的温予这会儿开口了，来了句："不是她做的，厨房里的打包盒还没扔。"

温秋娴不会做饭，她比谁都清楚。

温秋娴："……"

叶其蓁："……"

"怎么着，那也是我特意下楼买的。"温秋娴朝温予不耐烦地嚷嚷道，"你爱吃不吃，我还懒得伺候。"

"不舒服还乱跑。"温予嘀咕。

"我乐意。"温秋娴说。

沉默了片刻,温予低着头又随口问:"今天好点没?"

温秋娴的语气也缓了缓:"死不了。"

你一句我一句,听着就像要吵架似的,但叶其蓁能听出来这两人是互相关心的,她喝了一口牛奶,在一旁抿着嘴偷笑。

其实温予的脾气跟她妈妈挺像的,某些方面简直能说一模一样,都是外冷内热。

温秋娴琢磨着,又说:"以后麻将搭子不会叫家里来了。你愿意住家里就住家里,愿意住旧房子就住旧房子,反正那头我也有叫人收拾。能住人。"

温予抿唇:"嗯,知道了。"

温秋娴不再说话。

叶其蓁扭过头看温予,眼睛笑得弯成了月牙。她是发自内心的开心。解开了母女之间的芥蒂,温予心中会放下一个很大的包袱吧,这一直是她的心事来着。

温予蓦地扑哧一笑,瞧见叶其蓁的唇边沾了一小圈牛奶渍,她抽了张纸递给叶其蓁。

叶其蓁才呆呆地反应过来。

难得这么心平气和地一起吃早餐聊天,温秋娴看叶其蓁吃东西吃得香,有点不够吃,不禁问叶其蓁:"丫头,你吃得饱吗?"

"啊,"叶其蓁乖巧回答,"我吃饱了。"

"真吃饱了?"温予却接过话,"你平时那么能吃,没吃饱我再去买。"

叶其蓁的脸皮薄,朝温予挤眉弄眼,心想你能不能给我点面子。温予会意,再一次被叶其蓁逗笑。

温秋娴抬眸,一切看在眼里,望着俩小姑娘带着几分幼稚的表情,也笑了笑,或许她这个当妈的是太不称职了,她就没瞧见女儿在自己面前这么笑过。

这边早餐刚吃完,叶其蓁就接到陈茵打来的电话,催她回家。温予不想她为难,就主动说:"你回去吧。"

叶其蓁眼巴巴地看着温予,不想走的模样。

温予以为叶其蓁是不放心自己:"没事,不用一直陪着我。"

最后，温予给叶其蓁叫了辆网约车，送她去小区门口。

天已经很热了，站在香樟树下才稍微凉快些。等车的工夫，叶其蓁抬头看着温予，不忘交代："要跟阿姨好好相处，不要吵架。"

温予点头："记住了。"

回到家，叶其蓁也像是到了另一个世界。叶家的氛围很严肃沉闷，严肃到她的发小唐棠都害怕来她家吃饭的程度。

午餐时间，四个人吃饭，餐桌上一如既往地安静。叶其蓁发现今天的饭菜明显比平时要丰盛些，应该是她姐叶其繁中午回家吃饭的原因。

"不是爱吃虾吗？"陈茵将一盘白灼虾挪到叶其繁的面前，"多吃点。"

叶其蓁默不作声地嚼着白米饭，习惯在家里的存在感低，习惯了姐姐各方面的待遇都比她好。她家的教育风格就是这样，从小时候开始，谁成绩好谁优秀，谁的奖励就多，而且她明显能感觉到，家里人都更喜欢姐姐。不说别人了，她也觉得姐姐完美得有些不真实。叶其繁话偏少，妥妥的"高冷学神"，履历更是漂亮，给足了家长炫耀的资本。

姐妹俩五官挺相像的，气质却截然不同，叶其繁稳重干练，从小就像个小大人；叶其蓁平时爱笑，给人感觉要柔和许多。

吃到一半，陈茵将话题转向了叶其蓁："上次在医院，你跟那个姑娘很熟？"

"嗯，关系很好。"叶其蓁回答。

"她跟你差不多大？"

"嗯。"

"她念哪所大学？"陈茵又问。

叶其蓁听着有些不舒服，还是耐心地说："也是Z大，我们同级，还是高中同学。"

她清楚陈茵为什么这么问，还记得初中时她跟一个女孩子关系亲近，就因为那个女孩子成绩排名靠后，陈茵就严厉教育她，不要再跟对方玩。

果然，陈茵听到对方也是Z大的，便没再说其他的，只是点点头。过了会儿，陈茵又问："马上就大三了，你什么打算？"

叶其蓁对未来规划很明确："考研。"准确地说，她觉得自己争取一下应该能保研。

陈茵夹着菜，云淡风轻地交代："嗯，考研换个专业吧，要是有不懂的地方，就多问问你姐。多好的条件。"

叶其繁继续保持安静。

叶其蓁固执地说："我没想换专业，挺喜欢现在的专业，不后悔。而且我自己有打算，你们不用担心。"

"你自己有什么打算？到时候后悔就晚了。"陈茵有些烦了，她不太爱说重复的话，"我跟你说新闻行业水深得很，当记者苦得很，没有你想象中的那么简单。"

还是这套说辞，叶其蓁暗自咬咬牙："我就想做我自己喜欢的事。"

陈茵发出一声嗤笑："我们还能害你？你看看你姐听家里的，她少走了多少弯路。有个这么好的榜样你怎么不学？"

叶其蓁憋着气想继续反驳。这时，传来一声瓷碗轻碰餐桌的声音。

叶其繁搁下碗，说："我还有事忙，要先走。"

"都没吃完。"陈茵瞧见碗里剩下的米饭。

"赶时间，来不及。"叶其繁说。

叶其繁走后，餐桌上的氛围更加僵了，叶其蓁也没什么胃口，匆匆将剩下的几口饭吃完，说"我也吃好了"，就起身回房间。

又是不太愉快的一顿饭。

下午，叶其蓁闷在房间里，趴在书桌上看窗外雨滴敲绿叶，滴滴答答。这几天北临陆续下了两场雨，空气稍稍没那么闷热了，但心里闷得慌。

正无聊想给温予打电话时，温予先给她来了电话。

将手机贴到耳畔，叶其蓁望着玻璃窗上绽开的小雨花，没等温予开口，她咧嘴先轻轻说了声："真巧，我也准备打电话。"

温予在那头笑。

叶其蓁也笑，好像两个人不管聊什么都觉得有意思，还会心情灿烂，她稍一顿，又跟温予说着："今天中午我姐回来了。"

温予问："在家待得不开心？"

叶其蓁低头，也说不上不开心吧，从小到大早习以为常了，不过温予这么一关心，让她有种特别的满足。

"没有。"

雨点渐小，积雨云也散了，有放晴的迹象。温予抬头看看天："雨要停了，出来吗？"她知道叶其蓁不像她，叶其蓁就得像只小鸟一样到处飞，否则会闷。

这段时间发生了这么多事，叶其蓁也想拉着温予到外边散散心，只是又想到温予应该要照顾温秋娴，可能抽不开身："阿姨好点了没，你不用照顾她？"

温予笑了笑："她下午都出去打牌了。"

叶其蓁立即在脑子里盘算起来："要不，我们出去拍照吧，你给我当模特？"

"好啊。"隔着电话，温予能想象到叶其蓁说这句话时笑得有多开心，更加迫不及待想见面了。

挂电话前，叶其蓁突然又想到什么："对了，你高中校服还在吗？"

"校服？"

在老房子的衣柜里，温予很轻松找到了高中时的校服，她看着校服发怔，温秋娴似乎一点也没动这间屋子里的东西，几年前的东西，都完好保存着。想起很久以前，她吼过一次温秋娴，别乱碰自己东西。

"你不是要我穿校服拍吧？"温予问叶其蓁。

"我也穿，我们一起去学校拍照。"叶其蓁提了提手边的纸袋，心血来潮，她很想跟温予一起穿高中时的校服，拍些照片留念。

她们很早就遇见彼此了，那一段回忆却没有交集。

温予见叶其蓁兴致勃勃，还能怎样？都配合。只要叶其蓁喜欢。

一中的夏季校服，男女统一都是白色POLO衫加蓝色运动裤，衣领也是蓝色的，被洗过太多次，都褪色泛旧了。

叶其蓁换上校服出来时，温予恰好也换好了，校服本来就宽松，她们这几年体型也没怎么变，穿着还是合身的。

站在镜子前，两人看看对方不约而同笑了，同时有种很奇妙的感觉，仿佛这一刹那回到了过去。

叶其蓁见温予披着头发，于是走到温予身后，摸了摸温予的一头长发。一中的校风校纪很严，长头发的女生必须都得扎起来。

温予的头发很长，叶其蓁费了点时间才帮她弄好，再偏着脑袋欣赏，温予的头发不管怎么弄都好看。

叶其蓁问："发什么呆？"

温予转头望着叶其蓁，心是暖的："不觉得有点傻吗？"

毕业几年又穿回高中校服，是有点傻，但叶其蓁乐在其中："没事，我们一起犯傻，而且我们这么水灵，别人看不出来的。"

温予绷不住笑了，的确是看不出来，叶其蓁现在的打扮，简直和高中那会儿一模一样，让她想起以前了。

黄昏时分，天放晴了。雨后的空气分外清新。

暑假期间，一中照旧开放，叶其蓁轻车熟路，带温予从小门溜进去。

温予跟着叶其蓁的脚步，经过熟悉的篮球场和教学楼，这些地方，她曾经孤独地走过无数遍，但眼下，有人陪在她身边。

叶其蓁回过身去看温予，恰逢此时斜阳温柔，目之所及的一切正美好。温予对上叶其蓁的回眸，瞬间笑靥如花。

叶其蓁望着温予的笑，看出神了，以前从没见温予穿着校服这样笑过。

她时常想，如果早点认识温予该多好？她一定不会让这样一个温柔的女孩独自面对那么多糟糕的事。现在，也算变相弥补一些遗憾吧。

叶其蓁举起相机往后退了几步，将温予的笑和校园风景一齐记录在镜头里。她大声说："温予同学，你好漂亮。"

因为叶其蓁的这句话，阳光下的温予笑得更加明媚动人。

往前走，爬了十几级阶梯，又是一栋教学楼。最东边的一楼有两间大画室，只可惜门上了锁，进不去。

走过长廊，叶其蓁指着其中一间画室，颇为自信地问温予："以前你经常待在这间画室，对不对？"

"这都记得啊？"温予抓住了重点，"看来没少偷看我。"

"我经常在后边的花坛背书。"

"我知道。"温予不仅知道，甚至可以用印象深刻来形容。她很喜欢看叶其蓁笑，只不过那时候她以为叶其蓁跟所有人一样，厌恶自己。

走累了，叶其蓁和温予并肩站在走廊边上，悠闲吹吹风。眺望远处，学校里的风景没怎么变，好像什么都没变。

叶其蓁扭头看着温予侧脸时，忽然间感叹："如果我们早点认识就好了。"那她们就可以早点成为朋友，更重要的是温予不会孤单。

"不晚。"温予笑着说。只要能遇上，什么时候都不晚。只是她希望，这样的时光能更久一些。

叶其蓁向来乐观:"嗯,不晚。"

稍稍歇了会儿,叶其蓁又兴冲冲带着温予去后操场溜达。边走边跟温予津津乐道高中时的趣事。

虽然都在这儿待过三年,但叶其蓁知道的远比温予要多。

温予听得认真,时不时被叶其蓁逗笑,她似乎明白了为什么叶其蓁执意要带她来学校拍照。她们穿着校服走过校园,恍然像是真的回到了忙里偷闲的高中时光,回到那些年的青涩夏天,做梦一般。

离开学校,差不多到晚饭时间了。

叶其蓁带温予去了附近的人气小吃店。

她们伪装得很成功,看起来就是不折不扣的高中生,小吃店老板一见她们,就热情问了句:"哟,就开学啦?"

叶其蓁尴尬地笑,都不知道该怎么回答,默默给温予抛去一个得意的眼神。

温予笑眯了眼睛,果然叶其蓁永远有办法让你开心。今天,叶其蓁真的给了她一份很特别、很珍贵的回忆。

点了两份招牌馄饨面,叶其蓁还厚脸皮找老板娘帮她和温予拍了几张合照。等吃饱喝足了,她们在街头散步消食了会儿,才回老房子。

日落前一刻总是很美,细腻暖黄的余晖就是最好的光影。

到了巷子口。

叶其蓁加快脚步走到了温予前面,再朝温予举起相机,喊道:"温予——"

每次叫温予,叶其蓁会下意识尾音上扬,声音很甜,能听出笑意。

温予看着不远处的叶其蓁,她也喊了喊:"还没拍够?"

"嗯!"让温予给她当模特,叶其蓁都想好久了。下午一边逛一边拍,算是满足了一直以来的心愿。

叶其蓁拍了温予一路,一直到家,才放下相机,拉着温予在沙发上坐下,看下午拍的照片。有她们在小吃店里的合照,拍得很日常,没有过多技巧。照片里两个人并肩坐一起,看向镜头,笑容都灿烂,不知道是不是穿了校服的缘故,显得格外青涩。

像是几年前的旧照片。

温予凑近跟叶其蓁一起看着:"我喜欢这张。"

叶其蓁偏头:"我也是。"

看着照片,温予感觉自己最灰暗的一段时光,也被点亮了。

叶其蓁问:"你不回去?"

温予说:"我今晚待在这边。"

"那我也不回去。"

日暮,房间里昏黄温暖,暮色透过窗户,映在两人不算成熟的脸庞上。温予的目光悄然扫视着这间屋子,陈旧而熟悉,这里封存了她太多孤独难过的记忆。

但认识叶其蓁后,她开始喜欢这间屋子。叶其蓁仿佛是一阵暖风,卷进了她的世界,把糟糕的旧尘一点点吹散,给她留下不曾奢望的温暖。

突然不说话,是想起过去的那些事了吗?叶其蓁望了温予片刻,不禁神色温柔叫了声:"温予。"

温予看着她,心一暖。

叶其蓁笑:"都好起来了。"

"嗯。"温予伸手揉揉叶其蓁的脸蛋,别人跟她说这句话她一定不屑一顾,但叶其蓁在她身边这么说,她就觉得,一切真的会好起来。她拥有为数不多的积极乐观,都是叶其蓁给的。

趁温予洗澡的时候,叶其蓁给家里打了电话,说晚上住朋友家,陈茵在电话里说了她一通,说她也不怕惹人闲话。可也拿她没辙。

洗完澡,两个人都换上了清爽宽松的白T恤,站在卧室的落地镜前,互相帮对方吹头发。

等吹干了头发,温予转身,问叶其蓁:"跟家里说了不回去?"

"刚刚打了电话。"叶其蓁放下吹风机,"这几天没有跟阿姨吵架吧?"

"没,很和谐。"温予自己都不可思议。

叶其蓁放心了:"这么乖?"

头发刚吹好,手机铃声响了起来,叶其蓁还以为又会是家里打来的,她给了温予一个眼神示意,要接电话。

温予不作声,瞥见来电显示后,猜到是谁了。是叶其蓁最近常联系的一个学长。

叶其蓁打完电话,温予追着问:"老是找你,他是不是喜欢你?"

"才不是。"叶其蓁否认。

"我怎么觉得是?"温予这时挠着她,低声笑说。

叶其蓁憋不住反击。

两人推推拉拉闹起来,卧室里两个人的笑声融在一起。

好一会儿两人才安静下来,突然听到温予抽气的声音。

叶其蓁关心问:"是不是肚子疼?"

"没,你呢,要不要喝点红糖水?"

叶其蓁摇摇头。都说女生相处久了生理期会莫名同步,挺神奇的。

温予轻声叫道:"叶同学。"

叶其蓁咧嘴笑道:"嗯?"

温予问:"开学我们要不要住一起?"

"好啊,还可以一起做饭。"叶其蓁飞快答应,其实之前她就想过搬出宿舍和温予合租,她不太放心温予一个人住外面,只是一直没开口。

第九章 /
你看,星星好漂亮

在北临没待两天,就到了 Z 大开学日。

九月初的南城骄阳似火,比北临还要热上许多。沉寂两个月的校园被络绎不绝的脚步声唤醒,恢复起熟悉的热闹。

上午一办理好入学手续,温予便陪叶其蓁回宿舍收拾东西。

叶其蓁住宿舍,东西再多也多不到哪儿去,加上公寓离她们宿舍楼相隔不远,搬起来不算特别麻烦。

到傍晚时分,两人才将房间收拾妥当。

叶其蓁还没闲下来,站在床边,正将衣物一件件整理进衣橱。温予见叶其蓁今天忙前忙后都没歇口气:"不累啊?放着,明天我帮你收拾。"

"不累。"叶其蓁有点强迫症,今日事今日毕。

温予不吱声,帮她整理:"我来收拾,你休息。"

"没事,就快好了。"叶其蓁继续忙。

暮色西沉,已经到了吃晚饭的时间。温予靠在柜子上:"想吃什么?我请客。"

还没天黑呢,自己做也来得及。叶其蓁兴致勃勃地说:"要不在家吃?我亲自下厨。"

"好。"温予都依她。

坐两站公交就是大型超市,很方便。

周末热闹,两人并肩推着购物车在超市里走走逛逛,有说有笑,叶其蓁照着购物清单,很快将东西买得差不多。

考虑到以后会常做饭,温予又拿了包厨房纸巾。

叶其蓁对比了标签上的价格,指了指:"拿那个大一点的组合装吧,比较划算。"

温予说:"你这么会过日子?"

"是啊,你赚到了!"叶其蓁俏皮说着,顺便踮脚去拿最高层的大包装,手刚要碰到包装袋时,温予却仗着身高优势,伸手轻轻松松替她拿了下来,搁进购物车。

叶其蓁转过头看侧后方的温予,非常要强地说:"我够得着。"

温予觉得好笑。

"咯",身后传来一声轻咳,轮子碾压地面的声音越来越近。

叶其蓁转身,没想到居然跟唐棠打上了照面,唐棠正看着她和温予,而且看得专注。

叶其蓁率先打招呼:"甜甜。"

大学城附近就这一家稍微大点的超市,学生基本都是来这儿购物,遇到熟人也不稀奇。唐棠已经开学一星期了,医大开学总是比她们早。

温予淡笑着跟唐棠打招呼:"好巧。"

"是啊,你们也来买东西。"唐棠中规中矩地回应,她跟温予见面的次数虽然不多,但每次都会被温予惊艳。瞥见叶其蓁购物车里装的,吃的用的都有,又是跟温予一起逛超市,她问:"你们合租了?"

"嗯,"叶其蓁觉得没必要隐瞒,大方说,"这学期搬过去。"

寒暄了几句,唐棠说还要去买东西,先走了。

"回去了。"叶其蓁说。

"嗯。"温予笑。

她们再回到公寓时,夜幕降临。

尽管房间里的陈设依旧,但温予还是直观感受到了和以前的差别。很多东西变成了双人份,能嗅到淡淡的柑橘香气,是叶其蓁喜欢的香薰味道,她也喜欢。点滴的变化都让她心情豁然明媚。

厨房里,切菜炒菜,叶其蓁有点手忙脚乱。温予在边上看热闹,好几次想帮忙,叶其蓁都不让她碰,硬要自己来。

"叶其蓁,你真的好笨。"

"好吃就行了。"

"你确定能好吃?"

…………

晚饭后看电影,叶其蓁笑点极低,全程看得乐和。温予被传染了,她扭头看着身侧的人。

因为有叶其蓁在,一向冷清的小公寓开始变热闹,甚至每一分每一秒都变得有生气。

叶其蓁留意到温予的注意力压根不在电影上:"你看我干吗?"

恰好瞥见电影里的配角抖了个包袱,她扑哧一笑。

温予跟着笑,顺便吐槽:"叶其蓁,你笑点能不能再低点?"

"你不也在笑?"叶其蓁反驳。

"我是在笑你。"温予直言。

一起逛超市,一起做饭,晚餐过后一起看电影消磨时间。再平淡的事,两人都觉得有趣。

很快,又开启按部就班的上课模式。

开学的前一个月叶其蓁就忙得够呛,她们这次暑期拍摄的纪录片会送去参赛,她是主要负责人,从文案到剪辑,都得一一把关。

加上是团队作品,她更加认真上心,课余休息时间几乎都扑在这件事上。好在付出也得到了满意的回报,评审过后,作品拿了团队组的一等奖。

夜深,十一点。

温予洗完澡从浴室出来,看见叶其蓁还坐在书桌前。

温予笑着问:"不是已经评审过了吗,怎么还要忙?"

"后天颁奖,有个作品讲解,我想再改改稿子。"

"一定要今晚改好啊?"温予问。

"你先去睡吧。"叶其蓁低语。

温予蹙眉无奈,又拿叶其蓁没辙,她静静看了叶其蓁两秒后,开口说:"我陪你。"

这么晚了,叶其蓁不想温予陪自己熬夜,便立即笑说:"不用,你先睡。"

温予知道自己也帮不上太多忙,只好说:"不要熬得太晚。"

"知道了。"叶其蓁一脸乖巧,"晚安。"

怕太晚洗澡会吵到温予,叶其蓁先去洗了澡,再忙活。洗完澡后,她看温予侧卧在床上,应该睡了。

房间是一居室,书桌离床近,叶其蓁关了书桌旁的落地台灯,再抱着笔记本窝在沙发一角，开了盏充电的小夜灯，黑漆漆的屋子里只留下一小团微弱的光。

叶其蓁一直忙到了晚上十二点，实在扛不住了，才上床休息。

颁奖在周五晚上进行，报告厅里坐了不少人。

温予很早就来了，坐在靠前排居中的位置。听到主持人念出叶其蓁的名字时，她凝神，直至看到熟悉的身影上台，她唇角高高扬起。

"各位老师同学们，晚上好，我是来自18级新闻系的叶其蓁。"站在演讲台前，叶其蓁一身正装打扮，化着清新淡妆，从准备到上台，举手投足间大方干练。

叶其蓁在学校的人气貌似很高，刚自我介绍完，温予就听到了热情的鼓掌声。身畔还有人在叽叽喳喳地小声讨论。

"我们院的女神，长得好看还特别有才华。"

"是啊，笑起来好好看。"

…………

台下灯光幽暗。

温予一字一句都听得认真，盯着叶其蓁的方向，脸上笑容明媚恣意，眼中有光。还记得大一时，叶其蓁上台演讲时带着青涩稚气，再看现在，不知不觉间成熟了好多。

几分钟的解说，叶其蓁完成得很漂亮。上大学后她参加过大大小小的比赛，这种场合早就能应付得如鱼得水。

一片掌声中结束，她看向人群中的温予，瞧见温予正注视她鼓掌，笑意灿若星辰。

拿了奖，团队里的小伙伴们自然都很开心。叶其蓁一走下台，大家都热情地围了过去。一瞬间成为焦点。

不远处的另一边，温予则安静地靠在墙边，留意着叶其蓁说话时对其他人的笑，很甜，不过更多是礼貌涵养。跟对自己的笑不一样。

叶其蓁很快再看向观众席，瞧见温予的位置空了后，她立即左顾右盼，四下张望着。

叶其蓁笑着，步伐轻快，来到温予的面前。

"我表现得好不好？"叶其蓁厚脸皮问温予。别人夸她，她只会礼貌谦逊地回应几句，唯独到了温予面前，她会幼稚得像个小孩，满眼期盼着主动求夸奖。

温予说："好，特别好。"

"拿了第一就这么开心？"

"也不完全是这个原因。"叶其蓁望着温予，忽然傻乎乎地冒出一句，"温同学，谢谢你一直陪着我。"

不知什么时候开始，她变得不那么执着名次和奖项。让她更动容的，是每一次温予都默默坐在台下，在人群之中看着她、支持她。不管失意还是得意，温予一直都在她身边，对她来说，这比拿到任何奖项都幸福。

忙完颁奖的事，正好周末，叶其蓁终于能睡个好觉。

自从搬来公寓，叶其蓁赖床的毛病变本加厉了，温予总是惯着她，完全发挥不了监督的作用，好几次两个人差点上课迟到。

清晨，温予听到嗡嗡嗡的振动声，一遍又一遍。被吵得心烦，她拿过手机一看，来电显示"唐甜甜"，是叶其蓁的手机。

稍稍清醒了下，她划动接听键。

"小蓁儿——"

"我是温予。"刚睡醒，又怕吵到一旁的叶其蓁，温予接电话时声音很轻，"她还在睡觉。"

"还在睡觉，这都下午了还在睡？！"唐棠下意识吐槽。

"有什么事吗？"温予问，如果不是要紧的事，她想让叶其蓁多睡会儿。

"喔……"唐棠差点忘了自己打电话的目的，"也没什么，就是学校旁边新开了家火锅店周日五折，想问她明天要不要一起去。"

"嗯，醒来我跟她说。"

"那个，如果有空你也一起啊。"唐棠又补了一句。

"好。"

挂断电话，温予才注意到时间已经下午一点，她大概是被叶其蓁传染了，困意竟然又袭了上来，继续睡。

叶其蓁醒来时吓一跳，一觉睡到了下午三点，而让她更不可思议的是，温予居然比她还能睡。她头一回瞧见温予睡得这么香，嘴角还带着若隐若现的笑。

都不忍心弄醒她了，但想到睡太久也不好，叶其蓁还是极轻地捏了捏温予的脸颊，看到一贯"高冷"的温同学被自己捏得脸颊变形，她轻声笑："温予予，醒来了。"

"嗯……"温予睁开眼，恍然有些分不清现实与梦境。缓了半秒，她瞧着叶其蓁笑，从好梦中醒来并没有怅然若失。

"做梦了吧，睡觉都在笑。"叶其蓁后悔没拍下来。

看温予还想睡的模样，叶其蓁喊道："都下午三点了，不要睡了。"

温予又是一声"嗯"，磨磨蹭蹭没打算马上起。

叶其蓁其实也不想起，今天手臂酸得厉害。

"中午甜甜打电话来，我帮你接了。"温予想起这件事。

"我都没听到，她有说什么事吗？"

"说新开了家火锅店明天五折，问你要不要去吃，还让我一起。"温予一一转述。

"都好久没吃火锅了。"叶其蓁拖着懒洋洋的长长尾音，就开始馋了，不过她还是先问温予的意思，"你去不去？"

"去。"温予早就预料到叶其蓁这副嘴馋模样。

听到温予答应了，叶其蓁很开心，可又担心温予是为了迁就自己才答应，做自己不愿意的事。她说："要是不想，不去也没关系的。"

温予说："没有不想去。"

"真的？！"叶其蓁惊喜。

"真的。"温予并没有勉强，她想接触叶其蓁的朋友，如果接触以后可以对自己少些偏见，她更愿意。

刚开业打五折的火锅店生意火爆，加上周末，吸引了一大群学生光顾。

唐棠没看到叶其蓁，反倒先看到了坐在那儿低头刷手机的温予，她走上前先打了个招呼，问："叶其蓁人呢？"

"她去买奶茶了。"温予放下手机，"待会儿就过来。你先点单，今天我们请客。"

"那哪好意思。"唐棠笑。

温予把菜单递给她。

唐棠想着跟温予也没有太多可聊的话题，索性低头看菜单，找点事做。

就这么安静下来。

温予看看手机，又看了看窗外，须臾，她又望向唐棠："甜甜。"

唐棠一时没转过弯来温予在叫自己，慢半拍抬起头。

温予极少跟外人解释自己的事，但眼下，她很认真地告诉唐棠，以前学校流传的那些事，并不是真的。或许有些突兀，抑或许唐棠不信，但她想说。

唐棠有点意外温予会跟自己这么说，总感觉温予的脾气应该傲得目空一切，高中那会儿确实也是这样。外边传得风风雨雨。但一个人到底是什么样的，还是得亲自接触以后才能下定论吧。

好歹温予这样也算表了态了，唐棠笑着说："嗯，我相信你。"

温予莞尔。

叶其蓁这时提着三杯奶茶走了过来，老远就看见温予和唐棠聊得很开心："你们聊什么呢？"

"聊你啊。"唐棠笑嘻嘻地说。

温予望着叶其蓁，低低笑了声。叶其蓁用膝盖碰碰温予："你笑什么？"

温予转头："你好笑，不行？"

顾客太多，上菜有点慢。才上了个锅底，突然传来咋咋呼呼的一声"好啊，你们偷偷加餐，被我逮着了吧"。

三个人齐齐抬头。

"唐甜甜你也太不够意思了吧，吃火锅都不叫我。"唐霄先冲着唐棠埋怨一通，很快将目光转向叶其蓁和温予，应该说目光在温予身上停留得更久，"你们也在。"

叶其蓁有种不太好的预感。

唐棠瞥了瞥唐霄："你从哪儿冒出来的？"

"来这边买东西呢，我刚好还没吃，甜甜姐。"唐霄一声姐叫得极甜。

唐棠也有种不太好的预感，要知道唐霄大一是追过温予的，估计到现在还没死心，一看到温予眼睛都直了。

"我们小姐妹聚会呢，你凑什么热闹？"

"我给你们买单行吧？"唐霄将目标锁定到叶其蓁，"小蓁儿？"

叶其蓁："……"

周旋的结果就是，让服务员多加一套餐具。

餐桌上的氛围变得不对劲。温予本来就话少，不说话无可厚非，叶其蓁和唐棠都各有所思，几乎也没说什么。

这顿火锅吃得最开心的，是唐霄。

"温予，你要酸梅汁吗？"唐霄献殷勤。

"我来吧。"叶其蓁手快，抢在唐霄前头拿过那一扎酸梅汁，倒进玻璃杯。

天黑了。

吃完火锅叶其蓁的胃有些撑，回公寓不远，温予就拉着她步行回去，正好路上消食。

横穿校园，经过常夜跑的操场附近。温予跟上叶其蓁慢慢悠悠的步子，两人往操场走了过去。

后操场果然是学校情侣的约会胜地，有人跑步有人散步。

绕着跑道走了三圈半，累了就找个地方坐下。叶其蓁眺望校外远方，灯火璀璨，很美，但又朦朦胧胧，看不清具体是什么。她一时走了神。

温予见叶其蓁发呆，也看向叶其蓁目视的方向。吹了会儿风，她声音轻缓，问叶其蓁："在想将来的事？"

叶其蓁回头，看着月色下温予的脸庞，她露出心思被猜中的微表情："你呢，想过将来吗？"

"以前没有想过，现在有时会想。"温予望着叶其蓁，笑着回答。因为上大学以后，有人在不厌其烦地教她，怎样以更好的姿态对待现在和未来。不再是从前了，她现在有更多的勇气和信心。

这晚，她们兴致勃勃地聊了关于将来的事。毕业后怎么安排，想留在哪个城市，很多很多——

叶其蓁抬眸看夜空，轻叹："你看，星星好漂亮。"

温予看着叶其蓁眼睛："好漂亮。"

叶其蓁注意到，同温予对视："你看的明明是我。"

温予说："夸你啊。"

叶其蓁笑弯了眼。

或许未来如夜空广袤未知，但有星辰闪耀。

晚风徐来，卷起丝丝凉意。

两人肩并肩坐在一起，胳膊挨着胳膊，叶其蓁浑身暖意："温予予，你好暖和。"

温予低头笑，她不要叶其蓁一直做自己的小太阳，她也想做叶其蓁的小太阳。

南城秋天没什么存在感，通常只是匆匆走个过场。不知道是不是小日子过得太滋润，叶其蓁总感觉今年冬天来得格外快。

气温降到零度以下，北风刮得树叶簌簌作响，一片湿寒。教室里开了暖气，人又多，倒是又闷又热。整整三节理论课，听得人昏昏欲睡。

到了课间。

"你不舒服？"祁蕴看温予气色似乎不大好。

"没。"温予发出沉闷一声。

过了会儿，祁蕴无聊瞥见一个熟悉身影，敲敲桌子提醒温予："甜妹来找你了。"

温予听到立即抬起头，看到叶其蓁后，问："你怎么来了？"

叶其蓁说："来蹭课，不欢迎我？"

边上正好有个空位，温予让叶其蓁坐下。

叶其蓁晚上有点事，忙完就赶紧跑来了，温予昨天着凉不舒服，她不放心："好点了没，还难受吗？"

"还好，就是有点晕。"

"要么请假吧，我们回去。"

"算了。"

前前后后不少人都投来了目光。

"温同学，你的'高冷人设'要崩了。"叶其蓁笑温予。

"什么'高冷人设'？"温予不在乎。

祁蕴挺高兴的，温予的状态肉眼可见地好了很多，不太像她以前认识的那个温予了，挺好的。

好不容易到了下课，叶其蓁先将自己的围巾裹在温予脖颈上围得严严实实，才和温予离开教室。

睡前，叶其蓁提醒温予："别看手机了，不舒服就早点睡。"

温予给叶其蓁看手机屏幕。

是温秋娴发过来的微信消息,这学期她们母女俩的关系缓和了很多,她生日时,温秋娴还给她发了一句"生日快乐",问她怎么过的。

联系不算多,但也没再一打电话就吵架。

叶其蓁看完聊天记录,温秋娴问温予寒假想不想出去旅游,但字里行间透露出一股子"傲娇",最后还来了句"去不去随你,就是问问"。

"阿姨应该是想让你陪她的意思吧?"叶其蓁都快摸清温秋娴的性格了。

温予若有所思。

叶其蓁问:"你不想去吗?"

温予说:"要去十几天。"

良久,叶其蓁说:"去吧,难得放假可以出去玩,而且你陪阿姨一起,她应该会很开心。"

一个人的时候,叶其蓁喜欢发呆。窗外不知道什么时候开始飘雪的,她回过神时,眼前已经是另一番风景。

她拿起书桌上的相机,趴在窗边拍着,镜头里霓虹闪耀的夜景蔓延,有了雪花点缀后,添了几分浪漫。

拍了几张,她翻看相机里存着的旧照片,情不自禁地笑起来,有温予的,有自己的,还有她们一起的。去年圣诞,唐棠给她们拍了不少合照。

她饶有兴致一张张看,打发无聊时光。

春节亲戚朋友不断,就没清静过。

叶其蓁偶尔发两张照片,和温予聊几句。她想温予玩得安心些。倒是温予给她发消息的频率更高,喜欢问她在干什么,还一日三餐都拍照给她看。

每每看到温予发来的消息,她都要傻乐和一阵。

"哟,跟男朋友聊天?"

叶其蓁抬头,是大姑在跟她说话,她还没解释什么,就看到陈茵拿着水果过来,嘴里说着:"哪有男朋友,没男朋友。"

"现在的小孩,她有也不跟你说啊。"

陈茵一笑而过,而后瞟了叶其蓁一眼,声音不大但严肃:"大姑跟你聊天呢,还玩手机。"

叶其蓁只好放下手机，对长辈们的提问有问必答。

不过说来说去也就那些话，无非是让她好好学习，将来可以像她姐一样，这些话她从记事起就开始听，都能倒背如流了。

有些烦……

"妈，我要出去一趟。"

"你现在出去干吗？家里这么多客人，多没礼貌。"两个女儿从小就被夸懂事有教养，和陈茵的教育分不开。

"甜甜说有事找我。"叶其蓁搬出救兵，反正唐棠也没少这样利用她。

陈茵没再说什么，默许了。

寒风呼呼。一出门叶其蓁就被冻了个哆嗦，冷是冷了点，总比闷在家里要好。

她也不知道去哪儿，就踩着松松软软的雪，在小区里瞎逛。有几个小孩在空地上堆雪人打雪仗，无忧无虑的，玩得不亦乐乎。

叶其蓁站一旁看了会儿，不经意偏了偏头，她瞥见一个熟悉的身影，第一反应以为自己认错了。

再仔细一看，不远处正抽烟的长发女人，的确是她姐。

看到抿着香烟，熟练吞吐烟雾的叶其繁，叶其蓁有种难以置信的感觉。

叶其蓁犹豫着要不要走过去，叶其繁已经发现了她。她只好朝叶其繁走过去，心不在焉地叫了一声："姐——"

叶其繁也不自然，迎上叶其蓁的目光，指尖夹着的香烟仿佛灼手，她没再抽，就让它自己慢慢燃着，烟雾丝丝袅袅。

两人面面相觑。该说点什么呢？

两个人僵立着，都挺尴尬的。

叶其蓁还是觉得这不像她姐会做的事，可叶其繁抽烟动作熟练又自然，显然不是第一次了。一直以来，她姐可是比她还要循规蹈矩的存在。

叶其繁悄然吸了吸气，声音很轻："不要跟爸妈说。"

"嗯。"叶其蓁答应，要是被她妈知道，她想象不出陈茵会是什么反应。十八岁生日那天，她只是在外面喝了一点点啤酒，就被陈茵教育了好多天。

叶其繁掐灭了剩下的半截烟，扔进垃圾桶。这东西一扔，她好像立即又恢复了本该有的模样，唯有这样，才不会让身边的人失望。

"跟姐夫吵架了?"叶其蓁犹豫着,还是关心地问出口。今天回家的是叶其繁一个人,她从陈茵那儿多多少少也听到了些消息。

叶其繁笑了笑,轻言淡语:"我还有事,跟妈说一声,晚上不回家吃饭。"

"好。"

没有回答自己,显然就是不想多说。叶其蓁也自觉问得很别扭,她们虽然是姐妹,但关系并不亲密,从没交心说过什么。而且她也想不到叶其繁会有这样忧郁的一面,她姐从来都是被无数人羡慕着,包括她。

叶其繁转身走了。

叶其蓁盯着离开的背影,她想,每个人都有自己的烦恼吧,就算是像她姐姐这样的人。如果一个人给人感觉永远开心,那她大概率会很累。

一个雪球砸到身上。叶其蓁的思绪被打乱。

大眼睛的小女孩忙向她道歉:"姐姐,对不起,我们是不小心的。"

叶其蓁一看到乖巧懂事的小孩子就喜欢,笑着说:"没关系。"

另一个胆子大的女孩问:"姐姐要不要一起玩?"

叶其蓁孩子气起来:"好啊,姐姐帮你们堆雪人。"

叶其繁回头,看到叶其蓁跟一群小孩玩作一团,眼里有一丝笑意,又有一丝羡慕。

还有五天。叶其蓁在心中掐着时间。

坐在书桌前整理着相册,她收到温予打来的语音电话,一瞬间眼睛都亮了:"温同学,怎么有空给我打电话了?"

"我怕有人无聊。"

"我才没有呢。"叶其蓁趴在书桌上,甜甜地笑着,"今天下午跟我们小区的小孩打了一下午的雪仗。"

温予一阵笑,问:"几岁的小孩?"

叶其蓁说:"七八岁。"

温予低声:"幼稚鬼,你在干吗?"

叶其蓁看了看手边的相册,卖了个关子:"给你准备新年礼物。"

"什么礼物?"温予问。

"你回来就知道了。"叶其蓁想多说点话,"你呢,你在干吗?"

"我在海边。"

隔着电话，叶其蓁听到呼呼的海风了。

"嗯……可以开视频给我看看吗？"叶其蓁问。

温予抓住重点："你想看海还是想看我？"

叶其蓁不扭捏："都想行了吧。"

很快，温予打了视频通话过来。叶其蓁立马接通，一大片海滩映入眼帘："好好看啊。"

"下次放假我们可以一起过来。"

"你说的，我记住了。"

给叶其蓁拍了周遭的风景，温予才把镜头切回来。

那边暖和，温予只穿了一件薄开衫，里边是吊带，夕阳映在她带笑的脸庞上，海风拂乱发丝，分外温柔动人。

"你穿了我买的裙子。"

"是啊。"开衫宽松，往肩下滑了滑，温予顺手拉了拉，遮住白皙的肩头。

叶其蓁听温予说话的口吻，应该玩得挺开心吧，看到温予开心她也开心，更重要的是，温予和温秋娴的关系好转了。

一切都好起来了！

意料之中，叶其蓁在家待得不太舒坦。陈茵还是想说服她跨专业考研，争论间难免又闹得不愉快。

唐棠在家估计也没自在到哪儿去，这天下午风风火火跑来找她，硬拽着她出来逛街解闷。

"小蓁儿，这件怎么样，好看吗？"唐棠挑了件毛衣在身上比画，对着镜子自恋地欣赏着，"好像还不错。"

叶其蓁正忙着回微信消息，只是稍微抬了下头："好看。"

"你能不能再敷衍一点？"唐棠翻了个白眼，将毛衣又挂回去。

"你不去试一下？"

"饿了。"唐棠走到叶其蓁身旁，"晚上我们在外边吃吧？带我去吃好吃的。"

叶其蓁望着唐棠，没马上回答，顿了顿，温暾地解释道："温予回来了。"

唐棠立马明白了，她眼神哀怨："所以你要抛弃我？"

叶其蓁说:"一起吧。"

"那还是算了。"

跟唐棠说笑着,没多久她收到温予发来的微信消息:"我到家了。"

到家是下午四点多。温予第一时间给叶其蓁发了消息,恰好这时候看到叶其蓁发来消息:"温同学,晚上一起吃饭吗?"

她倏然一笑,飞快地回了"好"。

到了家,温秋娴将大包小包一甩,没打算收拾,她倚着沙发坐下,自顾自叹了句:"出去玩还不如在家打牌舒坦。"

也就嘴上这么说说,这些天旅游购物,不知道玩得多开心。歇了会儿,温秋娴余光扫了扫,瞥见温予低头在笑,显然是在跟谁聊天。

留意片刻后,她从烟盒里挑了根烟,摆出副漫不经心的口吻:"一天到晚跟谁聊天?"

温予闻声抬头。

温秋娴紧接着冷笑问:"是不是找男人了?"

温予轻飘飘地否认了一声,顺便说:"待会儿我要出去,晚上约了朋友在外面吃饭。"

"还说不是,你还能骗得过我?一回来就这么着急要出去,跟谁啊?"

她不用想都知道追自己女儿的人不少,这个年纪谈恋爱再正常不过,用不着意外,但真察觉到有情况后,却隐隐不安。大概是以前被太多男的欺骗过感情的后遗症,总担心女儿走上自己的路。

"叶其蓁,你见过她。"温予不紧不慢回答。

温秋娴不太信,可又问不出个所以然。她点燃手里的烟,吧嗒抽了一口,再看向边上站着的温予,她沉默了一阵,心想也不知道便宜了哪家的小子。

"你要谈恋爱我也管不着,看男人眼睛擦亮点,别被人哄几句就死心塌地,没结婚就把肚子给搞大了。"温秋娴呼出一口烟雾。她不会教育人,要是会教育也不至于把母女关系弄成这样,她只会说粗话,但都是自己的经验之谈。

从小到大她什么事都任由温予,唯独谈恋爱这件事,温秋娴问过好几次。温予差不多能猜到缘由,她没有不耐烦:"知道,放心吧。"

"知道就好。"温秋娴没再说什么,低头抽自己的烟。她这女儿可比她强多了，除了五官长相，其他都不像自己。不像自己是好事。

才十几分钟，温予又收到叶其蓁发来的微信消息，已经到她家楼下了。

寒风料峭，叶其蓁双手插在口袋里，缩了缩身子，虽然穿着厚厚的羽绒服，但还是打了好几个寒战。

温予一下楼，便看见叶其蓁稍显笨拙的身影，裹得像个粽子。

温予走近，瞧叶其蓁两手空空，故意问："新年礼物呢？"

叶其蓁沉默片刻，下午是被唐棠硬拽出来的，压根没来得及拿。索性抖了个机灵，她往前跨一步，对温予说："喜欢吗？"

温予直笑，知道叶其蓁今天肯定会来找她，只是没想到这么快。她盯着叶其蓁红扑扑的脸颊和鼻尖："这么等不及想见我？"

听温予得意的语气，叶其蓁故作轻松："我是刚好在外面。"

温予说："是吗？"

叶其蓁回答："是。"

温予顺着她的话："嗯，你说是就是。"

叶其蓁撇嘴，温予每回用这种迁就的口吻说话，都弄得她很没面子。

温秋娴站在窗边，往楼下看了看，见温予跟个女孩子一起往外走，不是别人，还真是先前陪自己去医院的那个小姑娘……

夜色缓缓降临。

叶其蓁问温予有没有想吃的，温予想了想，说想吃一中旁边的馄饨。

于是两人直接打车过去。

还好小吃店初七就营业了，她们没有跑空。冬天吹了风再喝一口暖乎乎的馄饨汤，多了夏天尝不到的滋味。

温予大概是彻底被叶其蓁影响了，一口接一口，吃得格外香。

走出小吃店，天完全黑了。

叶其蓁和温予漫无目的在老街逛。她们只要待在一块儿，就很放松舒服，甚至不需要多说什么。

天空中飘起了细雪。

"又下雪了。"

温予也接了片雪花在手心："嗯。"

路灯散发出暖黄色的光，铺满旧巷子，叶其蓁望见雪花无声落在温予的发梢，显得清冷，却又温暖。

晚上气温要比下午低上许多。巷子口风大，卷着雪花漫天飞舞。雪渐渐下大了。

两人加快步伐，走几分钟便到了老房子。

夜间风雪很大，但被窝里暖和舒服。因为疲惫，温予入睡得很快。

早上睡醒，温予从床上坐起身，理了理略微凌乱的长发，走出卧室后，依旧不见叶其蓁身影。

房间好像被收拾过，温予环顾一圈，才看到餐桌上留了份早餐，钥匙下还压着一张纸条。她拿起纸条看，留言是叶其蓁的字迹：我有事先回家一趟，早餐凉了记得热热再吃。

已经走了？温予揉了揉额头，睡太沉了，完全没察觉到，叶其蓁也不叫她，都不知道什么时候走的。

餐桌上的早餐仍温热，应该离开不久。

叶其蓁是在早上八点多接到陈茵的电话，催她回去，没具体说什么事，她猜多半是家里今天又有客人来串门。

然而回到家以后，只有陈茵一个人在，安静冷清。

"妈。"叶其蓁很快察觉到气氛不对，她看陈茵脸色也不大好，"什么事？"

陈茵却沉默不语。

叶其蓁很了解，陈茵尽管严肃，但只有在情绪极度不满时才会像现在这样，一言不发，先用压迫性的目光盯着你，仿佛在等你先认错。

陈茵吸了口气，声音不大不小地质问道："你昨晚住在哪儿？"

"朋友家。"

"什么朋友？"陈茵步步追问，气不打一处来，"你现在倒好，夜不归宿都不跟家里说一声了？"

"我昨天……"叶其蓁皱眉，她昨晚确实是忘记跟陈茵说了，接着解释，"我跟温予在一起，你见过她的，之前暑假在医院。"

那个长相颇漂亮的女孩子，陈茵有印象，叶其蓁正是跟她走近以后，时常看不着人影："你以后离她远点。"

"为什么？"叶其蓁拔高声调。

"一天到晚跟着她在外面玩像什么话？"陈茵厉声说教着，"你现在要以学业为重，多花心思在学习上，你还得考研呢。"

叶其蓁难得发脾气："我的事我自己心里有数，这些你也管不着。"

"你是不是要气死我？！"陈茵吼道，"选专业的事也是，是不是不让你做什么你偏要做什么？"

叶其蓁沉默。

气氛降到冰点，片刻的沉寂也可以漫长得宛如一个世纪。

陈茵跌坐在椅子上，掌心揉着额头，闭了闭眼深深叹气，平日里她再冷静，当下也没办法控制住情绪。

正僵持着，门铃响了。

陈茵安静，又重重呼了口气，强打起精神。有客人到访，她素来要面子，努力让方才的情绪不露痕迹。

叶其蓁回到卧室，她背靠在门后，用手背擦着眼泪，有几分呆怔。手里捏着的手机这时振了振，温予给她发微信消息了："什么事这么急？"

一滴热泪落在屏幕上，叶其蓁吸着鼻子，胡乱擦了下，她盯着屏幕犹豫良久，决定还是暂时不告诉温予。

门外，她能听到陈茵和别人的聊天声，她只是打字回复："家里来客人了。"

白天家里都有客人，让叶其蓁多了口喘气的机会。但到傍晚时分，家里客人散了以后，空气压抑到了极致。

陈茵把叶其繁叫了过来。几个人围坐沙发，简直称得上"三堂会审"。

叶其蓁跟家里又大吵了一架，因为考研选专业的事，矛盾一直都在，今天只不过堆积在一起爆发了。爆发也好，反正是迟早的事。早点面对早点解脱。

先是一阵沉默。

"听家里的，别自己做决定。"叶父叹着气，沉声道。

叶其蓁却倔强："我不会改的。"

叶父黑了黑脸，快压不住火气："你有没有听进去我的话。越大越叛逆。"

任凭他们怎么说，叶其蓁眼里始终没有丝毫波澜："我有我自己的想法，你们为什么非得帮我做决定？我不喜欢这样。"

陈茵怒了："我们还能害你吗？你这个年纪还不够成熟，就应该听家里人的话，你以为你什么都懂了，其实什么都不懂。"

叶其蓁眼中含泪，但没落下来，她明白家里早就帮她设想好了一条路，就像当初安排她姐一样，毕业以后得到一份体面稳定的工作，再找一个门当户对的男生结婚。而她现在直接跳到了这个框架之外，她爸妈绝不会支持。

可那又如何呢？她早就厌倦了像个提线木偶一样。

"我的事我决定。"叶其蓁以更硬气的声音复述着。这句话里包含了这么多年她心中压抑已久的一面。她从来都是乖乖讨着身边人的欢喜，从未这么强势地"叛逆"过，就连叶其繁都看惊了。

一巴掌狠狠扇了过来，叶其蓁只觉得脸颊又麻又刺痛，脑袋嗡嗡犯晕。一个成年男人的力气有多大可想而知。

"老叶……"陈茵上前拽住。

叶其繁也忙将叶其蓁拉到身后。叶其蓁一阵恶心，脑袋晕乎乎的，说不上话，好半会儿都缓不过来。

"她这么大了，既然有自己的打算，不支持也尊重点吧。"一直寡言的叶其繁说道。

叶其蓁骤然心一暖，至少自己不是孤立无援。

陈茵这时放低了嗓音，训起了叶其蓁："你能不能多向你姐学学，懂事点，让我们少操点心。"

一句不够懂事，让叶其蓁泪如雨下，原来自己不管多努力，他们都不在意，他们只在意结果是不是他们想要的。

"我就是我，为什么非要让我像姐姐一样？"叶其蓁今晚反叛到底了，边哭边说，"你们根本就不在乎我的想法，只在乎你们的面子，只在乎别人夸你女儿又拿了第一。"

叶其繁心被扎了下，低垂着头，脑袋里一团乱麻。

"你说的什么话，"陈茵说，"爸妈还不是为你们着想，我们尽心尽力帮你们安排，还不是为了让你们将来更好？"

"我自己想要什么，我比你们更清楚。"

"你比我们清楚？你怎么就比我们清楚了？"陈茵继续道，"你看看你姐，要比别人少走多少弯路。"

又是这套熟悉的说辞，叶其蘩咬咬唇，她抬了抬头，脸上同样没有什么表情，带着麻木："我离婚了。"

客厅里一片死寂。

这晚，温家也不安宁。母女俩面对面僵着。

起因是温秋娴在打麻将时，发现手机上收到了好几条微信消息，而给她发消息来的是陈茵。

温秋娴时常犯胃病，后来在医院又偶遇过陈茵一次，想到是女儿同学的家长，她打招呼时顺便加了个微信，也算不上有交集。

看到陈茵主动联系，温秋娴还挺意外的。

温予笔尖沙沙在画纸上描绘，见温秋娴一回家就走了过来，站在自己跟前，像有话说，却又沉默。

良久，温予先问："有什么事？"

温秋娴目光扫过画纸，尽管还没画好，她也看出来画的是那个小姑娘。她低头盯着温予，问道："你跟那个女孩子是怎么回事？"

温予斜眸，表现得淡然，问："哪个？"

"昨晚上跟你一起的那个。"温秋娴直言不讳，她性子急，不喜欢拐弯抹角，"她妈妈打电话找我了，说你把她女儿给带坏了，影响人家学习了。"

一想到陈茵说话时咄咄逼人，温秋娴满脸不爽，什么叫自己女儿带坏她女儿。

温予执笔的手停下，这才变了神色，立即又想到叶其蘩早上是被家里匆匆叫回去的，肯定是发生了什么。

她看了温秋娴一眼，没回答，忙起身去拿手机打电话。

一遍无人接听，两遍还是无人接听，三遍……

逐渐焦急不安。

电话一直打不通，温予焦头烂额，只好联系唐棠。唐棠今天去外地了，接到温予电话时整个人是蒙的，一无所知。

"你先别急，她可能暂时没空看手机……"唐棠一听到叶其蘩跟家里闹翻了，内心也着急，没想到腥风血雨这么快就到了。

"你有她家地址吗？"脑海里闪过各种各样的情形，温予迅速盘算着。她没去过叶其蓁家，只知道是在附近不远的小区，但不知道详细地址。

"我马上发给你……"

挂断电话，温予着急要走，她实在放心不下。

"你要干吗？"温秋娴叫住温予，气冲冲说。

温予却依旧义无反顾，固执要走。

"你给我站住！"温秋娴还想说什么，就见温予随手拿起一旁的外套，都来不及穿，换上鞋就急忙走了。

温秋娴望着没关上的门，重重叹气。这都是些什么事？合着自己的话没有一点用？

叶家仍旧陷入焦灼状态。

陈茵听到叶其繁说"我离婚了"，当即哑然，更沉重的打击压了过来，她大脑一片空白，半晌说不出话。

叶其繁离婚这件事，显然比叶其蓁的叛逆更让他们难以接受。大女儿是他们一手培养出来的，在任何时候，都是引以为傲的存在。

叶其蓁也诧异，毕竟她姐结婚才不到半年。

"上个月的事。"在几人的目视下，叶其繁木然地补充一句，至于其他，她没准备再说。叶其蓁说了她最想说的，只是一直以来，她活得还不如一个二十岁的女孩清醒勇敢。

"离婚这么大的事，你怎么不跟家里商量？"陈茵声音颤抖。

"我想好了，不用商量。"叶其繁言简意赅。

"是不是那小子做了对不起你的事？"叶父还是不敢相信。

"没有，是我过不下去。"

"有什么过不下去的？！"

叶其繁不语，懒得多说似的。

"你们两个……"叶父苦笑，"这说出去谁不笑话？脸都被你们两个丢尽了。"

叶其蓁听着难受，不想再待下去，憋着一口气想离开。

"要走是吧？你今天要是敢走，以后就别回这个家！"叶父朝叶其蓁厉声喝道。

"冷静一点行不行！"叶其繁突然声音凌厉地吼道，也是她这么多年来，头一回这般说话。

叶其繁这一吼，再度让场面陷入死寂。从来都温柔有礼的人突然发泄，有着惊人的爆发力。

说罢，叶其繁拿起包。

"繁繁，你跟妈说清楚，怎么就……"陈茵想叫住叶其繁。

"我不想再说太多。"叶其繁很清楚，再解释也是徒劳，该说的早就说过，不是他们期待的那样，就永远不是满意的答案。像叶其蓁说的，父母并不是真的在乎她们的感受。

叶其蓁跟叶其繁一起离开了叶家。

砰的一声，门被关上。

陈茵面色枯槁，生活仿佛在一天之间，他们的家庭生活从令无数人羡慕变成一地鸡毛。

雪已经停了，只是风有些大。

刚下楼，叶其蓁竟在楼下撞见了温予，温予也看到了她，迎风朝她跑了过来。

这时候看到温予，叶其蓁眼泪奔涌，警告自己不能哭，但无济于事。

温予看到叶其蓁，心中这才踏实："怎么不接我电话？吓死我了……"

叶其蓁想起手机静音放在卧室里，压根就没听到，出来得又急，也没顾上看。

"我没看到，你怎么过来了？"

温予看着叶其蓁哭得红肿的眼睛："为什么不告诉我？我听我妈说了才知道。"

怎么会这样？叶其蓁大脑完全乱了，今晚上都是乱糟糟的，再加上被狠狠扇了一耳光，脑袋现在仍晕着，恶心难受。

尽管路灯不算明亮，温予还是发现了叶其蓁左脸颊的痕迹，她轻轻碰了碰："被打的？"

叶其繁还没离开，她走近问："这么晚，你们有地方去吗？"

叶其蓁轻声说："我姐。"

"有地方去。"温予出来时特意拿了钥匙，她又对叶其蓁说，"我们去老房子。"

叶其蓁点点头。

叶其繁说:"我开了车,送你们。"

看了手机以后,叶其蓁才发现有几十个未接电话,中间有几个是唐棠的,剩下都是温予打来的。

不到二十分钟的车程,很快就到了目的地。叶其繁将车停在老街的路口,她回了回头:"这儿?"

"嗯,谢谢姐姐。"温予说。

"姐,今天谢谢你。"叶其蓁也同叶其繁说道。如果不是她姐,她想象不到这件事会怎样收尾,可能会难堪许多吧。

叶其繁说:"没什么。"

下了车,叶其蓁站在车窗外,忽然又叫了声:"姐。"

叶其繁落下车窗,偏过头。

"不管你做什么决定,我都支持你。"叶其蓁眼眶湿湿的,对叶其繁笑说。想到那天叶其繁偷偷抽烟的模样,她姐的心理压力一定也很大吧。

"嗯。"叶其繁应了声,"以前没发现你这么爱哭啊?"

叶其蓁不好意思地笑。说来不可思议,她们是亲姐妹,却压根算不上了解彼此。

叶其繁轻声来了句:"我走了。"

叶其蓁想,很多时候看似糟糕,又没那么糟糕。

"有事可以联系我。"叶其繁想了想又说,家里的情况够呛。

"嗯。"

叶其繁关上车窗,开车驶入夜色。

叶其蓁望着渐行渐远的车尾,有些发呆,她跟她姐的关系从小到大都处于一种不冷不热的状态,或许是大人爱拿她们对比吧,好像潜意识就到了对立面,姐妹俩注定亲密不到哪儿去。

一个永远要当榜样,一个永远得不到肯定,这样都太累了,今晚爆发出来,反而觉得轻松。

上了楼,温予第一时间检查叶其蓁的脸蛋,这才看清有多严重。

"我妈怎么会联系你妈?"叶其蓁想不通这点。不过这的确是陈茵能干出来的事,记得小时候有朋友来找她姐玩,陈茵就拐着弯跟人家家长说,自己女儿平时补习很忙,让她家小孩不要总是来找。

温予摇摇头,注意力还在叶其蓁的脸蛋上:"还有没有其他地方不舒服？"

叶其蓁也摇头。

"都不跟我说。"温予上午就担心,她发消息问了叶其蓁是什么事,被叶其蓁找借口骗了过去。

叶其蓁很了解她爸妈的脾气,叫上温予一起也没用,改变不了什么的,只会让温予跟她一起受委屈。

"打得这么重。"温予想到这一巴掌和自己有关,她更难受,眼角不自觉湿润。

叶其蓁好不容易克制住眼泪,可看到温予红着眼心疼自己的模样,她豆大的泪珠又涌了下来。

叶其蓁反过来哄她,含泪笑着说:"没事,吵一架而已。"

"没事。"叶其蓁又笑说一遍。

温予见叶其蓁的泪水在眼眶里打转,却依然逞强忍着不哭,她心疼地说:"难受就哭出来,不要忍了。"

"我没有……"叶其蓁还想嘴硬,只不过在温予的注视下,她话还没说完,便泣不成声,只剩呜咽。在温予面前忍住不哭太难了。

"你该跟我说的。"温予望着叶其蓁泪汪汪的眼眸,语气不是埋怨,而是自责。

叶其蓁一下哭得太凶,抽泣着说不上话。

温予轻轻揉着叶其蓁头发,就让叶其蓁靠在她肩上哭,哭出来至少会好受些。

"他们根本就不在意我。不管我多努力去讨他们喜欢,他们都看不到,他们就是觉得我不够好,从小到大都是……"叶其蓁哽咽说出了自己的心里话。

叶其蓁在温予面前哭过很多次,却是头一回哭得这么狼狈,哭得整个身子都在发颤。

"我在意你。"温予不停摸头安抚着她。

"嗯。"叶其蓁抬头看温予,哭出来舒服多了。父母的缘故,让她从小就害怕被人讨厌,养成了讨好他人的性格,可即便人缘再好,她依旧觉得压抑孤独。

还好,她遇到了温予。

晚上十一点,叶其蓁在洗澡的时候,温予接到了温秋娴打来的电话。她盯着屏幕片刻,一接听,听筒便传来一阵骂骂咧咧:"你死哪儿去了?不打算回来了是吧?"

声音暴躁刺耳,温予回答得很平静,并没有要吵闹的意思:"我们在老房子这边,今晚不回去了。"

温秋娴又轻飘飘地问:"那丫头跟家里闹翻了?"

温予没回答。

温秋娴跟着沉静了一会儿,缓了缓,声音低沉:"你明天就给我回来。"

温予咬着牙说:"我得跟她待一块儿。"

"你……我都要被你给气死了!"温秋娴越说越无力,不愧是自己亲生的,这方面性格跟她年轻时候一模一样,死犟死犟的。

最后这通电话以温秋娴不耐烦的一句"随你,我还懒得管"收尾。

"阿姨打来的?"

"嗯。"

叶其蓁问:"阿姨打电话跟你说什么了?"

"她问我什么情况。"温予看透叶其蓁的担心,"其他的没说。"

"真的吗?"叶其蓁怕温予是在安慰自己。

"没骗你。"温予明白,温秋娴虽说脾气暴躁,但其实刀子嘴豆腐心。

叶其蓁一笑。

温予看叶其蓁的脸颊,细看痕迹还是明显。

叶其蓁说:"不疼了。"

温予道:"不要胡思乱想了,睡觉。"

叶家这几天都处于一团糟的状态。

就在陈茵为叶其繁离婚的事焦头烂额时,她收到温秋娴发来的微信消息,约她见面。

下午,两人在一家茶吧碰面。

陈茵只见过温秋娴两次,但印象颇深,总是画着精致浓妆,看着才三十几岁,很难想象对方女儿已经跟自己女儿一般大。

"其实我本来也打算约您见一面,好好谈谈我们女儿的事。"陈茵在温秋娴对面坐下,礼貌地笑着说,因为两个女儿都闹出一堆事,她肉眼可见憔悴了不少,"我女儿认识你女儿以后,心思都不在学习上了,她以前可不这样。"

温秋娴素来看得开,这两天也想过不少。她默然片刻,抬头同陈茵说:"陈医生,你什么意思?你的意思是我女儿带坏你女儿了?我女儿虽然是学艺术的,但成绩一直很好,不是那种贪玩的人。"

陈茵尴尬地笑:"我女儿也不是贪玩的人。"

温秋娴眨眨眼,说得轻松:"那不就得了。"

陈茵微蹙眉头:"温女士,你今天约我出来,是想说什么?"

温秋娴一笑:"我就想说,她们年纪也不小了,我们当家长的还是不要管太紧,管太紧会出问题。真的。"

陈茵端坐着,而后扭头看着窗外,沉默。

这些天过得比叶其蓁想象中要风平浪静,她给陈茵发了消息说暂时不回家住,陈茵只字未回,也许是在赌气,也许是叶其繁离婚的事,让家里无暇顾及她这边。

又下雪了,小巷子被染白。叶其蓁趴在窗边,凝神盯着某一处。

温予悄声站在一旁,若有所思地看了一会儿,徐徐走过去。

叶其蓁迟钝地回神,她转过头看温予,唇角勾起。

即便叶其蓁笑着,温予仍然能看穿叶其蓁的不安,最近发生这么多事,怎么可能轻松得起来?况且叶其蓁跟她不一样,她我行我素惯了,叶其蓁是第一次跟家里闹成这样⋯⋯

温予说:"跟你商量一件事。"

叶其蓁说:"嗯?"

温予看了她半秒:"我妈让我回家吃饭,我们一起吧?"

叶其蓁:"一起?"

温予被叶其蓁木木的表情逗得直笑:"我妈就是看着凶而已,不用怕。"

叶其蓁:"我才不怕。"

温予看到叶其蓁脸上露出笑,也笑了下。

傍晚时分，温予带着叶其蓁回家吃饭。

温秋娴一想到那天陈茵对自己的傲慢模样，口口声声说自己女儿带坏她女儿，不太愉快，她瞧着叶其蓁，面色冷淡，以致气氛骤然尴尬。

"阿姨好。"叶其蓁还是笑盈盈跟温秋娴打招呼。

温秋娴没吱声，盯着眼前的小姑娘打量，依旧摆出一副爱搭不理的姿态。

叶其蓁微抿唇，心间忐忑。

温予转头看叶其蓁一眼，牵着她的手笑了笑，用眼神告诉她没事。

三个人共处一室，坐在沙发上，这种尴尬僵硬的氛围持续了好一阵。

最后，还是叶其蓁先坐不住，开口打破沉寂："阿姨。"

温秋娴斜眸看着她，半晌没作声。

温予眉眼和温秋娴有八分相似，漂亮得带有攻击性，特别是不说话时。而温秋娴的阅历年纪在那儿，显得更加不好惹。

"你别吓唬她了。"温予同温秋娴说道。

"我怎么吓唬她了？"温秋娴高声反驳。

叶其蓁内心紧张。

温予却看看叶其蓁，低声笑说："她就这样，习惯就好。"

温秋娴就是嘴硬心软，她瞧叶其蓁乖巧可爱，也没太难为小姑娘："行了，不逗你了。"

叶其蓁："……"

她确实应该习惯温予和温秋娴的相处方式，早就见识过了。

晚餐温秋娴做了一顿还像那么回事的饭菜，她极少亲自下厨，今晚还挺有当家长的样子。

"阿姨，您烧菜真好吃。"叶其蓁吃了几口，不忘夸夸。

"是吗？"温秋娴看叶其蓁吃得香，不像是奉承的话，喜形于色，"那你多吃点。"

"好！"叶其蓁看温秋娴的态度温和起来，松了一大口气。

温予没说话，晚上的菜温秋娴大概是用心做的，味道确实比平时要好。她夹了一块排骨，送到了叶其蓁碗里。

叶其蓁会意，温予知道她爱吃带脆骨的，每次夹到都要让给她。

温秋娴看这两人之间的默契，两人无疑是一起玩了很久了。她以前常想，她女儿的怪脾气，得什么样的人才能治得住？万万没想到是个瘦瘦小小的小丫头片子。

叶其蓁乖巧礼貌，但不会过于拘谨，笑起来又甜，给人感觉就舒服，天生讨人喜欢，尤其是讨长辈喜欢。

"丫头，这个也尝尝。"逐渐熟络，温秋娴一口一个丫头叫着。

"好，谢谢阿姨。"

"多吃点。"温秋娴笑说。大概是和自己女儿对比太明显，温秋娴看着小姑娘笑起来就心情好。

她是一个人把女儿拉扯大的，不容易，偏偏温予的脾气跟她一样大，两个人硬碰硬，在一块儿就没正常相处过。她可羡慕别人家的女儿乖巧懂事了，现在真跟自己多了个女儿一样，还是个这么乖的，越看越喜欢。

吃着饭，时不时说几句话，有叶其蓁在的缘故，今晚餐桌上的气氛不冷，比平时还要和谐许多。

晚饭过后，温秋娴也没把叶其蓁当外人，还拉着叶其蓁陪她一起看电视。正好叶其蓁能哄人开心，不管什么电视剧，都能陪温秋娴聊上几句，一片融洽。

温予坐在边上一脸无奈以及不可思议。她又用余光瞥了瞥温秋娴，当初电话里有多冷淡，现在就有多热情，这转变是不是太大了点？

没看多久电视，叶其蓁接到了陈茵打来的电话，她起身走到边上去接："妈……"

"你这两天见过你姐没？"陈茵径直问。

"没有，"听到陈茵失措的声音，叶其蓁的心悬了起来，"怎么了？"

"她不接我电话，你联系得到她吗？不过说了她几句，一个比一个不省心……"

几经周折，陈茵终于联系上了叶其繁。是医院那边打来的，她接到电话时，心提到了嗓子眼，之后又重重舒了口气。

叶其蓁得知叶其繁在医院，也担心得不行，温秋娴见她焦急，片刻没耽搁，直接开车送她过去。

病房里，冷白色的灯光衬得叶其繁的皮肤更加苍白，她扭头躲过了众人的目光，半合上眼，干燥的唇闭着，始终一言不发。

叶其蓁匆匆赶来病房时,叶其繁躺在病床上,陈茵则站在床边,像是刚到。

气氛沉寂得怪异。

叶其蓁压低声音问:"姐,你没事吧?"

陈茵回过头,她眼神飘忽,心不在焉地轻声说了声"没事了"。

这是那晚大闹过后母女俩第一次见面,叶其蓁能看出来陈茵的精神状态很糟糕,脸色也差,忽然间好像苍老了好几岁。

叶其蓁看向病床,听陈茵说,叶其繁是喝酒喝进了医院,好在无大碍,虚惊一场。

陈茵也是今天才知道叶其繁抽烟喝酒一样不落,一手教育出来引以为傲的大女儿怎么会变成这样?她望着像是变了一个人的叶其繁,有些无助,又陷入自我怀疑。

叶其蓁不觉得叶其繁是变了一个人,或许她姐本来就是这样,只不过卸下了面具,不符合他们的期待而已。

"你到底怎么回事?"陈茵苦口婆心。

沉默许久的叶其繁这时才转过头,她声音虚弱但语气有力:"我是不是任何事都要给你们一个满意的交代才可以?"

这些天,让她崩溃的不是离婚本身这件事,离婚真没什么,烦人的是身边人的议论和指点,明明不能感同身受,他们却偏要以过来人的身份告诉你,你的选择是错的,要怎样做才是正确。

"可是离婚这么大……"陈茵脱口而出,见邻床病人看过来,她无奈,硬憋着没再说下去。

叶其繁尽可能冷静说:"我想一个人休息一下。"

"我们先出去吧,"叶其蓁赶紧跟陈茵说,两个情绪都差的人并不适合待在一起,"让姐休息一下。"

陈茵红着眸子走出了病房,低垂头,半晌不言语。叶其蓁就站在她身畔,也没有说话。

温秋娴算明白发生什么事了,她站在一旁,忍不住说:"陈医生,这人生不如意十之八九,看开点吧,别太轴。过不下去离婚就离婚呗,这都什么年代了,离婚又不是什么大事……"

长廊里人来人往,陈茵耳边听到温秋娴左一个离婚右一个离婚的,更加头大。

"温予。"叶其蓁不太放心这边情况,肯定得留下来,于是说,"你跟阿姨先回去吧,我想留在这儿陪陪我姐。"

"我陪你。"温予也不放心叶其蓁,到现在,叶其蓁和家里的关系还是僵的。

"不用,你跟阿姨回去吧,很晚了。"叶其蓁摇头道,转头又跟温秋娴道了谢,感谢她特意开车送自己来医院。

温予只好答应,她看向态度冷冰冰的陈茵,还是礼貌地说了句:"阿姨,我们先走了。"

陈茵抬头看了看,想说什么又没说。

叶其蓁陪温予走到电梯口,按了下行键,温予却说:"我还是留下陪你吧。"

叶其蓁笑道:"没关系的。"

"有什么事一定要给我打电话,不管多晚都要打。"温予继续交代。

"嗯。"叶其蓁看温予放不下心,悄悄说,"你别担心。"

转眼寒假只剩几天了。因为叶其繁突然住院,叶其蓁又住回了叶家,但气氛不算和谐,依然压抑。

叶其繁出院以后,情绪稳定了下来,并且愿意主动聊起一些事。她说离婚不是因为出轨,也无关家庭暴力,就是觉得现在的生活不是她想要的。

陈茵显然接受不了这种说法,只是不敢再说重话:"两个人生活在一起肯定会有摩擦,哪有不吵架的?你还是太冲动了。"

"我很冷静。可能你们都觉得我已经过得很好了,在合适的年纪和合适的人结婚,顺风顺水,还有什么不满足的?我每天回到家里,要面对一个压根不那么喜欢的人,要忍受因为鸡毛蒜皮的事而争吵,你们说这就是生活,可我一想到以后的几十年都要这样,我觉得很崩溃。"叶其繁心平气和地说。

爱情,婚姻,家庭,一旦成为衡量幸福的标准,就沦为变相的束缚。她按部就班,在合适的时间完成所谓的指标,可她并不觉得开心。

叶其繁继续说道:"或许我让你们很失望,但这个选择就是我自己想要的。我只能说,不要再用你们的期望来衡量我的生活了,否则会更失望。"

陈茵被说得哑然无声。

叶其蓁不知道家里能不能理解她姐姐,但无所谓了,叶其繁现在的状态要比以前好太多。至少可以恣意地表达自己的喜怒哀乐,不再为外界而隐忍压抑,维持所谓的完美人设。

寒假结束后,叶其蓁和温予告别了北临,也告别了沉闷许久的冬天,重新回到学校,回到了属于她们的世界。

南城初春来得很快,才开学,湖畔柳枝就抽了新芽。阳光下,风托着柳条轻荡,缱绻温柔,一切明媚正好。

公寓将近一个月没住人,叶其蓁回来的第一件事,就是认认真真地打扫一遍卫生。

楼下新开了一家花店,她们刚刚下楼经过时买了一束花。

温予站在书桌旁,饶有兴致地将花束一枝枝插进玻璃花瓶。

叶其蓁正摆弄着相机,无意看见这一幕,便将镜头对准了温予的侧脸,轻而易举就能找到最佳角度。毕竟镜头里是她再熟悉不过的模特。

按下快门的咔嚓声引起了温予的注意,她习以为常,只给叶其蓁递去一个默契的眼神。

叶其蓁拍了好几张才放下相机,她慢慢悠悠走到温予跟前,看着花瓶里的新鲜花束,她心血来潮掐下一朵小花,别在温予的耳后。

温予站着乖乖让叶其蓁装扮,以为叶其蓁是要给她拍照,结果叶其蓁就只是盯着她,嘴角扬起的弧度漂亮。

"笑得这么开心?"

"心情好啊。"叶其蓁说。

"总是傻乐和,你哪天心情不好了?"温予垂眸说她,就连寒假最难熬的那几天,叶其蓁也时刻保持这样的笑容。

"你说就说,不要加个傻字行不行?"叶其蓁跟温予讨价还价,"见过我这么水灵的傻子吗?"

温予瞧着她直笑。

叶其蓁撒娇:"因为跟温予予在一起的每天都开心。"

温予说:"嘴好甜。"

"有吗?"叶其蓁突然想起落下的一件重要事,"你跟我来。"

温予不懂叶其蓁神神秘秘要做什么，跟在她身后。

叶其蓁把一本厚厚的相册交到了温予手里。

温予翻开看，里面都是平时记录生活的照片，从大一时就开始了，很多照片下还贴心写了日期和备注：

第一次一起看烟花。

第一次一起看日落。

第一次一起去爬山。

…………

她陪我过的第一个生日。

我陪她过的第一个生日。

…………

后来，她们的照片就更多了。

华灯初上，夜悄悄到来。两个人坐在沙发上，翻着一张张的照片看，许多回忆都浮现在脑海中。

温予忽然笑了笑，她看到一张自己在天台玩仙女棒的照片，噼里啪啦的火光照亮了半张侧脸，是叶其蓁偷拍的。

"这是新年礼物？"

叶其蓁问："喜欢吗？"

温予认真地回答："喜欢。"

波澜过后，一切恢复往常。

到了大三下学期，和大部分人一样，叶其蓁把更多精力放在了学习上，按部就班地看书，准备保研材料，这三年她的专业排名一直拔尖，保研问题不大。

温予没有考研的打算，学业上相对轻松些。两个人虽然步伐不一样，但又能完美适应彼此的节奏。

下午没课时，她们去图书馆也是常有的事。两个人不一定坐在一块儿，但会坐在抬头就能看见对方的位置。

又过了一遍笔记，叶其蓁撑起脑袋，下意识看向温予的方向，好巧不巧，瞧见有个男生站在一旁，弯腰跟温予说着什么。

温予就是冷冷淡淡的神情，直直地坐着，目不斜视，薄唇微微张合，说起话来惜字如金。留意叶其蓁在看她,她柔和地笑了笑。

  远处传来铃声,最后一节课的下课铃响了。叶其蓁收拾好书本,缓缓走到温予身边,两人一起离开。

  正值晚饭的点,路过学校里的美食广场,叶其蓁闻到香气,她拉住温予:"想吃砂锅粉丝。"

  温予想到大一的时候,叶其蓁就是这样一碰到喜欢吃的就走不动道一样:"叶同学,能不能成熟点?都快当大四学姐了。"

  "温同学,我又不是你学姐。"叶其蓁为自己的幼稚找借口,有理有据。

  尽管没到夏天,吃砂锅还是有些热。叶其蓁吃完身上都出汗了,走在晚风徐徐的林荫道下才稍稍凉快。

  慢悠悠地在学校散了一圈步,她们才回去小公寓。

  叶其蓁换鞋时,问温予:"今天那个人跟你说什么?"

  温予问:"哪个?"

  "就是,下午在图书馆那个。"

  温予笑了,没说话。

  叶其蓁猜:"他跟你表白?"

  温予却说:"我又不是你,哪有那么多学长学弟表白。"

  叶其蓁吃瘪。

  "他认错人了。"温予解释。

  "认错人?不就是想搭讪你。"叶其蓁嘀嘀咕咕。

  "你看他能搭讪上我吗?"温予反问叶其蓁。

  叶其蓁笑着赞同,Z大的"高冷女神",确实没人能搭讪上。

  保研名单九月份下来了,叶其蓁如愿以偿,实现了自己的目标。温予似乎比她还要高兴,主动提出庆祝一番。

  于是,两人又叫上了唐棠他们,几个朋友热闹地聚一聚。

  叶其蓁能真真切切感受到温予的变化,也许温予在外人眼中依旧是那个"高冷范"十足的女神,但她知道,温予已经不再将自己禁锢在封闭的世界,开始习惯身边的欢声笑语,习惯生活应该是五颜六色的。

  温予见叶其蓁喝了半罐啤酒,还在继续,不禁提醒她:"少喝点,醉了我可不管你。"

叶其蓁不信,要是真醉了,有人肯定不会坐视不管。

从大一到大四,叶其蓁的酒量略有长进,不过也仅限于喝下一罐啤酒,不能再多了。

八点聚餐结束。

学校西门往里走,有一个环形小广场,晚上往往是最热闹的时候,时不时还能碰到学生露天驻唱。今晚也有,是两个女孩子一起,你一句我一句唱着小甜歌,声音清脆。引来不少人坐在阶梯上静静听。

温予也拉着叶其蓁在阶梯上坐下休息,叶其蓁脸上的红晕未散,她瞧着,嫌弃地说:"喝一罐就成这样了。"

叶其蓁抱着温予的胳膊,懒懒靠在她的身侧。

"醉了?"温予的声音立即变柔。

"好像是的,有点晕。"叶其蓁抬了抬下巴,眼巴巴地看着温予说。

"让你喝那么多,很难受?"

听到温予的关心,叶其蓁一脸得意地笑着:"晚上谁说不管我的?"只是微醺,她心里有数,不会让自己醉。

"那我就把你扔这儿了。"温予说。

"要是我被别人拐走了,你忍心吗?"喝了点小酒的叶同学耍起赖皮,有恃无恐地说道。

"醉鬼,你想跟谁走啊?"温予这么问叶其蓁。

"你什么理解能力?"叶其蓁扬着脸,"你是不是语文没学好?"

温予禁不住笑。

耳畔歌声徐来,前奏舒缓动听,是熟悉的曲调。

两人安静地听歌。

"我等的人,他在多远的未来……"

叶其蓁想起上次在学校听到有人唱这首歌,还是三年前,也是这个季节,她们大一军训。满满的回忆。

实习,考研,考公务员,出国……到了大四,大家都在为未来即将奔赴的道路做着准备。虽然叶其蓁还会留校读研,但她依然特别珍惜大四生活。

温予在一家颇有名气的设计公司实习,叶其蓁尽管保了研,但也没闲下来，找了份实习记者的工作，两人一起完成从校园到职场的过渡。

这个过程中多少会有烦恼和不顺利，好在并不孤单。

今年蝉鸣格外早，毕业的夏天来得很快。

大学四年，像一眨眼的工夫就要面临告别。

这天天气很好，Z大校园里热闹非凡，随处可见穿着学士服的少男少女，人来人往，是每年夏季都会上演的一幕。

在图书馆前的广场上，大家挤在一起拍着大合照，笑容洋溢，青春如骄阳。

拍完合照，叶其蓁迫不及待去找温予，风呼呼吹着宽大的学士袍，她脚步轻快，像要飞起来。

"温予！"

阳光下，温予笑靥如花，早在第一时间看见叶其蓁朝她跑过来。

她们又重走了一遍常去的地方，图书馆、宿舍、教学楼、操场、报告厅、人工湖、银杏道……

走到她们常常一起夜跑的南操场，想到温予要毕业，自己还要留校，叶其蓁忽然有些伤感，她们的校园生活要告一段落了。

温予笑她傻，说不管怎么样，自己都一直在她身边。

叶其蓁豁然开朗，比起不舍，她更应该憧憬她们的未来。

唐棠全程跟在叶其蓁和温予身边，举着相机拍得不亦乐乎。

随着相机快门键的按下，一幕幕定格在照片中：骄阳似火的夏天，清风拂过的梧桐，还有两个女孩的灿烂笑容。

番外一 /
毕业后的那些小事

1. 毕业

毕业，拍照，聚餐，一整天忙碌下来，叶其蓁原本都累得昏昏欲睡了，结果洗完澡爬到床上，忽然又精神起来。

温予瞧见叶其蓁还倚靠在床头，划着手机屏幕，目不转睛地盯着笑。

"看什么？还不睡。"

"看照片。"叶其蓁低着头说。

"好喜欢这张啊，侧脸真好看。"

温予逗她说："照片比真人好看，是吧？"

叶其蓁这才转头看着温予，说出了标准答案："没有，一样好看。"

温予乐了，和叶其蓁一起看。她不是个爱拍照的人，但今天和叶其蓁拍了好多照片，恨不得把每分每秒都记录下来。瞅见一张搞怪的，她跟叶其蓁说："把这张发给我。"

叶其蓁不解。

"做微信头像。"温予说。

是拍糊的一张合照，温予是美的，可自己就跟表情包似的，叶其蓁不干："你故意的吧，这张我这么丑。"

温予说："挺可爱的啊。"

叶其蓁："……"

看着照片没聊几句，身侧便安静了下来，叶其蓁小心翼翼地偏过头，发现温予眯着眼，像睡着了。估计今天累了吧，折腾了一整天。

叶其蓁看着温予的睡颜，又想到一年前还常常失眠的温予，不由得舒心一笑。

温予还没入睡得沉，蒙眬睁眼。

叶其蓁自觉地压低声音:"困了?"

温柔的声音,被人这么唤醒是不会觉得烦的,温予慵懒地目视叶其蓁,哼了一声"嗯"。

看温予迷糊犯困的模样,叶其蓁直笑,帮她盖好被子:"睡吧。"

温予疲倦地笑了笑,又是一声"嗯"。

眯眼没一会儿,温予沉沉地睡着了。

叶其蓁跟家里的关系,一切如旧。偶尔微信上联系,但始终存在隔阂。毕业后,她主动给家里打了电话,跟陈茵说暂时不回家,准备毕业旅行。

陈茵当时沉默了好几秒,最后只问了声:"钱够吗?"

叶其蓁说"够"。

母女俩就这么结束了通话。

毕业的这个夏天,叶其蓁和温予进行了一趟短期旅行,作为大学生活的结束及新生活的起点。俩小姑娘,从南到北,一路上挑了几个好玩的城市,游逛了大半个月,无忧无虑,怎么开心怎么来。

其间,温秋娴打过一次电话,问她们什么时候回北临。陈茵没有打过电话,回北临的前一天晚上,叶其蓁倒是接到了叶其繁打来的电话。

从她们俩跟家里闹翻时起,叶其蓁和叶其繁的关系便越来越亲近了。起初叶其蓁真的很担心叶其繁离婚后的状态,好在过了一两个月,叶其繁从萎靡情绪中走了出来,开始新生活。而叶家,也不得不接受一些现实。

改变没那么难,难的是坚定决心需要的勇气。

"明天几点的航班?我来接你。"

"不用了。"

"没事,我正好休息。"

叶其蓁最后还是告诉了叶其繁抵达的时间,她姐是想缓和自己与家里的关系吧,她感觉得到。

刚一结束通话,叶其蓁就听到温予随口问:"家里打来的?"

"嗯,我姐,说明天到机场接我。"叶其蓁解释道。

温予一笑,扭头看向窗外夜色。

尽管温予表现得很坦然,叶其蓁还是敏感地察觉到了温予的心思,很简单,只需要稍稍换位思考一下。如果因为自己,温予跟家里多上一层隔阂,那她心里免不得会有一根小刺。偶尔还是会在意吧。

翌日机场，人来人往。

叶其蓁差点没认出叶其繁，还是温予提醒她："那是你姐？"

"姐……"叶其蓁这才迟钝地回过神来，朝叶其繁招手。

乍一眼看去，叶其蓁实在很难将不远处这位穿着露脐装、张扬又飒爽的漂亮女人跟叶其繁联系上。

这居然是她姐？！变化太大了。

叶其繁不紧不慢地走过去，帮忙拉着一只行李箱："走吧。"

不怪叶其蓁一眼没认出，叶其繁和以前文静温婉的模样简直判若两人，曾经的叶其繁，衬衫的第一颗纽扣都要有板有眼地扣得规整。

夏日炎炎，上车后，隔绝接近四十度的高温，叶其蓁身上才稍微舒畅些。

其实还是有点难受。她身板弱得很，半个多月玩了好几座城市，开心归开心，累也是真的累。

温予看叶其蓁直着腰板，平时一坐车就蔫的人，今天倒是精神，明显是在强打精神。

温予轻声说："眯一会儿。"

红灯，叶其繁停下车。透过车内后视镜无意瞥了眼后座，她骤然笑了笑，看看叶其蓁，问："不舒服？"

"没。"叶其蓁更难为情了。

先送了温予回家，叶其蓁再上车，钻进了副驾驶。车内正放着一首英文歌，她不知道名字，只觉得好听。

是夏天的味道，很舒服。

一路上，叶其繁依然话不多，但叶其蓁能看出来，她整个人的精气神都不一样了。真好。

叶其繁余光一瞥，冷不防问叶其蓁："怎么了？"

叶其蓁笑着说："没什么。"

叶其繁知道叶其蓁在惊讶什么，露出最真实的一面后，身边所有人几乎都是这种反应。她淡笑："习惯就好。"

叶其蓁也笑，习惯就好，很多时候不应该是勉强自己去适应别人。

车继续往前行驶，她慵懒地靠着座椅，望着车窗外的风景，手指跟着音乐的节拍轻快地敲着，心中在哼小曲儿。

回家后，叶其蓁还是想找机会再跟陈茵谈谈。如果可以，她想解开心结，这样温予也不会再内疚什么。

这天周末，一家人难得凑一起吃个午饭。叶其蓁默默嚼着米饭，目光游走，想找个合适的时机切入话题。

陈茵问："什么时候开学？"

叶其蓁中规中矩地回答，说导师那边有任务，要提前几天去学校。

陈茵表情绷着，微微点头。叶其蓁留意着陈茵的反应，欲言又止，就在她想主动提起温予时，她听到陈茵轻飘飘地说："那个姑娘呢，她是什么安排？"

叶其蓁顿住，只要稍加思考，就能猜到陈茵在问谁。

陈茵这句话问完后，头没抬，继续夹菜吃饭，假装完全不在意的模样。

叶其蓁故意装傻，轻声问："哪个？"

陈茵愣了愣，还是哼道："你玩得好的那个。"说罢她拿起水杯抿了口水。

叶其蓁傻傻笑了好一会儿，再说话时声音都大了，带着溢于言表的喜悦："她已经拿到工作 offer 了，在一家设计公司，下个月入职，她也在南城，我们隔得不远，以后还是住一块儿。"

听叶其蓁一口气说了许多，陈茵只是简简单单一声："嗯。"

叶其蓁还想说，可是看陈茵不冷不热的态度，又迟疑了。

餐桌上的气氛再度安静下来，叶其繁的声音缓和了略显别扭的气氛，她问叶其蓁："你们毕业拍了不少照片吧？"

叶其蓁瞬间兴致勃勃："嗯，姐你想看吗？"

叶其繁慢条斯理地说："给妈看看吧，那天她还翻你朋友圈。"

叶其蓁听了，不可思议看向陈茵。

陈茵："……"

叶其繁笑而不语，要不是那天撞见陈茵在翻叶其蓁朋友圈，还真以为她铁了心不在意。

这一年叶其繁身上发生的变化，直观地打击了她……也让她冷静下来想了许多、看开了许多。

过会儿，陈茵好像面子挂不住似的，岔开话题："吃饭。"

每次回到北临，叶其蓁都免不得被温予带回家吃饭。其实更多是温秋娴的意思，突然间多了个女儿，她简直一万个乐意。

晚餐时间，温家餐桌上的氛围颇好。叶其蓁就像是温予和温秋娴之间的天然调节剂，有她在，气氛永远都不会僵。

温秋娴脾气大，看着不好相处，但不是脾气臭。她是典型的吃软不吃硬，碰上个会哄人的小姑娘，心里甭提多喜欢了。

"小叶子，都是你爱吃的。"知道叶其蓁爱吃，每回温秋娴都会准备一大桌子的菜，头天晚上还会问一问叶其蓁想吃什么。

"阿姨，好好吃，你手艺越来越好了。"叶其蓁都吃不过来。

温予日常拆台："你吃不出是外卖？"

"那也是阿姨特意帮我点的。"叶其蓁反应很快。

温予瞧着叶其蓁笑，在温秋娴面前，简直一脸谄媚的模样。

温秋娴听了果然开心："对对对，特意给你点的，下次带你去店里吃。"

一片欢乐，叶其蓁很喜欢来这边，比叶家的氛围轻松太多。就连温秋娴和温予母女间的互呛，都特别有意思。

晚饭过后，温秋娴都没出去打麻将，活了几十年，可算是体会到了有个贴心小棉袄是什么滋味。

坐在沙发上，叶其蓁翻着手机里的照片给温秋娴看："这是我们学校的图书馆。"

"哟，怪气派的。"

"阿姨什么时候去南城玩？我可以带您逛逛。"

"真的？"

"嗯。"

…………

温予坐在另一侧沙发上，听着两人津津有味地聊天，无聊地摁着遥控器切台，偶尔给叶其蓁使个眼色。

不知不觉天晚了。

温予用肩膀蹭蹭她："今晚不回去了？"

"别回去了，就住这儿。"温秋娴发话，说得爽快。完全没把叶其蓁当外人。

叶其蓁留了下来，她自然是睡在温予的房间，大概是心情太好，一到卧室她便得意扬扬地跟温予说："阿姨好像很喜欢我过来。"

温秋娴的确喜欢叶其蓁,谁都能看出来。温予被叶其蓁的小表情逗笑:"她之前还说想收你做干女儿。"

"啊?什么时候?"

"前年旅游的时候。"

叶其蓁望着温予,突然一本正经地说:"那你要叫我姐姐。"她们同年,她是三月份生日,温予是十一月,小了大半岁呢。

温予佯装发怒,要收拾她的架势:"你说什么?"

"我比你大,你不应该叫我姐姐?"叶其蓁还幼稚地说道,过会儿,她硬气不起来了,简直是在哀号,"温予,你又来欺负我!"

温予笑个不停。

2. 盛夏

清晨,怕吵醒叶其蓁,温予总会在第一时间关掉闹钟。戛然而止的闹钟声通常吵不醒叶其蓁,今天也不例外。

温予轻手轻脚下了床,往洗手间走去。

大部分时候叶其蓁都比温予醒得晚。

睡醒时,叶其蓁躺在床上先伸了个懒腰,看时间到了七点,她不情不愿地坐起身。

浴室里,温予刚刷完牙,便在镜子里瞧见叶其蓁半睡半醒朝她走过来。

叶其蓁走到温予身后,眼睛像睁不开似的,还在打瞌睡,挺逗的。

温予问:"没睡够?"

叶其蓁点头轻哼:"嗯。"

"那还起这么早?"

"今天早上有课呢。"叶其蓁语气委屈巴巴。

温予记得叶其蓁的课表,本来是打算洗漱完再叫她。她看着叶其蓁蓬松微乱的头发,恶作剧般再揉一揉。

叶其蓁拗不过,便由着她:"温予予同学,跟你商量件事——"

"什么事啊?"

"我们换个房子吧?"

"干吗要换？"

"换个离你公司近点的，这样你早上能多睡会儿。"叶其蓁解释。

"不用。"温予一面说着，一面拿起电动牙刷，挤着牙膏，"我又不是你，天天睡懒觉。"

叶其蓁还想说什么，就被温予塞过来的牙刷堵住了嘴，她只好松开温予，老老实实拿着牙刷开始刷牙。

等叶其蓁刷好牙，温予也洗好了脸，她挤了洗面奶在掌心，揉出泡沫往叶其蓁脸上蹭。叶其蓁觉得温予这是在打着洗脸的幌子"蹂躏"自己，她躲闪："我自己来。"

温予笑着说："别动。"

叶其蓁眯着眼，扬起嘴角说："你温柔点好不好？"

温予的笑容更明媚，早上的好心情是可以持续一整天的。

换房子的事虽然温予说不用，但叶其蓁还是提上了日程。住学校外面的公寓，她上课是方便，但温予上班还是远了点，而且她想租个宽敞一点的两居室。

温予见叶其蓁执意要换房子，便答应了，说等到周末一起去看。她明白叶其蓁更多的是考虑她。

找房子是件挺累人的事，尤其是大夏天的。想要各方面条件都合适就更难了，免不得要走许多处。叶其蓁瞒着温予，提前去看了好几套，都是处于公司和学校之间的折中地段，最后挑了两套最合适的，等着让温予选。

到了周五晚上，温予才知道叶其蓁提前看好了房子："不是说好一起去看？"

"天太热了嘛，我一个人去一样。"叶其蓁说得轻松，上班比上学辛苦，她不想温予到了周末还要奔波。

"其实我没走多少地方，就跟着中介看了两三套。"

"你昨天都中暑了。"温予抓住重点，她都不知道叶其蓁是去找房子才中暑的。

"没事。"叶其蓁笑着敷衍过去，赶紧转移话题，"有两套比较合适，我们明天去看，你要是喜欢，我们就定下来。"

温予拿她没办法。两个人都是宁愿委屈自己，都不愿委屈对方的性格。

最终她们租下了看的第一套房子，六十几平方米的二居室，主卧带了一个大阳台,还是全景落地窗,次卧面积虽然小,但摆一张书桌做书房刚刚好。

这次租房,叶其蓁布置得更用心,像在用心布置自己的小家。客厅显眼的书架上摆了两个相框,一张是她们穿高中校服的合照,一张是她们的大学毕业照。

叶其蓁最喜欢阳台,特意铺了地毯,摆上一个小茶几,晚上两个人待在阳台上看电影吃零食,下雨的时候听雨,不下雨的时候看星星。

搬家一个月后,叶其蓁如愿以偿养了一只小猫。

是只小橘猫,才两个多月大,很可爱,叶其蓁给它取了个名叫汽水。汽水有点调皮,但只要一喂它吃的,就会乖巧撒娇。

小猫是从祁蕴朋友家领养的,温予那天正好看到祁蕴发朋友圈找领养,她知道叶其蓁一直想养猫,就拿着小猫的照片给叶其蓁看,叶其蓁果然喜欢得不行,温予就跟祁蕴说了这件事。

叶其蓁平时就喜欢小动物,汽水刚到家的一星期,她回来的第一件事就是和猫玩。温予瞧见,嘴上虽不说什么,但满肚子无奈。

"汽水,过来。"叶其蓁喜欢用逗猫棒逗着小家伙,叫它名字。小家伙很聪明,没多久听到"汽水"就会有反应,好像知道这是它的名字。

十点了,温予看叶其蓁陪汽水玩了半小时还乐在其中,她催促叶其蓁:"洗澡了。"

叶其蓁没想那么多,随口说:"你先洗吧。"

温予:"……"

一阵安静,温予没吱声,也没起身去浴室洗澡。叶其蓁后知后觉了,她扭过头看温予,只见温予静静望着她。

察觉到不对,叶其蓁笑问:"怎么啦?"

温予一脸有什么地说着:"没什么。"

叶其蓁有种不太好的预感,顾不上绕在她腿边"卖萌"打滚的汽水,她凑到温予面前,一副乖乖认错的模样:"生我气了?"光陪汽水玩了,都没发现温同学今天心情欠佳。

温予推了推叶其蓁,反过来晾着她,不冷不热地说:"我去洗澡了。"

叶其蓁特别怕温予生闷气,不高兴,她拉着温予的手左摇右甩:"洗完澡我帮你捏肩捶腿，好不好？"

温予被逗笑。

3. 工作

温予喜欢安静，办公间透明玻璃的隔音效果很好，直至门被推开，响起一两下清脆的敲门声，才扰乱宁静。

祁蕴站在门口，饶有兴致地看着办公桌的方向，温予仍低头在忙，她不禁赞叹：妖精就是妖精啊，越成熟越有味道，五官明明妩媚，却给人冷漠的味道，没见过有人把性感和冷淡结合得这么好的。

"我突然，"祁蕴大喘气说着，煞有其事一般，"发现你越来越漂亮了。"

温予翻了个白眼。

"拜托，我在夸你好不好。"祁蕴哈哈笑，一看温予在加班，她就猜叶其蓁出差还没回来，"甜妹出差还没回来？怎么三天两头去外地。"

祁蕴跟以前念书时一样，看着跟成熟搭不上边，不过真做起事来还是靠谱的，俨然是个工作狂。否则她也不会和祁蕴一起创建这间工作室。

去年她有从设计公司跳槽的念头，正好祁蕴联系她商量开工作室的事，她综合考虑了一下，答应试试。虽然团队只有几个人，但运营得还不错，一切步入正轨，今年准备再招聘新的插画师和实习生。

"行了，我先走了，大忙人。"祁蕴踩着高跟鞋，走路带风。

温予又忙了会儿，听到声音渐大的脚步声，她以为还是祁蕴，连头也不曾抬。

叶其蓁走近后，见温予还是没反应，于是弯了弯腰。温予闻到熟悉的香气，才回过神，有些惊讶："你怎么来了？"

"接你下班啊。"叶其蓁甜甜地笑着说。

温予又说："不是说过两天才回南城？"

叶其蓁解释道："忙完就提前回来了，惊不惊喜？"

温予瞧她一眼，倒没觉得特别惊喜，不知道下次出差又要多久。研究生毕业以后，叶其蓁留在了电视台，全国各地跑采访，忙起来的时候她们见面的机会少得可怜。

温予跟她算着账:"一个多月没回来了。"

叶其蓁也记得清楚,这不一回来她连台里晚上的聚餐都没去:"嗯,一个月了。"

温予细细打量着她:"这个月很忙吗?黑眼圈都熬出来了。"

叶其蓁的关注点:"变丑了吗?"

温予故意点点头。

"你嫌弃我了?"

温予目不转睛地凝视她,再故意"嗯"了声。

"不想跟你说话了。"叶其蓁抿嘴。

温予大笑起来。

祁蕴返回办公室的时候,发现她们工作室的"高冷女神"正跟人说笑一片。听到有第三个人的动静,叶其蓁及时抬头。

祁蕴本来想悄悄离开,可没办法,已经四目相对了。

"你好啊,甜妹,又变漂亮了。这么久了,你们关系还这么好啊!"

温予笑着跟祁蕴来了句:"羡慕?"

"你还不知道吗,我都羡慕多少年了。"祁蕴说的是心里话,"我回来拿车钥匙,不打扰你们了。"祁蕴说完,匆匆走了。

叶其蓁同温予对视一眼,她问温予:"现在下班吗?"

温予舔舔唇,关上电脑。

温予低声问:"这次在南城能待多久?"

叶其蓁卖着关子:"你希望我待多久?"

温予没办法回答,这事也由不得自己。

"告诉你一个好消息。"叶其蓁又说,笑得眼睛弯弯。

"什么?"笑这么开心。

"我下周就可以调岗了,不用经常出差了。台里一个新的新闻栏目组,想让我当主持人。"

"真的?"温予又问,"怎么让你当主持人了?"

"可能或许,"叶其蓁望着温予,笑容得意,"因为我长得好看?"

温予笑她臭美。

"而且我也可以继续做幕后,还是我想做的公益新闻,主持人还能加工资。"

听叶其蓁津津乐道,温予也跟着心情大好:"嗯,我都支持你。"

"温予予同学,"叶其蓁将拳头装作话筒凑到温予嘴边,"采访一下,你开心吗?"

"还好吧。"温予瞧着她说。

"嘴硬,你明明都笑傻了!"叶其蓁直言不讳,"对了。"

"什么?"温予将下巴搁在她肩上。

"你明天生日想怎么过?"

温予想到什么,问:"你特意今天赶回来,是想陪我过生日?"

叶其蓁没有直接回答"是",只是问:"所以你想怎么过?"

温予不用想:"像以前一样。"

这么多年,叶其蓁每一年都会帮温予过生日,不会弄得多隆重,但足够用心。她陪温予过的第一个生日,那时温予的生日愿望是希望以后每一个生日都有她陪,她会帮温予实现。

温予生日这天刚好是周六。

今年生日和往年差不多,很平淡,没有什么特别的地方,其实形式无所谓,身边有人陪着,比什么都幸福。

早上两个人难得睡了个懒觉,上午去逛超市买菜,中午叶其蓁照旧亲自下厨做生日餐,下午一起逛街看看电影,到了晚上去江边看烟火表演。

烟火表演还是八点开始。

叶其蓁拉着温予趴在石栏旁,两人站在人群中,看烟花绚烂。

恍然回首,叶其蓁看了看身畔的温予,漂亮的长卷发被江风吹得飞扬。忽明忽暗的斑斓光影,把她的思绪带去多年前的这里,那时她还扎着马尾,温予的头发又长又直,几乎及腰。这恍然一瞥,让她如此直观地感觉到,她们一路平平淡淡,却又不知不觉经历了许多。

烟火表演结束后,还能看星星。今夜的星空也很美。

走到沿江码头,叶其蓁心血来潮拉温予找了个地方坐下。又是个勾起回忆的地方。

温予看远处粼粼的江面:"这里变化好大,以前不是这样。"

叶其蓁舒服靠在温予身上,呢喃:"这么多年,变化当然大了。"

七年了,什么都在变。

江边的小吃街涨价了，街角新开了家网红咖啡店，游玩的大学生换了一批又一批，烟火表演好像比以前更漂亮了，南城夜景也愈加繁华……

　　正因为什么都在变，所以不变的才显得那么难能可贵。

　　叶其蓁仰头看着夜空繁星，感受着手心熟悉的温暖，她们一起看过的星空从来都没变。

番外二 / 编织一个梦

她时常想,如果早点认识温予该多好?她一定不让这样温柔的女孩一个人面对那么多糟糕事。现在,也算变相弥补一些遗憾吧。

——题记

初夏傍晚,正值黄昏。

下课后的校园闹哄哄的,像关了一群叽叽喳喳准备展翅高飞的小鸟。

高中生活总是单调,教学楼、食堂、宿舍,三点一线,随处可见脚步匆匆的学生。

上晚自习前,叶其蓁习惯躲在教学楼后看会儿书,她在教室待久了会觉得闷,后操场的花坛旁是个僻静的地方。

再过几天就是期中考试,她今天本应该专心复习,但这会儿她捧着错题集,翻几页又看看一旁教室的方向,显得心不在焉。

眼前这栋教学楼的一层是画室。

这个点大部分人都去食堂吃饭了,画室里只有一个女生在安安静静地画画。

女生很漂亮,但神情冷漠,一动不动坐在画架前临着速写的模样,仿佛把自己隔绝在了另一个世界。

她叫温予。叶其蓁知道她的名字,应该说,全校很多人都知道她。

正犹豫着什么,叶其蓁肩膀忽然被人一拍,她惊了一下,回头看,是唐棠鬼鬼祟祟跑了过来故意吓她。"你干吗啊?"她小声叫道。

"在这儿发什么呆呢?"唐棠反问。

"我看书。"叶其蓁狡辩。

唐棠用意味深长的眼神打量了叶其蓁一番,顺带催促着:"快上课了,还不回教室。"

叶其蓁看看时间，是该回去了。

回教室的路上，唐棠八卦的小嘴没闲下来："叶其蓁，你跟管铭是怎么回事？还不老实跟姐姐交代。"

管铭是隔壁班的体育委员，提起这件事叶其蓁就头大，真是一言难尽："我跟他什么事都没有，你别瞎猜。"

"你喜欢他就喜欢他呗，跟我有什么不能说的。"唐棠快急死了，本来就无聊，小姐妹感情上一有点风吹草动，恨不得刨根问底。

"我不喜欢他。"叶其蓁一字一顿地强调。

"你不喜欢他……"唐棠说着，又压低了一点声音，"我看贴吧里，说你跟……你那个情敌差点打起来。"

"莫名其妙。"叶其蓁就差翻白眼，一中贴吧的那个帖子她看了。唐棠嘴里说的"情敌"，就是指温予。

前几天她不过是不小心把一杯柠檬水洒在了温予身上，就被人添油加醋说她们两个女生喜欢同一个男生，还差点大打出手，传得跟真的似的。那天她还没来得及向温予道歉，温予直接走了。

她刚刚纠结的也是这个，要不要主动去找人家道歉？不去的话，心里有个疙瘩。可对方应该挺讨厌自己吧。

中午叶其蓁通常是跟唐棠一起去食堂。这天唐棠身体不太舒服，她就让唐棠先回宿舍休息："你就别去食堂了，我给你打包回来。"

"我不饿，没胃口，你回宿舍的时候给我带杯奶茶就好了。"

"奶茶包治百病啊。"叶其蓁笑她。

"带我最喜欢的那个口味哈。"

"知道了。"叶其蓁眨眨眼。

"小蓁儿最好了。"唐棠夸张地噘嘴，抛出一个飞吻。

第一次一个人去食堂，叶其蓁很不习惯。

食堂里的学生大多是三五成群、有说有笑，他们这个年纪，做什么都喜欢有自己的小圈子，相反，如果形单影只，往往就显得像异类。谁也不想当异类，所以通常再内向的人，也有可以一起吃饭、上下课的朋友。

"谢谢阿姨。"叶其蓁打好饭菜，端着餐盘想找个座位，视线在大堂里扫视半圈后，忽然停了下来，她看见一个人，那人也是一个人。

温予就坐在靠边的位置，淡定自若地吃着午餐。

叶其蓁不止一次在食堂遇到温予了。温予大概就是大家眼中异类般的存在，不管做什么都是一个人。但她没见过比温予更淡定的人，不管被外界怎样指点议论，温予自始至终都保持着不屑一顾的从容。

"同学，可以拼桌吗？"叶其蓁走近，看着正吃饭的温予问。这个举动是她思考一分钟以后做出的决定。那天的事，她还是想道个歉。

温予抬眸，表情凝固了一瞬。

纵使温予这人很难让人看得出情绪，叶其蓁还是捕捉到她神情中带着一丝意外。

温予是挺意外的，除了一些追求者，周围向来没有人敢来向她搭讪，不管是善意还是非善意。她漫不经心瞧了一眼叶其蓁，不懂对方用意。

真漂亮，给人距离感的漂亮，叶其蓁并不以貌取人，但是这时候还是想起了其他人给温予起的外号——妖精。她见温予不说话，又轻声问："可以吗？"

温予一脸无所谓，"嗯"了一声。

叶其蓁坐下吃饭，时不时用余光留意对面。温予一如既往地沉静，并没有因为和人拼桌而和人寒暄。

"那天，对不起。"叶其蓁鼓起勇气还是对温予说了，"我不是故意的。"

温予无动于衷。

叶其蓁直觉，好像温予压根不在意自己是不是故意的，但她还是诚恳地说道："我是不小心才把柠檬水洒你身上的，对不起。"

又是一声"对不起"。大概是这个女生长得太乖了，温予丝毫察觉不到对方的敌意，对方只是单纯道歉，头一回被人这样认真地道歉，感觉有点怪。要放在以往，对于别人的搭话温予通常是爱搭不理，但今天，她破天荒说了一声："没事。"

叶其蓁心里的石头落地了。

因为不熟，两个人都吃得很沉默。

温予几乎没有跟同学一起吃过饭，忽然间旁边多了个人，说不上什么心情，她偶尔不经意瞧叶其蓁一眼，心想：吃得可真香。

复习，考试，短暂的紧张时光结束，接下来又是按部就班的上课。相对来说，高一还是比较轻松。

窗外的树叶刚被雨水洗礼过，青翠欲滴。

十二点的下课铃一响，学生们就按捺不住了。等老师说完一声"下课"，一个个就急匆匆往外走。

叶其蓁还在闷头解题。唐棠拿着伞跑了过来："学霸走啦，再不走食堂都是人。"

叶其蓁说："就差最后一步了。"

唐棠说："吃饭不积极，思想有问题。"

跟唐棠搭话的工夫，叶其蓁算出了答案，她合上书，笑唐棠："好啦，走吧。"

只是拖延了几分钟，楼道里便冷冷清清了，唐棠挽着叶其蓁手臂，边走还边埋怨着她："好吃的菜肯定没了，让你动作慢。"

她们走到二楼楼梯拐角处时，恰好跟一个高挑的身影迎面碰上。叶其蓁看清是温予后，愣了愣，然后朝她笑了笑，算是打招呼了。

温予反应冷淡，像笑了又像没笑。

叶其蓁忍不住多看了一眼温予的背影，心想，这人真神秘。

等和温予稍稍拉开距离。唐棠偷偷跟叶其蓁议论起来："是挺漂亮的。"

叶其蓁点点头，其他的没说了，她不爱在背后议论别人。但关于温予，她也听到过不少消息，温予绝对是学校里风言风语最多的传奇人物。

走出教学楼，唐棠望着天骂骂咧咧："带了伞雨又停了。"

叶其蓁吸了一口潮湿的空气，刚下完雨的空气格外清新，她喜欢这个味道。

唐棠小跑，拉着叶其蓁一起。

叶其蓁体力差压根跑不动，她努力跟着唐棠，笑岔气说："甜甜，你慢点。"

耳畔一阵笑声清脆，温予看向同她擦肩而过的叶其蓁，高高的马尾因为奔跑摆动着，渐行渐远。她不由得看出神。

晚来了一会儿，高峰期一过，食堂人不多。不过稍微好吃点的菜也没剩几个了，唐棠的预测相当准确。

吃着饭，叶其蓁一眼就注意到靠窗边的温予。又是一个人。

不久，传来淅淅沥沥的声音。

唐棠说:"好像又下雨了,还好带了伞。"

叶其蓁下意识往窗外看去,是下雨了。温予没带伞,她注意到。

唐棠擦擦嘴:"我吃好了。"

叶其蓁回神:"嗯。"

在食堂吃饭没几个学生是细嚼慢咽的,大家都是十分钟就能吃完。不少高三学生甚至连吃饭时间都不放过,一边吃一边翻着笔记本看。

室外大雨哗哗。雨要比想象中下得大。

也有没带伞的,但他们都能找到结伴同行的人,都是熟悉的同学,打个招呼的事。

叶其蓁下意识往温予的方向看去,对方孤零零地站在屋檐下,看着大雨就那么站着,始终一个人。

唐棠撑起伞:"小蓁儿,走吧。"

叶其蓁想了想,正好碰到有同班同学经过,她便叫住对方:"李芳。"

叫李芳的女生回过头,热情地跟叶其蓁说:"你没带伞?一起。"

叶其蓁笑起来甜,性格好自然人缘也好,属于班里最受欢迎的那类女生。她看看唐棠,说:"甜甜,你跟芳芳一起回教室吧,伞借给我。"

唐棠问:"还要买东西吗?我陪你。"

"不是。"叶其蓁说着,从唐棠手里接过了雨伞,"你先回教室吧。"

"行。"

叶其蓁拿着伞,磨蹭了一会儿,才走到温予身畔:"一起吗?"

温予回头,是她。

叶其蓁又说:"我有伞。"

"不用。"温予脱口而出,嘴里蹦出的拒绝几乎是习惯性的,她从来都习惯跟人保持距离,独来独往。

"雨这么大。"叶其蓁声音轻轻的,她撑开伞,遮在温予头顶,看着她,"走吧。"

温予略微无措……

她就不讨厌自己吗?

两个人合撑一把伞,一起往教学楼的方向走去。雨点噼里啪啦砸在雨伞上,衬得她们之间原本安静的气氛更安静。

温予扭头看看叶其蓁,比那天还要意外,她对自己,居然完全没有抵触。

叶其蓁身高不及温予,矮了大半个头,所以她撑伞特别注意,把手举得高高的,显得笨拙吃力。

温予注意到:"我来。"

叶其蓁对她笑:"谢谢。"

温予握住伞柄,因为叶其蓁的一声"谢谢"怔住了,看着叶其蓁的酒窝,她忽然直观地明白,为什么这个女孩子在学校受欢迎了。她知道叶其蓁,不仅仅是因为外界传言她们喜欢同一个男生……叶其蓁笑起来很甜,让任何人都觉得舒服的那种。她不清楚当下叶其蓁对自己的笑,是否是装出来的礼貌客套,但她依然觉得舒服好看。

有人朝她们看过来。叶其蓁感觉今天的回头率格外高,应该是因为温予,温予就是学校里行走的话题。

再横穿一栋教学楼就到了。不一会儿,雨也小了。夏天的雨就这样,跟闹脾气一样任性。

"到了。"叶其蓁没话找话,总得说点什么,不然多尴尬。

温予收起伞,递给叶其蓁。

叶其蓁看着她的脸蛋,差点忘记接伞,还是第一次靠这么近看对方。她觉得自己挺奇怪的,对帅哥丝毫没兴趣,但对好看的女孩子,总忍不住多看几眼。

"谢谢。"温予淡笑着。

"不客气。"叶其蓁礼貌地回答,尽管温予是笑着说谢谢的,但还是透着一股冷淡,给人感觉仅仅是表达感谢,为了不欠别人。

接触过两次以后,叶其蓁莫名对温予产生了好奇,外界把温予传得不堪入耳,但她直觉温予并非如此。她开始留意温予,傍晚去花坛边看书或是背单词时,都会往画室里看看。

天渐热,花坛边蚊子一多起来,叶其蓁就没办法在这儿看书了。

她拍着蚊子,拍了老半天,忽然听到画室里传来一句:"你要不要进来?"

隔着窗户,温予在跟她说话。

就这样,叶其蓁发现了一个新的秘密基地,那就是画室。一到饭点,画室里几乎没人,人最多的时候也就三四个。她还发现,温予饭点几乎都在画室里待着,有时候不吃,有时候吃干面包,就没见她吃过别的。

"你怎么又吃这个?"第三次看到温予吃干面包,叶其蓁不禁吐槽。

温予不觉得有哪里不对:"有问题吗?"

"你都吃不腻吗?"叶其蓁说,"要不要吃我的小笼包?我们一起吃吧,我买多了吃不完。"

温予下意识还想说不用,但看到叶其蓁可怜巴巴的眼神,她动摇了:"嗯。"

叶其蓁拉过椅子坐旁边,她看看画板:"你在练速写。"不知不觉间,她们熟络不少,比刚开始自然多了。

温予咬了口小笼包,点头。

叶其蓁夸道:"好厉害。"

听她这么说,温予问:"你会画画?"

叶其蓁差点噎住:"不会,我就是觉得很厉害。"

温予瞧着叶其蓁,倏然笑了笑。

叶其蓁还跟个仓鼠一样在吃小笼包,不明白对方在笑什么,只是突然被人这么盯着,怪不好意思的。

温予给她递了包餐巾纸:"擦擦嘴。"

叶其蓁反应过来,难为情。

温予吃完后,还是问了叶其蓁:"多少钱?"她个性如此,不愿欠别人什么。

叶其蓁挺理解这种心态的,毕竟她自己也这样,不过几块钱的东西算也别扭,她索性开玩笑说:"要么你明天请我吃?"

温予顿了一秒,回答:"好。"

越接触,叶其蓁越觉得温予并非别人说的那样。

离晚读还有十五分钟,经过走廊的人变多了,叶其蓁跟温予也一齐往楼上教室走去。似乎自己跟温予走在一块儿是件很稀奇的事,旁人总爱朝她们看过来。

温予刻意跟叶其蓁拉开了点距离,她倒是习惯了那些闲言碎语,从不放在心上,也不妄图解释。

叶其蓁的教室在四楼,到了三楼还特意跟温予说了声"再见"。

温予浅浅勾了下嘴角,想着什么,她又叫住叶其蓁:"等等。"

叶其蓁转身："嗯？"

温予说："明晚六点，在画室门口等我，请你吃晚饭。"

这是她说过的最长的一句话了吧，不知为何，叶其蓁没来由觉得开心，她笑得眼睛弯弯："好的。"

次日傍晚。

叶其蓁提前十分钟到了一楼画室，很快，她看到温予也提前过来了。

温予并没有走近的打算，而是给叶其蓁一个眼神示意。

叶其蓁会意，跟在温予身后，温予走得很快，以至于她们之间隔着一小段距离。

等走到没多少人的后操场。温予停下脚步，将手里的食品袋递给叶其蓁："小笼包，答应请你的。"

叶其蓁不明白，还问："不一起吃吗？"

晚风静静地吹着。温予顿在原地，她望着叶其蓁不咸不淡地说："以后别来找我了。"

说出这句话的时候，她才发觉这句话说得如此违心，甚至感觉有点难受。

毕竟，除了眼前这个女孩子，没人愿意靠近她。

叶其蓁表情凝固，拎着手里的袋子感觉变得沉重，更不明白了，她以笑来掩饰尴尬，傻乎乎地追问："为什么？"

温予沉默了片刻，也笑着回答："我还是习惯一个人。"

叶其蓁悄悄咬着下唇，不禁在想，她是觉得自己很烦、很讨厌吗？否则为什么要这样说？

温予看着叶其蓁委屈沉默的神情，转而扭头看了看她："我走了。"

没几天，期中考试成绩出来了。成绩刚公布，长廊的公示栏前往往会围上一群人，大部分学生都会驻足看看。

温予不属于大部分人的行列。但今天她难得顿住了脚步，扫着公示栏上一行行的名字和名次。

然后，她的目光锁定在一个名字上。

叶其蓁，第七名。

温予心想,她还挺厉害。

叶其蓁的心情稍显低落。唐棠说她要求太高,班级第三,年级第七,这成绩有什么资格在自己面前垂头丧气。

叶其蓁说不清,可能是因为生理期,可能是最近发了一些不怎么愉快的事,她的心情就跟最近的天气一样,是阴沉的。

昨天跟家里报成绩的时候,她母亲陈茵果然严厉地教育了她一顿,质问她为什么这次考试掉出了年级前五,是不是在学校松懈了。

不过更令人窒息的应该还是周末回家,叶其蓁想想就头大。

"甜甜,周末你爸妈是不是要去乡下?"叶其蓁把目标锁定在唐棠身上,她平时住校,周末放假才回去,只是这一次她实在不想回去被家里唠叨。

"是啊,去姥姥家。"

"这周末我住你家可以吗?我们一起写作业。"

"前半句可以,后半句算了吧。"唐棠白眼快翻上天了。

叶其蓁笑:"那就是答应了?"

唐棠比了个"OK"的手势。

到了下午,计划没赶上变化,唐棠爸妈周末不打算去乡下。唐棠自然是说爸妈在家也没关系,但叶其蓁脸皮薄,还是算了。

家长都在家,唐棠估计叶其蓁去了也会不自在,便没多说。

放假这一天,是最热闹的时候。大家迫不及待地一窝蜂散了,直奔校外。尤其是住校的学生,都在学校里憋好些天了。

叶其蓁没回家,背着书包在校外游荡,她都跟家里说了唐棠一个人在家,自己周末要去陪唐棠。

本来多完美的理由,结果……

再晚一点,热闹劲也就过去了,大部分学生都回家去了。

天空变成鸦青色。肚子饿了,叶其蓁推开一家小吃店的玻璃门:"老板,我要小份馄饨。"

"好嘞,稍等。"

这家小吃店叶其蓁基本每周都会光顾,便宜又好吃,在一中人气很高,位置也好,就在学校对面。

叶其蓁慢慢悠悠地吃着馄饨,果然心情不好会影响食欲,明明饿了却没胃口。

又闷头喝了一口汤，再抬头，她好像看到了温予……

又有人进来，同样穿着校服。

"刚刚就是她，她妈妈给我们班另一个女同学的爸爸当'小三'，之前闹得好大。"

"我知道，是不是都在家长会上打起来了？"

"是啊，揪头发的那种。"

"跟你说，千万不要惹她，听说她朋友是混社会的。"

"真的假的？"

"当然是真的，有人都看到过她跟男的回家。"

"她住校外，好像是跟男的同居。"

"这么开放的吗？！"

…………

他们在谈论温予，叶其蓁一听就知道，类似的传言在学校传开了。温予妈妈当"小三"的事，当时确实闹得沸沸扬扬。

今晚的馄饨叶其蓁吃得不开心，不仅是胃口不好，还因为斜对面坐着的一个中年男人总是朝她看，还时不时笑一下。她敏感，剩下小半碗馄饨都吃不下了，准备离开。

不知道是不是巧合，她一起身，那男人也起了身，还跟着她。

她一下十分警惕，心里涌起不安和恐惧。

街头，华灯初上。

温予刚从烘焙店出来，就听到响亮的一声："温予。"

叶其蓁跟碰到救命稻草一般，快步朝温予走了过去，上前亲昵地挽住她手臂，死死抱着："你买好了吗？我们回去吧。"

温予反应很快，瞬间明白什么。

挽住温予手臂后，叶其蓁没那么慌张了，这种情况下只要身边有个人陪着，都能安心不少。最怕只身一人。

温予看了叶其蓁一眼，很自然地接过话："嗯，回去吧。"很是配合。

叶其蓁挤出一抹笑。

温予带着叶其蓁往前走，正好从那个男人身旁经过。

她能察觉到叶其蓁很害怕，因为叶其蓁抱着她的手臂，几乎贴在她身上。

走了一小段路,叶其蓁依旧不敢回头。

温予不动声色用余光看了看,那男人朝另一个方向走了,并未尾随。她低声对叶其蓁说:"他没跟过来。"

叶其蓁这才彻底松口气,不知道是不是自己误会了,是误会最好,否则多恐怖。她扭头看向温予:"谢谢。"

温予没说什么,将注意力放在叶其蓁挽着她的手臂上。

叶其蓁意识到她的动作太过亲密,立即松开自己的手,并且跟对方拉开一小段距离,脸上的笑也淡了。

刚刚那么热情,变得真快,温予看着她,腹诽着。

"不好意思。"叶其蓁客套地表达歉意。

温予站着,依然没说话。

还是这么淡淡的反应,叶其蓁想想,她们之间也没其他可说的。低了低头,叶其蓁一个人继续往前走。回家免不得被训两天,但至少是安全的。

温予看着叶其蓁的背影融进夜色里,蔫蔫的,跟平时不一样。她看了一会儿,然后迈着步子跟了上去。

叶其蓁还在一股脑往前走。

温予叫她:"叶其蓁。"

叶其蓁本能地回头,温予此时已经走到了她跟前,四目相对。前两天还让自己别找她,今天又主动叫自己,什么意思?

温予提醒道:"你裤子脏了。"

"啊?"叶其蓁听到后窘迫,一瞬间脸都红了,她第一反应是回宿舍换裤子,但这个时间宿舍大门应该锁了。

看叶其蓁不知所措,温予沉默一秒后说:"我就住在附近。"

叶其蓁愣住。

温予云淡风轻地说:"很明显。"

叶其蓁语塞,脸变得更烫了。

温予瞧着她,突然很想笑。

"走了。"温予用眼神指了指一栋旧楼,"就在那儿。"

最后,叶其蓁稀里糊涂地跟着温予往学校旁的巷子里走去。

温予走在她身后,好像在帮她遮掩。很快就到了,走进楼梯间。

叶其蓁终于忍不住问温予："你不是嫌我烦，不想理我吗？"不是咄咄逼人的埋怨，而是轻轻柔柔，只能听出憋屈。

向来都是其他人想跟她做朋友，从没人对她说过"以后别来找我"这类的话，老实说她内心现在还是委屈的，尤其是今天跟温予碰上面。

温予怔了怔，面对叶其蓁委屈巴巴的表情，她放轻声音："没有。"

"那你为什么让我别找你？"叶其蓁追问，对这句话耿耿于怀。

老旧楼梯间的白炽灯散发着暖黄光线，柔和地落在脸庞上。温予看叶其蓁固执地问为什么，一时茫然，她这么在意干吗？

"为什么啊？"比起温予，叶其蓁觉得自己是个话痨，但不问清楚她不舒服。而且，她感觉温予并不是讨厌她。

温予目光懒散地看着叶其蓁："你会被他们议论。"

叶其蓁沉默，是自己都没想到的，更想不到温予会这么告诉她……尽管温予摆出一副无所谓的样子。

温予似笑非笑，转身往楼上走。叶其蓁回过神，跟上温予脚步，边爬楼梯边说："才不在意呢，有些人就喜欢乱传，他们还说我俩是情敌，我压根不喜欢管铭。"趁机跟温予解释清楚。

不在意吗？温予扶着楼梯扶手，悠悠地说："我也不喜欢他。"

"所以说嘛，他们就爱胡说八道。"

温予听着不语。

到了二楼。温予找钥匙开门。

"温予。"叶其蓁轻声叫她，"那些胡说八道的话，你别放在心上。"

温予第一次听到有人对她这么说，她闷闷开了门，转头对叶其蓁甩出一句："从来不会。"

叶其蓁莞尔，现在对温予只有一个印象：酷女孩。

叶其蓁原本是打算去唐棠家住，所以书包里恰好装了一套干净衣物，没想到竟然刚好派上用场。

"你今天怎么没回家？"温予随口问，她直觉叶其蓁应该是乖乖女类型，一到周末就乖巧回家的那种。

"噢，我……"叶其蓁吞吞吐吐，"本来是约好周末去朋友家住的，然后她有事。"

"洗手间在那儿。"温予指了指。

"嗯，谢谢。"

几分钟的工夫，叶其蓁换了条干净的长裤，顺便把身上的校服T恤也换了。从浴室走了出来，她粗略地打量了一下房间，是小户型两居室，没多少东西，陈设简单也整洁。另外，房间里只有一个人生活的痕迹，不像传的那样，是在和别人同居。

温予坐在餐桌旁吃着面包，一旁还有一瓶拧开的纯净水。

叶其蓁走过去："你又吃面包。"

温予干巴巴地嚼着，问："你要不要？"

叶其蓁先前馄饨压根没吃几口，真有点饿了，也想吃面包。

温予看着她："坐啊。"

叶其蓁在一旁坐下，啃着干面包："你一个人住吗？"

温予也听说过关于自己的传言，她听叶其蓁问起来，眨了眨眼，笑着说："不是，还有男朋友。"

叶其蓁话卡嗓子眼："男朋友？"

"嗯，"温予托腮看着身侧的人，说得煞有其事，"偶尔在我这边过夜。"

叶其蓁呆住。看叶其蓁信了，温予托腮直笑，再唬下去，有人得吓傻了。

叶其蓁反应过来："你骗我！"

傻乎乎的，温予笑得更厉害了，好看的嘴角扬着，肩膀都在颤动。

叶其蓁看得入神，温予笑起来真好看，如果多这样笑多好啊。她不由得跟着温予一起笑。

气氛短暂欢乐。

"他们不都这么说我吗？"温予撕了一小块面包，送进嘴里。

叶其蓁忽然不知道该如何安慰温予，流言蜚语太可怕了，可怕到真相在它面前都显得苍白无力。或者说，大家并不在乎真相是什么样。

笑过后，两个人不约而同安静地吃着手里的面包。

入夜了，叶其蓁看了看窗外，外面黑漆漆的。想到被尾随，她还有些后怕。

"还怕？"温予看在眼里。

"没。"叶其蓁这个否认毫无底气，自己都不信。

温予不置可否。吃完半个面包。温予略显突兀地对叶其蓁说："你今晚可以待我这儿，我一个人住。"说完，她又感觉自己好像很奇怪，居然会留人在她这儿过夜。

叶其蓁不算自来熟的人，以她和温予的关系，好像还不到蹭住的程度。

各有所思。

"你是怕我吗？"温予见她不说话，"你怕我还敢跟我回家？"

叶其蓁抿嘴笑，明明看着这么酷的女孩子，怎么逗起人来这么幼稚。

温予盯着夜灯下叶其蓁的笑，她以为自己无所谓，但心中似乎莫名倾向于想要对方选择留下来。

"不会给你添麻烦吗？"叶其蓁说着。

温予却轻飘飘说："随便你。"

叶其蓁心想，温同学的回答果然与众不同。最后还是留了下来，她晚上是害怕，而且也跟家里说好了不回去。

两个人待在一个房间总得做点什么，总不能大眼瞪小眼。温予怕叶其蓁尴尬，便主动问叶其蓁要不要看电视。

结果叶其蓁从书包里拿出笔记本和习题集："不用了，我整理一下错题。"

温予呆住，一脸"你开心就好"，自己走去浴室洗澡。

叶其蓁认认真真复盘起错题，别说家里不满意成绩，她自己也挺不满意的，这是她上高中以后考得最差的一次。

十点多，叶其蓁也洗好澡。

温予这边只有一张床，叶其蓁想了想，自己还是打地铺比较合适。

结果要铺被子的时候，她听温予说："你生理期睡床上吧，我睡地上。"

"不行不行，"叶其蓁连连摇头，要是弄得温予要打地铺，她就不在这边过夜了，"你睡床上，我睡地上。"

温予目视着叶其蓁，沉默超过三秒，才说："你有没有想过……"

叶其蓁问："嗯？"

"我们都可以睡床上。"温予无奈地说道，这张床睡三个人都绰绰有余，但她看叶其蓁执意要打地铺。

叶其蓁看着温予，竟无言以对，而后傻笑起来。

这张床是很宽敞，以叶其蓁和温予的身板，睡四个人也不成问题。

她们在床上躺下以后，中间还隔了一个人的距离。

温予睡眠差，入睡很慢。

叶其蓁也没睡着。呼吸着沉寂的空气，倦意不知道是何时到来的，浅浅睡去。

温予才入浅眠不久，就梦见自己掉进一片黑暗旋涡，有人拽着她，往下，往下……充斥在耳畔的讥讽嘲笑声聒噪刺耳，她感到厌烦，伴随过速的心跳她猛然惊醒。

从梦魇中惊醒，她已习以为常，习惯性地按开灯，让房间里充满光亮，光线照得墙壁发白，才找回安全感。

叶其蓁睡得也不沉，被明亮的光线刺着，她皱眉，伸手揉了揉眼睛，蒙眬地睁眼："怎么了？"

温予意识到今晚不是一个人，她把叶其蓁给吵醒了。

叶其蓁跟着坐起身，看温予脸色不太好，额角还冒了点汗。

"不舒服吗？"

温予摇头。叶其蓁下床，从外边冰箱里拿了一瓶纯净水，拧开瓶盖递到温予手边。

温予正口干，仰头喝了小口。

叶其蓁在她身旁坐下，轻轻拍着她的后背，帮她顺顺气。

后背被人拍抚着，温予对这份突然的贴心无所适从。

"做噩梦了？"叶其蓁猜道。

"嗯。"温予从未设想过从噩梦中醒来，身边会有人陪着她照顾她，她握着水瓶，怔怔地望着叶其蓁。

"不怕。"叶其蓁又在温予背上拍了拍表示安抚，原来酷酷的人做噩梦也害怕。

"你哄小孩呢？"温予已经缓过劲。

叶其蓁笑而不语，从温予手里接过水，搁到一旁。

温予怕弄得叶其蓁睡不着，想把灯关了。叶其蓁却问："关灯你会不会怕？"

"我不怕。"温予声音冷静下来，果断地回答。

叶其蓁觉得温予在嘴硬，但没好意思戳破。随着啪的一声，温予还是把灯关了，房间堕入黑暗。

从梦魇中醒来后，温予通常更难入睡，在沉默中清醒着。

叶其蓁偏了偏头，看不清什么，她极小声试探着问："温予？"

她看温予刚才的状态很差，不放心。

温予应道："嗯？"

果然还没睡，叶其蓁想问她怕不怕，但估计问也是白问。

她思来想去，手在被窝里小心摸索，直至自己手背蹭到温予手背。

短暂地停顿后，她悄悄伸过手。

温予指尖轻微颤了颤，手背被一片温软包裹，叶其蓁握紧她的手，这感觉温暖而陌生。

叶其蓁牵着她的手，小心翼翼地问："这样好点吗？"

温予没作声，很奇怪，忽然之间就踏实了许多。

叶其蓁得到了答案，因为温予就让她牵着，默许了她的做法。

温予合上眼，听到耳畔传来温柔又让她心安的一声："睡吧。"

叶其蓁自然不好意思在温予那里待一整个周末，第二天上午还是回家了。

回家以后的气氛同她想的如出一辙，陈茵没有拿名次下降的事反复说她，而是一直冷着脸。

她知道，这是表示对自己失望的意思，让她自己感到愧疚。

这种无形的压迫比争执更让人喘不过气，以至于直到返校，这种压抑的心情还伴随着她。

周日下午，叶其蓁提前到了学校，一个人在后操场的角落坐着，透透气。

天真蓝，衬得云像棉花糖一样，仰头看了会儿天，她揉揉脖颈，抱着屈起的双腿，闷头将脸埋在膝盖上。

又想起周末的不开心了。

叶其蓁心情低落时喜欢像现在这样独处，因为不想把负面情绪传递给别人，也不太愿意让别人看到她的这一面。

越想越压抑难受，眼角控制不住地湿了，她继续闷头，怕这会儿碰到熟人。

可偏偏这时，一道斜影映了过来，落在身畔的草地上。

叶其蓁留意到了，她不敢抬头，怕暴露自己在哭。她只希望这道影子能快点消失。不过没有，影子就一直伴在她身旁，也没有人跟她搭话。

温予站了一会儿，尽管对方没露脸，她也认出来是叶其蓁："叶其蓁。"

很轻的一声。

叶其蓁立马便听出来是温予的声音,她的音色太特别了,清冽好听。但她没给回应,装作没听见。

温予又看了她一会儿,然后不动声色地在她身旁坐下。

叶其蓁依旧不肯抬头,就是低着脑袋,顺便,偷偷抹眼泪。

一个低着头,一个看着,都不说话,就这么坐了足足两分钟。

"怎么了?"温予先开口。

靠这么近,再装作听不见就过分了。叶其蓁抬头,仓促地看了温予一眼,又偏转过头,盯着绿油油的草地:"这两天没睡好,有点困。"

没睡好眼睛会湿吗?温予并不戳破她显而易见的谎话。而是将一片纸巾递了过去,默默地,什么话也没说。

叶其蓁余光瞥着纸巾,最后犹豫着接过,始终没直视温予眼睛。温予并没有刨根问底,这让她不那么局促。

递了纸巾后,温予同样无声地看着草地,还以为她不会难过,毕竟每天都笑得那么开心。

"谢谢。"叶其蓁调整好以后,才敢看看温予。

眼睛红通通的,像小兔子,温予提醒她:"没擦干净。"

叶其蓁发窘,拿起纸又擦擦眼睛,赶紧笑着又说了声"谢谢",企图掩饰不自然。

"不开心你还笑。"温予目光从她嘴唇上移开。

"我……现在已经好多了。"叶其蓁恢复了一如既往的开朗模样,尽管眸子还能看出点哭过的痕迹。在温予面前哭竟然也还好,而且,她觉得温予好温柔啊,完全不是他们说的性格讨厌。

见叶其蓁一直盯着她,温予向来直接,她也凝视着叶其蓁,问:"你一直盯着我干吗?"

"啊?"被温予一提醒,叶其蓁一下乱了,她慌乱间说出了心里话,羞涩道,"你好漂亮。"

温予嘴角扬起,被叶其蓁给逗笑了。

学校的后操场成了两个人最常碰面的地点。叶其蓁有时看见温予在跑步,她就绕着操场散步,大声叫她:"温予。"

有时候叶其蓁怀疑温予也在等自己,每次她去散步时,大概率会碰到温予在跑步,未免太巧了些。

后来,不管谁遇到谁,她们最后都会一起逛操场,忙里偷闲。

夏天悄无声息地到来,她们的关系似乎也在悄无声息地发生改变。

从"情敌"到朋友?叶其蓁想,她们应该算朋友吧。

"温予。

"温同学。

"温予同学。

"温予予同学。"

…………

温予开始频繁被人叫着名字,在叶其蓁一声一声的"温予"中,她逐渐体会到被温暖的滋味。

每每听到叶其蓁叫"温予",她还没回头,脸上就会先露出笑。她喜欢叶其蓁清脆阳光的声音,听起来甜甜的,充满活力。

不知道是不是因为叶其蓁,学校里关于她的闲言碎语渐渐变少了。她偶然还撞见叶其蓁在较真地跟身边的人辩解,说温予不是那样的人。

蝉鸣喧嚣,气温持续上升,转眼就到了暑假。

以往暑假叶其蓁都是跟唐棠混在一块儿,但今年不太一样,唐棠似乎有点要谈恋爱的苗头,对方是校篮球队的一个男生。

"小蓁儿,你明天想不想去看篮球赛?然后再一起去吃烧烤。"

叶其蓁正吃着冰激凌,听电话里唐棠的声音,她大胆猜:"你现在跟李长澜在一块儿?"

"嗯。"唐棠声音有点忸怩。

"我就知道。"叶其蓁舔一口冰激凌,笑说。

唐棠问:"你怎么就知道了?"

叶其蓁说:"你说话声音好嗲。"

"你找骂呢!"唐棠只恨隔着电话打不到人,她立即转移话题,"你不是不喜欢待家里吗?明天出来玩,有帅哥。"

"算了吧,我不去了。"

"干吗不去啊……"唐棠唠叨一番,想要说服叶其蓁。

叶其蓁就两句话:不去,没兴趣。

唐棠也没辙了。

叶其蓁是没兴趣，对打篮球的那群男生更没兴趣，他们总是一身汗，每次打完球都有些味道，她理解不了唐棠为什么那么喜欢打篮球的男生。

吃完冰激凌，叶其蓁写了两页暑假作业，手机响了一下，她以为又是唐棠，便没看，继续做题。等过了半小时，她放下笔休息，看了眼手机才发现居然是温予发来的。

她们先前加了微信，但没怎么聊过天，毕竟她们三天两头一起在操场散步。

温予只发了一句话："明天早上要不要跟我一起跑步？"

叶其蓁不假思索地回："好啊。"

上学期体育考试，她八百米差点跑趴下，还被温予看到糗样。

那天温予跟她说，可以带她跑步，及格不成问题。她以为温予随口说说而已，没想到是认真的。

W："明天学校见。"

说跑就跑。这个暑假突然变得有意思起来。

叶其蓁有自知之明，第一天就认输了："温予，我跑不动了。"

"你确定？"

"嗯。"

"你才跑三十米。"温予都惊了。

"有五十米吧？"叶其蓁狡辩，企图找回一点面子。

"我拉着你。"

暑期校园里没什么人，清晨的风徐徐地吹着，舒适惬意，砖红色的塑胶跑道上，多了两个女孩的笑声。

叶其蓁没想到运动细胞为零的自己竟然会喜欢上跑步。主要原因还是，温予教得太温柔了，跑不动就牵着她一起，累了就带着她休息，还帮她擦汗。

才一个星期，叶其蓁已经能跑完两圈了，只不过脸色不太好看。

坐在树荫下，温予说她："干吗逞能，脸都跑白了。"

"没事，多跑几次就适应了。"叶其蓁笑。

歇了许久。温予问叶其蓁："还难不难受？"

叶其蓁想说不难受，说出口却是蚊子般的一声"嗯"。

温予瞧着叶其蓁的脸颊，伸手摸了摸她脑袋，安抚累坏的她。

气温上来了，阳光变得强烈。

叶其蓁迷糊站起身,心不在焉对温予说:"我们去吃早餐吧。"

叶其蓁见温予磨蹭不起身,便朝温予伸伸手:"走啦。"

温予看着叶其蓁伸过来的手,犹豫半秒,她探手握住。

叶其蓁稍用劲,温予便借势起来了,站在她面前。她本来想松手,可这时,温予却直接拉着她往前走。

温予没松开叶其蓁的手,无声走着,她身边没有可亲近的人,也不愿同人亲近。但跟叶其蓁在一起,她并不抵触,并且乐此不疲。

晨跑后一起吃早餐,她们这几天都是这样,今天在一家小巷里的面馆吃拌面。

面条一上来,叶其蓁就迫不及待拌起来,拌好以后,她才将面碗推到温予面前,笑着说:"好了。"

温予没反应过来:"怎么了?"

叶其蓁有些许尴尬,是不是自己表现得太主动热情了?她笑着说:"趁热吃。"

温予这才意识到这是在给自己拌面,不怪她反应不过来,毕竟从未被人这么照顾过。她沉默地吃了一小口面条,今天胃口前所未有地好。

叶其蓁也夹了一口面条送进嘴里,满足地嚼着,有滋有味。

晨跑时有多艰难,吃早餐时就有多开心,温予没见过比叶其蓁更贪吃的人了。

叶其蓁也没见过比温予更不爱吃的人了,这几天吃早餐,她问温予想吃什么,温予都说随便,明明就住在这附近,却不知道周围有什么好吃的。除了画画时会专注,温予似乎对任何事情都不太有兴趣。

"好吃吗?"叶其蓁问温予,非得要得到一个肯定回答才满意。

"好吃。"温予很配合。

叶其蓁继续闷头吃面,运动以后食欲大增,更馋了,吃得格外香。

温予不禁发出一声轻笑。

叶其蓁揪住这幕:"干吗笑我?"

温予直言:"可爱。"

这算在夸自己吗?叶其蓁又要不好意思了。

温予向来对食物提不起兴趣,可这些天她最期待的,居然是叶其蓁每天带她去吃不同的早餐。暑期晨跑计划没说什么时候结束,她忽然担心,叶其蓁哪天会说不想跑了……

接下来的两天,叶其蓁依然准时跟她碰面,通常她们都是一起吃了东西,就各自回去了。

这天吃完早餐走在巷子里。

温予扭头看向叶其蓁,突然说:"我脚好像有点疼。"

叶其蓁第一反应:"跑步跑的?"

温予信口胡说:"不知道,扭了一下。"

扭伤可大可小。叶其蓁担心:"很疼吗?要不要去医院?"

温予说:"不至于。"

叶其蓁说:"我送你回去吧。"

温予看着她,道:"嗯。"

既然都说了脚不舒服,温予只好放慢步行速度,弄得真像那么回事。

两个人走过晨光笼罩的熟悉小巷,十几分钟后回到老房子。叶其蓁小心翼翼地扶温予在沙发上坐下:"是哪儿疼?"

温予继续编:"脚踝。"

叶其蓁肉眼看不出来什么:"真的不要紧吗?很疼的话还是去检查一下。"

温予解释道:"没那么严重。"

叶其蓁稍稍放心:"家里有没有冰块?可以冰敷一下。"

温予摇摇头。

"早知道刚刚在楼下就买个冰袋了。"叶其蓁嘀咕着,"我这就下去买,你等等我,很快回来。"

"不用了。"温予叫住她。

"没关系的,敷一下会舒服点。"叶其蓁不是说说而已,转身匆匆下楼去了。

温予一个人留在沙发上,望着门口的方向出神,用得着这样吗?自己只是想试探一下。

室外现在热得很。叶其蓁跑了好几个地方才买到冰袋,回来时额角冒了一层细汗,双颊透红。

也没歇口气。

"这儿吗?"叶其蓁蹲下身,拿毛巾包裹着冰袋,冷敷在温予脚踝。

温予心间感动,她去拉叶其蓁:"别蹲着。"

叶其蓁在温予身旁的沙发上坐着,然后托着温予的小腿放在自己腿上,继续敷:"好点了吗?"

"嗯,我自己来吧。"

"没事。"

让叶其蓁再敷了一会儿,温予说:"不疼了。"

叶其蓁这才放下冰袋。

温予说:"你不用留下来照顾我,有事可以先走。"

叶其蓁说:"我今天没补习。"

"不用跟朋友出去玩?"温予又缓缓追问,叶其蓁不像她,身边最不缺的就是朋友,她心里清楚。

"你不就是我朋友。"

温予低头时露出笑容。

"看来这几天不能跑步了。"叶其蓁看看温予的脚。

"所以你很高兴,"温予却说,"不想和我跑步了?"

"我哪有。"叶其蓁轻声细语地说着,"你得休息一下,等脚好了再跑。"

温予说:"我脚没事,能跑。"

叶其蓁说:"都受伤了还不老实!你自己也不许偷偷跑。"

温予无奈又想笑,叶其蓁训起人来也还是一副温柔的模样,怎么做到的?她轻抿了下唇:"叶其蓁。"

叶其蓁看向温予脸庞。

温予试探地问:"还一起吃早餐吗?"

这么问就是想跟自己一块儿的意思吧?明明需要人陪伴,那天还嘴硬说习惯一个人……叶其蓁抿了抿嘴笑。

瞧叶其蓁没马上答应,温予换作云淡风轻的口吻:"没空也没事。"

叶其蓁脱口而出:"我有空!"

温予留意着叶其蓁的反应,得到了想要的答案。

"你暑假作业写多少了?"叶其蓁没话找话聊着。

"没多少。"温予瞧了瞧叶其蓁,说,"有些数学题不会,能问你吗?"

"当然可以。"叶其蓁答应得太爽快,显得哪里不对,她补充说,"不过我也不一定会。"

温予一语道破:"148 分还谦虚。"

叶其蓁抓住了重点,并且有点小得意:"温同学,你这么关注我?"

温予理直气壮:"不可以?"

叶其蓁则乖巧地回答:"可以。"说完咧开嘴笑,突然很开心。

温予也笑。

这个夏天,是完全不一样的夏天。

整个暑假,叶其蓁和温予待在一块儿的时间变得更多了。她们的作业几乎是在一块儿完成的。温予喜欢听叶其蓁讲题,十分耐心,讲几遍都不会烦,还换着解法跟她讲。

"好难。"

"明明是你刚才分心了。"

"我有吗?"

"有,你在看我。"

温予继续看她:"那你也分心了。"

叶其蓁无法反驳。

闹归闹,温予只是偶尔逗一下叶其蓁,大部分时间都态度端正,她同样喜欢看叶其蓁认真时候的模样,一丝不苟。

几套试卷、冰镇西瓜、橘子汽水,就是她们的暑假。两个人并肩坐在窗台前的书桌旁,不知不觉半天过去。

也不一定都在做题,有时叶其蓁在看书,温予在画画,她们可以安静得一句话不说,却又不会觉得尴尬。

看书看累了,叶其蓁就趴在书桌上,看一旁温予坐在画架前画画,看温予漂亮的手指执笔勾勒出漂亮的线条,她能一直看、一直看,不会腻。

压着书本,叶其蓁脸颊贴着手臂,昏昏欲睡,睫毛微颤几下便垂了下来。

温予画完起身,便看到这一幕,她拉开椅子在长桌的另一侧坐下,也在书桌上趴着,望着叶其蓁白皙清秀的脸颊。

叶其蓁打瞌睡的模样都很文静。

叶其蓁并未沉睡过去,她惺忪睁开眼时,只见温予同样在她身旁趴着,正瞧着自己。

好像有点傻。

玻璃窗隔绝了窗外的喧嚣，今日无风，树叶静静的，连栖在枝头的鸟儿都是静静的。

一切都很安静。

叶其蓁懒洋洋的，将下巴支在陈旧的书桌上，趴着和她聊天："你想过以后考哪所大学吗？"她们才念完高一，谈论这个似乎有点早了。

"你想好了？"温予反问叶其蓁。她没有规划没有方向，只是麻木地过。

"我想考Z大。"叶其蓁的目标一直明确，"我以后想上新闻系，当记者。"

温予望着叶其蓁眼睛，低声重复："Z大？"

叶其蓁点头，还笑说："一起努力啊，温同学。"

温予仿佛在叶其蓁眼中看到了自己从未见过的星星，她也轻轻点头："好。"

番外三 /
游乐场

这学期叶其蓁搬过来以后,小公寓变得热闹了。

晚上也不再冷冷清清。

"这个男的一看就不是凶手。"沙发上,叶其蓁一边吃零食一边看着电视屏幕,一脸投入。

她们看的是一部悬疑电影,视频中,警察正在审讯室里盘问嫌疑人。

"为什么?"温予的注意力并不在电影,而是在叶其蓁身上,晚饭过后,叶其蓁吃了半盒水果,又干掉了一袋薯片,现在正在吃冰激凌,一张嘴就没闲下来过。

叶其蓁一本正经地分析:"他就差把'我是凶手'写脸上了,这种一般都不是真的凶手!"

温予轻笑出声,她被叶其蓁表情逗笑的。

叶其蓁扭头,发现有人一直盯着自己:"不看电影看我干吗?"

"没见过你这么能吃的。"

"你说的,能吃是福。"叶其蓁理直气壮,还把自己手里的冰激凌送到温予嘴边,故意馋她,"要吃吗?"

温予瞥了眼被吃得只剩一半的甜筒:"不要。"

叶其蓁撇嘴,委屈了:"你嫌弃我。"

温予:"……"

许久,见叶其蓁吃完了,温予问:"要不要再吃一个?"

叶其蓁舔了舔唇,小声支吾:"不吃了,最近都胖了。"

"有吗?"温予趁机摸了摸她的肚皮,"我还以为你吃不饱。"

叶其蓁怕痒,温予才碰到她,她就忍不住笑。

温予听到叶其蓁的笑声,挠得变本加厉。

"幼稚鬼。"叶其蓁笑得花枝乱颤,不忘吐槽。她压根拗不过温予,只能嚷嚷说着:"又欺负我!"

每当这时候,温予就会笑得特别开心:"你第一天认识我啊,不知道我就爱欺负你?"

"温予……"叶其蓁笑岔气,"你这人还讲不讲理了!"

两个人在沙发上闹着,许久,连电影结局都顾不上看,等她们缓过神,已经在播放片尾曲了。

叶其蓁红着脸,呼吸还没平复,听着悲壮的旋律,她眼神哀怨地望着温予:"都没看到凶手是谁。"她有强迫症,不知道结局难受。

温予说:"待会儿我搜了结局讲给你听。"

"对了,"叶其蓁忽然想起来,"温予同学,你想不想去游乐场玩?"

"游乐场?"

"嗯!"叶其蓁点头,"这周末有主题活动,应该挺有意思的。"

见叶其蓁说得兴高采烈,温予不假思索答应:"好。"

"你以前去过吗?"

"没有。"

意料之中的答案,叶其蓁认真看着她,笑盈盈地说:"那叶同学带你去玩。"

温予也笑,开始期待了。

叶其蓁一直记得温予对她说过的一句话:如果小时候多点开心的事,长大会不会开心点?所以一旦有什么好玩的、有趣的,她都会第一时间想到陪温予一起去。

周末是个舒服的晴天。

一贯爱睡懒觉的叶其蓁拉着温予起了个大早,因为有特别活动。

游乐场里果然是人挤人,氛围火热。从进园开始,叶其蓁就紧紧牵着温予的手,生怕被人潮冲散了。

"温予,你看那儿!"

"温予,我们先去玩那个吧!"

"温予予……"

叶其蓁今天整个人都处于亢奋状态,活蹦乱跳得像只兔子,她拽着温予先往人少的项目走去，昨晚上做了足够多的攻略，对什么项目好玩、哪条游玩路线最合适了然于心。

温予跟着叶其蓁步伐，在她身后笑："走慢点，待会儿就玩不动了。"

叶其蓁就是这样，好像永远都有耗不尽的精力。

温予以前不爱去太热闹的地方，热闹只是别人的，只会显得自己一个人更孤单。但现在不一样，叶其蓁会陪她。

她只需要跟着叶其蓁的脚步就好，叶其蓁会带她融入这个原本与她格格不入的世界，带她感受阳光与欢笑。

像此时此刻。

身后的过山车呼啸而过，伴随着尖叫声。

"你怕高吗？"人群中，叶其蓁大声问着温予，"我们要不要玩这个？"

"你想玩吗？"

"嗯。"叶其蓁兴奋地点头。

温予很意外，叶其蓁胆小，还以为她不敢玩这些高空项目。既然叶其蓁说想玩，她直接拽着叶其蓁往前："走。"

过山车是热门项目，排队排了好一阵才轮到她们。

温予发现自己着实高估叶其蓁了，胆小就是胆小，过山车还没驶动，叶其蓁就紧张得不行，抓着她的手，手心里都是汗。

"怕了吗？"

"嗯……"叶其蓁的声音都在发抖，也只有在温予面前她才不逞强，"有点。"

"那你还说要玩。"温予笑得不行，"现在后悔还来得及。"

叶其蓁咬咬牙，才坐上来就说要下去，多丢人，她直接死死地闭上眼，豁出去了。

倒计时三秒，过山车缓缓驶动，往上爬坡，在要爬到最高点时，叶其蓁带着哭腔喊道："温予！我好怕！"

紧接着，过山车急速坠落。心脏骤停般的失重感袭来，伴随呼呼的风声。

"啊——"

在一群人的尖叫声中，叶其蓁居然听到温予叫得比自己还大声，平时的高冷形象全无。这是她没想到的。

短短几分钟，脚碰到地时，叶其蓁的腿都是软的。温予在一旁立即搂住她，担心地问："有没有觉得难受？"

"没。"叶其蓁摇头，"你还想玩吗？"

温予惊了，问："刚刚怕成那样你还要玩？"

叶其蓁属于典型的又怕又爱玩，明明一趟过山车就怕得要死，却还是拉着温予一起去玩各种高空项目，主要是有温予陪她，就好很多。她以前跟唐棠去游乐场，唐棠都是对高空项目避之不及，好不容易有人陪她了，她自然想玩个痛快。

一直疯玩到下午五点，两个人才打车回去。游乐场离学校有段距离，将近四十分钟的车程。

余晖柔和。出租车后座上，叶其蓁发现温予脸色有点差："怎么了，不舒服吗？"

温予轻声说没事。

还说没事，嘴唇都泛白了，叶其蓁想到她们玩最后一个项目时，温予就有些不在状态："你是不是不能玩高空项目？"

温予今天是第一次玩，的确很难受，不是心理上的恐惧，而是生理上的难受。她佯装轻松地对叶其蓁说："还好，大概今天玩累了。"

玩累了也不可能是这样，叶其蓁心疼死了，她只顾着自己尽兴，想到后来又拉着温予去玩了一次过山车，温予得多难受。

"你怎么不跟我说。"叶其蓁内疚，眼眶都红了。

"傻子，真的没事。"温予反过来哄她。

"对不起，"叶其蓁鼻子更酸了，"都怪我。"

"又哭。"温予看见泪水在叶其蓁眼眶里打转。

被温予一说，叶其蓁躲开红通通的眼睛。难怪她们玩了过山车以后，温予第一时间问她难不难受，以温予的性格估计再难受也会忍着陪她玩的，她怎么没发现温予不舒服。

温予拿她没辙了："叶其蓁，你怎么这么能哭？"

叶其蓁吸吸鼻子，哭中带笑："你第一天认识我吗？"

温予柔声说道："'爱哭包'。"

"是不是很难受？"

"已经好很多了。"温予说，"我今天玩得特别开心。"

叶其蓁不信:"你还装。"

温予并不是在安慰叶其蓁,因为叶其蓁,她的生活才有斑斓的色彩。她认真地看着叶其蓁:"只要跟你在一块儿就很开心。"

叶其蓁听了,破涕为笑,她看温予嘴唇都干了,拧开纯净水送过去。

温予笑:"我没这么脆弱,叶同学。"

叶其蓁轻声说:"离回去还挺久的,靠我肩上休息一下,到了我再叫你。"

能被人时刻关心的滋味真好,温予舒服地赖在叶其蓁身上。

车还在往前行驶。

"温予。"

"嗯。"温予闭着眼睛应。

"你才是傻子。"叶其蓁偏头看她,笑。

番外四 / 陪伴

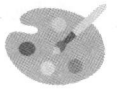

"温予,温予——"叶其蓁迷迷糊糊在床上坐起身,睡眼惺忪,习惯性地叫着。房间里却很安静,看不到熟悉的身影。

她揉了揉头发,才反应过来温予去外地出差了,要明天下午才回来。

坐在床上又发了一会儿呆,她才拖拖拉拉起床洗漱,对着镜子化了个淡妆,最后在唐棠连环炮似的微信消息催促下出了门。

她上午约好跟唐棠一起去逛街,就在大学城对面的商场。

说是逛街,大部分时间是唐棠在拉着叶其蓁吐槽,叶其蓁一看唐棠一张不耐烦的苦瓜脸,便猜测道:"跟男朋友闹别扭了?"

"是啊,"唐棠拖着长音,"昨天还吵了一架。"

"怎么又吵架?"

"我也说不清,最近老是闹矛盾。"唐棠皱着眉,回想起来都是些鸡毛蒜皮的小事,"就感觉跟以前不一样了,他好像没以前在乎我了。"

叶其蓁宽慰她:"别多想了,你们都在一起五年了。"

唐棠叹气:"有时候时间会冲淡感情的,尤其是他现在工作了,我还在念书,我们圈子都不一样了。反正挺没安全感的。"

叶其蓁一时不知道接什么话。

唐棠觉得自己太丧了,大大咧咧地笑:"行了不说这些了,吃饭去,吃完饭陪我看电影。"

两人就在附近找了一家不用排队的餐厅。

唐棠手捧菜单,发现有人不对劲,她说着叶其蓁:"小蓁儿,你怎么回事啊?"要放往常,一到点餐时间,叶其蓁得两眼放光。

叶其蓁反问:"什么怎么回事?"

"点菜都不积极。"唐棠又问,"不适应研究生生活吗?"

叶其蓁摇摇头。

唐棠低头点菜，顺带调侃着说："温予一旦不在，你都不习惯了，是吧？"

"点你的菜。"叶其蓁呛她，抿了一口柠檬水喝。

唐棠翻了个白眼。

翌日下午，叶其蓁哪儿都没去，趴在沙发上刷手机消磨时间，等温予回来。她在想今晚带温予去哪儿吃饭，周遭好吃的餐厅她们都去过了。

过了几分钟，温予回她微信消息了。

她以为温予会回复："听你的。"

当她点开置顶微信，看到的却是："晚上部门有聚餐。"

盯着温予的消息，原本期待的心情突然被浇了冷水，她愣愣看了好几秒，才打字回："嗯，那我自己点外卖。你什么时候回来？我去接你。"

过了一秒。

W："不用，我尽量早点回。"

叶其蓁回了一个"OK"的表情包，温予能适应新圈子的氛围，自己应该开心才对。但她看着屏幕，心中又不受控制地涌起一股空落落的感觉。她以为温予会等不及回来见她，以前都是这样的。

她拿过一只抱枕抱在怀里，想着什么，昨晚没睡好，有点倦。

叶其蓁睡得很沉，都没听到开门声和脚步声。

温予走近后，才发现叶其蓁躺在沙发上睡着了，睡相可爱，她悄声笑，看叶其蓁穿着热裤，光溜一双腿。房间里空调温度开得不高，也不盖点东西，每回都是这么弄着凉的。

怕吵醒叶其蓁，温予弯腰帮她盖薄毯的动作很轻很轻。

"嗯，温予……"叶其蓁翻了个身，呢喃一句，感受到动静，她这才蒙眬睁眼，一看到温予她还以为是做梦，发呆。

温予被她刚睡醒的惺忪模样逗笑了，她在一旁坐下："怎么在沙发上睡着了？"

不是做梦，叶其蓁回神以后，在沙发上坐起身："几点了？"她以为肯定很晚了，温予都回来了。

"五点。"温予捋捋她微乱的头发。

"才五点？"叶其蓁清醒，一股脑问，"你怎么回来了？不是要跟同事去聚餐，很晚才回来吗？"

"有人在等我回来啊。"温予扬唇笑，她都能想象叶其蓁回复"我自己点外卖"时心里有多委屈了。

叶其蓁愣了会儿，才发现被骗了。

"温予！"

"嗯？"

叶其蓁笑容灿烂："你骗我！"

"有意见？"温予看着她，笑问，"你是不是等我一下午了？"

"才没有。"叶其蓁迅速答道。

"叶其蓁，你知道吗？"温予煞有其事地说着，"你嘴硬我能看出来。"

叶其蓁接不上话，只顾看着她笑。

温予起身去收拾行李箱。叶其蓁抢在她前面："我来收拾，你休息。"

温予行李不多，但回来时，整个箱子都装得满满当当。叶其蓁看了都小声惊叹："你怎么买了这么多东西？"

"都是好吃的。"温予又拿过一个大袋子，递给叶其蓁，"还有礼物。"

叶其蓁看着眼前一堆特意为自己带回来的礼物，心头涌上一股暖意。

她安静地看着温予。

温予见叶其蓁这样，担心地问："不舒服吗？"

叶其蓁说："没。"

"怎么了？"

叶其蓁也看她："想多看看你。"

温予望着她眉眼笑："叶小狗。"

叶其蓁趁机质问温予："你给我的备注改了没？"那天她无意间发现温予给她的微信和电话备注都是"叶小狗"。

"没改。"温予信誓旦旦地回答。

"你改了。"叶其蓁讨价还价。

"我不改有什么后果吗？"温予挑眉问。

"我……"叶其蓁半天憋出一句，"我不理你了。"

"晚上想吃什么？我请客。"温予不再逗她，切换了话题。

"你都给我买了这么多礼物，晚上当然是我请客。"叶其蓁把问题抛给了温予,"晚上想吃什么?"

"听你的。"温予说。

叶其蓁想了想:"我请你在食堂吃好不好?"

"就请吃这个?"

叶其蓁俏皮地笑:"不要算了。"

"要。"

毕业以后,她们就没一起在食堂吃过饭了。

叶其蓁还记得温予在食堂最爱吃的菜,温予从没说过自己喜欢吃什么,但以前每次一起吃饭,她都会暗自记住温予哪几个菜吃得最多。

吃完饭她们像之前一样,在校园里散步消食。等走累了,叶其蓁把自行车推了出来,这辆自行车是她大二时买的,买的初衷并不是为了方便,而是为了打着教温予骑自行车的幌子,和温予亲近。

也是大二那年,她教会了温予骑自行车。

"你骑还是我骑?"叶其蓁问温予,然后攥起拳头,幼稚地说,"要么石头剪刀布,赢的人坐后面,输的人蹬自行车。"

温予一笑,直接从叶其蓁手里接过车把手。

叶其蓁刚一坐上后座,便拦腰将温予抱着。

"抓这么紧?"温予回眸。

"我怕摔。"叶其蓁有的是借口。

迎着夏夜的晚风,驶过夜色。她们就这样骑着自行车在校园里转圈逛着,一下将时光逆转到了曾经的夏天。

温予载着叶其蓁一路往前,低头看了眼叶其蓁环在她腰间的手臂,叶其蓁第一次骑自行车载她时,她也是这样抱着叶其蓁。

她还记得那晚叶其蓁对她说,过去的事可以不在乎,现在和将来的事需要在乎。她当时悲观,并未听进心里;后来,她终于真正领会这些话的意义,依然是叶其蓁教会她的。

叶其蓁坐在温予身后,风吹来时带着温予发间的香味,她闭上眼,将头轻轻靠在温予后背,这样的时光慢点吧。

夜幕降临,星星出来了。

这一片的草地空旷,最适合吹风聊天看星星了。叶其蓁坐在草地上,开了一罐橘子汽水,这是刚刚从食堂门口的自动贩卖机买的。

温予很自然地从她手里接过汽水，先喝了一口，然后再递回她手里。

　　叶其蓁无言，默默盯了温予一阵后，问："温同学，你这仇是不是要记我一辈子？"从大一到研一，这都多久了，她低估温予的记仇能力了。

　　温予悠然点头："嗯，我会记一辈子。"

　　一辈子，叶其蓁捧着手里的汽水罐，忽然傻笑了笑，她也喝了一口，清新甘甜的橘子味弥漫开，夏天果然就是要喝冰镇汽水。

　　叶其蓁仰头看着夜空。

　　温予则看着她："发什么呆？"

　　"好漂亮啊。"叶其蓁扭过头，望着温予说，"好像每次我们一起的时候，星星就格外多。"

　　温予觉得叶其蓁闪着光的眼睛比星星更好看，她问："所以你还跟谁一起看过星星？"

　　叶其蓁笑，不愧是温予同学，关注点总是奇特。

　　温予追随叶其蓁的目光，同样仰望着星空。

　　又安静地看了会儿天。

　　"温予……"

　　"嗯……"

　　叶其蓁没再说话。温予也没问叶其蓁想说什么，叶其蓁总爱叫她的名字，却什么也不说，傻乎乎的。

　　两个人都静静的。

　　叶其蓁坚信，无论回想多少次她都会庆幸，遇见了温予。

图书在版编目（CIP）数据

予我盛夏 / 清汤涮香菜著 .— 武汉：长江出版社，2023.12
ISBN 978-7-5492-9273-8

Ⅰ.①予… Ⅱ.①清… Ⅲ.①长篇小说－中国－当代 Ⅳ.① I247.5

中国国家版本馆 CIP 数据核字 (2023) 第 254580 号

予我盛夏 清汤涮香菜 著
YU WO SHENGXIA

出　　版	长江出版社
	（武汉解放大道 1863 号）
选题策划	欣欣向爱
市场发行	长江出版社发行部
网　　址	http://www.cjpress.cn
责任编辑	李剑月
特约编辑	茶宿宿
装帧设计	小羊
印　　刷	长沙鸿发印务实业有限公司
版　　次	2023 年 12 月第 1 版
印　　次	2024 年 6 月第 2 次印刷
开　　本	880mm×1230mm　1/32
印　　张	9.5
字　　数	294 千字
书　　号	ISBN 978-7-5492-9273-8
定　　价	48.00 元

版权所有，翻版必究。如有质量问题，请联系本社退换。
电话：027-82926557（总编室）　027-82926806（市场营销部）